Francesca Gibbons

Die Prophezeiung der Sternenuhr

Aus dem Englischen von
Sabine Schulte

DRAGONFLY

Bisher bei Dragonfly erschienen:
Das Geheimnis der Sternenuhr (Band 1)
Die Prophezeiung der Sternenuhr (Band 2)

1. Auflage 2022
Deutsche Erstausgabe

First published in English in Great Britain
by HarperCollins Children's Books,
a division of HarperCollins Publishers Ltd.
under the title: A Clock Of Stars. Beyond The Mountains

Gesetzt aus der Minion Pro
von GGP Media GmbH, Pößneck
Druck und Bindung: GGP Media GmbH, Pößneck
Printed in Germany · ISBN 978-3-7488-0177-1

www.dragonfly-verlag.de
Facebook: facebook.de/dragonflyverlag
Instagram: @dragonflyverlag

Klimaneutral
Druckprodukt
ClimatePartner.com/15109-2009-1001

MIX
Papier
FSC FSC® C014496

Auch dieses Buch ist
für Mini und Bonnie

Ich fürchte nicht des Vaters Zorn
und nicht der Mutter Schelten,
denn im Alter brauchen sie
mich beide, um zu helfen.

Angst hab ich vor den Monstern,
in Rüstung gehen sie auf Jagd.
Sie stehlen freche Kinder,
hat Mutter mir gesagt.

Ich fürcht' mich nicht vor Finsternis,
wünsch' mir nicht Helligkeit,
denn diese Bestien jagen
zu jeder Tageszeit.

Achtung, die Käfige rasseln!
Achtung, es klopft an der Tür!
Achtung, die Kruttemosch kommen!
Die Monster suchen nach dir.

Ich fürchte nicht des Vaters Zorn
und nicht der Mutter Schelten,
denn im Alter brauchen sie
mich beide, um zu helfen.

Kinderlied aus den Tieflanden

EINS

Kapitel 1

Die Bäume bogen sich aus dem Weg und bahnten Otschi so einen Pfad durch die Dunkelheit.

Otschi schritt ohne Zögern voran, denn sie kannte sich in diesen Wäldern aus – schließlich war sie die Waldhexe.

In respektvollem Abstand folgte ihr ein Pony. An seinem Sattel war ein Kissenbezug mit einer sehr merkwürdigen Uhr darin festgebunden.

Dem Pony folgte Anneschka Mazanar. Ihr Schlurfen hatte nichts Respektvolles. Sie murrte vor sich hin, während sie durch den Wald stolperte. Andels mechanischer Drache hatte ihr die Hände und das Gesicht versengt, sie hatte einen Pantoffel verloren, und ihr Hochzeitskleid hing in Fetzen an ihr herunter. An den Unterröcken schleifte sie Brombeerranken hinter sich her, die raschelten wie ein stachliger Schwanz.

Anneschkas Verbrennungen waren schmerzhaft, aber mehr noch quälte sie der Gedanke an das, was sie verloren hatte. Um ein Haar wäre sie zur Königin gekrönt worden. Sie war so nah daran gewesen, ihre Bestimmung zu erfüllen.

Doch jetzt war König Drakomor tot. Und es würde nicht lange dauern, bis ganz Jaroslaw erfuhr, was sie getan und welche Männer sie umgebracht hatte und dass der Prinz entkommen war.

Anneschka stellte sich die Reaktion ihrer Mutter vor: »Du hättest den König heiraten können, aber nein! Du musstest ja einen Drachen haben. Musstest das Schloss in Brand setzen. Du dummes Ding! Was werden die Nachbarn sagen?«

Nein. Anneschka würde nicht nach Jaroslaw zurückkehren. Die Hexe war ihre einzige Hoffnung.

Otschi ging mit großen Schritten vor ihr her. Ihre Laterne schaukelte. Die Hexe war groß und schlank und hatte eine blasse Haut und schwarzes Haar. Sie hatte Anneschka eine Unterkunft angeboten. Vielleicht wusste sie außerdem auch eine Lösung?

Die Hexe weiß jedenfalls, dass ich zum Herrschen bestimmt bin, dachte Anneschka. Ich kann immer noch ein Königreich und ein Schloss bekommen. Das werde ich Mutter schon zeigen. Allen werde ich es zeigen. Mit zusammengebissenen Zähnen humpelte sie weiter.

Wie aus dem Nichts tauchte plötzlich Otschis Hütte auf. Eben noch waren in der Finsternis nur Bäume zu erahnen gewesen, und plötzlich stand Anneschka vor einem alten, kleinen Haus. Otschi war noch damit beschäftigt, das Pony abzusatteln, daher trat Anneschka einfach ein. Im Haus fand sie einen offenen Kamin, bunt zusammengewürfelte Möbel und zahllose Tongefäße. In einer Schublade schlief ein Huhn.

Und das ist alles, was mir geblieben ist, dachte Anneschka und ließ sich in einen Sessel fallen.

Auf dem Kaminsims klapperte ein Tontopf. Anneschka blickte auf. Das Tongefäß war wieder still.

»Dieses Haus macht mich wahnsinnig«, murmelte sie und zog sich eine Fußbank heran. Ein Fuß war nackt und blutig. Am anderen trug sie einen schmutzigen Seidenpantoffel.

»Recht so, Kind, fühl dich wie zu Hause«, sagte eine heisere Stimme hinter ihr. Anneschka sprang auf. Die Stimme gehörte einem hässlichen alten Weib mit runzliger Haut und dürren, knochigen Armen. Ihre Haut war verrunzelt, und die Arme waren dürr und knochig. Anneschka schaute sich nach einem spitzen Gegenstand um.

»Keine Angst«, schnaufte die Greisin. »Nur ich verwandle mich. Du bist innen bestimmt genauso schön, wie du aussiehst.«

Anneschka zuckte zurück. War das … »Otschi?«

»Was hast du denn erwartet?«, fragte die Alte. »Niemand bleibt ewig jung.«

Anneschka mochte ihr Lächeln nicht, doch sie wusste, dass die Alte die Wahrheit sprach. Die junge Hexe und die alte Frau waren ein und dieselbe Person. Anneschka erkannte es an den Augen.

»Wir sollten uns lieber um deine Brandwunden kümmern«, sagte die alte Otschi. Sie öffnete eine Schublade und nahm zwei Schnecken heraus.

»Was machst du da?«, schrie Anneschka. »Schaff die Viecher fort!«

»Wenn du an einer Entzündung stirbst, wirst du niemals Königin«, sagte Otschi und hinkte näher heran. »Deine Verletzungen müssen behandelt werden.«

Die Schnecken blieben in ihren Häusern versteckt. Anneschka blickte auf ihre Hände hinunter. Wo das Feuer des Drachen sie erwischt hatte, hatten sich Blasen gebildet. »Also gut«, sagte sie spöttisch, »dann tu, was du nicht lassen kannst.«

Otschi setzte die Schnecken auf Anneschkas Handgelenke und strich mit ihren krummen alten Fingern über ihre Häuschen, bis die kleinen Bewohner herauskamen.

Anneschka musste sich beherrschen, um die Schnecken nicht quer durchs Zimmer zu schleudern. Sie hasste es, wie die Schneckenaugen vorn auf Stielen saßen; sie hasste es, wie die Schnecken vorwärtsrutschten. Alles an diesen Tieren war ekelhaft.

»Im Gesicht hast du auch Verbrennungen«, sagte die Hexe.

Anneschka zog die Nase kraus, aber ihre Hände taten wirklich nicht mehr so weh. Daher ließ sie zu, dass Otschi ihr eine Schnecke aufs Kinn setzte. Der kalte Schneckenfuß rutschte Anneschkas Wange hinauf und über ihren Nasenrücken.

Als Otschi fertig war, waren die Verbrennungen mit einer schillernden Schleimschicht überzogen.

»Wehe, das hilft nicht«, grummelte Anneschka.

Die alte Frau setzte die Schnecken auf den Fußboden, und die beiden traten die lange Reise zurück in ihre Schublade an.

»Was wirst du für eine großartige Königin sein«, seufzte die Hexe, als sie sich setzte.

»Königin wovon? Und wo?«, fauchte Anneschka. Allmählich hatte sie Otschis Art zu reden satt.

»Ich kann die Sterne danach fragen … wenn du bereit bist, dafür zu bezahlen.«

Ein Tontopf neben Otschis Sessel begann zu beben. Die Hexe stieß ihn mit dem Absatz zurück.

»Du verbirgst mir etwas«, sagte Anneschka. »Was ist in diesen vielen Töpfen?«

»Ich verberge nichts, Kind. Warum sollte ich etwas vor dir verbergen?«

Anneschka sah die Hexe böse an. Die Alte wirkte klapprig, wie ein Knochenbündel mit einer Eierschale als Kopf. Es wäre ein Leichtes, ihr den Schädel einzuschlagen und zu sehen, ob die Geheimnisse rausfallen, dachte sie.

Die Töpfe am Fenster waren mit Pfropfen verschlossen. Anneschka nahm sich ein Gefäß und las das Etikett.

W. Lokai.

Die Aufschrift sagte ihr nichts. Sie griff nach einem anderen Tontopf und hinterließ schleimige Fingerabdrücke.

Von einem Zaubertrank dieses Namens hatte sie noch nie gehört.

Ein Tongefäß hatte keinen Deckel. Anneschka lugte hinein. Fast rechnete sie damit, dass ihr ein Frosch entgegenspringen würde, aber der Topf war leer. Sie schaute auf das Etikett.

V. Mazanar

»Das ist ja meine Mutter«, rief Anneschka. »Das ist ihr Name!« Sie brauchte einen Moment, um sich zu beruhigen. »Warum heißt dieser Topf nach meiner Mutter?«

»Komm«, sagte die Hexe, »es ist Zeit, sich auszuruhen.«

»Sofort sagst du mir das!« Anneschka ging zu den langsam dahinkriechenden Schnecken hinüber und hielt den Fuß mit dem Pantoffel über eine der beiden.

»Es ist schon so spät. Ich erkläre es dir morgen.«

Anneschka senkte den Pantoffel und genoss das Knirschen.

»Meine Schnecke!«, rief Otschi. Ihr Gesicht zuckte vor Kummer.

»Rede!«, verlangte Anneschka. Ihr bloßer Fuß schwebte über der zweiten Schnecke.

»Deine Mutter hat am Tag deiner Geburt eine Weissagung erworben«, sagte Otschi. »Ich habe ihr gesagt, du würdest Königin, wenn du erwachsen bist.«

Anneschka drückte mit dem großen Zeh auf das Schneckenhaus. »Das weiß ich schon.«

»Bitte nicht! Nicht Boris!«, flehte die Hexe. Sie sprach schneller. »Wenn deine Mutter stirbt, wird sie mit ihrer Seele für diese Weissagung bezahlen. Und in diesem Topf werde ich ihre Seele aufbewahren.« Die Hexe hielt inne. Sie sah aus, als schäme sie sich. »Jede Seele, die mir aus freien Stücken übergeben wird, garantiert mir mehr Zeit in diesem Körper.«

Anneschka hob eine Augenbraue und ließ die Schnecke in Ruhe. »Du sammelst Seelen, um dein jämmerliches Leben zu verlängern?«

Die Regale standen voll mit Tongefäßen, die Töpfe stapelten sich in allen Ecken und standen auch auf dem Tisch und unter den Stühlen. Anneschka drehte sich einmal um sich selbst. Dann sah sie auf die Hexe hinunter. »Wie alt bist du eigentlich?«

Otschi starrte auf Boris, der sich gerade unter einen Schrank schob. »Ich bin dreiundzwanzig«, flüsterte sie. »Siebenhundertdreiundzwanzig.«

Kapitel 2

Irgendjemand hatte die Schlüssel für die Fenster in Raum 32C geklaut. Es war einer der letzten heißen Tage des Jahres, und die siebte Klasse saß hier drinnen wie in einem Backofen.

Auch Mr Morris wurde gebacken. »Schlagt Seite acht auf«, sagte er. Träge wie eine Eidechse im Terrarium schleppte er sich durch das Klassenzimmer.

Imogen blätterte die Seiten des Schulbuchs um und freute sich an dem winzigen Luftzug, der dabei entstand. Bei einem Foto von einem Astronauten, der durch ein blasenförmiges Fenster schaute, stoppte sie.

Das ist die Erde, stand im Text. *Hier ist unser Zuhause. Hier setzen wir Zeichen.*

Imogen überlegte, ob der Astronaut wohl Heimweh gehabt oder sich gefreut hatte, als er die Erde aus dieser fremden, neuen Perspektive sah. Vielleicht von beidem ein bisschen?

Sie sah zu ihrem Lehrer hoch. Er sprach nicht über Astronauten, sondern erklärte gerade den Unterschied zwischen flüssigen und festen Stoffen.

Schweiß ist eine Flüssigkeit, dachte Imogen, als ihm ein Tropfen über das Gesicht lief. Zeit ist ein Feststoff, sinnierte sie weiter. Nichts kann sie beschleunigen.

Bis zum Ende des Schultages waren es noch fünf Minuten. Noch fünf Minuten, dann hatte Imogen ihre erste Woche an der weiterführenden Schule hinter sich gebracht.

Es war kein schlechter Anfang gewesen. Sie hatte Freundinnen gefunden, und sie mochte ihren Klassenlehrer. Aber mittlerweile wussten alle, dass sie »das verschwundene Mädchen« war. Doch zum Glück wusste niemand, dass sie zu einer Therapeutin ging. Sonst hätten die anderen sie richtig schräg gefunden.

Immer wieder fragten die anderen Kinder sie, ob sie ausgerissen oder entführt worden war. Imogen hatte beschlossen, ihnen nicht die Wahrheit zu erzählen. Sie würden ihr niemals glauben, dass sie in einem Baum eine Tür gefunden und sich mit einem Prinzen angefreundet hatte und dass sie auf dem Rücken von Riesenvögeln geflogen war …

Noch drei Minuten bis Schulschluss. Imogen versuchte, sich auf ihr Buch zu konzentrieren.

Raumfahrt fordert ihren Preis. Die Astronauten auf diesem Flug werden ihre Familien fünf Jahre lang nicht sehen. Und wenn sie zurückkehren, werden sie viele weitere Jahre brauchen, um sich wieder an das normale Leben zu gewöhnen.

Noch zwei Minuten.

Mama wartete bestimmt schon am Schultor. Das war Imogen peinlich. Von den anderen Kindern wurde niemand abgeholt, aber seit Imogens Verschwinden hatte Mama sich verändert.

Es war Mamas Idee gewesen, eine Therapeutin zu suchen. Sie sagte, Imogen brauche »besondere Unterstützung«. Das war anscheinend das Codewort für stundenlanges Gerede … als wenn man sie überreden könnte, eine magische Welt zu vergessen.

Noch eine Minute.

»Bei Zimmertemperatur ist Wasser eine Flüssigkeit«, sagte Mr Morris. Er klang erschöpft. »Aber wenn es erhitzt wird, beginnt Wasser zu« – die Schulglocke ertönte, und die Kinder griffen nach ihren Büchern und strömten aus dem Raum – »verdampfen«, beendete der Lehrer den Satz und ließ sich auf seinen Stuhl fallen.

Die Tür knallte zu, und im Klassenzimmer wurde es still. Mr Morris schloss die Augen. Imogen wartete darauf, dass er sie bemerkte. Er atmete tief durch die Nase ein und stieß die Luft durch den Mund wieder aus. Dann drückte er sich eine Wasserflasche an die Wange. Er blieb regungslos sitzen.

»Mr Morris?«

Der Lehrer zuckte zusammen. »Imogen! Du bist ja noch da!«

»Die Astronauten sind doch auf dem Mond gewesen. Waren sie auch sonst noch irgendwo?«

Mr Morris ließ seine Wasserflasche sinken. »Also … ja. Die NASA hat Sonden auf den Mars geschickt.«

»Aber Menschen sind nicht auf dem Mars gewesen?«

»Nein, Imogen. Bisher nicht.«

Imogen kniff die Augen zusammen. »Glauben Sie, dass es einen Planeten gibt, den die Astronauten noch nicht entdeckt haben? Der so ist wie unser Planet, mit Menschen und Tieren … aber anders?«

»Das weiß ich nicht«, sagte der Lehrer. »Aber falls es so einen Stern geben sollte, ist er sehr weit entfernt. Selbst mit einem Raumschiff, das mit Lichtgeschwindigkeit fliegen kann, würde man viele Jahre brauchen, um dorthin zu gelangen. Bei der Landung könntest du eine alte Frau sein.«

Imogen fiel es schwer, sich vorzustellen, dass sie jemals eine alte Frau sein würde.

»Warum fragst du?«, erkundigte sich Mr Morris.

Imogen wandte sich zum Gehen. Inzwischen war genügend Zeit verstrichen. Alle anderen Schüler waren verschwunden, und niemand würde sehen, wie ihre Mutter sie am Schultor abholte.

»Ach, nur so«, sagte sie. »Ich war einfach neugierig.«

Kapitel 3

Imogen lag auf dem Bett ihrer Schwester Marie. An den Wänden hingen so viele Zeichnungen, dass es aussah, als würden die Zimmerwände sich verformen, wenn der Wind durchs Fenster blies und die Blätter anhob. Man fühlte sich dann eher wie im Zelt als wie in einem Haus.

Marie war drei Jahre jünger als Imogen. Sie saß auf dem Fußboden und malte. Ihre Stifte waren über den ganzen Teppich verstreut.

»Mrs Kalmadi hat gesagt, Falter können keine Türen aufmachen«, sagte Marie, »und auch keine Menschen erkennen.«

»Du darfst in der Schule nicht mehr darüber sprechen«, schimpfte Imogen. »Die denken sonst, du hättest einen Schuss.«

»Aber alle reden doch darüber. An deiner Schule etwa nicht?«

Imogen betrachtete eine Kritzelei an der Wand, die Mama darstellen sollte. Ihr Kopf hatte die Form einer Glühbirne, und ihre Hände ähnelten Bananenbündeln. Diese Zeichnung hatte Marie schon vor ein paar Jahren angefertigt.

»Doch«, gestand Imogen. »Sie reden die ganze Zeit darüber.«

Am Fußende des Bettes hing ein jüngeres Bild: das Porträt eines Jungen mit weit auseinanderstehenden Augen und mit Ohren, die aus seinem Haarschopf herausguckten. Imogens Blick wanderte immer wieder zu diesem Jungengesicht. Sie musste zugeben, dass Marie ihn richtig gut getroffen hatte.

»Ich will nicht immer so tun, als würde es Jaroslaw nicht geben«, sagte Marie jetzt. »Die Stadt war doch genauso wirklich wie Mrs Kalmadi. Und als wir da waren, kam sie mir sogar noch wirklicher vor.«

Imogen ging es genauso. Sie hasste es, sich zu verstellen. »Ich bin sicher, dass Mama uns irgendwann glaubt«, sagte sie. »Wir müssen es bloß schaffen, sie irgendwie zu überzeugen.«

Von unten hörten sie Mamas Stimme: »Kommt essen, Kinder!«

Marie ließ ihren Stift fallen und sauste aus dem Zimmer. Imogen schwang sich vom Bett und hob Maries Bild auf. Es war eine Skizze von einem Wald in der Nacht. Er war gut getroffen: die heimlichen Schatten, das kalte Licht der Sterne. Wenn Imogen die Augen schloss, konnte sie beinahe das Wispern von Falterflügeln hören.

»Erde an Imogen!«, rief Mama. »Eure Oma ist da. Komm her und begrüße sie!«

Imogen legte das Bild wieder hin und ging nach unten zu ihrer Familie.

Für September war es warm, daher aßen sie draußen zu Abend. Mama zündete Duftkerzen an, um die Insekten fernzuhalten. Oma servierte Lasagne und redete über den Bridgeclub. Sie war rausgeworfen worden, weil sie zu gut spielte. Jedenfalls sagte sie das.

Nach dem Essen, als die Mädchen anfingen, den Terrassentisch abzuräumen, wisperte Mama Oma etwas über Mrs Haberdash zu. Imogen spitzte die Ohren. Die alte Mrs Haberdash war die Besitzerin der Teestube und des Parks, in dem Imogen die Tür im Baum gefunden hatte.

»Bei dem Zustand, in dem der Park ist«, sagte Oma leise, »wäre ich gar nicht überrascht, wenn da tatsächlich irgendwelche wilden Tiere leben würden. Höchstwahrscheinlich Füchse.«

»Worüber redet ihr?«, fragte Imogen mit einem Blick zu den Erwachsenen.

»Ach, über nichts, Schatz«, sagte Mama. »Nimmst du meinen Teller bitte auch mit?«

»Ja, Mama, sofort … Aber ihr habt doch von Mrs Haberdash gesprochen, oder?«

Die beiden Frauen tauschten einen Blick. »Mrs Haberdash geht's leider nicht besonders gut«, sagte Mama.

»Sie sieht Dinge, die gar nicht da sind«, fügte Oma hinzu. »Bei alten Leuten passiert das manchmal.« Sie tippte sich an die Schläfe, so als hätte alt sein nichts mit ihr selbst zu tun.

»Du meinst, Mrs Haberdash hat einen Vogel, weil da Füchse sind?«, fragte Imogen verwirrt.

»Nein, nein«, sagte Oma. »Sie glaubt, in ihrem Park würde sich irgendwas herumtreiben – so was wie ein Monster. Sie sagt, abends würde sie es sehen, hinter dem Haus bei den Mülltonnen. Wahrscheinlich ist es bloß ein Fuchs, der nach Essensresten sucht, aber die arme Mrs Haberdash ist ganz außer sich.«

Ein Monster? dachte Imogen. Könnte das …?

»Vielleicht sollten wir sie mal besuchen«, schlug Marie vor.

»Ich glaube nicht, dass eure Mutter das erlauben würde«, sagte Oma mit einem Blick zu Mama.

»Du brauchst mich gar nicht so anzugucken«, sagte Mama. »Du kannst deine Freundinnen doch besuchen, wann immer du Lust hast.«

»Man kann mir bloß nicht deine Kinder anvertrauen«, erwiderte Oma. »Das willst du doch damit sagen, oder?«

Mama blickte konzentriert auf eine Duftkerze. »Imogen, Marie … bringt jetzt unsere Teller in die Küche.«

Aber Oma hielt ihren Teller fest. »Es war nicht meine Schuld, dass die Mädchen verschwunden sind«, sagte sie scharf. »Ich hatte sie nur ganz kurz aus den Augen gelassen.«

Imogen hatte noch nie erlebt, dass Mama und Oma sich stritten. Sonst hielt Mama zu Oma, und Oma hielt zu Mama. Das war die Regel.

»Wir können doch alle vier hinfahren«, sagte Marie. »Warum fahren wir nicht zusammen zur Teestube?«

Mit gerunzelter Stirn blickte Mama auf. »Ich überlege es mir«, sagte sie.

Später am Abend brachte Oma Marie ins Bett, sodass Imogen Mama ganz für sich hatte. Sie saßen im Garten und suchten den Himmel nach den ersten Sternen ab.

Über dem Horizont schimmerte der Himmel noch orange. Es war ein greller Schein, gegen den sich selbst die hellsten Sterne nicht durchsetzen konnten. Der Nachthimmel über Jaroslaw war schwarz gewesen und voller Sterne. Imogen überlegte, ob die Nachbarn hier bei einem Angriff der Skret wohl die Lichter ausmachen würden. Dann könnte man viel mehr Sterne sehen. Wahrscheinlich wäre es ihnen das nicht wert, dachte sie mit einem Lächeln.

»Worüber denkst du nach?«, fragte Mama. Sie legte den Arm um ihre Tochter. Obwohl Imogen jetzt in die siebte Klasse ging, passte sie noch sehr gut in Mamas Arm.

»Ach, weißt du … Ich hab nur überlegt, wie es wäre, wenn man alle Sterne sehen könnte.« Imogen schmiegte den Kopf an Mamas Schulter.

»Es ist schön, euch wiederzuhaben, Imogen«, sagte Mama. »Ich hatte solche Angst um euch … Ich weiß nicht, was ich ohne Mark gemacht …«

Imogen ergriff die Gelegenheit. »Ist Mark jetzt richtig dein Freund?«

Ein Weberknecht schwebte vorbei.

Mama holte tief Luft, bevor sie antwortete. »Ja. Ich habe ihn wirklich sehr gern, und ich glaube, du wirst ihn auch mögen, wenn du ihm nur eine Chance gibst … Er hat ja selbst keine Kinder, daher fällt es ihm nicht leicht mit euch, aber Mark ist ein guter Mann. Bitte, versprich mir, dass du es versuchst.«

»Ich sage aber nicht Papa zu ihm.«

»Natürlich nicht. Das würde ich nie von dir verlangen.«

»Na ja, wenn du ihn gernhast, kann ich es vielleicht …«

Mum drückte Imogen an sich. »Das ist lieb von dir.«

Kapitel 4

Als der erste Schnee gefallen war, stellten die Bewohner von Jaroslaw ihre Suche nach Anneschka ein. Falls sie sich im Wald versteckt hatte, musste sie inzwischen verhungert sein. Niemand würde einer Mörderin etwas zu essen geben, nicht einmal, wenn sie so hübsch war wie Anneschka.

Die meisten glaubten, sie wäre bei der Überquerung der Berge umgekommen, denn es war die falsche Jahreszeit für diese Reise. Vielleicht würde man im Frühling ihre Leiche finden, irgendwo in der Nähe eines Berggipfels, in ihrem Hochzeitskleid und von Eis umschlossen. Bei den Künstlern in Jaroslaw war das ein beliebtes Motiv. Es verkaufte sich hervorragend.

Woher sollten die Leute von Jaroslaw wissen, dass Anneschka weder tot noch dem Tod nahe war, sondern sicher und warm im Haus der Waldhexe lebte?

Anneschka saß am Feuer. Das Huhn hockte in seiner Schublade, und die Tontöpfe waren still, so wie es sich für Töpfe gehörte. Anneschka strich mit dem Finger über ihre Brandnarben. Die neue Haut war silbrig.

Durch das kleine Fenster konnte sie nichts als Bäume sehen. Sie beugten sich unter der Schneelast. Otschi war draußen und schüttelte das weiße Puder von den Ästen.

Die fallenden Flocken schienen Anneschka zuzuflüstern: »Wir jubeln dir zu, wir juuubeln.« Sie blickte wieder ins Feuer. »Kööönigin!«, zischelten die Flammen.

Otschi kam herein, und Anneschka schreckte aus ihrer Träumerei hoch.

Zusammen mit ihrem Mantel legte die Hexe auch ihre Jugend ab. Dann schlurfte sie langsam und steif zum Feuer. »Die armen Bäume«, schnaufte sie. »So viel Schnee haben sie nicht erwartet. Der Winter ist früh gekommen.«

Dieses ganze Gerede von Bäumen, dachte Anneschka, dabei hat die alte Hexe mir immer noch nicht gesagt, wo ich Königin sein werde.

Otschis Knie knackten, als sie sich hinsetzte. Anneschka wohnte jetzt lange genug bei der Hexe, um über ihre Verwandlungen Bescheid zu wissen. Wenn Otschi sich draußen aufhielt, war sie eine junge Frau, und ihr Körper war geschmeidig wie ein junger Baum, aber sobald die Hexe ihre Hütte betrat, ähnelte sie einem Baumstumpf. Hässlich und alt.

Anneschka fragte sich, ob Otschi ihre Prophezeiungen wohl auch so gut verkaufen könnte, wenn die Leute ihr wahres Gesicht sähen. Sie bezweifelte es.

»Sag mal«, fragte Anneschka, »wenn ich nicht Königin von Jaroslaw werde, wo werde ich denn dann regieren?«

Die Hexe lehnte sich zurück. »Meine Weissagungen geben nur einen kurzen Blick auf die Zukunft. Aber was du verlangst, ist ein langes, ruhiges Hinschauen.«

»Ich verliere allmählich die Geduld, Hexe. Du hast versprochen, dass du mir sagst, wo ich herrschen werde.«

»Das habe ich nicht getan.«

»Was ist denn los?« Anneschka grinste spöttisch. »Baust du allmählich ab?«

Otschi schaute zur Uhr hinüber – zu der Uhr, die Anneschka Andel weggenommen hatte und die jetzt auf dem Kaminsims stand. Die Uhr sah genauso alt aus wie Otschi. Sie musste schon vor langer Zeit stehen geblieben sein.

»Ich kann das durchaus«, sagte die Hexe. »Aber ich brauche dazu ein wenig Hilfe.«

Die Töpfe auf dem Kaminsims rappelten.

»Pah!«, höhnte Anneschka. »Die Uhr wird dir nicht helfen. Die geht nicht. Sie zeigt ja nicht mal mehr die Zeit an.«

»Welche Zeit?«, sagte die Hexe. »Zeit und Bewegung, Bewegung und Zeit. Je älter ich werde, desto schwieriger wird es, beides voneinander zu unterscheiden.« Sie lächelte zahnlos, und Anneschka hätte ihr am liebsten ins Gesicht geschlagen. Zum Teufel mit der Hexe und ihren Rätseln.

»Rede Klartext«, verlangte Anneschka.

»Diese Uhr geht nach den Sternen«, sagte Otschi.

Ihre Worte ließen eine Erinnerung wach werden.

Anneschka stand auf.

Drakomor hatte ihr von einer derartigen Uhr erzählt. Er hatte gesagt, Andel hätte sie hergestellt und sie könne die Sterne deuten. Hatte er etwa diese Uhr gemeint? Hatte Andel sie deshalb vor dem Feuer gerettet?

Anneschka betrachtete die Uhr aus der Nähe. Sie hatte fünf Zeiger, aber keiner bewegte sich. Vor dem Zifferblatt hingen verstreut ein paar Edelsteine.

»Mit einem so machtvollen Werkzeug könnte ich tief in die Zukunft hineinsehen«, fuhr Otschi fort. Sie sprach lauter, um die klappernden Töpfe zu übertönen. Jetzt machten alle Lärm, die Töpfe in den Regalen, die Töpfe in den Ecken und die Töpfe, die man nicht sehen konnte.

»Ich bin sicher, dass du durchaus in der Lage bist, das richtige Königreich zu finden, ganz ohne meine Hilfe«, sagte die Hexe. »Schließlich ist das deine Bestimmung. Die einzige Frage ist, wie lange willst du warten?«

Anneschka warf der Hexe einen giftigen Blick zu. Sie hatte nicht die Absicht, so alt wie Otschi zu sein, wenn sie ihren Thron bestieg. »Sag es mir«, befahl sie. »Jetzt sofort.«

Die Töpfe klapperten mit aller Kraft. Otschis Huhn hüpfte aus der Schublade und versteckte sich unter dem Schreibtisch.

»Ich bitte nur um eine kleine Sicherheit …« Das klang beiläufig, aber Otschis Blick war eindringlich. »Ich bitte nur um deine Seele.«

Jetzt bebte der ganze Raum mit der Kraft von siebenhundert gefangenen Seelen. Anneschka blickte sich um. Konnte es sein, dass die Töpfe sie warnten?

»Kein Grund zu erschrecken«, sagte die Hexe. »Vor deinem Tod nehme ich dir nichts weg.«

Aber wenn die Seelen in den Töpfen nun neidisch waren? Wenn sie nicht wollten, dass Anneschka ihr Ziel erreichte? Ihre Mutter war immer neidisch auf sie gewesen. Sie hatte sich stets gewünscht, das Schicksal hätte sie selbst zur Königin erkoren.

Anneschka drehte sich zur Hexe um. »Abgemacht!«, rief sie.

Die Töpfe schepperten, als wollten sie die Wände zum Einsturz bringen. Eine Laterne fiel auf den Boden und zerschellte. Otschis Huhn gackerte.

»Anneschka Mazanar, ich verspreche dir, dass ich die Sterne für dich deute«, sagte die Hexe. Sie drückte sich ein Messer gegen den Daumen, und es ritzte ihre Haut auf, als wäre sie nasses Papier. Dann reichte sie Anneschka das Messer.

»Ich verspreche dir, dass du an meinem Todestag meine Seele bekommst«, sagte Anneschka. Sie schnitt sich ebenfalls in den Daumen und drückte ihn gegen Otschis Daumen. Das Blut der beiden vermischte sich. Die Töpfe rührten sich nicht mehr.

Alles in der Hütte war still.

Alles außer der Uhr, die zu ticken begann.

Anfangs bewegten die Zeiger sich langsam. Dann schneller. Dann noch schneller, bis sie im Kreis herumrasten. Tage vergingen in einem Moment. Das Törchen in der Uhr flog rascher auf und zu, als ein Falter mit den Flügeln schlägt.

Dann wurde alles langsamer. Die juwelenbesetzten Sterne nahmen ihre Positionen ein. Die Uhr tickte im Sekundentakt. Anneschka legte sich die Hände an die Wangen. Sie fühlte sich nicht anders als sonst. »Ist das alles?«, flüsterte sie.

Das Törchen in der Uhr öffnete sich, und eine hölzerne Krone glitt heraus. Sie war so winzig und so perfekt ... Anneschka hätte sie gern berührt. Aber die Krone drehte sich im Kreis, als würde sie tanzen, und zog sich in die Uhr zurück.

»Was war das?«, fragte Anneschka.

»Das war unser erster Hinweis«, sagte die Hexe und humpelte zu ihrem Schreibtisch hinüber.

»Hinweis? Um Hinweise habe ich nicht gebeten. Ich habe eine Weissagung verlangt!«

Otschi nahm eine Schreibfeder zur Hand. »Es ist der erste Teil deiner Weissagung. Keine Sorge, ich finde heraus, was er bedeutet ... Die Sternenuhr lässt sich nicht hetzen.«

Kapitel 5

Als Imogen und Marie endlich in Mrs Haberdashs Teestube durften, war schon fast Halloween. Mama schien immer noch zu glauben, dass die Mädchen das Haus nur mit einem bewaffneten Leibwächter verlassen konnten, daher fuhr »die ganze Familie« mit.

Imogen, Marie, Mama und Oma warteten bereits, als es vor dem Haus hupte. »Meine Damen«, rief Mark, »Ihr Wagen wartet!« Mum fand Marks Wagen sportlich. Imogen fand, dass er wie eine platt getretene Zitrone aussah.

Imogen und Marie rutschten schnell auf den Rücksitz und klemmten Oma zwischen sich ein. »Rate mal, was wir gemacht haben!«, sagte Mama, als sie sich auf den Beifahrersitz sinken ließ.

»Gehirn-Wackelpeter!«, rief Marie.

»Da kriege ich ja Angst«, sagte Mark. Er sah Imogen im Rückspiegel in die Augen. »Ich hoffe, ihr da hinten habt keine klebrigen Finger. Die Sitze sind aus echtem Leder.« Dann ließ er den Motor an.

Imogen lehnte die Stirn an die Fensterscheibe und rief sich Szenen aus dem Sommer ins Gedächtnis. Der Schattenfalter mit seinen silbergrauen Flügeln fiel ihr ein. Sie erinnerte sich an die Burg und an die Höhlen der Skret und an –

»Wie läuft's denn so in der Schule, Imogen?«, fragte Mark. »Ich höre, du interessierst dich für Naturwissenschaften?«

Imogen verdrehte die Augen. »Nicht für alle«, sagte sie. »Bloß für das Weltall.«

»Das Weltall …« Mark nickte. »Das Thema hat mir früher auch gefallen.«

Er versucht, Kontakt zu mir aufzubauen, dachte Imogen, aber gerade hat er die Abzweigung zur Teestube verpasst.

»Das ist der falsche Weg«, rief Oma.

»Immer mit der Ruhe«, sagte Mark. »Ich vermeide bloß die Landstraßen. Wenn man ein schönes Auto hat, muss man darauf achtgeben.« Er lächelte Mama kurz zu. »Genauso wie auf die Mitfahrerinnen.«

Imogen tat, als müsse sie kotzen. Marie zog die Nase kraus. Oma versuchte, den beiden Mädchen Benehmt-euch-Blicke zuzuwerfen, aber auch sie sah leicht angewidert aus.

Als sie in den Parkplatz der Teestube einbogen, drehte Mama sich nach hinten um. »Also, ihr Mädchen, Mrs Haberdash hat eine schwere Zeit hinter sich. Deswegen wollen wir keine schwierigen Themen ansprechen. Bitte redet nicht über die Füchse in ihrem Garten.«

»Und kein Wort über euer Wolkenkuckucksheim«, fügte Mark hinzu. »Das würde sie nur durcheinanderbringen.«

Imogen betrachtete wütend Marks Hinterkopf. Wolkenkuckucksheim war also sein Name für die Welt auf der anderen Seite der Tür. Anscheinend wollte er unbedingt beweisen, dass die Schwestern das alles nur erfunden hatten.

Sie kletterten aus dem Auto und gingen über den knirschenden Kies. An einer Pforte in der Ecke des Parkplatzes blieb Imogen kurz stehen. Das war der Eingang zum Haberdash-Park. Hier hatte der Schattenfalter sie im vergangenen Sommer hingeführt. Hier hatten ihre Abenteuer begonnen …

Aber jemand hatte das Schloss an der Pforte repariert. Jetzt konnten Unbefugte nicht mehr hindurch.

»Komm, Imogen«, sagte Mama. »Zur Teestube geht's hier entlang.« Widerstrebend folgte Imogen den anderen.

Wie immer hatte Mrs Haberdash sich angezogen, als wäre sie mit der Queen zum Tee verabredet. Sie trug Diamanten in den Ohren und Rüschen um den Hals.

Als sie sah, dass Gäste kamen, steuerte sie ihr Elektromobil zur Tür.

»Agnes!«, rief Oma und eilte auf ihre alte Freundin zu. »Es tut mir so leid, dass wir dich nicht eher besuchen konnten.«

Mrs Haberdash sah aus, als wolle sie antworten, aber Oma war schneller. »Wir hatten wahnsinnig viel zu tun – mit den polizeilichen Ermittlungen und dem Schulbeginn der Kinder und den Füchsen – habe ich Füchse gesagt? Ich meinte Eichhörnchen!«

Imogen beschloss, die Erwachsenen sich selbst zu überlassen. Sie ging zu Mrs Haberdashs Hunden hinüber, die wie drei flauschige Kissen auf einem Korbsofa faulenzten. Marie folgte ihr.

»Guck mal, was ich habe«, sagte Imogen, als sie außer Hörweite waren. Sie hielt ihren Rucksack auf, und ihre Schwester lugte hinein.

»Mamas Smartphone!« Marie japste nach Luft. »Weiß sie, dass du es hast?«

Der Hund, der ihnen am nächsten lag, hob den Kopf.

»Natürlich nicht. Sprich leise. Ich will es Mrs Haberdash leihen.«

»Was? Warum denn das?« Marie war verdutzt. »Mama bringt dich um!«

»Nein, nein. Sie wird einfach glauben, sie hätte es hier vergessen. Sie legt ja dauernd Sachen irgendwo hin und weiß dann nicht mehr, wo. Außerdem, wenn ich selbst ein Smartphone haben dürfte, müsste ich mir nicht das von Mama ausborgen.«

Marie holte ihr Zeichenheft aus dem Rucksack. »Was soll Mrs Haberdash denn mit einem Smartphone anfangen?«

»Ein Foto machen.«

»Wovon?«

»Von dem Monster natürlich«, flüsterte Imogen.

»Von welchem Monster?«

»Mrs Haberdash sieht hier doch immer wieder ein Monster.«

Marie presste skeptisch die Lippen zusammen. »Ich weiß nicht, Imogen. Oma hat gesagt, das ist bloß ein Fuchs, und Mum sagt, wir sollen nicht darüber sprechen.«

»Und wenn Oma da falschliegt? Wenn die Erwachsenen sich alle irren? Sie haben auch gesagt, in Bäumen gäbe es keine Türen. Sie sagen, Miro ist bloß ein Fantasiefreund. Und jetzt sagen sie, Mrs Haberdash bildet sich das Monster nur ein. Aber guck sie doch mal an! Findest du, dass sie aussieht, als würde sie spinnen?«

Mrs Haberdash hörte gerade Oma zu. Sie sah adrett und gelassen aus. Oma beschrieb etwas Großes, sie gestikulierte mit den Armen und schwenkte ihren Gehstock gefährlich nah an den Kuchen und Torten.

»Und noch was«, fuhr Imogen fort, »wir sind durch den Haberdash-Park in eine andere Welt gekommen. Und jetzt sieht Mrs Haberdash genau da etwas Ungewöhnliches. Findest du nicht, dass das ein komischer Zufall ist?«

»Was flüstert ihr beiden denn da?«, fragte Mama. Sie trug ein Tablett mit Teetassen und Kuchen.

»Nichts«, sagten die Mädchen wie aus einem Mund. Imogen zog ihren Rucksack zu.

»Nichts?« Mama lachte. »Warum fällt es mir schwer, das zu glauben?«

Als sie ihren Kuchen verputzt hatten und die anderen mit Mrs Haberdashs Hunden schmusten, ging Imogen zu der alten Dame hinüber. Sie schob Mamas Smartphone über die Theke, berichtete flüsternd von ihrem Plan und bat Mrs Haberdash, sie nicht zu verraten.

Mrs Haberdash tippte sich an die Nase. »Keine Sorge, Imogen«, sagte sie leise. »Dein Geheimnis ist bei mir sicher … Ich weiß, wie man diese Kameratelefone benutzt. Man muss einfach draufhalten und drauftippen, draufhalten und drauftippen.«

»Glauben Sie, dass Sie das Monster erwischen können?«, fragte Imogen.

»Ich sehe mal, was sich machen lässt«, sagte Mrs Haberdash, während sie das Smartphone in eine Schublade gleiten ließ. »Es ist wirklich nett von dir, dass du mir glaubst. Die da hinten denken alle, ich würde langsam verrückt.«

Die alte Dame nickte zu Imogens Familie am anderen Ende der Teestube hinüber. Oma fütterte gerade die Hunde mit Kuchen, und Mark versuchte, sie davon abzuhalten. Der kleinste Hund knurrte Mark an.

»Die glauben doch niemandem«, murmelte Imogen.

Kapitel 6

Am nächsten Tag, als sie wieder zu Hause waren, klingelte das Festnetztelefon. Mama nahm ab, und Imogen verging fast vor Aufregung. Das musste Mrs Haberdash sein.

Sie hörte, wie am anderen Ende eine Frau sprach, und im Hintergrund kläfften Hunde.

»Sie haben mein Handy gefunden?«, rief Mama in den Hörer. »Ach, das ist eine Erleichterung! Es muss mir aus der Jeans gerutscht sein … ja … ja, danke, Mrs Haberdash. Ich komme sofort.«

Mama legte auf.

»Darf ich mitfahren?«, fragte Imogen. Sie konnte es nicht erwarten, Mamas Gesicht zu sehen, wenn sie mit DER WAHRHEIT konfrontiert wurde.

»Na klar«, sagte Mama. »Oma kann bei Marie bleiben.« Sie holte ihre Jacke, und Imogen folgte ihr hüpfend aus dem Haus und zum Auto.

»Ich hab's erwischt!«, rief Mrs Haberdash, kaum dass sie die Teestube betreten hatten. Imogen hatte die alte Dame noch nie so lebhaft gesehen.

»Was haben Sie erwischt?«, fragte Mama.

Oh, oh, dachte Imogen. Jetzt zieht sie mich mit rein. Gleich sagt sie Mama, dass ich ihr das Smartphone geliehen habe.

»Ich hab das Monster erwischt«, sagte Mrs Haberdash.

Mum griff nach Imogen und zog sie an sich, als könnte ein tollwütiger Fuchs hinter dem Korbsofa lauern. »Wo ist es?«, stieß sie hervor.

Mrs Haberdash fing an zu lachen. Sie lachte so sehr, dass sich mehrere lange Locken aus ihrer Frisur lösten. Ja, sie schüttelte sich richtig vor

Lachen, und Imogen machte sich schon Sorgen, dass die alte Dame aus ihrem Elektromobil herausfallen könnte.

»Es ist nicht hier drinnen«, sagte Mrs Haberdash, als sie sich wieder gefasst hatte. »Ich habe das Monster mit der Kamera erwischt.« Sie zog eine Schublade auf und holte ein mit einem Taschentuch umwickeltes Päckchen heraus. »Ich hoffe, du hattest nichts dagegen, Catherine. Ich habe dein Mobiltelefon benutzt. Es lag ja hier auf der Theke.«

Imogen beobachtete Mamas Gesicht, als Mrs Haberdash das Taschentuch auffaltete. Mamas Handy kam zum Vorschein, und sie blinzelte auf das Display hinunter. »Wie sieht es aus?«, fragte Imogen. »Wie ein Fuchs?«

»Keine Ahnung«, sagte Mama. »Das Foto ist sehr dunkel.«

Mrs Haberdash rollte näher heran. »Wie meinst du das, Catherine?«, rief sie. »Das ist ein Monster! Es ist eindeutig ein Monster!«

Mama zoomte das Bild heran. »Das könnte alles Mögliche sein, Mrs Haberdash.«

Imogen nahm das Handy und guckte sich das Foto an. Es war verschwommen. Nur die Augen waren deutlich zu sehen. Zwei kreisrunde Kugeln, die der Blitz hatte aufglühen lassen. Die Umrisse waren unscharf, aber Imogen glaubte, etwas anderes zu erkennen … da, in der Ecke des Displays. Es war die Spitze einer langen, gekrümmten Kralle.

Eine solche Kralle hatte sie schon mal gesehen …

»Sind Sie sicher, dass das nicht eine Nahaufnahme von einem Frosch ist?«, fragte Mama.

Mrs Haberdash machte ein finsteres Gesicht. »Ich weiß doch, wie ein Frosch aussieht, Catherine.«

»Oder vielleicht waren es Kinder, die sich zu Halloween verkleidet haben? Die Kostüme sind heutzutage ja sehr realistisch.«

»Warum sollten Kinder sich hinter meinen Mülltonnen verstecken?« Mrs Haberdash wirkte tief betrübt, und plötzlich hatte Imogen Mitleid mit ihr. Sie wusste, wie es war, wenn niemand einem glaubte.

Erwachsene glauben Kindern nicht. Und alten Damen glauben sie auch nicht. Vielleicht kann man nur in mittleren Jahren Einfluss auf die Vorstellungen und die Denkweise anderer Menschen nehmen.

»Teenager kommen auf seltsame Ideen«, sagte Mama, nahm Imogen das Handy weg und steckte es in ihre Handtasche. »Mrs Haberdash, ich bin sicher, dass es Ihnen wieder besser geht, wenn Halloween vorbei ist. Morgen schicke ich Mark vorbei, damit er nach Ihnen sieht.«

Auf der Fahrt nach Hause bat Imogen ihre Mutter um das Handy und betrachtete das Foto noch einmal. »Das Monster hat Klauen«, sagte sie. »Für einen Fuchs hat es sehr große Klauen.«

»Was soll ich denn machen, Imogen?«, erwiderte Mama entnervt. »Die Armee rufen? Die Polizei kriegt jetzt zu Halloween bestimmt dauernd Anrufe wegen aller möglichen Streiche. Versuche einfach, nicht mehr daran zu denken. Es ist nicht gut für dich, wenn du über Dinge nachgrübelst, die nicht real sind.«

Imogen machte schmale Augen. Die Armee … die Polizei … beides wollte sie auf keinen Fall. Die würden das Monster einsperren oder sogar einschläfern. So machten die Leute es mit allen Wesen, vor denen sie Angst hatten.

»Lösch das Foto«, wies Mama sie an.

Widerstrebend gehorchte Imogen. »Okay«, sagte sie. »Ich denke nicht mehr daran.«

Aber sie überlegte fieberhaft. Sie musste eine andere Möglichkeit finden, Mama davon zu überzeugen, dass es die Tür im Baum wirklich gab. Doch wie konnte sie das schaffen, ohne das Monster zu gefährden?

Und die wichtigste Frage: Was machte ein *Skret* im Haberdash-Park?

Kapitel 7

Der Herbst verging, und mit ihm endeten auch alle Gespräche über Monster. Imogen war so sehr damit beschäftigt, sich auf ihrer neuen Schule einzugewöhnen, dass sie keine neuen Pläne schmieden konnte. Das Leben war mit Schularbeiten und der Jagd nach Teampunkten ausgefüllt.

Oft war es einfacher, so zu tun, als gäbe es die Tür im Baum gar nicht. Wenn andere Kinder Imogen nach ihrem mysteriösen Verschwinden fragten, lachte sie, als wäre das ein Scherz gewesen – ein lustiger Streich, den sie den Erwachsenen gespielt hatte.

Ich werde schon noch beweisen, dass Jaroslaw eine echte Stadt ist, ich warte bloß auf den richtigen Moment, sagte sie sich im Stillen. Doch der richtige Moment schien nicht zu kommen. Es gelang ihr immer besser, so zu tun, als glaube sie nicht an Monster. Manchmal verstellte sie sich dabei so sehr, dass ihre Erinnerungen undeutlich wurden.

Und so kroch die Zeit voran, Minute für Minute, Stunde für Stunde, bis Weihnachten kam. Imogen und Marie hatten Schulferien. Imogen freute sich auf Geschenke und Würstchen im Schlafrock. Allerdings sollte sie in diesem Jahr nichts davon bekommen.

Die Zeit hatte das Schneckentempo nämlich satt. Sie war bereit loszugaloppieren. Und die Tage, in denen Imogen so getan hatte, als wäre unsere Welt die einzige, die es gibt, waren gezählt.

Am ersten Morgen der Weihnachtsferien setzte Mama Imogen und Marie ins Auto. Sie fuhren aus der Stadt hinaus in Richtung Gut Haberdash, aber am Wegweiser zur Teestube bogen sie nicht ab.

»Wollen wir denn nicht Mrs Haberdash besuchen?«, fragte Marie.

»Überraschung!«, rief Mama. »Wir fahren in ein schickes Hotel. Es liegt an der gleichen Straße wie die Teestube, nur ein Stück weiter. Wir haben unsere Reisetaschen dabei, ich habe alles eingepackt.«

Imogens Blick wanderte von Mama zu Marie. Sie hatte noch nie in einem Hotel übernachtet. Aber sie hatte welche im Fernsehen gesehen, daher wusste sie, was sie erwartete. »Aber ich dachte, Hotels sind für Reisen«, sagte sie, »und wir sind doch gar nicht weit von zu Hause weg.«

»Es ist ein besonderes Weihnachtsgeschenk von Mark«, sagte Mama, als erkläre das alles. »Vergesst nicht, euch bei ihm zu bedanken.«

Mama parkte vor einem Gebäude mit gläserner Front. Auf dem Schild am Eingang stand:

Willkommen im Seerosenblatt
Spa – Restaurant – Kongresszentrum

Das Bild neben den Worten zeigte einen Frosch mit einem Handtuch um den Kopf und langen, manikürten Fingernägeln.

»Warum übernachten wir hier?«, fragte Imogen. »Was wollen wir denn hier machen?«

Mama hob die Taschen aus dem Kofferraum. »Entspannen!«, sagte sie mit einem halb verrückten Lächeln. »Wir sind hergekommen, um uns zu entspannen.«

»Dürfen wir auch malen?«, fragte Marie.

»Klar«, sagte Mama. »Und der Haberdash-Park ist ganz in der Nähe. Aber – Mark soll uns erklären, was der Plan ist.«

Imogen wollte »den Plan« sofort wissen, aber Mama marschierte bereits zum Hotel. Die Mädchen folgten. »Es ist ein sehr modernes Haus«, flüsterte Mama, als die automatischen Türen sich zischend auseinanderschoben.

Im Foyer stand ein gigantischer Weihnachtsbaum. Während Mama mit der Empfangsdame sprach, inspizierte Imogen den Baum. Er war künstlich. Auch die Geschenke darunter waren nicht echt.

»Kinder dürfen nach sechs nicht mehr ins Spa«, sagte die Empfangsdame und händigte Mama Schlüssel für ihre Zimmer aus.

Marie legte einen Schalter um, und die Lichter am Baum fingen an zu blinken. »Marie!«, zischte Mama, ohne sich umzudrehen. Wie konnte Mama das sehen, obwohl sie in die andere Richtung guckte? In letzter Zeit schien sie ihre Mädchen immerzu im Auge zu haben.

Ein Gepäckträger kam und nahm ihr Gepäck, während Mama ihr Handy checkte. »Mark hat uns einen Tisch reserviert«, sagte sie. »Was habt ihr für ein Glück. Nicht viele Kinder dürfen im Seerosenblatt mittagessen.«

Sie folgten dem Gepäckträger zu ihren Zimmern, und nachdem die Mädchen sich die Hände gewaschen hatten, gingen sie ins Restaurant. Imogen sah auf den ersten Blick, dass ihre Mutter recht gehabt hatte. Alle anderen Gäste waren Erwachsene. Sie wirkten nicht gerade so, als würden sie die Mahlzeit genießen. Eine Frau in einem Sackkleid starrte den Kellner an. Ihr Mann starrte zur Bar hinüber. Ein älteres Paar stocherte schweigend im Essen herum, als säßen die beiden in verschiedenen Zimmern – oder vielleicht in verschiedenen Universen.

»Cathy!«, rief Mark von einem Tisch auf der anderen Seite des Saals. »Hier drüben! Ich hoffe, du hast nichts dagegen, aber ich habe schon bestellt.« Er wandte sich an die Mädchen. »Hallo, meine jungen Damen! Hübsch seht ihr aus.«

Imogen zog eine Grimasse und setzte sich.

Dann fing Mark an, von seinem Job zu reden. Mama griff nach der Weinflasche. Imogen guckte aus dem Fenster. Draußen pustete ein Mann mit einem Laubbläser vertrocknete Blätter vor sich her. Imogen wünschte, sie wäre auch draußen im Freien. Selbst mit vertrockneten Blättern zu spielen machte mehr Spaß als das hier.

»Wir müssen innovativer werden«, fuhr Mark fort. »Jetzt heißt es digitalisieren oder krepieren. Genau das habe ich dem Vorstand gesagt.«

Ein Kellner erschien. Er trug vier Teller mit buntem Gemüse, das in perfekte kleine Vierecke geschnitten war.

»Hey, Imogen«, sagte Mark, als der Kellner die Teller vor sie hinstellte. »Wie läuft's bei dir? Hast du irgendwelche neuen wissenschaftlichen Fakten gelernt?«

»Ähm, ja.« Imogen beäugte ihr gewürfeltes Gemüse.

Mark verschob eine Vase, damit er ihr Gesicht sehen konnte. »Lust, uns davon zu erzählen?«

»Ich habe gelernt, wie Sterne sterben«, sagte Imogen. »Die richtig großen Sterne explodieren, und es bleibt nichts weiter übrig als ein schwarzes Loch, und das schwarze Loch verschluckt alles. Sogar Planeten. Sogar Licht.«

»Erstaunlich«, sagte Mark, aber es klang gar nicht erstaunt.

»Wie kann ein Loch Licht verschlucken?«, fragte Marie.

»Niemand weiß, was in einem schwarzen Loch drin ist«, sagte Imogen. »Vielleicht einfach nur Chaos. Es könnte ein Tor in eine andere Welt sein.« Sie sah Mark vielsagend an.

Er reagierte, indem er die Stimme senkte. »Wie läuft es sonst so? Du weißt schon … mit der Therapie?«

»Frau Dr. Saeed hat gesagt, das bleibt alles zwischen ihr und mir«, antwortete Imogen.

»Mit uns kannst du auch darüber sprechen«, sagte Mama. »Wir haben immer ein offenes Ohr.«

Um Zeit zu gewinnen, schaufelte Imogen Gemüse in sich hinein. Die Therapie machte sie nur Mama zuliebe. Sie selbst brauchte keine. Wofür denn? Sie kaute das Gemüse langsam und gründlich.

»Die läuft gut«, sagte sie. »Mir geht's gut.«

»Und du?«, fragte Mark jetzt Marie. »Was erzählst du der Therapeutin?«

Marie sah Mama an, und Mama lächelte ermunternd. »Ich erzähle ihr, dass sie vor den Skret keine Angst haben muss«, sagte Marie. »Sie sind nicht so böse, wie sie aussehen.«

»Okay«, seufzte Mark. »Wir klammern uns also immer noch an die Geschichte vom Wolkenkuckucksheim.« Er schnippte mit den Fingern, und der Kellner brachte noch mehr Wein.

Wolkenkuckucksheim. Etwas regte sich in Imogen. Sie hatte vergessen, dass Mark dieses Wort verwendete. »Den Köder schluck ich nicht«, murmelte sie vor sich hin, während sie eine Reihe Gemüsewürfel auf die Gabel spießte.

Kapitel 8

»Wisst ihr«, sagte Mark, »dass der Haberdash-Park gleich hinter der Hecke dort liegt?« Er hob das Kinn zum Restaurantfenster. Das war kaum zu glauben. Der Garten um das Hotel herum sah so leer aus, so ordentlich.

»Frau Dr. Saeed hat vorgeschlagen, wir sollten euch noch einmal in den Park bringen«, fuhr Mark fort. »Sie glaubt, dadurch könnten die Erinnerungen an den vergangenen Sommer freigesetzt werden – die richtigen Erinnerungen, meine ich.«

Aber unsere Erinnerungen sind doch richtig, dachte Imogen.

»Wir hätten auch einfach für einen Tag herkommen können, aber ich habe gedacht, ein bisschen Runterfahren im Spa würde euch guttun. Und eurer Mutter auch. Und ist es hier nicht toll? Wir genießen alle Annehmlichkeiten des Landlebens, und das ganz ohne den Matsch.«

»Ihr braucht keine Angst zu haben«, sagte Mama. »Wir begleiten euch durch den Park, bei jedem Schritt. Und Frau Dr. Saeed wird auch dabei sein. Sie kommt morgen früh.«

Imogen wollte gern zurück in den Park – aber nicht so. Nicht wie in einer Art Experiment. Was glaubten die Erwachsenen denn, was passieren würde? Dass sie plötzlich gestehen würde, sie hätte gelogen? Sie hätte die Tür im Baum erfunden? Frau Dr. Saeed konnte sich ihre Ideen sonst wohin …

Der nächste Gang kam und unterbrach Imogen in ihren Gedanken. Auf ihrem Teller lag ein Stück graues Fleisch mit einer Soßenpfütze und einem Stapel Kartoffelscheiben.

»Ich wette, ihr habt noch nie ein Mittagessen mit drei Gängen bekommen«, sagte Mark.

»Bei Miro gab es abends sieben Gänge«, sagte Marie.

Imogen stupste den Kartoffelturm an, und er platschte in die Soße, sodass sie über die Tischdecke spritzte. Mama warf ihr einen bösen Blick zu. »Was ist das?«, fragte Imogen und stach mit der Gabel in das Fleisch.

»Kalb«, sagte Mutter. »Es wird dir schmecken.«

»Das soll ein Kalb sein?«, fragte Marie.

»Das ist Fleisch von einem Kalb«, sagte Mark. »Wunderbar zart. Und nicht gerade billig.«

Er schnitt ein Stück ab und steckte es in den Mund.

Imogen verschob die Vase wieder, damit sie ihn nicht kauen sah.

»Ich bin Vegetarierin«, rief Marie.

»Stimmt doch gar nicht«, sagte Mama. »Probier mal ein Stückchen.«

Imogen guckte wieder aus dem Fenster. Der Mann mit dem Laubbläser war verschwunden, dafür flatterte jetzt ein grauer Falter über das Gras. Sie sprang vom Stuhl auf. »Guckt mal!«, rief sie atemlos. Vor Aufregung stieß sie Mamas Weinglas um.

»Ach, Imogen!«, rief Mama.

»Ihr verpasst ihn!«, sagte Imogen. »Ihr verpasst den Falter!«

Die Erwachsenen kümmerten sich hektisch um den verschütteten Wein, aber irgendwie musste Imogen sie dazu bringen, einen Blick nach draußen zu werfen. Vielleicht war das jetzt ihre einzige Chance! Sie kletterte auf ihren Stuhl. »Da ist der Schattenfalter, da ist er!«, schrie sie.

Jetzt hoben alle die Köpfe: die Frau im Sackkleid, das ältere Paar, der Kellner an der Bar. Aber sie guckten nicht aus dem Fenster. Sie starrten Imogen an.

Der Falter ließ sich vom Wind hochtragen und dann wieder fallen. Er sah gar nicht mehr richtig wie ein Falter aus.

»Mademoiselle.« Der Kellner berührte Imogen am Arm.

»Imogen Clarke!«, schrie Mama. »Runter vom Stuhl!«

»Aber mein Falter.« Imogen ließ die Hand sinken. Der Falter sah jetzt fast wie ein trockenes Blatt aus. »Er war da, genau da …«

»Sie hat völlig die Beherrschung verloren«, brummte Mark mit ungläubigem Kopfschütteln.

Imogen stieg vom Stuhl herunter. Sie wusste, dass sie Ärger kriegen würde. Der Kellner deutete auf das graue Stück Fleisch, das jetzt in Wein schwamm. »Möchten Mademoiselle ein neues Kalbssteak?«

»*Mademoiselle* geht jetzt auf ihr Zimmer«, sagte Mama.

Mit verschränkten Armen und hoch erhobenem Kopf verließ Imogen das Restaurant.

Kapitel 9

Imogen blieb den ganzen Nachmittag im Hotelzimmer. Aus dem Fenster konnte sie den Haberdash-Park sehen. Hinter der gepflegten Hecke des Hotels ragten seltsame Baumgestalten auf. Unter der Hecke hindurch reckten sich Wildpflanzen in die Höhe. Der Haberdash-Park versuchte, sich auszudehnen.

Immer wieder streckte Mama den Kopf durch die Tür. Sie hatte jedes Mal einen Vorwand, aber Imogen wusste, was in Wirklichkeit los war. »Wie sollte mich denn hier jemand entführen?«, beschwerte sie sich. »Das ist doch wie ein Gefängnis.«

»Ruf mich einfach an, falls du mich brauchst«, sagte Mama. »Da drüben neben dem Bett steht das Telefon.«

»Ich weiß deine Nummer nicht«, sagte Imogen.

»Na schön«, seufzte Mama und hielt Imogen ihr Smartphone hin. »Du kannst mit meinem Handy Mark anrufen. Ich bestrafe dich nicht gern, Imogen, aber so geht es nicht weiter. Weißt du meine PIN?«

Imogen nickte und steckte das Handy in die Tasche.

Marie kam und setzte sich zu ihr. Sie malten schweigend. Imogen zeichnete den Schattenfalter, aber sie kriegte die Fühler nicht richtig hin. Marie malte von ihr ab, und irgendwie war ihre Kopie besser als das Original.

Marie zog wieder ab, um mit den Erwachsenen zu Abend zu essen. Imogen knüllte ihr eigenes Bild zusammen und warf es in den Papierkorb, aber danach fühlte sie sich auch nicht besser.

Als Mama später wiederkam, schlief Marie schon ganz fest, und Imogen stellte sich schlafend. Sie hörte, wie Mama und Mark sich an der

Zimmertür unterhielten. »Vielleicht sollte ich Imogen wecken«, sagte Mama. »Sie hat bestimmt Hunger, so ganz ohne Abendessen.«

»Das könnte ihr mal ganz guttun«, sagte Mark. »Vielleicht überlegt sie sich dann, ob sie weiterhin lügen will.«

Imogen bemühte sich, ihn nicht böse anzugucken, denn damit hätte sie sich verraten. Im Schlaf kann man nicht böse gucken.

»Sie lügt nicht«, flüsterte Mama. »Frau Dr. Saeed sagt, die Mädchen glauben wirklich an ihre andere Welt. Es könnte sein, dass sie auf diese Weise versuchen, mit dem klarzukommen, was … was wirklich passiert ist.«

Eine Pause entstand. »Cathy, du weißt doch, dass die Polizei immer noch keinen Hinweis auf ein Verbrechen gefunden hat. Es ist gut möglich, dass die Mädchen einfach ausgerissen sind.«

»Aber warum hätten sie ausreißen sollen? Es gab doch nichts, wovor sie weglaufen mussten.« Mama klang ganz kleinlaut, und Imogen hätte sie gern in die Arme genommen.

»Schatz, darüber haben wir doch schon gesprochen«, sagte Mark. »Das hat nichts mit dir zu tun. Weglaufen, sich irgendwas ausdenken – so was machen Kinder, um ihre Grenzen auszutesten.«

»Meine Kinder nicht.«

»Okay«, sagte Mark. »Deine Kinder nicht. Wollen wir nach unten gehen und was trinken?«

Die Tür klickte ins Schloss, und Imogen blieb still liegen, während die Schritte verklangen. Sie hasste Mark. Sie hasste ihn mehr, als sie jemals irgendjemanden gehasst hatte.

Sie nahm den Hörer vom Hoteltelefon ab und rief die Rezeption an, genauso, wie sie es im Fernsehen gesehen hatte. »Hier ist Zimmer 28«, sagte sie mit ihrer erwachsensten Stimme, aber leise, damit Marie nicht aufwachte. »Ich möchte etwas beim Zimmerservice bestellen.«

»Selbstverständlich«, sagte die Frau am anderen Ende der Leitung. »Was hätten Sie denn gern?«

»Apple Crumble, Jelly Babies und einen Bananen-Milchshake.«

Die Frau zögerte, aber nur einen Moment. »Kein Problem«, sagte sie dann. »Möchten Sie gleich bezahlen, oder soll ich es aufs Zimmer schreiben?«

Imogen überlegte kurz. Mark würde alles bezahlen, schließlich war es seine Einladung. »Schreiben Sie es auf die Rechnung«, sagte sie.

Kapitel 10

In dieser Nacht hatte Imogen einen leichten Schlaf, aus dem sie in den frühen Morgenstunden durch Gepolter geweckt wurde. Sie sah sich im Hotelzimmer um. Am Fernsehgerät und an der Kaffeemaschine blinkten Lichter. Das Geräusch kam von draußen, daher schlüpfte sie aus dem Bett und ging auf Zehenspitzen ans Fenster.

Wie ein schiefes Lächeln hing der Mond über der Hecke, die den Haberdash-Park vom Hotel trennte. An den Hotelbäumen glitzerte die Weihnachtsbeleuchtung, und auf die Terrasse waren Strahler gerichtet, aber der Haberdash-Park war dunkel.

Draußen hinter dem Restaurant bewegte sich etwas. Imogen drückte das Gesicht gegen die Fensterscheibe, um besser sehen zu können. Eine Recycling-Kiste war umgekippt. Es polterte wieder, und jetzt fiel auch eine Mülltonne um und verteilte ihren Inhalt auf der Terrasse.

Marie stellte sich zu ihrer Schwester ans Fenster. »Was ist denn da los?«, fragte sie.

»Jemand kippt die Mülltonnen um«, sagte Imogen.

Marie betrachtete die gepflegten Anlagen.

»Da ist er! Guck mal!« Imogen zeigte auf einen Schatten, der neben der umgekippten Mülltonne hockte. Mit Klauen, so lang wie Küchenmesser, riss er an den Müllbeuteln. Er hatte kein Fell, und seine Arme waren stark, man konnte sogar die kräftigen Muskeln erkennen.

»Das ist kein Fuchs«, flüsterte Marie.

Das Ungeheuer hatte ein Hühnchengerippe in den Klauen und zerrte an den Beinen, bis sie sich vom Körper lösten. Es drehte sich um und hob einen Knochen an den Mund. Imogen erkannte ihn sofort an den riesigen Hauern. »Das ist Zuby!«, rief sie. Sie schnappte sich ihren Pullover und zog ihn über.

»Was macht der denn hier?«, fragte Marie.

Imogen zog Jeans, Schuhe und Mantel an und steckte Mamas Handy in die Tasche. »Keine Ahnung«, sagte sie. »Ich will ihn fragen.« Sie war schon halb aus der Tür.

»Warte auf mich«, rief Marie und griff auch nach Jeans und Mantel. »Ich komme mit!«

Die Schwestern schlichen den leeren Hotelflur entlang und die Treppe hinunter. Hinter dem Rezeptionstresen saß eine junge Frau, die den Mädchen den Rücken zuwandte. Imogen legte den Zeigefinger an die Lippen, um Marie zu ermahnen, still zu sein. Dann ließ sie sich auf alle viere nieder und krabbelte ganz dicht vor dem Tresen entlang. Marie tat es ihr nach. Die Frau konnte die beiden Mädchen nicht sehen, weil sie im Sichtschatten des Tresens krochen.

Am Ausgang des Hotels stoppte Imogen. Wenn der Sensor für die Automatiktüren sie jetzt erfasste, würde die Frau mit Sicherheit zu ihnen herübergucken. Dann würde sie Mama anrufen, und die Mädchen würden ernsthaft Ärger kriegen.

Imogen zog Mamas Handy aus der Tasche und suchte nach »Hotel Seerosenblatt«. Als die Webseite erschien, drückte sie auf *Anrufen.* Das Telefon an der Rezeption klingelte, und die Empfangsdame wirbelte auf ihrem Drehstuhl herum und ging dran. »Hallo, hier ist Eve vom Hotel Seerosenblatt. Wie kann ich Ihnen helfen?«

Imogen nutzte die Gelegenheit und sprang auf die Füße. Die Automatiktüren öffneten sich, und die Mädchen rannten nach draußen.

»Hallo, ist da jemand?«, rief die Stimme der Empfangsdame aus Mamas Handy. Imogen legte auf. Sie grinste über das ganze Gesicht. Es war schon eine Weile her, dass etwas ihr so großen Spaß gemacht hatte.

Die Mädchen schlichen um das Hotel herum, bis sie zum Restaurant kamen. Alles war still.

»Wo ist er?«, flüsterte Marie.

Auf der Terrasse lagen in Stücke gerissene Plastikverpackungen und abgenagte Hühnchenknochen. Die Strahler und die blinkende Weihnachtsbeleuchtung gaben so viel Licht, dass die Mädchen alles sehen konnten.

»Zuby?« Imogen schaute hinter eine Mülltonne, die noch stand. »Zuby, bist du das?«

Im Blumenbeet raschelte etwas. Zuerst erschienen die Klauen, dann ein blassgrauer Körper und schließlich ein kahler Kopf.

»Kleine Menschen?«, sagte eine vertraute, kratzige Stimme.

Und mit staunendem Gesicht stand Zuby vor ihnen.

Kapitel 11

»Kleine Menschen!«, wiederholte der Skret mit seiner Raspelstimme. »Was macht ihr denn hier?«

»Was wir hier machen?«, sagte Imogen. »Wir wohnen hier.«

Zuby betrachtete das Hotel. »Ihr wohnt in diesem Palast?«

»Nein, nein. Nicht im Hotel. Aber wir wohnen in dieser Welt. Was machst *du* hier?«

Zuby kratzte sich den Kopf. An einer Klauenspitze klebte etwas, das verdächtig nach Mayo aussah. »Der Král hat herausgefunden, dass ich ohne sein Einverständnis Gefangene freigelassen habe und – also, normalerweise wird man für einen solchen Verrat zerschnitzelt und zerstückelt.«

»Wenn du Gefangene sagst … meinst du uns damit?«, fragte Marie.

Der Skret nickte.

»Ach, Zuby, das tut mir sehr leid!«, rief sie.

Imogen dachte an ihre Abenteuer im Sommer zurück. Ihr war nicht klar gewesen, dass Zuby solche Schwierigkeiten bekommen würde, weil er sie befreit hatte.

»Der Král war sehr verständnisvoll«, fuhr der Skret fort. »Er hat mich zur Strafe nur ins Exil geschickt. Aber es war schon zu spät, um über die Berge zu gehen. Als ich an den Pass kam, hatten frühe Winterstürme eingesetzt. Es hat so stark geschneit, dass ich kaum meine eigenen Klauen sehen konnte. Der graue Falter hat mich gerade noch rechtzeitig gefunden.«

Imogens Herz schlug schneller. »Der Schattenfalter hat dich hierher geführt?«

»Er hat mich zur Unsichtbaren Tür gebracht, und seitdem verstecke ich mich im Gebüsch.« Zuby deutete auf den Haberdash-Park.

Imogen warf einen Blick auf die Hühnerknochen und das Glas Mayo. »Zuby, wie lange isst du schon diesen Müll?«

»Müll?«, rief der Skret. »Ich lebe hier wie ein Král! In diesen großen hohen Töpfen sind alle möglichen Schätze zu finden.«

»Das sind keine Töpfe!«, sagte Imogen. »Das sind Mülltonnen. Daraus sollte man nichts essen.«

»Warum nicht? Da ist viel Nahrhaftes drin.« Zuby griff nach dem Hühnergerippe. »Dieser Babyvelekur eben war ein leckerer Happen. So zartes Fleisch und schön gesalzen.«

Auf der anderen Seite des Restaurants tauchte der Strahl einer Taschenlampe auf. »Schnell, da kommt jemand.« Die Schwestern drängten den Skret ins Dunkle und duckten sich. Die Hecke bürstete Imogen über den Rücken.

»Die finden uns«, plärrte Marie, als der Lichtstrahl um die Mülltonnen herumwanderte.

»Nein, nein«, sagte Zuby. »Hier bin ich hereingekommen.« Er schob sich rückwärts durch ein Loch in der Hecke.

»Jemand hat im Müll rumgestöbert«, sagte eine Männerstimme. »Diese verdammten Füchse!«

Zwei Sicherheitsleute stapften heran. Einer trat gegen den zerfetzten Müllbeutel. »Also, ich räume das nicht auf«, murmelte er.

»Da drüben kommen sie rein«, sagte der andere Wachmann. »Unter der Hecke durch.«

Imogen krabbelte bereits hinter Zuby her in den Haberdash-Park. »Los, komm, Marie«, wisperte sie.

Die Stimmen der Wachleute wurden lauter. Marie kroch durch die Lücke und versteckte sich neben dem Skret.

Langes Gras strich Imogen über das Gesicht. Sie hielt still, denn die Männer waren jetzt ganz nah, direkt auf der anderen Seite der Hecke, und jede Bewegung konnte die Mädchen und den Skret verraten. Die Taschenlampe leuchtete durch die Zweige. Imogen versuchte, sich klein zu machen.

»Ich sag Jim, dass er morgen früh das Loch zumachen muss«, sagte der eine Wachmann.

»Jim?«, rief der andere. »Mit seinem Rücken?«

Maries Augen glänzten im Dunkeln. Zubys glühten regelrecht.

»Ich repariere die Hecke jedenfalls nicht«, brummte der Mann ärgerlich. »So was ist Gärtnerarbeit. Damit hab ich nichts zu tun.«

Die Stimmen verklangen.

Als Imogen sicher war, dass die Männer verschwunden waren, kroch sie näher an Zuby heran. Im Hocken reichten seine Knie ihm bis an die Ohren, und die Hauer ragten ihm aus dem Mund.

Imogen wusste nicht recht, ob ihre Mutter im Ernst die Armee rufen wollte, damit die Soldaten sich um Mrs Haberdashs Monster kümmerten. Aber wie auch immer, sie wollte nicht, dass Zuby in dieser Welt gefangen wurde. »Du kannst hier nicht bleiben«, flüsterte sie. »Wenn sie dich finden, stecken sie dich in einen Zoo … oder noch schlimmer, in ein Museum.«

»Was ist ein Muhsehum?«, fragte Zuby.

»So wie ein Gefängnis«, sagte Marie. »Bloß dass man nie wieder rauskommt.«

»Ich wollte nicht lange hierbleiben«, sagte der Skret mit seiner zischenden Knisterstimme. »Nur bis zum Frühling, dann kann man gefahrlos über die Berge wandern.«

Durch die Hecke konnte Imogen die Weihnachtsbeleuchtung des Hotels sehen. »Aber der Winter hat doch gerade erst angefangen.«

»Eure Welt wird von anderen Sternen gelenkt«, sagte Zuby. »Es war Spätherbst, als ich die Kolsaniwälder verließ, aber hier habe ich den Spätsommer vorgefunden.« Er zählte an seinen Klauen ab. »Wenn das also jetzt euer Winteranfang ist, müsste es zu Hause schon Frühling sein. Im Frühling gibt es keine Schneestürme mehr.«

Imogen meinte, undeutlich Flügel zu sehen.

»Ich muss einfach warten, bis der Falter wiederkommt«, sagte der Skret.

Hinter ihm in der Dunkelheit glitzerte es silbern. Imogen wagte nicht zu hoffen. War das wirklich ihr Falter, oder wünschte sie sich das einfach so sehr?

»Der Mezi Můra kommt, wenn es an der Zeit ist«, fuhr Zuby fort. »Diese Falterart lässt sich nicht herbeirufen. Man kann sie zwar um Hilfe bitten, wenn man sie sieht, aber sie machen die Dinge gern auf ihre Weise.«

Der Schattenfalter umkreiste Zubys Kopf, sodass es aussah, als hätte er einen verschwommenen Heiligenschein.

»Aber Zuby, da ist er doch!«, rief Imogen.

Der Skret wandte den Blick zum Himmel. »Oh!«, sagte er. »Du bist es!«

Kapitel 12

Imogen hätte gern einen Jubelruf ausgestoßen, aber sie fürchtete, die Wachleute damit zu alarmieren, daher schluckte sie ihren Juchzer hinunter. Ihr Falter! Ihr Falter mit seinen fedrigen Fühlern und dem samtigen Flaum auf dem Rücken. Ihr Falter, von dem Mark behauptete, es gäbe ihn nicht. Er flatterte direkt vor ihr und landete auf Zubys Klaue.

Marie beugte sich vor. »Seine Flügel sind so schön«, sagte sie.

Die Flügel des Falters bebten, als Marie ausatmete. Normalerweise hätte Imogen ihrer Schwester gesagt, sie solle nicht so dicht herangehen, aber jetzt freute sie sich zu sehr!

»Niemand glaubt uns«, sagte sie halb zu Zuby, halb zu dem Falter. »Niemand glaubt uns, dass in dem Baum eine Tür ist. Die Polizei hat danach gesucht, aber sie konnte die Tür nicht finden.«

»Das ist gut«, sagte der Skret. »Die Unsichtbare Tür soll vor den Menschen verborgen bleiben.«

»Warum?«, fragte Marie. »Vor uns hat die Tür sich nicht versteckt.«

»Dafür könnt ihr euch bei dem Falter bedanken«, sagte Zuby. »Nur ein Mezi Můra kann die Tür für euch Menschen sichtbar machen. Ich will nicht unhöflich sein, aber stell dir nur mal vor, was passieren würde, wenn Massen von Menschen zwischen den Welten hin- und herwanderten. Dann gäbe es Kriege und Seuchen und wer weiß was alles. Die Skret haben diese Tür gebaut, um einen Riss zwischen den Welten zu verdecken – einen Riss in der Zeit. Sie sollte niemals als Durchgang dienen.«

»Aber jetzt ist sie ein Durchgang«, sagte Imogen. »Und woher weißt du, was sein sollte und was nicht?«

Der Falter krabbelte an Zubys Klaue entlang und an seinem Arm hinauf bis auf seine Schulter.

»Bitte seid nicht gekränkt«, sagte der Skret. »Ich bin sehr froh, dass der Falter für euch eine Ausnahme gemacht hat. Aber genau das war es – eine Ausnahme. Es wird nicht noch einmal geschehen.«

Imogen hatte ein Gefühl, als flattere der Falter in ihrem Bauch herum. Dass Zuby sagte, es würde nicht noch einmal geschehen, verstärkte ihren Wunsch nur. Sie hatte es satt, sich zu verstellen. Sie war es leid, dass jemand ihr sagte, was Wirklichkeit war und was nicht – und was sie durfte und was nicht.

Außerdem … Sie hatte plötzlich eine geniale Idee.

»Und wenn wir mitgehen?« Die Worte sprudelten aus ihr heraus. »Wenn wir alle drei durch die Tür im Baum gehen?«

Der Falter krabbelte an Zubys Hals hinauf bis zu seinem Gesicht. Er setzte sich zwischen seine Nasenlöcher und öffnete und schloss die Flügel, als wäre er ein winziger Fächer.

»Als ich euch das letzte Mal sah, konntet ihr es gar nicht erwarten, wieder hier zu sein – zu Hause«, sagte der Skret. »Warum wollt ihr immer da sein, wo ihr gerade nicht seid?«

»Ja!«, rief Marie erschrocken. »Wir wollen nicht wieder in Jaroslaw festsitzen! Dann würden wir Weihnachten verpassen!«

Der Falter saß jetzt oben auf Zubys Schädel. Er sah aus, als wolle er losfliegen.

»Das wird ganz anders als letztes Mal«, sagte Imogen aufgeregt. »Zuby kann über die Berge wandern, dann ist er in Sicherheit, und wir machen die Tür fest, damit sie nicht zufallen kann. Wir bleiben nur ganz kurz drüben.« Sie zog Mamas Smartphone aus der Tasche. »Und hiermit können wir Fotos machen. Beweisfotos! Dagegen kann niemand was sagen. Dann muss Mama uns einfach glauben! Wir lassen nicht zu, dass jemand die Tür findet, keine Sorge. Wir wollen Mama bloß beweisen, dass es die Tür wirklich gibt!«

Der Falter flog von Zubys Kopf auf. »Kommt, hinter dem Falter her!«, rief Imogen und stürzte los in die Dunkelheit.

»Warte auf mich!«, rief Marie.

»Kleine Menschen«, rief Zuby und hastete den Mädchen nach, »ich glaube, das ist keine gute Idee!«

Kapitel 13

Hier stand nirgends ein Schild, das Imogen vor unbefugtem Betreten gewarnt hätte. Nicht in diesem Winkel von Gut Haberdash. Dennoch war ihr klar, dass sie hier eigentlich nichts zu suchen hatte.

Das Gras war hoch. Die Büsche hatten lange, dürre Äste. Die abgestorbenen Blätter blieben liegen, wo sie hinfielen. Hier war das Reich der Eulen, der Füchse und der krächzenden Krähen. Und in den vergangenen Monaten war es auch Zubys Zuhause gewesen. »Vorsicht«, warnte der Skret, »hier wird es etwas sumpfig.«

Imogen schaltete die Lampe von Mamas Smartphone ein und leuchtete sich und Marie. Zuby konnte im Dunkeln sehen und hatte keinen Bedarf an derartiger »Zauberei«.

»Versprich mir, dass wir nur ganz kurz bleiben«, keuchte Marie.

»Versprochen«, sagte Imogen, ohne sich umzudrehen.

»Versprich mir, dass wir die Tür nicht hinter uns zufallen lassen.«

»Versprochen, versprochen«, gab Imogen zurück.

»Und versprecht mir, dass ihr keinem anderen Menschen den Weg zeigt«, rief Zuby. »Selbst wenn ihr das könntet, wenn der Falter zurückkommt, ist es sehr wichtig, dass die Tür verborgen bleibt.«

»Das hab ich doch schon versprochen!« Imogen lachte. »Ich zeige Mama nur die Fotos, nicht den echten Baum.«

Imogen meinte, hinter ihnen ein Geräusch zu hören, aber als sie sich umdrehte, sah sie nichts – nur Unterholz und Schatten. Achselzuckend ging sie weiter, dicht gefolgt von ihrer Schwester und dem Skret.

Als sie an den Fluss kamen, blieben sie stehen. Der Schattenfalter flog schon über dem Wasser, seine Flügel glänzten silbern im Dunkel der Nacht. Als Erster kletterte Zuby auf den umgestürzten Baum, der quer über dem Fluss lag. Imogen erinnerte sich noch vom vergangenen Sommer an den Baumstamm.

Zuby überquerte die Baumbrücke auf allen vieren und krallte sich dabei mit den Klauen an der Rinde fest. Imogen hatte vergessen, wie scharf Skretklauen waren. Obwohl sie wusste, dass Zuby ein Freund war, überlief sie ein kleiner Angstschauer.

Die Lampe des Handys reichte nicht bis zum anderen Ufer, aber Imogen hörte, dass Zuby wieder auf dem Erdboden landete. Mit raschen, ungeduldigen Bewegungen kletterte sie am Wurzelwerk des Baumes auf den Stamm hinauf. Sie konnte es nicht erwarten, Mamas Gesicht zu sehen, wenn sie ihr die Fotos zeigte. Endlich würde sie beweisen, dass Mark sich irrte.

Ein Foto von den Kolsaniwäldern muss sie doch überzeugen, dachte Imogen, während sie über den Stamm kroch. Hinter sich konnte sie Marie atmen hören. Imogen überlegte, dass sie auch ein gutes Foto von Zuby machen wollte. Das konnte ihm ja nicht schaden, wenn er nicht mehr in ihrer Welt war.

Sie sprang vom Baumstamm hinunter und landete hart auf dem gefrorenen Boden. Hier schien es kälter zu sein – es war das wilde Ufer des Flusses. Unter der Erde warteten Pflanzen, fest verpackt in ihren Knollen. Die Bäume stellten sich jetzt im Winter tot.

Imogen half Marie vom Baumstamm hinunter und konzentrierte sich wieder auf den Falter. Er sauste um Zubys Kopf herum. »Keine Sorge, ich komme«, sagte der Skret mit seiner zischenden Knisterstimme, und sie machten sich alle gemeinsam wieder auf den Weg.

Als Imogen sich umdrehte, um zu checken, ob Marie mitkam, glaubte sie, etwas im Gebüsch zu sehen. »Was war das?«, wisperte sie und leuchtete mit der Handylampe in die Richtung. Marie blinzelte in die Dunkelheit. Zuby hob seine krallenbewehrten Klauen, bereit zum Angriff.

Es wurde ganz still.

Dann brach eine Taube aus dem Efeu hervor und war mit wenigen panischen Flügelschlägen verschwunden.

»Alberner grauer Plumpvogel«, murmelte Zuby. »Aber lecker saftiges Fleisch.«

Imogen hätte Zuby gern gefragt, ob er wirklich Tauben aß. Aber dazu war keine Zeit, denn der Schattenfalter flog einfach weiter. Der Skret rannte hinterher, und die Mädchen folgten ihm.

Der Falter führte sie zu einem mächtigen Baum. Obwohl er zu dieser Jahreszeit keine Blätter hatte, erkannte Imogen ihn sofort wieder. Im Baumstamm befand sich eine Tür. Sie hatte genau die richtige Höhe für Skret – und für Menschenkinder.

Zuby benutzte seine Klauen als Harke und säuberte den Eingang von Blättern. »Ihr solltet wirklich nicht mitkommen«, warnte er. »Der Mezi Můra ist nicht für euch hergeflogen – dieses Mal nicht.«

Der Falter krabbelte zum Schlüsselloch. Seine Flügel glitzerten im Schein des Handys.

»Womit können wir die Tür offen halten?«, fragte Imogen.

Marie hob einen dicken Stock auf. »Wie wäre es hiermit?«

»Das geht. Ich mach ein Foto, bitte lächeln!«

BLITZ! Imogen fotografierte ihre Schwester und den Skret. Zuby lächelte nicht. Er sah ungeheuerlicher aus als je zuvor.

»Perfekt«, sagte Imogen.

Der Falter legte die Flügel an und wand sich durch das Schlüsselloch.

»Bist du sicher, dass das gut geht?« Marie biss sich auf die Unterlippe.

»Ich sehe nicht, was da schiefgehen könnte«, sagte Imogen.

Zuby griff nach der Klinke und öffnete die Tür. Er betrat eine strahlend helle grüne Welt.

»Und wenn –«, begann Marie, aber Imogen hörte nicht zu. Sie machte ein Foto von der Tür und ging hindurch.

Kapitel 14

Der Wald auf der anderen Seite der Tür war das Grünste, was Imogen je gesehen hatte. Sie kam sich vor wie im Inneren eines Smaragds. Das Sonnenlicht fiel durch die jungen Blätter, und die Luft war von Vogelgesang erfüllt.

Marie verkeilte den Stock sorgfältig in der Tür.

Imogen wartete ab, bis ihre Augen sich an die Helligkeit gewöhnt hatten. Dann machte sie weitere Schnappschüsse mit Mamas Handy. KLICK! Ein Foto von den Bäumen und ihren Knospen. KLICK! Zuby, der mit finsterem Blick neben einem Ameisenhaufen stand.

Imogen fühlte sich großartig. Mal sehen, was Mark dazu sagt, dachte sie siegesgewiss.

Sie hatte mitten im Winter Fotos vom Frühling gemacht und dazu Schnappschüsse von einem Skret und einer Tür in einem Baum und von einem Wald im Haberdash-Park – in dem es doch angeblich gar keinen Wald gab.

Vielleicht interessierten sich sogar Journalisten für diese Aufnahmen. Und man konnte die Fotos auch in einer kleinen Ausstellung in der Schule zeigen. Imogen nahm sich vor, an ihrer Unterschrift zu arbeiten, falls sie Autogramme geben musste. Aber egal, wie berühmt sie wurde, ihr Versprechen würde sie niemals vergessen. Wo die Tür sich befand, würde ein Geheimnis bleiben.

Sie drehte sich um, weil sie die Tür aus dieser neuen, aufregenden Innenperspektive aufnehmen wollte. Genau in diesem Moment trat ein Mann im Anzug über die Schwelle. Er musste sich bücken, um sich nicht den Kopf zu stoßen.

Imogen ließ Mamas Handy sinken.

Der Mann war so sehr in den Anblick des Waldes vertieft, dass er nicht auf seine Füße achtete und über Maries Stock stolperte.

Zuby machte einen Satz auf die Tür zu. Imogen kreischte. Aber beide waren nicht schnell genug, um zu verhindern, dass der Stock wegflog. Der Mann stürzte mit ausgestreckten Armen und offenem Mund in den Wald.

Hinter ihm schlug krachend die Tür zu.

Die Bäume gaben das Echo des Knalls zurück – wumm, wumm, WUMM! Als würden zwanzig Türen rasch hintereinander zuschlagen.

Der Mann blieb lang ausgestreckt auf der Erde liegen. Selbst mit dem Gesicht nach unten war er unverkennbar. Die schicken Schuhe. Das unbequeme Jackett.

Stöhnend wälzte Mark sich auf die Seite. »Wer hat denn den Stock da aufgestellt?«, schimpfte er.

Kapitel 15

Marie flitzte zur Tür, aber Imogen war schon klar, dass sie sich nicht mehr öffnen ließ. Diese furchtbare Gewissheit ließ sie wie angenagelt stehen bleiben. Marie riss an der Klinke und stieß einen Jammerschrei aus.

Imogen kniff die Augen ganz fest zusammen und versuchte, sich ins Hotel zurückzudenken. Nur ein paar Fotos, dachte sie. Nur ganz kurz. Warum konnte denn nie etwas nach Plan verlaufen?

Sie öffnete die Augen wieder. Mark lag immer noch auf der Erde. Er murmelte etwas, dann hob er den Kopf und blinzelte in den Smaragdwald hinein. »Ist das eine Art … Trick?«, fragte er.

Imogen überlegte, warum er immer noch den Anzug trug. War er noch nicht im Bett gewesen? So was zog man doch nicht schnell über, wenn man mitten in der Nacht aufwachte!

Ganz langsam stand Mark auf. »Ah, ich verstehe«, sagte er. »Das ist eine virtuelle Realität, so was wie ein Cyberwald! Der wird im Hotelflyer gar nicht erwähnt.«

Marie rannte zwischen den Bäumen hin und her. »Komm zurück«, rief sie in das Blätterdach hinauf. Aber der Schattenfalter war verschwunden.

»Das ist ja sehr realistisch!«, brummelte Mark. Er berührte das Moos an einem Ast und betrachtete den Schmutz auf seinem Hemd. Aus seinem Stirnrunzeln wurde ein böser Blick. »Also gut, Imogen«, sagte er schließlich, »du hast deinen Spaß gehabt. Was ist hier los?«

Imogen schüttelte nur den Kopf. Sie hatte Mark doch längst die Wahrheit gesagt, er aber hatte sie als Lügnerin bezeichnet.

»Du darfst uns nicht hierlassen!«, kreischte Marie. »Nicht noch mal!« Sie suchte immer noch nach dem Falter.

»Ist schon gut«, sagte Imogen. Sie wandte sich an den Skret. »Zuby sorgt dafür, dass der Falter zurückkommt, stimmt's?«

Zuby wollte gerade antworten, da schrie Mark: »Hilfe!« Mit weit ausgebreiteten Armen sprang er vor die Mädchen, um sie zu beschützen. »Zurück!«, rief er Zuby zu.

Der Skret hob die Hände, um zu zeigen, dass er keine bösen Absichten hatte, aber als Mark seine Klauen sah, geriet er erst recht in Panik. Er hob einen Stein auf. »Zurück, oder ich schlage dir den Schädel ein!«

»Nicht!«, schrie Imogen und versuchte, Mark den Stein zu entreißen.

»Alles in Ordnung«, sagte Zuby. »Kein Grund, sich zu fürchten.«

Mark ließ seine Waffe sinken, nur ein kleines Stück. »Was zum … Hat es gerade geredet?«

»Nett, Sie kennenzulernen«, sagte der Skret mit einer Verbeugung.

»Er heißt Zuby«, sagte Imogen. »Er ist unser Freund!«

Sie konnte Marks Gesichtsausdruck nicht deuten. Unglaube? Wut? Angst?

»Das muss ein Traum sein«, sagte er endlich. »Eine Tür in einem Baum? Ein sprechendes Monster? Das ist alles nicht real.« Er zeigte auf Imogen und Marie. »Und ihr seid auch nicht real!«

Sprachlos vor Verblüffung beobachtete Imogen den Freund ihrer Mutter. Wie war es möglich, dass er ihr immer noch nicht glaubte?

»Ich bin kein Traum«, sagte Marie. »Ich bin ein Mädchen!«

Mark stieß ein hohles Gelächter aus. »Genau das würde Marie jetzt sagen. Ich hab Kinder noch nie gemocht. Hab nie begriffen, wozu sie gut sein sollen. Aber als ich Cathy kennenlernte, dachte ich, ich könnte es ja mal probieren.«

Er stapfte zur Tür und sackte davor zusammen. Dabei zog er sich den Schlips vom Kragen. »Ich hab mich so bemüht … hab alles getan, was mir einfiel, um diese Kinder für mich zu gewinnen. Und was habe ich dafür gekriegt?«

»Mark, du darfst da nicht sitzen«, sagte Imogen. »Du versperrst die Tür.«

»Nein.« Mark blickte Imogen direkt ins Gesicht. »Sie hat nichts von Cathys Liebenswürdigkeit, dieses garstige, wütende Mädchen da. Muss nach dem Vater kommen! Na gut, ich geb's auf. Es ist nicht meine Schuld, dass er von euch Blagen genug hatte.«

Diese Worte waren für Imogen wie eine Ohrfeige. Einen Moment lang stand sie ganz still, weil ihr schwindlig war. Dann flammte der Zorn in ihr auf. So etwas durfte Mark nicht sagen. Er durfte gar nichts über ihren Vater sagen. Imogen wollte gerade explodieren, da fiel ihr Blick auf Marie.

Die kleine Schwester war ganz bleich geworden. »Ist Papa wegen uns weggegangen?«

Imogen unterdrückte ihre Wut. Jetzt war nicht der richtige Zeitpunkt, um aus der Haut zu fahren. Sie wollte nicht, dass Marie traurig wurde, also musste sie die kleine Schwester irgendwie ablenken. »Steh auf, Mark!«, fauchte sie.

»Ich denke, ich sitze das hier aus, wenn es euch nichts ausmacht. Ich warte einfach ab, bis der Traum vorbei ist.«

Zuby kratzte sich den Kopf. »Wer ist das?«, fragte er.

»Das ist Mark«, sagte Imogen. »Er ist mit unserer Mutter befreundet. Zuby, würdest du bitte den Falter zurückrufen?«

Der Skret zwinkerte mit traurigen Mondaugen. »Es ist, wie ich euch gesagt habe, ihr Menschlein. Diese Art Falter kann ich nicht zurückrufen.«

»Aber warum ist er überhaupt weggeflogen?«, rief Imogen. »Warum hat er uns wieder in die Falle gelockt?«

»Fairerweise muss man sagen«, erklärte Zuby, »dass der Falter nicht euch zur Tür geführt hat, sondern mich. Woher sollte er wissen, dass ihr mit hindurchschleichen würdet? Das ist alles ein schrecklicher Irrtum.«

»Imogen, du hast versprochen, dass so was nicht passiert«, sagte Marie.

Dieser Vorwurf wog schwer, aber Imogen hob trotzig das Kinn. »Mir brauchst du nicht die Schuld zu geben. Der da ist schuld.« Sie zeigte auf Mark. Er hatte die Augen geschlossen, als wolle er einschlafen. »Warum ist er hinter uns hergekommen?«, fuhr sie fort. »Er muss sich im Park versteckt haben. Wenn er gesehen hat, wie wir aus dem Hotel geschlichen sind, dann hätte er doch dafür sorgen müssen, dass wir wieder reingehen! Dafür sind Erwachsene da!«

»Tut mir leid«, sagte Zuby, »ich will dich nicht unterbrechen, aber ich muss jetzt wirklich los.«

»Wie meinst du das?«, fragte Marie.

»Der Král hat mich ins Exil geschickt. Wenn die anderen Skret mich hier finden, werde ich zerschnitzelt und zerstückelt.« Zuby nahm einen Stecken und einen Sack aus einem hohlen Baum. »Ich hatte meine Sachen zur Sicherheit hier versteckt. Das ist alles, was ich brauche, um ein neues Leben zu beginnen. Ich gehe über die Berge.«

»Aber was ist mit uns?«, rief Imogen.

»Ihr müsst jetzt aufeinander aufpassen«, sagte der Skret, öffnete den Sack und holte einen Umhang heraus. »Geht nach Jaroslaw. Sucht Prinz Miro. Er nimmt euch bestimmt auf.« Zuby legte den Umhang um und schützte damit sein Pilzgesicht vor der Sonne. »Wenn ich den Silberfalter sehe, berichte ich ihm, was passiert ist. Ich werde ihn bitten, euch wieder nach Hause zu bringen.«

»Aber … es ist Weihnachten«, wimmerte Marie.

Zuby band den Sack an den Stecken und hob ihn auf die Schulter. »Es tut mir leid, kleine Menschen, aber ich habe wirklich versucht, euch zu warnen. Ich kann euch nur alles Gute wünschen.« Und damit stapfte er los und verschwand zwischen den Bäumen.

Imogen schaute ihm nach. Einen Moment lang war ihr seltsam zumute, so als würde sie selbst auch beobachtet. »Zuby hat recht«, sagte sie. »Wir müssen nach Jaroslaw.« Sie wandte sich nach links. Nein, das war nicht richtig. Sie wandte sich nach rechts, aber auch da kamen ihr die Bäume nicht bekannt vor. »Ach, Kacke«, rief sie verzweifelt.

»Guck mal«, sagte Marie. »Was ist das?«

»Was meinst du?«

»Da drüben ist ein Haus, siehst du das nicht? Zwischen den Bäumen steht ein kleines Haus.«

ZWEI

Kapitel 16

Die plötzliche Ankunft von drei Fremden blieb in den Kolsaniwäldern nicht unbemerkt. Das Žal war vorüber, und in den Wäldern wimmelte es von Leben.

Als ein Käfer mit goldenem Hinterteil die Vibrationen menschlicher Schritte spürte, suchte er mit seinem schimmernden Ende eilig Schutz. Zwei schwarze Eichhörnchen huschten kreuz und quer durch das Laubdach. Sie hielten inne und starrten auf die Menschen unten hinunter.

Die Tiere waren aber nicht die einzigen Beobachter. Rindenlider öffneten sich. Blätter senkten sich, sodass Augen sehen konnten, Augen mit Pupillen wie schmale Schlitze. Auch die Bäume hielten Ausschau.

»An ein Häuschen im Wald kann ich mich nicht erinnern«, sagte Imogen. »Ich dachte, die Waldleute hätten oben auf den Bäumen gewohnt.«

»Vielleicht gibt es da irgendwas zu essen«, sagte Marie, deren Magen knurrte.

»Komm, wir gucken mal«, sagte Imogen. »Wer auch immer da wohnt, kann uns vielleicht auch den Weg nach Jaroslaw zeigen.« Während sie auf das kleine Haus zugingen, bemühte sie sich, es nicht aus den Augen zu lassen. Sie starrte so unverwandt darauf, dass ihre Augen tränten. Trotzdem entzog es sich immer wieder ihrem Blick, huschte hinter Bäume und tauchte anderswo wieder auf.

Mark blieb hinter den Mädchen zurück, und Imogen verfluchte ihn.

Ausnahmsweise einmal hätte sie seine Hilfe gebrauchen können, doch da glaubte er, diese ganze Welt wäre ein Traum.

Es wurde schon dunkel, als Imogen sich zu den anderen umdrehte. »Ich hab das Gefühl, dass wir schon stundenlang gegangen sind«, beklagte sie sich. Aber als sie wieder nach vorn schaute, stand das Häuschen direkt vor ihrer Nase.

»War es das, wonach du gesucht hast?«, fragte Mark spöttisch.

Imogen starrte ungläubig auf das kleine Haus. Das war wirklich seltsam … Sie war sicher, dass es weiter entfernt gewesen war. Und es musste sich irgendwie gedreht haben. Verwirrt und ein wenig ärgerlich stapfte sie um das Haus herum.

Vorne vor dem Haus arbeitete eine Frau im Garten. Daneben graste ein weißes Pony mit einem Huhn auf dem Rücken.

»Guten Morgen«, sagte die Frau und streckte sich. »Hab mich schon gefragt, wann ihr kommt.«

Imogen und Marie wechselten einen Blick. »Wir sollten gar nicht hier sein«, sagte Imogen. Die Frau machte sie ganz nervös. Sie sah jung aus, aber ihre Stimme klang alt.

»Und woher weißt du, was sein sollte und was nicht?«, sagte die Frau jetzt mit schief gelegtem Kopf.

Imogen sträubten sich die Nackenhaare. Hatte sie selbst nicht genau das zu Zuby gesagt?

»Wir hatten das nicht so geplant«, stammelte sie. »Wir haben extra aufgepasst, dass die Tür nicht zufällt.«

»Ja, aber vielleicht ist es euer Schicksal.«

Marie lugte hinter Imogen hervor. »Was bedeutet Schicksal?«, fragte sie.

»Das ist die Geschichte eines Menschen, die in den Sternen geschrieben steht.« Die Frau wischte sich Erde von den Händen.

Mark spazierte in den Garten hinaus, als gehöre er ihm. »Dieser Traum wird immer sonderbarer«, sagte er mit einem Blick auf die langen Gewänder der Frau.

Die Frau tat so, als sei Mark gar nicht da. Sie nahm das Huhn vom Pony und klemmte es sich unter den Arm. »Möchtet ihr Knoblauchsuppe?«, fragte sie die Mädchen. »Ich habe den Topf schon auf dem Feuer. Es macht keine Mühe, gar keine Mühe.«

Kapitel 17

In dem Häuschen war nicht viel Platz. Das vordere Zimmer war ganz mit alten Möbeln und Tontöpfen vollgestellt. Imogen überlegte, ob die Frau vielleicht ein Messie war, so wie die Leute, die sie im Fernsehen gesehen hatte.

Am Feuer saß eine zweite Frau, aber diese Frau war blond. Als Imogen die Tür ins Schloss fallen hörte, drehte sie sich um. Eine uralte Frau mit einem Huhn unter dem Arm kam herein.

»Die Dame im Garten hat uns hereingebeten«, rief Imogen. Die Frauen sollten nicht denken, dass sie ungeladen ins Haus gekommen waren. Aber wo war die junge Frau aus dem Garten geblieben?

»Welche Dame?«, fragte die Greisin.

»Die Dame draußen«, sagte Marie.

Die Alte lächelte. »Das war ich.«

Imogen kniff misstrauisch die Augen zusammen. Unter all den Falten erkannte sie das Gesicht der jungen Frau wieder, es hatte die gleichen dunklen Augen. Und die merkwürdige Sprechweise war auch die gleiche.

»Aber die Dame im Garten sah anders aus«, sagte Marie.

»Sie war jung«, platzte Imogen heraus.

»Im Haus sehe ich immer etwas älter aus«, sagte die Alte. »So ist das eben mit der Zeit. Niemand von uns kann ihr völlig entkommen, nicht einmal ich.« Sie setzte das Huhn auf den Fußboden und schaute zu, wie es wegtorkelte.

»Etwas älter?«, rief Mark. »Aber Sie haben doch gar keine Zähne mehr!«

Imogen war verlegen. Musste Mark so peinlich sein? Er dachte wohl immer noch, er würde träumen.

Zum Glück hatte die alte Frau ihn anscheinend nicht gehört. »Ich bin Otschi, die Waldhexe«, sagte sie. »Ihr seid in meinem Haus sehr willkommen.«

»Nein!«, rief die blonde Frau. »Sie sind überhaupt nicht willkommen! Wer sind diese Leute überhaupt? Und was wollen sie?« Ihr Blick wanderte von Mark in seinem zerfledderten Anzug zu den Mädchen in ihren Regenmänteln.

Imogen hatte die blonde Frau schon irgendwo gesehen, aber sie kam nicht darauf, wo. Sie war jung und hübsch und hatte leuchtend blaue, fast veilchenfarbene Augen.

»Die sind bloß auf der Durchreise«, sagte Otschi. »Sie werden in Jaroslaw nicht verraten, dass du hier bist.«

»Sie dürfen hier nicht bleiben«, sagte die Blonde. »Wir haben nicht genug –« Ein Läuten unterbrach sie. Imogen erkannte den Klang wieder. Aber das war doch nicht möglich, oder doch?

Sie drehte sich um, und tatsächlich! Miros Uhr! Miros Uhr aus der Burg, mit dem Zifferblatt voller Sterne und dem Türchen, das die richtige Größe für einen Hamster hatte. Was machte die Sternenuhr hier?

Doch für solche Fragen war jetzt keine Zeit. Mark stand am Kamin. Er streckte die Hand nach der Uhr aus. »Na, so was«, sagte er. »Die schweben ja wie Sterne.«

Er griff in die Edelsteine hinein, die über das Zifferblatt wirbelten. Imogen wollte ihn davon abhalten, wusste aber nicht, wie.

»Er soll die Finger von meiner Prophezeiung lassen«, kreischte die Blonde.

Mark hatte sich einen Edelstein geschnappt, und die Uhr wurde langsamer. »So einen lebhaften Traum hab ich seit Jahren nicht gehabt!« Er hielt den Stern zwischen Zeigefinger und Daumen und betrachtete ihn genau.

»Bitte lass das«, flehte Otschi.

»Jetzt aber mal langsam«, blaffte Mark. »Das ist doch *mein* Traum! Ich kann tun und lassen, was ich will!«

Das Törchen in der Uhr öffnete sich, aber genau in diesem Moment fing Mark einen zweiten Stern, und die Uhr blieb mit einem Knirschen stehen. Offenbar gefiel es ihr nicht, dass jemand an ihr herumhantierte.

»Sie zerstören meine Prophezeiung!«, schrie die blonde Frau. Sie gab Mark einen Schubs. Er stolperte, und ein Edelstein schwirrte wieder an seinen Platz hinauf.

Die Frau versuchte, auch den anderen Stern zu befreien, aber Mark hatte die Faust ganz fest geschlossen. »Das ist *mein* Traum«, wiederholte er.

»Und es ist *meine* Prophezeiung!«, sagte die Frau. Sie griff nach einer Pfanne und holte aus. PANG! Die Pfanne traf Mark am Kopf. Stöhnend sackte er zusammen.

Imogen blieb die Luft weg.

»Mark!«, rief Marie und kniete sich neben ihn.

»Atmet er noch?«, flüsterte Imogen kaum hörbar.

Marie hielt Mark die Finger vor den Mund und nickte. Auch seine Hand musste schlaff geworden sein, denn der zweite Stern stieg aus seiner Faust auf und flog zur Uhr oben auf dem Kaminsims zurück.

Die Tür in der Sternenuhr öffnete sich, und ein Figürchen zuckelte heraus. Es war ein Mädchen in einem Regenmantel. Das Kind hob einen Arm und zeigte auf etwas in der Ferne.

Wie seltsam – das Kind aus der Uhr sah genauso aus wie Marie.

Kapitel 18

Imogen und Marie saßen auf dem Fußboden und betrachteten den immer noch halb bewusstlosen Freund ihrer Mutter.

»Glaubst du, dass er wieder aufwacht?«, flüsterte Marie.

Mark war totenbleich und starrte in die Luft wie ein Zombie.

»Ich bin mir nicht sicher«, sagte Imogen. Sie fand, dass der Schlag auf den Kopf Mark auf gewisse Weise gutgetan hatte. Wenigstens glaubte er jetzt nicht mehr, dass er träumte. »Du weißt doch, dass Leute sich kneifen, wenn sie testen wollen, ob sie träumen oder wach sind. Ich glaube, der Schlag mit der Pfanne war so was wie ein richtig kräftiges Kneifen.«

Imogen wusste nicht so recht, was sie von der jungen Frau halten sollte, die Mark auf den Kopf gehauen hatte. Man durfte doch nicht einfach auf Menschen losschlagen, die man gerade erst kennengelernt hatte. Und diese Augen … Sie kamen ihr so bekannt vor.

»Ich verstehe das nicht«, sagte Mark und hielt sich den Kopf. Wo die Pfanne ihn getroffen hatte, hatte sich eine Beule gebildet.

»Die Knoblauchsuppe wird dir helfen«, sagte Otschi und rührte in dem Topf über den Flammen.

Die blonde Frau nahm der Hexe den Kochlöffel fort. »Das mache ich!«, fauchte sie. »Du musst an meiner Prophezeiung arbeiten.«

Otschi musterte sie. Die Hexe schien zu überlegen, ob sich ein Streit lohnte. »Vergiss die Gewürze nicht«, murmelte sie und zog sich an ihren Schreibtisch zurück.

»Bekommen wir auch etwas Suppe?«, fragte Marie. Die junge Frau nickte. Sie schlug Eier in den Topf und warf die Schalen in die Flammen. »Knister, kracks, knack«, sagte das Feuer.

»Ich verstehe das nicht«, wiederholte Mark.

Imogen beobachtete, wie die Frau mit ihren scharfen Fingernägeln Kräuter in die Suppe zupfte. Sie gab auch noch andere Zutaten in den Topf, deren Namen Imogen nicht kannte.

Als die Knoblauchsuppe fertig war, füllte die junge Frau sie in Schalen. »Hier«, sagte sie und reichte Mark und den beiden Mädchen ihre Suppe. »Trinkt aus.« Dann trat sie zu Otschi an den Schreibtisch und reichte auch der Hexe eine Schale. Sie selbst nahm nichts.

Vielleicht hat sie keinen Hunger, dachte Imogen.

Die blonde Frau lugte der Hexe über die Schulter, während die Alte ihre Suppe schlürfte. Die junge Frau flüsterte etwas und deutete auf das Gekritzel auf dem Pergament.

Imogen musterte ihr Abendessen. In einer milchigen Flüssigkeit schwammen Kräuter. Sie hob die Schale unter die Nase. Der Geruch war akzeptabel. Sie setzte die Schale an die Lippen und probierte. Die Suppe schmeckte köstlich, überhaupt nicht nach Eiern und Knoblauch, sondern nach gerösteten Nüssen und Sahne. Die Wärme erfüllte Imogens Bauch und breitete sich bis in ihre Finger und Zehen hinein aus.

Auch Marie schlürfte ihre Suppe. »Es ist schon ganz dunkel draußen«, sagte sie dann.

»Vielleicht sollten wir hier übernachten«, schlug Imogen vor.

Mark nickte, immer noch wie ein Zombie. Er trank seine Suppe aus, schloss die Augen und lehnte sich an die Wand. Bald sackte ihm der Kopf auf die Brust, und er schlief im Sitzen ein.

Die beiden Frauen am Schreibtisch unterhielten sich mit gedämpften Stimmen. Die Hexe schrieb weiter. Die junge Frau schaute immer wieder zu den Mädchen hinüber. Imogen hielt ihrem Blick stand, aber es gefiel ihr nicht, wie die blauen Augen aufblitzten. Wo nur hatte sie diese Frau schon gesehen?

Dann überlegte Imogen, wie spät es wohl im Hotel sein mochte. Sie hätte gern gewusst, ob Mama noch wach war und ob sie schon gemerkt hatte, dass ihre Töchter verschwunden waren. Aber sie war müde, und ihre Fragen konnten bis zum Morgen warten. Ihr Gesicht war warm, und ihre Augenlider wurden immer schwerer. Sie legte sich auf den flauschigen Fellteppich.

»Glaubst du, dass Otschi den Falter rufen kann?«, nuschelte Marie so schläfrig, dass sie kaum noch zu verstehen war.

»Wir fragen sie morgen früh«, wisperte Imogen. »Sie hat ja gesagt, dass sie eine Hexe ist …«

Die Wärme des Feuers war herrlich. Der Teppich war überraschend weich. Imogen wehrte sich nicht, als ihr die Augen zufielen. »Niemand hat uns geglaubt«, murmelte sie. »Alle haben gedacht, wir hätten das alles nur erfunden.« Und dann überkam sie der Schlaf.

Kapitel 19

Als Imogen aufwachte, fror sie. Das Feuer war ausgegangen, und Marie lag nicht mehr neben ihr. Sie setzte sich auf und sah sich in Otschis Hütte um.

Bei Tageslicht wirkte der Raum trister. Die Töpfe sahen grauer aus. In den Ecken waren mehr Spinnweben zu sehen. Über den Schreibtisch kroch eine Schnecke, sie schrieb mit ihrem Schleim Botschaften.

Auch Otschi sah bei Tageslicht jämmerlicher aus. Ihre Haut war fast durchscheinend.

»Wo ist meine Schwester?« Imogen sprang auf.

»Wir sind zu spät dran«, sagte Otschi.

»Wie meinen Sie das?« Imogen drehte sich einmal im Kreis. »Wo ist meine Schwester?«, fragte sie, diesmal lauter.

Mark wachte von seinem eigenen Schnarchen auf und betrachtete blinzelnd seine Umgebung.

»Wir haben zu lange geschlafen«, sagte die Hexe. »Fünfzehn Stunden sind vergangen.«

Imogen bückte sich und lugte unter den Schreibtisch. »Marie?«, rief sie ins Dunkle. Das Huhn starrte sie mit glänzenden Augen an.

Sie rannte aus der Hütte, durch den Garten und in den Wald hinein. »Marie!«, rief sie in die Bäume.

Nur Vögel gaben Antwort.

Imogen wurde von Panik erfasste. Das konnte nicht wahr sein. Es durfte einfach nicht sein. Sie hatte Marie versprochen, dass alles gut gehen würde, dass sie nur ganz kurz in der anderen Welt bleiben würden –

dass sie nur ein paar Fotos machen wollten und dann gleich ins Hotel zurückkehren würden!

Sie stürzte wieder ins Haus. »Was haben Sie mit meiner Schwester gemacht?«, schrie sie in ihrem Zorn die Hexe an.

»Ich hab nicht gewusst, dass sie das Kind mitnehmen würde.« Otschi verbarg ihr Gesicht in den knochigen Händen.

Imogen schaute sich noch einmal im Raum um. Otschi hatte recht – nicht nur Marie war verschwunden. Wo war die Frau mit den hellen Haaren?

»Sie muss ein Schlafmittel in die Suppe gerührt haben«, sagte die Hexe. »Deswegen haben wir so lange geschlafen. Jetzt sind sie wohl schon halb über die Berge. Bestimmt hetzen sie das Pony zu sehr.«

»Das Pony ist mir egal!«, keifte Imogen. »Was ist mit meiner Schwester?«

Mark kam taumelnd und mit leidendem Gesichtsausdruck auf die Füße. »Imogen, ich habe grässliche Kopfschmerzen. Bitte schrei nicht so. Also, was ist mit Marie?«

Zum ersten Mal war Imogen froh, Marks Stimme zu hören. Kein Gebrummel. Kein Gelaber über Träume. Er sah zwar wie ein Häufchen Elend aus, aber er klang okay.

»Die Frau hat Marie mitgenommen!«, rief Imogen.

Mark hielt sich mit beiden Händen den Kopf. »Ich bin sicher, dass sie hier irgendwo ist. Sie hat sich bloß versteckt.«

Er öffnete einen Schrank nach dem anderen und rief dabei Maries Namen. Er guckte unter die Treppe und in die Speisekammer. Seine Bewegungen wurden hektisch. »Sie ist weg«, schnaufte er. »Aber warum – ich meine, wohin? Sie ist noch zu klein, um allein draußen herumzulaufen!«

Otschi gab die Antwort. »Das Kind ist entführt worden, hinter die Berge.«

»In diesem Teil Englands gibt es keine Berge.« Mark sah müde und auch etwas ängstlich aus.

»Ihr werdet Reiseproviant brauchen«, sagte die Hexe. »Und ein paar Pferde. Der Weg ist nicht einfach.«

»Proviant? Pferde?« Als Mark den Kopf schüttelte, zuckte er vor Schmerzen zusammen. »Nein, nein. Ich rufe die Polizei.« Er zog sein Handy aus der Tasche und tippte dreimal darauf. Es piepte. Mark probierte es noch einmal. »Kein Signal? Soll das ein Witz sein? Das ist kein Traum mehr, das ist ein Albtraum! Was soll ich Cathy denn sagen? Wie soll ich ihr das erklären?«

Imogen war schlecht. Die Frau hatte ihre Schwester mitgenommen. Die Frau mit den leuchtend blauen Augen. Marie würde schreckliche Angst haben, wenn sie wach wurde – irgendwo auf halbem Weg ins Gebirge hinauf und nirgends ein bekanntes Gesicht.

Und dabei hatte Imogen ihr versprochen, dass alles gut gehen würde. Sie hatte versprochen, dass sie nicht lange bleiben würden.

Mamas Handy steckte noch in ihrer Tasche. Imogen zog es heraus und suchte nach dem Hotel Seerosenblatt. Kein Netz, sagte das Handy. Das war logisch. In dieser Welt gab es kein Internet. Und sie bekam auch kein Signal. Hier waren Smartphones ungefähr so nützlich wie Steine.

Otschi nahm ein Stück Pergament von ihrem Schreibtisch. Es war mit Diagrammen und Zeichnungen von Sternen bedeckt. »Ich war gerade dabei, Anneschka die Zukunft vorherzusagen«, erklärte sie, »mit ein wenig Hilfe von der Uhr.«

Anneschka …

Imogen kannte den Namen. Hatte Miros Ersatzmutter nicht so geheißen? War das nicht die Frau, die König Drakomor hatte heiraten wollen? Jetzt konnte Imogen die blauen Augen zuordnen!

Anneschka hatte ein Hochzeitskleid getragen. Die Burg hatte gebrannt, Menschen waren schreiend weggerannt, aber Anneschka war in die Flammen hineingelaufen.

Die Frau mit dem blonden Haar war Anneschka.

»Moment mal«, sagte Mark. »Was meinen Sie mit ›die Zukunft vorhersagen‹? Wer sind Sie überhaupt? Was soll das hier?« Mit jedem Wort klang er wieder ein bisschen mehr wie der alte Mark.

Otschi lächelte. »Ich bin die Waldhexe. Ich kann auch für dich in den Sternen lesen, wenn du bereit bist, dafür zu bezahlen.«

Ein Topf auf dem Kaminsims klapperte.

»Dafür ist keine Zeit«, fuhr Imogen sie an. »Bitte, Otschi, sagen Sie uns: Was hat Anneschkas Prophezeiung mit Marie zu tun?«

»Prophezeiungen gehören der Person, die dafür bezahlt hat«, sagte Otschi und presste die runzeligen Lippen aufeinander.

»Ein Kind ist verschwunden«, schimpfte Mark. »Wenn ich Sie nicht wegen Beihilfe zu einem Verbrechen anzeigen soll, dann sagen Sie mir alles, und zwar sofort!«

Die alte Frau schlurfte zu ihrem Sessel am Feuer. »Ich glaube, ich könnte mal eine Ausnahme machen.« Sie sah Mark aus den Augenwinkeln an. »Die Sterne sagen, dass Anneschka Königin wird. Sie wird über das größte Königreich der Welt herrschen. Und danach sucht sie jetzt.«

»Und was ist mit Marie?«, drängte Imogen.

»Das Kind, das aus der Uhr kam, sah deiner Schwester sehr ähnlich, findest du nicht?«

»Ein bisschen vielleicht.« Imogen war unbehaglich zumute.

»Und inwiefern hilft uns das, Marie zu finden?«, fragte Mark.

»Das Kind ist ein Teil von Anneschkas Prophezeiung«, sagte Otschi. »Ihre Schicksale sind miteinander verknüpft. Ich habe Anneschka erklärt, dass ich mehr Zeit brauche, um die Einzelheiten herauszuarbeiten, aber ich hätte wissen sollen, dass sie mir nicht zuhört.«

Imogen versuchte, das alles zu verstehen. Sie erinnerte sich an Miros Turmzimmer, wo kleine Figuren aus der Sternenuhr herausgekommen waren – ein Jäger, bevor sie Blazen getroffen hatten, ein rennender Prinz, bevor sie geflohen waren.

»Sie glauben also, dass die alte Uhr die Sterne deutet?«, fragte sie Otschi.

»Ich weiß, dass es so ist«, sagte die Hexe. »Die Figuren, die diese Uhr uns zeigt, sind Hinweise.«

»Ist doch lachhaft«, grummelte Mark.

Das Huhn stolzierte unter dem Schreibtisch hervor und schlug zustimmend mit den Flügeln.

»Wenn Anneschka Marie wirklich über die Berge mitnimmt, müssen wir hinterher!«, rief Imogen. Als sie das ausgesprochen hatte, wurde sie ruhiger. Es war wenigstens der Anfang eines Planes – eines beängstigenden Planes, aber immerhin war es ein Plan.

»Sehe ich aus, als könnte ich so, wie ich bin, bergsteigen gehen?«, rief Mark.

Imogen musterte ihn von oben bis unten. Seine schicken Schuhe waren dreckverkrustet, das Hemd hing ihm aus der Hose, und die Beule am Kopf war riesengroß. »Nein«, antwortete sie. »Du siehst so aus, als wärst du noch nie auf einen Berg geklettert. Aber ich kenne einen Jungen, der das kann.«

»Einen Jungen?« Mark lachte schallend. »Das Letzte, was wir in diesem Chaos gebrauchen können, sind noch mehr Kinder. Wir brauchen Polizisten oder Kriminalbeamte. Am besten beides.«

Der Plan in Imogens Kopf nahm Gestalt an. »Dieser Junge ist mutig und sehr nett«, sagte sie.

»Mut ist nicht alles«, murmelte Otschi. »Hat er Pferde?«

»Ich glaube, ja. Und Proviant vermutlich auch.«

»Proviant wofür?«, mischte Mark sich ein. »Du gehst nirgendwo hin, mein Fräulein. Du wirst ins Hotel zurückkehren. Da bist du in Sicherheit. Und dann hältst du den Mund und tust, was man dir sagt.«

Imogen machte schmale Augen. »Auf keinen Fall«, sagte sie. »Ich werde meine Schwester retten.«

Kapitel 20

In seinen Träumen war Miro immer allein. Er ließ sich durch die Straßen von Jaroslaw treiben. Die Statuen seiner Vorfahren waren mit Raureif überzogen, aber der Junge im Traum spürte keine Kälte.

Er spähte in Wirtshäuser voller golden beleuchteter Gesichter hinein. Er lugte in Häuser, in denen Kinder in Reihen nebeneinanderschliefen. Er wanderte tiefer in die Stadt hinein.

Auf dem größten Platz gab es eine dunkle Stelle – eine Stelle, die kein Licht mehr abgeben konnte. Einst hatte hier eine Burg gestanden. Ein König und ein Prinz hatten darin gelebt.

Das schwarze Loch zog ihn an wie ein Strudel.

Der König hatte den Prinzen lieb gehabt. Er hatte ihn mehr geliebt als seinen kostbarsten Stein.

Miro blickte auf seine Füße hinunter. In der Finsternis, dort, wo kein Schnee liegen bleiben konnte, sah er das Herz des Berges, das Sertze Hora.

Was machte es hier? Warum glühte es so heiß? So heiß und so weit weg von zu Hause. Miro wollte es an sich nehmen und fest an die Brust drücken. Er wollte spüren, wie die Wärme sich in ihm ausbreitete, wie es mit seinem Herzen zusammen klopfte.

Mit weit gespreizten Händen griff der Traumjunge nach dem Sertze Hora. Die Leute hatten recht. Er war genauso wie sein Onkel.

Da wurde Miro wach.

Rasch setzte er sich auf. Es war nur ein Traum gewesen!

Er hob seine Kissen an, eins nach dem anderen. Kein Sertze Hora darunter.

Er zog die Vorhänge auf, die sein Bett umgaben, und schaute sich im Zimmer um. Auch da war nirgends ein Sertze Hora. Auf Zehenspitzen ging er an die Fenster und drückte einen Fensterladen auf. Es war Morgen, ein Morgen im Vorfrühling. Auf dem Dach gegenüber sang ein Vogel. Unten auf der Straße gingen Leute. Das Herz des Berges war dort, wo es hingehörte.

Miro verkroch sich wieder ins Bett. Es war nur ein Traum gewesen …

Ohne anzuklopfen stürzte ein Mann ins Zimmer. Er hatte ein teigiges Gesicht und war kunterbunt angezogen. »Guten Morgen, König Miroslaw«, sagte er mit singender Stimme. Es war Patolisal, Miros Chefberater. Miro hatte auf seine Ernennung kaum Einfluss gehabt.

Eine lange Reihe von Dienern folgte dem Chefberater. »Zündet das Feuer an«, befahl er. »Zieht die Vorhänge zurück. Lasst den König nicht frieren! Er bekommt gegrillte Würstchen zum Frühstück und dieses leckere, mit Schmalz durchtränkte Brot.«

»Ich hab keinen Hunger«, sagte Miro.

»Blödsinn«, sagte Patolisal. »Wir können nicht zulassen, dass Ihr bis auf die Knochen abmagert.«

Seit der Brand die Burg Jaroslaw zerstört hatte, wohnte Miro in Patolisals Villa. Es war ein luxuriöses Gebäude in einem teuren Stadtviertel, aber Miro fühlte sich dort nicht richtig zu Hause. Und er fühlte sich auch nicht richtig wie ein König.

Als alle Diener beschäftigt waren, trat Patolisal an Miros Bett.

Miro schob seinen Löwen unter ein Kissen. Er besaß das Stofftier seit seiner Geburt; es war das letzte Geschenk von seiner Mutter, das ihm geblieben war, aber Patolisal hielt nichts von Spielzeug. Könige sollten Männer sein.

»Wie geht es uns heute Morgen, Majestät?« Patolisal wartete die Antwort nicht ab. »Darf ich fragen, ob Ihr die Dokumente unterzeichnet habt? Und ich hoffe, dass wir kurz über meinen Freund sprechen können.

Er ist ein Meister im Schlichten von Streitigkeiten. Vielleicht wäre der Ritterschlag eine angemessene Würdigung?«

Miro beobachtete Patolisals Mund, während er redete. Es schien der einzige Teil seines Gesichts zu sein, der sich bewegte.

»Obendrein muss ein Streit über die Getreidespeicher beigelegt werden«, fuhr der Chefberater fort. »Und es gab eine Beschwerde darüber, dass den Lesni die Jagd erlaubt ist.«

»Ich bleibe bei meiner Entscheidung«, sagte Miro. »Die Wälder gehören den Lesni.«

Patolisal verneigte sich. »Ihr nehmt guten Leuten die Arbeit weg – wollt Ihr die Jäger nicht auf Eurer Seite haben? Ist Euch das Wohlergehen Eurer Untertanen gleichgültig? Außerdem gibt es noch ein Problem bezüglich der Steuern. Ach so, und zwei junge Damen möchten Euch besuchen.«

Miros Herz schlug einen Trommelwirbel. »Wer sind diese jungen Damen?«

»Lady Ropuka und die Herzogin von Žaba.«

Miro versteckte das Gesicht unter einem Kopfkissen. »Ich will sie nicht sehen.«

Patolisal hob das Kissen an einer Ecke an. »Unter uns gesagt, Majestät, ich bin überzeugt, dass Lady Ropuka eine gute Ehefrau abgeben würde, sobald Ihr volljährig seid. Ihre Familie ist die reichste in ganz Jaroslaw, und die königlichen Finanzen brauchen weiß Gott eine Auffrischung« – er senkte die Stimme – »nach dem Vorfall mit dem mechanischen Drachen.«

»Ich will sie nicht sehen!« Miro schleuderte die Kissen vom Bett. »Ich will niemanden sehen!«, rief er.

Patolisal lächelte gekünstelt. »König zu sein beinhaltet viele Verpflichtungen. Im Übrigen habe ich bereits alles organisiert. Die Damen werden morgen mit uns zu Mittag speisen.«

Kapitel 21

Ohne Marie durch Jaroslaw zu gehen, fühlte sich nicht richtig an. Imogen hätte gern auf bekannte Gebäude hingewiesen, aber als sie Mark neben sich sah, erlosch ihre Freude.

Stattdessen machte sich ein widerliches Schuldgefühl breit. Imogen hatte ihre kleine Schwester ermutigt, durch die Tür im Baum zu gehen. Sie hatte ihr versprochen, dass alles gut gehen würde – und jetzt war überhaupt nichts mehr gut.

Mark wurde zwischen Staunen und Panik hin- und hergerissen. Er musterte die hohen Häuser und die Kopfsteinpflasterstraßen. »Wie um alles in der Welt sollen wir deine Schwester hier finden? Lauf nicht so weit vor!«

»Bleib nicht so weit zurück«, murmelte Imogen. Sie wusste, wo sie hinmusste.

Die Burg war immer noch nichts weiter als eine ausgebrannte Hülle, aber am Stadttor hatte sie einen Mann nach dem Weg gefragt, und er hatte ihr erklärt, wo »König Miroslaw« zu finden war. Imogen hatte einen Moment gebraucht, als der Mann Miro als König bezeichnet hatte. Doch, natürlich, erinnerte sie sich dann, Miro war ja kein Prinz mehr. Seit sein Onkel tot war, war er der König.

Sie führte Mark an bunt gestrichenen Häusern und Geschäften mit schaukelnden Schildern vorbei. Sämtliche Spuren von Skretknochen waren aus der Stadt verschwunden. Nirgendwo schmückten mehr Wirbelknochen die Eingänge, und in den Mauern steckten keine Schädel mehr. Der Friede zwischen Menschen und Skret hielt offenbar.

Imogen trug einen Kasten unter dem Arm, der etwa die Größe eines Schuhkartons hatte, aber keine Schuhe enthielt. Beim Gehen rappelte es ganz leise darin.

»Du hättest die Uhr nicht mitnehmen dürfen«, rief Mark. »Was würde deine Mutter sagen?«

»Was man findet, darf man behalten«, sagte Imogen und hielt den Kasten ganz fest.

»Damit wäre Cathy auf keinen Fall einverstanden! Wenn Otschi nicht so alt wäre, würde sie uns jetzt durch die Straßen jagen und ihre Uhr zurückverlangen. Wie bist du bloß auf die Idee gekommen? Seit wann bestiehlst du alte Damen?«

»Ich brauche die Uhr«, sagte Imogen.

»Wofür?«

Imogen zögerte. Sie wusste nicht recht, ob sie der Hexe glauben sollte. Konnte die Uhr wirklich die Sterne deuten? Allerdings hatte Andel das auch gesagt, damals, vor vielen Monaten …

Mark überholte sie und versperrte ihr den Weg. »Imogen, ich habe dich etwas gefragt.«

Genervt blieb Imogen stehen. »Die Uhr hilft uns vielleicht, sie zu finden.« Sie konnte Maries Namen nicht aussprechen. Jedes Mal, wenn sie an ihre Schwester dachte, die ganz allein war und große Angst haben musste, war es, als würde sich in ihrer Kehle ein Ballon aufblasen. Er erstickte ihre Worte und nahm ihr die Luft. Sie schluckte heftig. »Die Uhr kann uns vielleicht nützlich sein«, brachte sie hervor.

»Sie hat fünf Zeiger!«, rief Mark mit hervorquellenden Augen. »Und sie zeigt nicht mal die richtige Uhrzeit an!«

Imogen presste den Kasten an die Brust. »Was man findet, darf man behalten«, wiederholte sie böse.

Hinter Mark rollte ein Karren den Hügel hinunter, gefolgt von einem zornigen Bauern. Mit jedem Moment, den sie hier herumstanden und sich stritten, entfernte Marie sich weiter. Imogen musste Miro finden. Sie brauchte Pferde und Proviant.

Mark betastete die Beule auf seinem Kopf, und Imogen ergriff ihre Chance. Sie flitzte an ihm vorbei und rannte die Straße hinauf. Mark stieß einen Fluch aus und folgte ihr.

An der Straßenecke standen zwei Skret. Unter ihren Umhängen schauten Füße mit Klauen hervor. Instinktiv hielt Imogen Abstand. Wie albern von mir, dachte sie dann. Die Skret sind nicht mehr gefährlich.

Doch als sie sich umdrehte, starrten die Skret sie mit Piranha-Augen an. Sie legte einen kurzen Sprint ein und marschierte dann im Eiltempo weiter zur Kaminek-Brücke.

»Hast du das gesehen?«, rief Mark. »Da standen Kobolde! Wie können die Leute hier so tun, als wäre das normal?«

Auch die Stadtbewohner starrten Imogen an. In Jeans und Regenmantel musste sie merkwürdig aussehen. Und auch Mark in seinem dreckverschmierten Anzug fiel auf. Imogens Gedanken schlugen Purzelbäume, und plötzlich war ihr klar, dass sie und Mark die neuen Monster in der Stadt waren.

»Wo ist die Polizeiwache?«, fragte Mark.

»Es gibt keine«, fuhr Imogen ihn an, während sie über die Brücke stapften. An der Brüstung waren Statuen aufgereiht, Krieger und heilige Männer und – wer war das? Ein Neuer!

Imogen blieb zu Füßen des steinernen Mannes stehen. In einer Hand hielt er ein Schwert, in der anderen einen Bärenkopf. Er sah aus, als könnte er es mit der ganzen Welt aufnehmen. Der Steinmetz hatte ihn zu schlank dargestellt, aber Imogen erkannte ihn trotzdem.

Es war Blazen Bilbetz. Der Mann, der die Königin von Mikuluka verführt hatte. Der Mann, der beim Einsturz des höchsten Burgturms umgekommen war. Der arme Blazen … ohne ihn war die Stadt nicht mehr so bunt.

Mark lehnte sich gegen Blazens steinernes Bein und blickte den Fluss entlang. »Das ist also der Ort, von dem ihr gesprochen habt. Es ist tatsächlich eine reale Stadt.«

Gestern um diese Zeit hätte Imogen geschrien: »Das hab ich dir doch gesagt«, aber inzwischen lag für sie kein Reiz mehr darin, Mark seinen Irrtum zu beweisen. Sie hatte gesiegt. Sie hatte bekommen, was sie sich gewünscht hatte. Aber sie hatte sich nicht gewünscht, dass es auf diese Weise geschehen würde.

Sie hätte alles darum gegeben, jetzt Marie bei sich zu haben.

»Ein interessantes Städtchen«, sagte Mark. »Etwas altmodisch. Aber ich sehe, dass es durchaus Potenzial hat.«

»Potenzial zu was?«, fragte Imogen ärgerlich. Sie verließ die Brücke und bog nach links ab. Es war nicht mehr weit bis zu dem Gebäude, das sie suchte – bis zu der Villa, in der Miro jetzt wohnte.

Miro würde bestimmt helfen können. Mit Sicherheit erinnerte er sich an seine Freundinnen. Und Könige waren doch dazu da, die Probleme anderer zu lösen – oder nicht?

Kapitel 22

Mittlerweise waren Imogen und Mark im wohlhabendsten Stadtviertel angelangt. Hier waren die Häuser mit Steinmetzarbeiten verziert, und zu den prächtigen Haustüren führten Treppen hinauf.

Vor einer Villa mit sieben Stockwerken und eleganten Bogenfenstern blieb Imogen stehen. Rechts und links vom Eingang standen Königliche Wachen.

»Das muss es sein«, sagte sie und reichte Mark den Kasten mit der Uhr. Sie stieg die Treppe hinauf und klopfte an die Doppeltür. Die Königlichen Wachen blickten geradeaus, als wäre nichts geschehen.

»Da kommt niemand«, zischte Mark. Er guckte auf sein Handy. »Bist du sicher, dass es hier keine Telefonzelle gibt? Wo wir die Polizei anrufen können?«

Imogen wollte gerade noch einmal klopfen, als die Türen aufflogen. Beinahe hätte sie einem Mann auf den Bauch geklopft. »Ja?«, sagte er und schielte an seiner Nase hinunter. Seine Tunika sah aus, als wäre sie aus seidenen Taschentüchern zusammengestückelt, und sein Mund wirkte dehnbar wie ein Gummiband.

»Wir müssen König Miroslaw sprechen«, sagte Imogen.

Der Mann setzte ein breites künstliches Lächeln auf. »Niemand spricht ohne Termin mit dem König. Und schon gar nicht Straßenkinder und Streuner wie ihr.«

»Wie macht man einen Termin?«, fragte Imogen.

»Ihr müsstet mit dem Chefberater des Königs sprechen.«

»Wer ist das?«

»Na, das bin ich«, sagte der Mann. »Patolisal Petska.«

Imogen kniff die Augen zusammen. »Aber wir sprechen doch gerade mit Ihnen.«

Der Mann zog eine Schriftrolle aus der Tasche und zog sie auseinander. Er tat so, als würde er lesen. Dass er nur so tat, erkannte Imogen daran, dass sein Blick sich nicht über das Papier bewegte.

»Leider ist die Warteliste recht lang.« Patolisal zog die Mundwinkel herab.

»Wir sind Freunde von Miro«, sagte Imogen. »Ich glaube, er hat nichts dagegen, wenn wir uns vordrängeln.«

»Der König hat noch nie von Freunden gesprochen. Er erwartet den Besuch von Lady Rapuka und der Herzogin von Žaba. Bist du eine Lady?«

Imogen schüttelte den Kopf.

»Oder eine Herzogin?«

Wieder schüttelte sie den Kopf.

»Hab ich mir gedacht.« Patolisal rollte die Schriftrolle wieder auf.

Er wollte gerade gehen, als Mark die Treppe hinaufgesprungen kam. Er tippte Patolisal auf die Schulter. »Hallo, ich bin Mark. Mark Ashby. Ich bin es gewohnt, mit bedeutenden Persönlichkeiten umzugehen. Wenn ich nur fünf Minuten mit dem König habe könnte –«

Die Wachposten zogen mit einem einzigen Zischen ihre Schwerter. Mark hielt den Kasten mit der Uhr vor sich, als wäre er ein Schild.

»Was verkauft dieser Volltrottel denn?«, fragte Patolisal.

Die Königlichen Wachen gaben keine Antwort. Sie waren bereit, Mark in zwei Teile zu zerlegen.

Imogen schlüpfte hinter die Wachleute. Mit dem Rücken an der Wand schob sie sich seitlich auf den Eingang zu. Vielleicht würden sie es nicht merken. Wenn sie sich ganz langsam bewegte …

»Ich bin eigentlich nicht im Verkauf«, erklärte Mark. »Ich bin Experte für Wachstumsstrategien.«

»Wachstum?« Patolisal blähte sich auf. »Ich brauche keine Hilfe beim Wachsen. Ich denke, Sie sehen, dass ich höher gewachsen bin als die meisten.«

»Das meine ich nicht – hören Sie – das ist alles unwichtig!«, rief Mark. »Ein Kind ist entführt worden! Ich melde ein Verbrechen.«

Patolisal machte eine abweisende Handbewegung. »Schafft diesen Clown von meiner Schwelle. Er kann sein Wachstumsmittel anderswo verhökern.«

Die Wachen packten Mark und schubsten ihn rückwärts die Treppe hinunter. Imogen zuckte zusammen, als er über die Stufen rollte. Der Kasten landete mit einem Scheppern neben seinem Kopf. Sie hoffte, dass der Uhr nichts passiert war.

»Hau ab«, rief einer der Wachleute. »Der König will dein Zeug nicht kaufen.«

Mark lag ausgestreckt auf den Pflastersteinen. Seine Brust hob und senkte sich vor Zorn. »Ich bin nicht im Verkauf! Ich bin Unternehmensberater!«

»Und ich bin alle fünf Königinnen von Wálkaha.« Patolisal lachte in sich hinein. Er schien Imogen vergessen zu haben. Wenn sie die Hände ausstreckte, konnte sie schon die Eingangstüren berühren.

»Ich zeige Sie an«, brüllte Mark. »Es gibt gewählte Beamte … Gerichte … Beschwerdestellen! Niemand steht über dem Gesetz! Nicht einmal die Berater des Königs!«

»Ich *bin* das Gesetz«, brummte Patolisal.

Imogen huschte in die Villa hinein. Sie musste Miro finden und Hilfe für ihre Schwester holen. Mark musste eben selbst auf sich aufpassen.

Kapitel 23

Imogen schlich durch die Eingangshalle der Villa. Der Fußboden war aus Marmor und so blitzblank, dass sie sich darin spiegelte. Aus diesem Winkel konnte sie fast in ihre Nasenlöcher hineinsehen.

In welche Richtung sollte sie gehen? Nach rechts durch den Bogengang? Nach links durch die Doppeltür? Oder geradeaus, die breite Treppe hinauf?

Noch sprach Patolisal draußen mit den Wachen, aber es konnte nicht mehr lange dauern, dann würde er sich umdrehen und sie entdecken. Sie musste blitzschnell überlegen. Etwas sagte ihr, dass der König wohl kaum im Erdgeschoss wohnte. So leise, wie sie konnte, flitzte sie die Treppe hinauf.

Aber ihre Bemühungen, unbemerkt zu Miro zu gelangen, waren vergeblich. Oben erwarteten sie zwei weitere Wachposten. Sie sahen Imogen direkt in die Augen, als sie die letzte Stufe nahm. Weglaufen hatte keinen Sinn. Sie reckte die Schultern und ging auf die Männer zu.

»Ich bin gekommen, um den König zu sprechen«, sagte sie. Sie spürte, wie die Wachen ihre Jeans und ihren Mantel musterten. Einfach Selbstbewusstsein zeigen, dachte sie. Wenn ich es nicht schaffe, an den beiden nicht vorbeikomme, bin ich Marie keine Hilfe. Imogen machte sich noch größer.

Unten schlug irgendwo eine Tür zu.

»Wird's bald?«, sagte Imogen mit piepsiger Stimme. »Ich hab nicht den ganzen Tag Zeit.« Sie fand, dass eine Lady oder eine Herzogin das so sagen könnte.

Die Wachen wechselten einen Blick. »Und wen sollen wir dem König melden?«, fragte der Mann zur Linken.

Imogen versuchte, sich auf die Namen zu besinnen, die Patolisal an der Tür erwähnt hatte. »Lady Ropuschka«, sagte sie.

»Meinen Sie Ropuka?«, fragte der rechte Posten misstrauisch.

Schritte hallten über den Marmorboden im Erdgeschoss. Imogen hatte keine Zeit mehr zu verlieren. »Nein«, rief sie. »Ich meine nicht Ropuka. Ich hab es satt, dass mein Name falsch ausgesprochen wird!«

»Bitte um Entschuldigung, Mylady. Ich wollte nicht unhöflich sein.« Der Posten drehte sich um und bedeutete Imogen, ihm zu folgen. Ihr Auftritt war erfolgreich gewesen!

Der Mann führte Imogen einen fensterlosen Korridor entlang, dessen Decke vergoldet war. Ich darf nicht so wirken, als wäre ich beeindruckt, sagte sie sich. Das bisschen Blattgold würde eine Lady Ropuka wohl kaum aus der Ruhe bringen.

Der Königliche Wachposten geleitete Imogen in einen Saal, der ringsum mit Spiegeln ausgekleidet war. Von der Decke hing ein Kronleuchter. Auf einem Sockel stand einsam ein Thron. Und auf diesem Thron saß ein Junge. Er starrte aus einem der Bogenfenster und sah genauso aus wie Miro.

»Eure Majestät, Ihr habt Besuch«, sagte der Wächter.

»Will keinen Besuch«, sagte Miro, immer noch mit abgewandtem Gesicht.

»Aber Eure Majestät, es ist Lady Ropuschka.«

»Und die schon gar nicht«, sagte Miro. »Außerdem heißt sie Ropuka, du Idiot.«

Der Wachposten wandte sich an Imogen. »Tut mir leid, Mylady. Der König empfängt heute keinen Besuch.« Er versuchte, sie aus dem Spiegelsaal hinauszugeleiten, aber Imogen schüttelte ihn ab.

»Nicht einmal Freundinnen?«, fragte sie.

Miro fuhr herum. Seine Augen waren trüb. Sein Gesicht war bleich geworden. Er war nur noch ein Schatten des Jungen, den sie gekannt hatte.

»Miro, ich bin's!« Imogens Stimme ließ den Kronleuchter klimpern. »Marie ist entführt worden, und ich brauche deine Hilfe!«

Aber Miro schien in den Spiegeln gefangen zu sein – vielfach zurückgeworfen, gebrochen und verbogen. Imogen sah unendlich viele Könige mit weit auseinanderstehenden Augen. Unendlich viele Könige in einem prächtigen gläsernen Käfig. Keiner von ihnen glich dem Jungen, der einmal der Prinz gewesen war.

Imogens Zuversicht geriet ins Wanken. Vielleicht hatte Miro alles vergessen? Vielleicht würde er ihr doch nicht helfen, Marie zu retten?

Der Wachposten nahm sie am Arm. »Miro!«, rief Imogen. »Ich bin's doch!«

»Ihr habt den König gehört!«, sagte der Wachposten mit dröhnender Stimme. »Er will keinen Besuch haben – keine Lady, keine Herzogin, niemanden.« Der Mann wollte sie aus dem Saal zerren.

Imogen versuchte, sich zu befreien, aber sein Griff wurde nur noch fester.

Am anderen Ende des Flurs tauchten weitere Männer auf: Patolisal und der zweite Wachposten.

»Da ist sie!«, rief er und zeigte auf Imogen. »Sie hat gesagt, sie wäre Lady Ropuka! Sie hat gesagt, sie wollte den König sprechen!«

Patolisal knurrte wie ein Hund.

Imogen hielt sich fest, wo sie nur konnte, an Kerzenleuchtern und Gemälden, am Türrahmen – aber der Wachposten schleifte sie fort, den Gang hinunter. »Miro!«, kreischte sie. »Ich brauche dich!«

Was war nur mit ihrem Freund geschehen? Warum sprach er kein Machtwort?

»Niemand unterhält sich ohne meine Erlaubnis mit dem König«, brüllte Patolisal. Er war jetzt nur noch wenige Schritte entfernt. »Und schon gar nicht solche Herumtreiberinnen wie du!«

Da ertönte von hinten eine Jungenstimme. »Stopp! Lasst meine Freundin los!«

Kapitel 24

Imogen stand im Spiegelsaal. Jetzt war sie mit Miro allein – mit Miro und ihren zahllosen Spiegelbildern. Sie waren weit voneinander entfernt und sahen sich an.

»Du siehst genauso aus wie früher«, brummelte Miro.

Imogen zögerte. Ihr Freund wirkte sehr verändert. Was sollte sie sagen? »Natürlich«, erwiderte sie. »Ist ja erst ein paar Monate her, dass wir nach Hause zurückgegangen sind.«

»Kommt mir länger vor«, sagte Miro.

Draußen stand die Sonne tief am Himmel. Der Spiegelsaal war von glitzerndem Licht erfüllt. Es splitterte vom Kronleuchter ab und warf seltsame Formen auf die Gesichter der Kinder.

»Warum bist du zurückgekommen?«, fragte Miro.

Plötzlich wurde Imogen klar, dass er sich als Antwort erhoffte: Ich wollte dich sehen. Aber das konnte sie nicht sagen. Es wäre nicht die Wahrheit gewesen. Sie wünschte, Marie mit ihrer ausgleichenden Art wäre da.

»Du hättest mit uns nach Hause kommen sollen«, sagte sie.

»Ich gehöre hierher«, entgegnete Miro. »Ich bin der König. Es ist meine Pflicht.« Seine Stimme war so hart wie das Glas der Spiegel.

Imogen betrachtete den Thron. Er war das einzige Möbelstück im Saal und wirkte irgendwie einsam. »Ich brauche deine Hilfe, Miro«, sagte sie. »Ich will Marie retten.«

»Marie retten? Wovor?«

»Anneschka hat sie entführt.«

Miro stutzte. »Anneschka Mazanar ist tot. Sie hat versucht, im Winter über die Berge zu gelangen.«

»Nein. Sie reitet jetzt gerade, während wir hier reden, über die Berge, und sie hat Marie mitgenommen. Sie ist von irgendeiner magischen Prophezeiung besessen, und sie glaubt, Marie wäre ein Teil davon.«

Miro stolperte fast auf dem Weg zum Thron und landete mit einem Plumps auf dem Sitz. Er sah klein aus, wie er dort oben hockte, wie ein Kind, das König spielt.

»Anneschka ist kein guter Mensch«, sagte er.

»Das weiß ich. Sie hat meine Schwester geraubt!«

»Nein, ich wollte sagen: Sie ist böse. Sie hat Jidasch und Petr umgebracht, und sie hat auch versucht, mich zu ermorden.«

»Ach so«, sagte Imogen. Sie hatte wieder das Gefühl, einen Ballon in der Kehle zu haben, der sich aufblähte, sodass ihre Stimme ganz dünn wurde.

»Marie ist in großer Gefahr«, sagte Miro.

Imogen überlegte fieberhaft. Marie war in Gefahr – schnelle Hilfe war nötig –, aber Miro benahm sich so seltsam. Würde er ihr Proviant für die Reise mitgeben? Ohne die Unterstützung ihres Freundes konnte sie Anneschka nicht verfolgen.

Plötzlich war Imogen sehr müde. »Ist auf deinem Thron Platz für zwei?«

Miro rutschte ein Stück, und Imogen setzte sich neben ihn.

Sie schaute in den glitzernden Saal und betrachtete ihr Spiegelbild. Wieder wünschte sie sich, Marie wäre bei ihr. Marie hatte den Freund mit seinem Schmollen und seinem königlichen Gehabe stets besser verstanden.

Imogen stellte sich Marie im Spiegel vor – in ihrem Regenmantel mit dem bis zum Kinn hochgezogenen Reißverschluss, das rote Haar zu einem strubbligen Knoten hochgebunden. Die Schwester im Spiegel begann zu lächeln. Natürlich, die Lösung lag auf der Hand. Auch Imogen lächelte jetzt.

Vielleicht brauchte der Prinz genau das …

»Ich werde meine Schwester retten.« Imogen wandte sich Miro zu. »Ich werde die Berge überqueren. Es wird eine lange, gefährliche Reise. Ich hatte gehofft, dass du mir ein Pferd und etwas zu essen mitgeben würdest. Aber wenn es dich so bedrückt, dass du ›deine Pflicht‹ tun musst – warum kommst du dann nicht selbst mit?«

Kapitel 25

»Ich darf nicht einfach weglaufen.« Miro sprang vom Thron. »Ich muss ein Königreich regieren!«

»Wieso denn nicht? Jeder braucht mal eine Pause … Patolisal kann sich um Jaroslaw kümmern, während du weg bist. Außerdem meine ich ja nicht, dass wir *laufen* wollen. Wir nehmen Pferde.«

Miro fing an, auf und ab zu wandern, und die Könige in den Spiegeln vervielfältigten sich. Millionen Miros trabten hin und her wie Löwen im Zoo. »Weglaufen, eine Pause machen, das ist alles das Gleiche. Es wäre unverantwortlich!«

Imogen zog die Füße auf den Thron hoch und saß nun im Schneidersitz. »Was wäre das Schlimmste, was passieren könnte?«, fragte sie.

Miro blieb stehen und sah sie an. »Wir könnten erstochen oder schwer verletzt werden. Wir könnten einen langsamen, schmerzhaften Tod sterben.«

»Und was genau machst du *hier*?«, fragte Imogen.

»Wie kannst du es wagen, so eine Frage zu stellen! Ich bin der König! Ich habe immer sehr viel zu tun.«

»Sieht aber nicht so aus, als würde dir das gut bekommen«, sagte Imogen steif. »Du siehst krank aus. Du warst zu lange allein.«

Miro rannte zum nächsten Spiegel. Er musterte sein lockiges braunes Haar und die dunklen Halbmonde unter seinen Augen. »Ich bin nicht allein«, nuschelte er. »Ich habe Patolisal … und die Königlichen Wachen. Und in Jaroslaw leben Tausende von Menschen.« Er betrachtete immer noch sein Spiegelbild. »Manche finden, ich dürfte gar nicht König sein. Sie sagen, ich wäre meinem Onkel zu ähnlich.«

»Ist doch Quatsch«, sagte Imogen. »Dein Onkel hat das Sertze Hora gestohlen. So etwas würdest du niemals tun.« Ungeduldig trommelte sie mit den Fingern auf der Seitenlehne des Throns herum. Sie wollte aufbrechen.

»Andere sagen, ich wäre ihm nicht ähnlich genug«, murmelte Miro. »Ich würde nicht wie ein normaler König aussehen.«

»Du siehst wie dein Vater aus«, sagte Imogen schlicht. »Du hast uns doch seine Statue gezeigt.«

»Aber meine Mutter sah nicht so aus wie die anderen Königinnen von Jaroslaw. Alle sagen, ihre Haut war zu dunkel.«

»Die irren sich!«, rief Imogen. »Das Aussehen spielt doch keine Rolle.«

Miro legte die Hände flach an den Spiegel. »Vielleicht spielt es keine Rolle, wenn man so aussieht wie du.«

»Ich hab nicht gemeint –« Imogen verschluckte den Rest. Miro beobachtete aufmerksam ihr Spiegelbild. »Ich wollte sagen, es *sollte* keine Rolle spielen«, sagte sie dann, »aber das ist nicht das Gleiche, oder?«

»Stimmt«, sagte Miro, »das ist nicht das Gleiche.«

Imogen rutschte vom Thron hinunter. Jetzt schwebte ihr Gesicht im Spiegel hinter dem ihres Freundes. »Wie war deine Mutter so?«, fragte sie.

Miros Hände hinterließen Spuren auf dem Glas. Die Fingerabdrücke lagen weit auseinander, so als hätte er nach etwas – oder nach jemandem – gegriffen.

»Ich kann mich nicht erinnern«, flüsterte er. Es klang so traurig, dass Imogen ihre eigenen Sorgen beinahe vergaß. »Ich weiß, dass sie von weit herkam. Eine Prinzessin von jenseits der Berge … Aber an viel mehr erinnere ich mich nicht.«

»Miro«, Imogen legte ihm die Hand auf die Schulter, »komm mit.«

»Ich kann nicht. Ich muss ein guter König sein. Ich muss ihnen zeigen, dass ich nicht so bin wie mein Onkel.«

»Hör nicht auf die Leute, die glauben, du wärst wie er«, drängte Imogen. »Es klingt, als wären das keine netten Menschen. Hilf mir, Marie zu retten! So schlimm kann es jenseits der Berge nicht sein, wenn deine Mutter da herstammte.«

»Was glaubst du, warum sie hergekommen ist?«, rief Miro. Er drehte sich zu Imogen um. »Die Händler haben immer Geschichten von dort mitgebracht.« Sein Blick bekam etwas Spitzbübisches.

So ähnelte er wieder dem Jungen, an den Imogen sich erinnerte. »Was für Geschichten?«, fragte sie.

»Geschichten von jenseits der Berge. Entsetzliche Geschichten … Meine alte Kinderfrau hat gesagt, da gibt es gepanzerte Monster, die Kinder rauben. Sie haben ein Fell und große Knüppel. Wenn man so ein Monster sieht, muss man sofort wegrennen und sich verstecken.«

»Was hat deine Kinderfrau sonst noch erzählt?«

»Da gibt es Leute mit Kiemen und Schwimmhäuten, die in Flüssen leben. Sie riechen nach Fisch und schwimmen auch wie Fische.«

»Das glaube ich nicht«, sagte Imogen, obwohl sie es sich doch irgendwie vorstellen konnte. Ihr Magen krampfte sich zusammen.

Miro schlüpfte in die Rolle des Geschichtenerzählers und hob die Hände, als wären es Klauen. »Da gibt es Katzen so groß wie Wölfe, die miauen im Mondlicht.« Er legte den Kopf zurück und stieß ein Geheul aus. »Da gibt es Grotten und Wasserfälle und namenlose Berge.«

Miro holte tief Luft, und Imogen sah, wie die Farbe in seine Wangen zurückkehrte. »Weiter«, drängte sie. »Was gibt es sonst noch hinter den Bergen?«

»Da gibt es Sümpfe, die sind so riesengroß, dass noch niemand die andere Seite erreicht hat. Es gibt Büffel und Scheibenbäuche und Hunderte von Hobaschi. Und es gibt sogar ein Reich mit einem Wasserdrachen!« Jetzt hüpfte Miro vor Begeisterung auf der Stelle herum.

Imogen nickte, um ihn zum Weitererzählen zu ermuntern, aber Miro bremste sich. »Es ist ein schreckliches Land … dort jenseits der Berge«, sagte er ruhiger. »Hier sind wir viel besser dran.«

»Aber was ist mit meiner Schwester?«, rief Imogen. »Wenn deine Geschichten stimmen, ist Marie nicht nur wegen Anneschka in Gefahr. Dort lauern überall Gefahren!«

Miro drehte an den Ringen, die er trug. Er bewegte einen nach dem anderen, als versuche er, ein Rätsel zu knacken, als wäre die Lösung gefunden, sobald er seinen Schmuck in die richtige Stellung gebracht hatte.

»Warum glaubt Anneschka Mazanar, dass deine Schwester etwas mit ihrem Schicksal zu tun hat?«, fragte er.

»Das erkläre ich dir unterwegs.« Imogen wandte sich zum Gehen.

»Warte!«, rief Miro.

Imogen hielt inne und sah sich nach ihm um.

»Für so eine weite Reise«, sagte Miro, »brauchen wir Pferde … und eine Menge Proviant.« Er zeigte auf Imogens Regenmantel. »Ich kann dir auch die richtige Kleidung dafür leihen.«

Fast hätte Imogen gelächelt.

Kapitel 26

Imogen brauchte nicht lange, um Mark zu finden. Er hatte den Kasten mit der Uhr unter dem Arm und drückte sich in der Nähe von Patolisals Villa herum. »Imogen!«, rief er, als er sie sah. »Da bist du ja!«

An seinem Hemd fehlten Knöpfe. Er wirkte benommen und verloren – als hätte er nur schnell zum Mittagessen gehen wollen und sich in einem Dschungel wiedergefunden. »Ich habe die ganze Stadt abgesucht«, sagte er. »Keine Telefonzelle, keine Polizeiwache, gar nichts. Nicht mal eine Apotheke, wo ich Tabletten gegen meine Kopfschmerzen kaufen könnte.«

»Hab ich doch gesagt«, murmelte Imogen.

»Uns bleibt nichts anderes übrig«, sagte Mark. »Wir müssen deine Schwester selbst suchen.« Er stemmte eine Hand in die Seite, als wäre das eine tolle Neuigkeit.

Imogen fragte sich unwillkürlich, und das nicht zum ersten Mal, warum ihre Mutter diesen Mann so gern mochte. »Das sage ich ja schon die ganze Zeit«, murrte sie.

Mark tat so, als hätte er nichts gehört. Er blinzelte zu den fernen Bergen hinüber. In der Abenddämmerung sah man nur noch die Umrisse der Gipfel, und der Wald am Fuß des Gebirges war ein dunkler Schatten. »Ich denke, wir sollten bald aufbrechen«, verkündete Mark.

Imogen war so wütend, dass sie fast gegen eine Statue getreten hätte, aber sie beherrschte sich. »Ich weiß«, sagte sie. »Morgen früh reiten wir los. Miro organisiert den Proviant.«

»Miro?« Mark runzelte die Stirn.

»Mein Freund«, sagte Imogen gereizt. »Der König von Jaroslaw, erinnerst du dich? Er kommt mit und hilft uns, Marie zu retten.«

Imogen und Mark durften in Patolisals Villa übernachten. Patolisal schien darüber nicht gerade glücklich zu sein, aber Miro war der König, daher musste der Chefberater sich fügen. Imogen bekam ein Zimmer gleich neben Miros Schlafzimmer. Mark schlief unten in einer Kammer.

Neben Imogens Bett brannte eine Kerze, aber ihr Licht reichte nicht bis an die Decke hinauf. Das Zimmer war höher als breit, und Imogen fühlte sich eingesperrt, als sollte sie in einem luxuriösen Grab schlafen.

Nachdem sie überprüft hatte, ob der Kasten mit der Sternenuhr noch verschlossen war, schob sie ihn unters Bett. Dann zog sie das riesengroße Nachthemd an, das Patolisals Diener ihr hingelegt hatten.

Vor der Villa ertönten Stimmen – ein Mann rief etwas, eine Frau lachte, eine Tür knallte zu. Es war seltsam, abends Menschen in Jaroslaw zu hören. Imogen erinnerte sich gut an die Schreie der Skret …

Sie pustete die Kerze aus und ließ den Kopf ins Kissen sinken. Sie würde so viel Schlaf wie möglich brauchen, bevor morgen ihre Suche begann – jenseits der Berge. Die Worte klangen wie aus einer alten Sage. Wo mochte Marie wohl jetzt gerade schlafen?

Hinter dem Vorhang regte sich etwas. »Hallo?«, sagte Imogen und hob den Kopf. »Wer ist da? Warum versteckst du dich?« Der mit Quasten verzierte Saum des Vorhangs hob sich, und Imogen hielt den Atem an. »Das kann nicht sein«, wisperte sie. »Ich hab meine Sorgenteufel doch abgeschafft.«

Aber da war einer, auch wenn es jeder Logik widersprach. Der Sorgenteufel krabbelte in ihr Blickfeld. Er war so groß wie ein Gartenzwerg, sein Rumpf hatte die Form einer Kartoffel, und seine Gliedmaßen waren blass und dünn.

»Du wirst uns nicht los«, zischelte er. »Wir kommen immer aus dem Dunkeln und fressen uns an deiner Angst dick und rund.«

»Ich hab keine Angst«, stieß Imogen hervor. Aber schon während sie die Worte aussprach, war ihr bewusst, dass es eine Lüge war.

Der Sorgenteufel streckte die Ärmchen nach ihr aus, und Imogen wurde die Brust eng. Sie bekam kaum noch Luft. »Dich gibt es gar nicht«, wimmerte sie. »Dich kann es gar nicht geben.«

Imogen hatte niemandem von den Sorgenteufeln erzählt. Ihrer Therapeutin nicht und auch nicht ihrer Mutter. Nicht einmal Marie.

»Du solltest dich schämen«, knurrte der Teufel. »Lockst deine Schwester vom Hotel weg und bringst sie her, bloß weil du beweisen willst, dass du recht hast. Du spielst dich gern auf, stimmt's?«

»Lass mich in Ruhe.« Imogen bemühte sich, ihr Zittern aus der Stimme herauszuhalten. »Alles wird gut.«

Der Sorgenteufel lächelte sie boshaft an. »Marie wird sterben, bevor ihr sie findet.«

»Geh weg!«, sagte Imogen mit piepsiger Stimme. Sie sprang aus dem Bett, aber der Sorgenteufel zog sich nicht zurück. Das machten ihre Quälgeister nie …

Jetzt fiel ihr alles wieder ein – die langen, einsamen Nächte, die schlimmen Gedanken, das Entsetzen, das sie an der Kehle packte. Sie hatte gedacht, es wäre vorbei. Sie hatte gedacht, wenn sie die Sorgenteufel vergessen könnte, würden die Teufel auch sie vergessen.

Das kleine Ungeheuer zog sich den Zeigefinger über die Kehle. »Tot, tot, tot. Tot, bevor ihr sie findet.«

Das reichte. Imogen riss die Vorhänge auf. Der Sorgenteufel packte den Rand ihres Nachthemds und kletterte daran hoch. »Tot, tot, tot.« Er schwang sich auf ihre Schultern und zog sie mit spitzen kleinen Fingern an den Haaren.

Imogen öffnete das Fenster und riss den Teufel von ihrem Hals. »TOT, TOT, TOT!« Er wand sich kreischend.

»Lass mich in Ruhe«, schrie Imogen und schleuderte ihn aus dem Fenster. Mit einem Platsch schlug er auf den Pflastersteinen auf.

Sie horchte auf eine Antwort …

Nichts.

Doch bald würde der Sorgenteufel sich wieder aufrappeln und an der Regenrinne hochklettern. Imogen schloss das Fenster und verriegelte es.

»Alles wird gut«, schluchzte sie, während sie sich wieder ins Bett verkroch.

Kapitel 27

Imogen erwachte, weil sich im Kerzenschein ein Gesicht über sie beugte. »Wir müssen los«, flüsterte Miro.

Rotviolettes Licht lugte durch die Vorhänge. Es war ganz früh am Morgen, und als Imogen sich räkelte, fiel ihr ein, was mit ihrer Schwester geschehen war. »Marie«, rief sie und setzte sich auf.

»Alles okay«, sagte Miro. »Wir finden sie. Aber wir müssen jetzt los.«

Imogen spürte die Abwesenheit ihrer Schwester wie ein Loch in der Brust – wie ein schreckliches, hohles Weh. Sie griff nach dem Schmerz und versuchte, ihn wegzureiben.

Miro stellte die Kerze neben ihr Bett. Im anderen Arm trug er ein Bündel Kleidungsstücke. »Das müsste die richtige Größe für dich sein«, sagte er. »Ich wecke Mark, und wir treffen uns dann draußen. Wenn jemand dich fragt, was du vorhast, sagst du nur, dass Patolisal Bescheid weiß.«

»Warte mal«, sagte Imogen. »Weiß er denn nichts von unserem Plan?«

Miro schüttelte den Kopf. »Er würde mich nie über die Berge reiten lassen. Aber keine Sorge. Die Wachen wecken ihn nur, wenn sie wirklich sehr misstrauisch werden.«

»Aber du bist doch der König«, sagte Imogen. »Und er ist bloß ein Berater. Er kann dir nicht vorschreiben, was du zu tun hast.«

»Du kennst Patolisal nicht«, murmelte Miro und ließ die Kleidungsstücke auf das Fußende ihres Bettes fallen.

Imogen griff danach – die Goldfäden und der Brokatstoff lockten sie. Eine Hose, ein Umhang und eine Steppjacke, eine gelbe Schärpe und fellgefütterte Stiefel. »Danke«, sagte sie. Sobald sie an Marie dachte, spürte sie das Weh in ihrer Brust, aber zu wissen, dass Miro mitkam, half ihr.

»Ist mir eine Ehre«, sagte er würdevoll. Und damit hastete er aus dem Zimmer.

Im Zwielicht der Morgendämmerung zog Imogen sich an. Ihre Sachen von gestern lagen zerknüllt auf dem Fußboden. Pullover, Jeans, Regenmantel. Mama hasste es, wenn sie ihre Klamotten auf einem Haufen liegen ließ. »Was bist du eigentlich?«, neckte sie Imogen dann. »Ein Mädchen oder eine Schlange? Das sieht ja aus, als hättest du dich gerade gehäutet.«

Während Imogen ihren Umhang schloss, überlegte sie, dass Mama nicht ganz unrecht hatte. Sie warf tatsächlich ihre alte Haut ab und hoffte, dass die neue Imogen besser sein würde als die alte – besser als die Imogen, die Marie erst durch die Tür im Baum gelockt und dann fest geschlafen hatte, als sie von Anneschka gekidnappt wurde.

Sie holte die Sternenuhr unter dem Bett hervor, blies die Kerze aus und verließ das Zimmer.

Die Sonne ging gerade auf, und ihre ersten Strahlen färbten die Berge lila und tauchten die Stadt in Gold. Mark und Miro warteten auf der Straße. Sie hatten Pferde und einen verdatterten Wachposten bei sich.

Im ersten Augenblick erkannte Imogen den Freund ihrer Mutter nicht wieder. Er hatte seinen Anzug gegen eine Tunika und einen Umhang eingetauscht. Statt der blank polierten Schuhe trug er jetzt fellgefütterte Stiefel. Er sah aus, als gehöre er hierher.

Auch Miro hatte sich verändert. Er wirkte fröhlicher, unbekümmerter. Er hüpfte über die Pflastersteine, als hätte er Flügel an den Knöcheln. »Dieses Pony ist für dich«, sagte er zu Imogen und gab ihr die Zügel.

»Ich dachte, es wäre für Lady Ropuka«, sagte der Wachmann und musterte Imogen von oben bis unten. »Für die echte Lady Ropuka.« Dann wanderte sein Blick vom König zu Patolisals Villa, als frage er sich, welchem Herrn er gehorchen solle.

Bitte nicht Patolisal aufwecken, flehte Imogen im Stillen.

Am Sattel des Ponys waren Packtaschen befestigt. Neugierig schaute Imogen hinein. Eine Tasche war mit Essen gefüllt – mit Räucherfleisch und Käse. In der anderen lagen Handschuhe und eine Geldbörse. Hinten am Sattel waren zusammengerollte Felle befestigt. Imogen schnallte den Uhrenkasten mit einem freien Riemen auf den Fellen fest. »Du bist besser geworden im Packen«, sagte sie zu ihrem Freund.

»Lofkinje war eine gute Lehrerin.« Miro lächelte und half Imogen in den Sattel.

»Pferde haben keine Sicherheitsgurte«, sagte Mark, der gerade auf eine braune Stute stieg. Damit niemand auf die Idee kam, dass er Angst um sich selbst haben könnte, fügte er hinzu: »Du musst dich gut am Sattel festhalten, Imogen.«

Miro bestieg das dritte Tier. Es war ein schimmernder Rapphengst, und im goldenen Licht des Sonnenaufgangs sah Miro richtig königlich aus.

»Weiß Lord Patolisal, dass Ihr ausreitet?«, fragte der Wachposten.

»Ja«, sagten Miro, Mark und Imogen wie aus einem Mund.

In der Villa regte sich etwas. Imogen glaubte, hinter den Fenstern einen Schatten zu sehen.

Sie überlegte, ob es der richtige Zeitpunkt war, um zu erwähnen, dass sie noch nie auf einem Pferd gesessen hatte. Auch nicht auf einem Pony. Aber da wurde im dritten Stockwerk ein Fenster geöffnet, und Patolisal beugte sich heraus.

»Miroslaw«, rief er von oben herunter. »Wohin wollt Ihr in dieser Herrgottsfrühe? Heute kommt Lady Ropuka zu Besuch. Ihr könnt nicht einfach fortreiten!«

Die Königliche Wache griff ins Zaumzeug des Hengstes. Imogen seufzte. Geschnappt, dachte sie.

Kapitel 28

Miro trieb sein Pferd an, aber der Wachposten hatte es fest am Zaumzeug gepackt.

»Das geht wirklich nicht!« Mark schaute zu Patolisal hoch. »Erst beschuldigen Sie mich, ich wäre ein Vertreter. Und jetzt schikanieren Sie ein Kind.«

Patolisal verschwand vom Fenster.

Miro nahm die Zügel auf und trieb sein Pferd an. Der Rapphengst blähte die Nüstern. Imogen verstand nicht viel von Pferden, aber sie sah, dass dieses Tier wütend war. Es passte ihm nicht, dass es angetrieben und gleichzeitig festgehalten wurde.

»Bitte, Eure Majestät.« Der Wachposten wurde nervös.

Auch die Pferde wurden immer unruhiger. Marks braune Stute stieß ein schrilles Wiehern aus.

Das wirkte.

Miros Rappe stieg.

Der Wachposten musste das Zaumzeug loslassen, und Imogen rechnete damit, dass Miro vom Pferd fallen würde. Aber er beugte sich vor und hielt sich am Hals seines Hengstes fest.

Die Türen der Villa flogen auf.

»Miroslaw, sofort absteigen!« In einem sehr langen Nachthemd stand Patolisal oben auf der Eingangstreppe.

Miro trieb den Hengst mit den Absätzen an, und das Pferd galoppierte los.

»Haltet sie!«, schrie Patolisal, während er auf bloßen Füßen herumhüpfte.

Marks braune Stute jagte dem Rapphengst nach. Imogen klammerte sich am Sattel fest, denn auch ihr Pony stieß jetzt ein hohes Wiehern aus und sauste hinter seinen Freunden her. Der Wachposten, der noch versuchte, es festzuhalten, griff ins Leere.

Sie konzentrierte sich darauf, oben zu bleiben, und stellte sich in die Steigbügel. Der Wachmann rannte hinter ihr her, seine Stiefel klapperten auf dem Pflaster. Aber er konnte das Pony nicht einholen.

Imogen stieß einen Schrei aus. Sie versuchte, sich mit den Beinen festzuhalten, aber je fester sie drückte, desto schneller rannte ihr Pony.

»Halt!«, brüllte der Wachposten. »Im Namen des –«

Imogen hörte nicht mehr, in wessen Namen sie anhalten sollte. Im Galopp flitzte das Pony um die Ecke und ließ den Königlichen Wachmann zurück.

Erst als sie die Kaminek-Brücke erreichten, wo Miro und Mark warteten, wurde ihr Reittier langsamer. Imogen keuchte. Vor Aufregung zitterte sie am ganzen Körper.

»Alles klar, Imogen?«, rief Mark.

Sie nickte nur, sprechen konnte sie nicht. Auf einem Velekur zu fliegen war vergleichsweise einfach gewesen. Sie hatte nicht gewusst, dass Ponys so sehr holperten.

»Ich habe die Pferde der Wachen aus den Ställen gelassen«, sagte Miro. »Sie können uns nicht verfolgen.«

Das imponierte Imogen, aber sie war so außer Atem, dass sie es nicht sagen konnte.

»Oho!«, sagte Mark, »da kommt die Kavallerie.«

Ein Reiter galoppierte auf sie zu, sein Nachthemd flatterte im Wind.

Patolisal.

Sein Pferd war klein. Viel zu klein. Es war bestimmt nicht sein eigenes.

»Los!« Miro trieb seinen Hengst an.

»Imogen«, sagte Mark, »das ist gefährlich. Du weißt nicht, wie –«

Aber ihr Pony rannte bereits hinter dem Rapphengst her. Imogens Herz machte einen Satz. Diesmal würde sie bestimmt runterfallen.

Marks Stute überholte ihr Pony. »Halt dich gut am Sattel fest!«, rief er im Vorbeireiten. »Fall bloß nicht runter!«

Fast hätte Imogen mit den Zähnen geknirscht. Konnte Mark denn nicht sehen, dass ihre Knöchel schon weiß waren, weil sie sich so krampfhaft festklammerte? Aber inzwischen fühlte sie sich schon etwas sicherer. Die Häuser flogen vorbei.

Mark war jetzt vor ihr, dicht hinter Miro. Er drehte sich immer wieder um und rief ihr Anweisungen zu, aber der Wind brauste in ihren Ohren, sodass sie kaum etwas verstand.

Sie wünschte sich nur, dass dieses Rennen bald aufhörte. Ein alter Mann ließ ein Brot fallen, als sie vorbeijagten. Zwei Kinder an einem Fenster juchzten.

Imogen riskierte einen Blick zurück. Patolisal war hinter ihnen, und sein Nachthemd flatterte gefährlich um seine Beine. Er schlug auf sein Pony ein und schrie Befehle. »Das Tor!«, brüllte er. »Schließt das Tor!«

Sie schaute wieder nach vorn. Das Stadttor war ganz nah. Knirschend setzte sich das Eisengitter in Bewegung. Miro war bereits draußen, und Mark folgte dicht hinter ihm.

Imogens Herz trommelte so schnell wie die Hufe ihres Ponys.

Das Tor senkte sich weiter. Am unteren Rand glitzerten die eisernen Spitzen. Imogen hatte Angst. Konnte sie es noch schaffen? Eine Erinnerung blitzte auf. Als sie das erste Mal in die Stadt gekommen waren, hatte Maries Kapuze sich in den Spitzen verfangen. Imogen hatte die kleine Schwester weggezogen und in Sicherheit gebracht.

Entschlossen presste sie die Lippen zusammen. Sie musste einfach unter dem Tor hindurchkommen.

Das Pony setzte zum Endspurt an, und Imogen duckte sich tief über die Mähne. Sie spürte, wie die eisernen Spitzen ihr durchs Haar strichen, während sie in die Freiheit galoppierte.

Als das Pony sein Tempo verlangsamte, traute Imogen sich, einen Blick zurück zu werfen. Das Tor hatte sich geschlossen, und Patolisal war in der Stadt gefangen. Imogen sah ihn durch das eiserne Gitter. Er drohte mit der Faust und rief ihnen etwas hinterher, aber sie konnte kein Wort verstehen.

Kapitel 29

Imogen, Miro und Mark spähten in den Wald. Die Pferde standen in einer Reihe vor den ersten Bäumen, und bei den kleinsten Geräuschen bewegten sie die Ohren.

»Das ist die alte Straße.« Miro zeigte auf einen Weg zwischen den Bäumen. »Ich glaube, sie führt hoch zum Pass. Es müsste der schnellste Weg ins Land jenseits der Berge sein.«

»Ganz sicher bist du dir anscheinend nicht«, sagte Mark.

Imogen hatte einen ganz anderen Eindruck. Miro schien nun so viel zu wissen. Der Prinz, den sie im vergangenen Sommer kennengelernt hatte, hatte von der Welt außerhalb seiner Stadtmauern keine Ahnung gehabt.

»Schickt Patolisal uns keine Leute nach?«, fragte Imogen.

Die Stadt schmiegte sich hinter ihnen ins Tal.

»Der kommt nie im Leben darauf, wo wir hinwollen«, sagte Miro. »Man reitet nur über das Gebirge, wenn man unbedingt muss.«

Das Gras, das in der Mitte der alten Straße wucherte, bestätigte Miros Bemerkung. Es sah aus, als wäre hier seit Jahren niemand mehr entlanggekommen. Tief im Wald krächzte ein Velekur.

»Ist Patolisal dein Vormund oder dein Erziehungsberechtigter?«, fragte Mark ein wenig nervös. »Ich möchte nicht, dass jemand denkt, ich hätte dich entführt.«

»Patolisal ist zu gar nichts berechtigt«, sagte Miro.

»Das muss hart sein«, überlegte Mark. »Ich meine, dass du keinen Vormund hast – du bist doch noch ein ganz junger Herrscher. Das ist so, als hättest du ein Familienunternehmen geerbt und niemand würde dir zeigen, wie das alles läuft.«

Miro sah Mark lange an. Imogen wunderte sich darüber. Mit einem Hüsteln machte sie auf sich aufmerksam. »Wie kann ich mein Pferd antreiben?«

Miro wirkte erschrocken. »Kannst du nicht reiten? Das können sogar die Bauern! Oh – damit wollte ich nicht sagen, dass du –«

Mark lachte. »– ein Bauernmädchen bist?« Er trieb sein Pferd an. »Kein Problem, Imogen, wir reiten langsam. Dein Pony läuft einfach mit.«

Imogens Gesicht wurde ganz heiß. »Seit wann kennst du dich mit Pferden aus?«, rief sie.

»Es gibt eine Menge Dinge, die du nicht über mich weißt«, sagte Mark.

Miro und Imogen ritten nebeneinander. Sie hatten sich viel zu erzählen. Seit sie sich zum letzten Mal gesehen hatten, war Imogen in die siebte Klasse gekommen. Und Miro war König geworden.

Sie berichtete ihrem Freund von Otschis Prophezeiung, dass Anneschka das größte Königreich der Welt regieren würde, wo auch immer das sein mochte, und dass Marie ihr helfen würde, Königin zu werden.

Miro war entrüstet. »Marie würde Anneschka niemals helfen!«

»Ich weiß«, sagte Imogen. »Ich verstehe das auch nicht.«

Wären die beiden nicht so in ihr Gespräch vertieft gewesen, dann wären Imogen vielleicht die Bäume aufgefallen. Sie flüsterten miteinander. Doch vielleicht hätte sie auch nichts bemerkt – denn häufig hält man die Sprache der Bäume für das Rascheln des Windes im Laub.

Als die Reiter sich dem Rand der Kolsaniwälder näherten, brach die Dämmerung an. Die Berge waren jetzt ganz nah. Ihre schneebedeckten Hänge verdeckten den halben Himmel.

»Das hier scheint ein guter Rastplatz zu sein.« Mark deutete auf eine Lichtung zwischen den Bäumen.

Imogen stieg alles andere als elegant von ihrem Pony ab. Ihr Po schmerzte. Ihre Beine fühlten sich an wie Pudding. Auf festem Boden zu stehen war ganz ungewohnt.

Mark begann, Feuer zu machen. Das habe er bei den Pfadfindern gelernt, behauptete er.

»Wow«, sagte Miro.

Imogen fand, dass Miro sich zu leicht beeindrucken ließ. Schließlich konnte jeder Höhlenmensch Feuer machen.

Miro band die Pferde an, und Imogen breitete die Felle aus. Dann füllten die Reisenden ihre Mägen mit Brot und zartem Fleisch in Kräuterkruste. Miro hatte sogar süßen Senf eingepackt.

»Sind von diesen Skret noch mehr im Wald?« Mark beäugte die Bäume rings um die Lichtung. Im Feuerschein schienen ihre Äste zu beben. Das brennende Holz knisterte und knackte.

»Die Skret leben vor allem in den Bergen«, erklärte Miro. »Aber Sie brauchen sich keine Sorgen zu machen. Der Maudree Král und ich sind Verbündete. Es gibt keine … Unstimmigkeiten mehr zwischen uns.«

Imogen kaute langsam und genoss die Wärme der Flammen. Während sie so am Feuer saß, das Fell unter sich und die leuchtenden Sterne über sich, verspürte sie etwas wie eine wohlige Zufriedenheit. Fast hätte sie vergessen können, warum sie hier war …

Sie hoffte, dass Marie ebenfalls ein Feuer und etwas Leckeres zu essen hatte. Dass sie jedenfalls nicht frieren musste.

»Natürlich friert sie. Sie ist schon erfroren.«

Mit einem Ruck wandte Imogen sich zur Seite. Hinter Mark, am Rand des Feuerscheins, lungerte ein Sorgenteufel herum. Jetzt starrte er Imogen an und zischte leise.

Den gibt es gar nicht, sagte sie sich. Meine Fantasie spielt mir einen Streich.

Miro legte sich auf den Rücken und seufzte. »So viele Sterne«, sagte er. »Ich wüsste gern, auf wessen Seite sie sind. Sie können doch nicht wollen, dass Anneschka Königin wird, oder?«

»Explodierende Gasbälle ergreifen nicht Partei«, sagte Mark.

»Eigentlich«, korrigierte Imogen, »bestehen Sterne größtenteils aus Plasma, nicht aus Gas.«

Der Sorgenteufel näherte sich dem Feuer. Sein Gesicht war verkniffen, so als wäre es in der Wäsche eingelaufen. »Deine Schwester ist im Gebirge erfroren«, knurrte er. »Tot, und du bist schuld daran.«

Imogen starrte den Teufel böse an. Mark bewegte sich unbehaglich, weil er nicht wusste, ob Imogens Blick vielleicht ihm galt.

»Die Sterne sehen alles«, sagte Miro und stopfte sich Brot in den Mund. »Alles, was wir sind. Alles, wozu wir vom Schicksal bestimmt sind … das hat mein Onkel immer gesagt.«

»So etwas wie Vorbestimmung gibt es nicht«, sagte Mark.

»Doch«, sagte Imogen so unschuldig, wie sie konnte. »Genauso, wie es auch Türen in Bäumen gibt.«

Marks Oberlippe zuckte. Sie hatte einen wunden Punkt getroffen.

Funken und Rauch stiegen in die Dunkelheit auf. »Erfroren«, rief der Sorgenteufel, »erfroren, und alles ist deine Schuld.«

Nun legte auch Imogen sich auf den Rücken und zwang sich, ihren Quälgeist nicht mehr zu beachten. Je länger sie in den Himmel schaute, desto mehr Sterne sah sie. Sie versammelten sich zu ganzen Trauben. Sie linsten durch die Wolken.

Imogen betrachtete weiter den Sternenhimmel, und der Sorgenteufel wurde still. »Die Sterne sehen alles«, flüsterte sie vor sich hin.

Der Sorgenteufel gab ein prustendes Geräusch von sich, so als habe er es satt, ignoriert zu werden. Dann drehte er sich um und stapfte davon.

Kapitel 30

Als Imogen erwachte, war es noch früh, und ihr Gesicht war nass vom Tau. Miro und Mark schliefen. Das Feuer war ausgegangen, und ihr war kalt. Sie wusste zwar, dass sie sich eigentlich nicht vom Lagerplatz entfernen sollte, aber sie wollte sich ein bisschen bewegen, bis die anderen aufwachten. Vielleicht würde sie Brennholz sammeln.

Die Kolsaniwälder erwachten zum Leben, als sie loszog. Irgendwo in der Ferne heulte ein Wolf. In der Nähe zupfte ein Vogel mit stromlinienförmigen Streifen geschäftig Moos von einem Baumstumpf.

Imogen ging in die Hocke, um den Vogel zu betrachten. Pick, pick, pick. Er zerrte mit dem Schnabel am Moos. Seit der Berg sein Herz zurückerhalten hatte, schien in den Wäldern viel mehr Leben zu sein. Sie beobachtete den Vogel so konzentriert, dass sie nicht merkte, wie sie selbst auch beobachtet wurde.

Ein Zweig knackte. Der Vogel flog fort, und Imogen sprang auf.

»Die Bäume haben gesagt, dass ihr hier seid.« Das war Otschis Stimme. Die Hexe war wieder jung und hochgewachsen. »Ich komme, um meine Uhr zu holen.«

»Welche Uhr?«, fragte Imogen.

»Ich glaube, das weißt du, Kind … du hattest kein Recht, sie mitzunehmen.«

»Aber dir gehört sie auch nicht«, gab Imogen zurück.

Otschi packte sie an den Schultern. »Ich brauche die Uhr!« Sie schüttelte Imogen. »Du weißt gar nicht, wie man sie benutzt! Du weißt nicht einmal, wozu sie dient!«

Imogen wollte Otschi auf die Zehen treten, aber etwas hielt ihren Fuß fest. Sie sah nach unten. Über ihren Stiefel war eine Wurzel gewachsen und hatte sich um ihren Knöchel geschlungen.

Sie blickte in die Augen der jungen Hexe. Da drinnen war die alte, die echte Otschi. Bei diesem Gedanken bekam Imogen Gänsehaut. Sie hatte jemanden sagen hören, in jedem Erwachsenen stecke ein Kind, der Schatten eines jüngeren Selbst. Dass es auch umgekehrt sein konnte, dass ein altes Wesen in einer jungen Haut stecken konnte, war ihr neu.

»Das ist bloß eine Maske.« Imogen starrte die Hexe an.

»Die Uhr«, wiederholte Otschi und drückte auf Imogens Schultern, als wolle sie das Mädchen in die Erde pressen.

Imogen wusste nicht, wie weit sie sich von der Lichtung entfernt hatte. Würde Miro sie hören, wenn sie rief?

»Sie können die Uhr kriegen, wenn ich meine Schwester wiederhabe. Wenn Ihnen so viel daran liegt, warum helfen Sie mir dann nicht, Marie zu finden?«

»In solche Dinge mische ich mich nicht ein«, sagte die Hexe.

Imogens Furcht verwandelte sich in Zorn. Wie konnte Otschi so etwas sagen? Als habe sie mit dieser Welt nichts zu tun?

»Aber Sie haben sich doch schon eingemischt!«, rief Imogen. »Sie haben uns in Ihr Haus eingeladen. Sie haben zugelassen, dass Anneschka meine Schwester entführt hat. Und jetzt sind Sie hier und belästigen mich!«

Ein Schatten huschte über Otschis Gesicht. »An der Entführung deiner Schwester bin ich nicht schuld. Ich war betäubt, genauso wie ihr ... Außerdem ist es das Schicksal des Kindes. Dagegen lässt sich nichts machen.«

Imogen kniff die Augen zusammen. »Schicksal. So nennen Sie das also?« Eine zweite Wurzel schlang sich um ihr Bein.

»Ich frage zum letzten Mal ...«, sagte die Hexe, »wo ist meine Uhr?«

»Loslassen«, befahl eine Stimme hinter ihnen. Die Hexe drehte sich um. Es war Mark. Er hatte ein Schwert in der Hand. Imogen war sich ziemlich sicher, dass er nicht damit umgehen konnte, aber als er es hob, kamen ihr Zweifel.

Sie war sehr froh, ihn zu sehen. Die Wurzeln lösten sich von ihren Beinen.

»Wir haben uns bloß unterhalten«, sagte Otschi leichthin, aber sie ließ Imogen los. Imogen huschte neben Mark.

»Sie hat meine Uhr gestohlen«, sagte die Waldhexe. Es klang quengelnd, wie ein Kind, das ein anderes Kind verpetzt. »Du hast deine Tochter nicht im Griff!«

»Er ist nicht mein Vater«, sagte Imogen leise.

Mark ließ seine Waffe nicht sinken. »Ganz meine Meinung«, sagte er zu Otschi. »Das Kind ist ein absoluter Albtraum. Daran ist die liberale Erziehung schuld.«

»Ich will meine Uhr zurück«, forderte die Hexe.

»Das geht leider nicht«, erwiderte Mark. Er schob Imogen hinter sich und entfernte sich langsam rückwärts.

»Weshalb nicht?«, schrie die Hexe mit glühenden Wangen.

»Was man findet, darf man behalten«, sagte Mark. »Deshalb nicht.«

Otschi warf Mark einen so giftigen Blick zu, dass ihr junges Gesicht ein paar Falten bekam. Dann schleuderte sie ihren Umhang über eine Schulter und stolzierte durch die lauschenden Bäume davon.

Kapitel 31

Am dritten Tag näherten die Reisenden sich zwei hohen Bergen. Sie ritten im Schnee, und Imogen stieß weiße Atemwolken aus. Sie war froh über die Wärme ihres Ponys.

»Von Patolisals Leuten ist nichts zu sehen«, bemerkte Mark bei einem Blick zurück ins Tal.

Von der Waldhexe ist auch nichts zu sehen, dachte Imogen. Sie spürte wieder die Abwesenheit ihrer Schwester – dieses Loch, wo Marie hätte sein sollen. Diesmal allerdings befand sich diese Leere außerhalb von ihr und verlieh ihr Energie, zog sie vorwärts.

»Schaut mal!« Miro zeigte ins Gebirge. »Da ist der Pass! Die beiden Gipfel heißen die Zwillingsbrüder.«

Imogen lenkte ihr Pony so, dass sie besser sehen konnte. Die Zwillingsbrüder standen sehr dicht nebeneinander. Sie schirmten den Weg vor der Sonne ab, sodass der Schnee am Boden nicht schmolz. Ihre Hänge waren felsig und steil. Ihr seid nicht willkommen, schienen die Berge zu sagen. Solchen wie euch kehren wir den Rücken zu.

Zitternd zog Imogen ihren Umhang fester um sich. Sie beneidete Miro um seine Fellmütze.

»Frierst du?«, fragte Mark. »Soll ich dir meinen Umhang leihen?«

Imogen schüttelte den Kopf.

Miro ritt weiter. Sein Pferd hinterließ Hufspuren im Schnee. Imogen nutzte die Gelegenheit. Seit Mark sie vor Otschi gerettet hatte, lag ihr etwas auf dem Herzen.

»Mark«, sagte sie so beiläufig, wie sie konnte, »warum hast du Otschi die Uhr nicht gegeben? Ich dachte, du wärst dagegen, dass man alte Frauen bestiehlt.«

Er antwortete so scharf, wie Imogen ihn noch nie gehört hatte. »Ich kann es nicht leiden, wenn jemand meine Familie bedroht.«

Seine Familie? Imogen wusste nicht recht, wie sie das finden sollte. Mark räusperte sich. »Imogen, in der Nacht im Park … als wir durch …«

Er konnte es gar nicht aussprechen.

»Die Tür im Baum?«, schlug sie vor.

Mark nickte. Er richtete sich ein wenig im Sattel auf. »Ich hatte mich vorher mit eurer Mutter gestritten. Wir hatten uns am Abend verkracht, und sie ist gleich ins Bett gegangen. Ich saß allein an der Bar, und da sah ich dich und deine Schwester hinter dem Hotel herumschleichen.«

Vor gar nicht langer Zeit hätte Imogen sich gefreut, wenn sie von einem Streit zwischen Mama und Mark gehört hätte. Jetzt aber war sie einfach nur müde. Sie war müde von der Kälte und konnte ihren Po nicht mehr spüren. Es war, als wäre sie mit dem Sattel verschmolzen.

»Deine Mutter wollte nicht glauben, dass ihr im letzten Sommer ausgerissen seid. Das hat mich stinksauer gemacht. Ich weiß nicht, warum, aber ich habe Dinge gesagt, die ich nicht hätte sagen dürfen.«

»Was denn?« Imogen sah Mark von der Seite an.

»Über Disziplin und Kindererziehung. Dass ihr eines Tages auf eigenen Füßen stehen müsstet – und dem Vorstand Zahlen präsentieren. Und was würdet ihr dann tun? Ihr könntet nicht einfach ein magisches Königreich erfinden. Harte Arbeit. Statistiken. Das ist es, was zählt. Man muss in der Realität leben.«

Imogen biss sich auf die Lippe. Marks Version der Realität klang erfunden.

»Aber jetzt …«, er warf einen Blick auf den Streifen Himmel zwischen den Bergen, »jetzt bin ich mir da nicht mehr so sicher.«

Außer den knirschenden Huftritten war alles still. Miros Pferd war nur noch ein schwarzer Fleck weit vor ihnen auf dem weißen Schnee.

»Was ich eigentlich ausdrücken will«, fuhr Mark fort, »was ich zu sagen versuche, ist … es tut mir leid.«

Imogen war so erschrocken, dass ihr fast die Zügel aus der Hand gefallen wären.

»Die Tür im Baum existiert wirklich«, sagte Mark, »ebenso wie diese ganze Welt hier. Wenn wir nach Hause kommen, werde ich alles richtigstellen. Ich will dafür sorgen, dass deine Mama die Wahrheit erfährt. Wie findest du das?«

»Das klingt gut«, sagte Imogen. »Richtig gut.«

Und so ritten sie zwischen den Zwillingsbrüdern hindurch über den Pass. Sie gelangten von einem Königreich ins nächste, ließen hinter sich, was vorher gewesen war, und rüsteten sich für das, was kommen sollte.

DREI

Kapitel 32

Am vierten Tag ihres Rittes erreichten Imogen, Miro und Mark die andere Seite des Gebirges. Ein weites, durch Flüsse und Seen gegliedertes Land erstreckte sich vor ihnen. Die Hügel waren nicht allzu hoch, und in die Täler waren Ortschaften eingebettet.

»Jenseits der Berge«, flüsterte Imogen. »So schlecht sieht das hier gar nicht aus.«

Miro auf seinem Rappen ritt an ihre Seite. »Das Aussehen kann täuschen«, sagte er, aber er lächelte. Er schien entspannt zu sein und sich sogar zu freuen.

An den Berghängen rauschten Bäche hinunter. Imogen war es, als lachten sie, als machten sie Scherze über Schmelzwasser und enge Windungen, mit Pointen, die ein Mensch niemals verstehen würde.

Die Pferde folgten dem Wasser bergab. Manchmal wateten sie durch seichte Stellen. Manchmal senkten sie die Köpfe, um zu trinken.

Am sechsten Tag hatten die Reisenden ihren Abstieg beendet. Sie hatten die Berge im Rücken, und vor ihnen strömte ein Fluss.

»Wo sind wir?«, fragte Imogen.

»Ich glaube, wir sind im Königreich Tieflande«, sagte Miro. »Angeblich wurde es seit Jahrhunderten nicht erobert.« Imogen konnte spüren, dass das stimmte. Dieses von Gewässern durchzogene Land hatte etwas Friedliches. Vielleicht war es der Geruch nach feuchter Erde und wachsenden Pflanzen. Vielleicht war es auch der weite Himmel.

Unwillkürlich schöpfte sie Hoffnung. Selbstverständlich würden sie

Marie finden. Selbstverständlich würde alles gut werden. Ihre Sorgenteufel erschienen ihr jetzt so unwirklich wie Schnee im Sommer.

»Wie kommt es, dass dieses Königreich nie erobert wurde?«, fragte Mark. »Ich sehe weder Türme noch Mauern.«

»Wenn man einen Wasserdrachen hat, braucht man keine Mauern«, antwortete Miro.

Mark drehte sich um. »Ein Drache? Ich hoffe, das ist bloß eine Redewendung.«

Imogen warf Miro einen Blick zu. Er zuckte lächelnd die Achseln und schwieg.

Mittags machten sie Rast und aßen Käse und Zwieback. Miro schmierte sich Schmalz auf den Zwieback. Mark machte sich ein Dreidecker-Sandwich. Imogen knabberte ihr Stück Käse am Fluss.

Im Schilf jagte eine Libelle. Imogen hockte sich hin und betrachtete den schimmernden Körper aus der Nähe. Die Kiefer des Insekts schnappten immer wieder zu, es verschlang Fliegen im Flug.

Plötzlich schoss eine lange Zunge auf die Libelle zu und erfasste sie mit einem Schmatzen. Imogen ließ vor Schreck ihren Käse fallen. Die Zunge rollte sich ein und nahm das Insekt mit in die Tiefe.

Alles war ganz schnell vorbei.

Die Jägerin war zur Beute geworden. Ruhig strömte der Fluss.

Imogen schaute, wem die Zunge gehörte. Sie zerteilte das Schilf, aber da war nichts. Sie beugte sich über den Fluss und musste sich am Gras festhalten, um nicht hineinzufallen.

Sie sah ihr verschwommenes Spiegelbild mit dem von der Strömung verzerrten Gesicht. Doch darunter lag ein zweites Gesicht. Blaue Augen beobachteten sie aus dem Wasser. Imogen unterdrückte einen Schrei und kraxelte das Ufer hinauf.

Miro war sofort bei ihr.

»Im Wasser ist ein Gesicht!«, rief Imogen. »Es hat blaue Augen und eine lange, klebrige Zunge.«

»Bist du sicher, dass es kein Frosch war?« Aber noch während Miro sprach, tauchte etwas aus dem Fluss auf. Zuerst sahen sie Hände mit Schwimmhäuten, dann einen Scheitel, dann ein Gesicht mit tief liegenden Augen.

»Ich glaube, das ist eine Flussnixe«, flüsterte Miro. »Geh da weg …«

Imogen blieb, wo sie war. Sie wollte die Wasserfrau fragen, ob sie Marie gesehen hatte. Bevor sie jedoch etwas sagen konnte, packte Mark sie mit beiden Händen. »Hey!«, rief sie. »Finger weg!«

Er zerrte sie vom Fluss fort und setzte sie ins hohe Gras. »Du warst zu nah dran!«, brüllte er. »Was hast du dir dabei gedacht?«

»Ich wollte nach meiner Schwester fragen!«

»Du wolltest dich mit der Kreatur unterhalten?«, sagte er. »Ich habe dir gerade das Leben gerettet. Weiß Gott, was sie in das Wasser reinschütten. Muss ein grässliches Zeug sein, dass im Fluss solche Ungeheuer entstehen.«

»Das einzige Ungeheuer weit und breit bist du selbst«, murmelte Imogen. Als sie zum Fluss hinübersah, war die Nixe verschwunden.

Kapitel 33

Die Reisenden kamen in eine Stadt am Fluss. Es war die erste Ortschaft auf dieser Seite des Gebirges.

Die meisten Gebäude bestanden aus Holz und hatten kleine Fenster und spitze Dächer. Die Gärten waren voll mit sprießendem Gemüse, und an einem Bach weideten Gänse.

Die Häuser waren viel niedriger als in Jaroslaw und wirkten innen sehr gemütlich. Imogen konnte durch die Fenster hineinsehen.

»Wir wollen uns aufteilen«, sagte sie, als sie ungefähr in der Mitte des Ortes an einen Grasplatz kamen. »Wir müssen alle fragen, ob jemand meine Schwester gesehen hat.«

»Ich lasse dich nicht allein«, sagte Mark und dann mit einer Kopfbewegung zu Miro hinüber, »und ihn sollte man auch nicht allein lassen.«

Miro sah aus, als freue ihn diese Bemerkung.

»Schön«, sagte Imogen. »Aber dann dauert es ewig.«

Das Stadtoberhaupt wollte nicht helfen. Misstrauisch beäugte der Mann die Reisenden. »Hier verschwinden dauernd Kinder«, sagte er. »Man kann nicht von mir erwarten, dass ich sämtlichen Spuren nachgehe. Das ist Aufgabe der Eltern.«

Auch der Pfarrer hatte Marie nicht gesehen. »Ich werde für ihre Seele beten«, sagte der Geistliche mit dem grauen Gesicht. »Die Kruttemosch haben schon so viele mitgenommen. Möchtet ihr für das Kind eine Kerze anzünden?«

»Warten Sie«, sagte Mark, »die Krutte-was?«

»Die Kruttemosch«, sagte der Priester, ohne zu blinzeln. »Das sind Bestien, die sündige Kinder rauben.«

Mark fehlten die Worte, das war seinem erschrockenen Gesicht anzusehen. Doch zum Glück sprang Imogen ein. »Marie ist nicht sündig. Sie ist das liebste Kind der Welt.«

»Eine Frau hat sie entführt«, fügte Miro hinzu.

Der Pfarrer schob seine Brille ein Stück höher. »Ist das so? Ihr Kinder solltet darauf achten, dass ihr nur redet, wenn ihr gefragt werdet ... sonst holen die Kruttemosch euch vielleicht auch noch.«

»Danke«, sagte Mark und steuerte sie aus der Kirche. »Wir werden daran denken.«

Der Apotheker des Städtchens war ein dünner, blasser Mann, der hungrig aussah. »Wie kann ich helfen?«, fragte er.

Auf den Regalen hinter ihm standen Hunderte von Flaschen mit bunten Pulvern und Tinkturen.

»Ich suche nach einem Mädchen mit rotem Haar«, sagte Mark. »Sie wird seit einer Woche vermisst.«

»Nicht schon wieder eins«, nuschelte der Apotheker.

»Ein was?«, fragte Miro.

»Ein weiteres Kind, das die Kruttemosch geraubt haben. Sie sind hier in den Tieflanden eine Plage. Es gibt kein Heilmittel ...« Er hielt inne und schniefte. »Aber was ist mit euch, seid ihr krank?«

Imogen, Miro und Mark schüttelten die Köpfe.

»Dann kann ich euch leider nicht helfen«, sagte der Mann.

Die Reisenden wandten sich zum Gehen.

»Das macht fünf Kronen«, rief der Apotheker ihnen nach. »Bei mir gibt's Ratschläge nicht umsonst!«

Als es Abend wurde, brachen Imogen, Miro und Mark die Suche nach Marie ab. Sie kehrten zu einer Gruppe von Weiden am Stadtrand zurück, denn dort hatten sie ihre Pferde gelassen, damit sie grasen konnten.

Der Fluss murmelte, und aus den Häusern fiel Feuerschein. Imogen lehnte sich gegen einen Baum. Sie spürte, wie mit ihrer letzten Hoffnung auch ihre Energie verflog. Niemand hatte ihre Schwester gesehen. Niemanden kümmerte es, dass Marie verschwunden war.

Imogen wandte das Gesicht zum Himmel. Da war so viel Raum … Wie weit fort war Marie jetzt? So weit fort wie der Mond? So weit wie die Sterne?

Sie stellte sich vor, wie ihre Schwester durch die Dunkelheit schwebte, wie ihr Haar wehte, als triebe sie unter Wasser, und wie ihr Körper eine Spur über den Himmel zog. So funktionierte das in der Schwerelosigkeit. Man musste etwas finden, um sich abzustoßen, und dann flog man für immer in die gleiche Richtung … und konnte nicht mehr anhalten. Es sei denn, man knallte gegen einen Asteroiden.

Bitte, dachte Imogen, knall nicht gegen einen Asteroiden.

»Ich verstehe das nicht«, sagte Mark. »Dies ist der erste Ort jenseits der Berge. Irgendjemand muss Marie und Anneschka doch gesehen haben.« Hinter ihm griffen die Äste der Weiden nach den Sternen. Mark erstarrte. Er drehte sich um. »Es sei denn, sie haben die Berge gar nicht überquert.«

»Wie meinen Sie das?«, fragte Miro.

»Irgendetwas daran passt nicht zusammen.« Jetzt lief Mark hin und her. »Wenn Otschi nun gelogen hat? Sie hat gesagt, Marie wäre entführt worden, und wir haben ihr geglaubt. Sie hat behauptet, das Kind würde hinter die Berge gebracht, also sind wir jetzt hier. Aber was ist, wenn Marie noch in Otschis Hütte ist? Oder wenn sie gefesselt irgendwo im Wald liegt?«

»Otschi hat noch nie Kinder gestohlen«, sagte Miro, aber es klang nicht ganz überzeugt.

»Denkt mal logisch«, fuhr Mark fort. »Anneschka wirkte nicht so, als würde sie sich für dich oder für deine Schwester interessieren, und niemand hat sie hier entlangkommen sehen. Absolut niemand.«

»Wir haben noch nicht alle Leute gefragt«, rief Imogen. »Nicht mal die Flussnixe.«

»Wir haben alle Erwachsenen gefragt, die Verantwortung tragen«, erwiderte Mark. Er fuhr sich über die Bartstoppeln. »Und jetzt höre ich, dass ein Kruttemosch Kinder raubt. Davon hat Otschi nichts gesagt, oder?« Er wandte sich an Imogen. »Junge Dame, ich bringe dich nach Hause.«

»NEIN!«, schrie Imogen.

»Jetzt schon?«, flüsterte Miro.

»Ja«, sagte Mark mit der ruhigen Gewissheit eines Mannes, dessen Entscheidungen endgültig sind.

»Ich geh aber nicht mit!«, rief Imogen. »Du kannst mich nicht zwingen! Die Tür im Baum ist versiegelt!«

»Die werde ich schon aufkriegen«, sagte Mark. Er stemmte die Hände in die Hüften.

»Aber ihr seid doch gerade erst hergekommen«, warf Miro leise ein.

»Ohne meine Schwester gehe ich hier nicht weg«, erklärte Imogen.

Mark schüttelte den Kopf. »Besser, ich kehre mit einem Mädchen zurück als mit gar keinem. Wir schicken die Profis hinter Marie her. Diese Welt ist zu groß … zu sonderbar. Das ist doch, als wollte man eine Nadel im Heuhaufen suchen.«

Je gelassener Mark wirkte, desto aufgebrachter war Imogen. »Nein, nein, nein!«, kreischte sie. »Ich will meine Schwester JETZT suchen!«

»Imogen, das dient zu deinem eigenen Schutz.«

Imogen war so zornig, dass sie gar nicht mehr denken konnte. Gerade als es so aussah, als wäre Mark doch ganz okay … Wie konnte er nur ihre Schwester im Stich lassen?

»Dass wir hier sind, ist deine Schuld!«, rief sie. »Es ist deine Schuld, dass ich durch die Tür im Baum gegangen bin! Hättest du nicht unbedingt beweisen wollen, dass ich Märchen erzähle, dann hätte ich nicht beweisen müssen, dass es die Wahrheit ist!«

»Jetzt gib bloß nicht mir die Schuld!« Mark verlor die Geduld. Doch er beherrschte sich und holte einmal tief Luft. »Du kommst mit zurück, und damit basta. Morgen ganz früh brechen wir auf.«

Kapitel 34

Nicht weit von dem Weidenwäldchen entfernt befand sich ein Gasthaus. *Wirtshaus zum Wasser* stand auf dem Schild.

»Hier übernachten wir«, sagte Mark mit gekünstelt fröhlicher Stimme. »Und morgen früh geht's ab nach Hause. Bestimmt geht es dir dann besser.«

Es ginge mir besser, wenn wir Marie fänden, dachte Imogen, aber sie folgte Mark und Miro ins Wirtshaus.

Eine Gruppe Männer mit roten Gesichtern, Fischerhüten und Bierschaum in den Schnurrbärten drängte sich um einen Tisch. Ein Skret nagte an einer gebratenen Lammhaxe. Drei alte Damen belagerten das Feuer.

Alle drehten sich um und starrten die Neuankömmlinge an. »Wenigstens läuft es in den Kneipen hier genauso wie zu Hause«, murmelte Mark und ließ sich auf einen Barhocker fallen.

»Ihr müsst durstig sein«, sagte der Wirt. Seine Haut war dunkelbraun, und er hatte freundliche Augen. »Der Weg von Jaroslaw hierher ist anstrengend.«

»Wie haben Sie erraten, wo wir herkommen?«, fragte Mark entgeistert.

Lachend deutete der Wirt auf Marks Kleidung. »Was ihr anhabt. Das verrät euch.«

Mark betrachtete seinen geliehenen Umhang und die Tunika, als würde er sich selbst zum ersten Mal darin sehen. Er sah tatsächlich anders aus als der Wirt. Seine Kleidung diente dem Schutz vor der Kälte. Der Wirt dagegen trug ein flatterndes, weites Hemd, eine Weste und ein kleines Halstuch.

Miro kletterte neben Mark auf einen Hocker und stützte die Ellbogen auf die Theke. Imogen zögerte. Sie wollte zwar neben ihrem Freund sitzen, aber nicht in der Nähe dieses Mannes.

»Erzählt mal«, sagte der Wirt, »wie geht es denn so in Jaroslaw? Auf der alten Straße ist es ruhig geworden. Ist der Kampf mit den Skret vorbei?«

Imogen spürte einen Funken Schadenfreude, als Mark nach einer Antwort suchte. Er hatte keine Ahnung von Jaroslaw. »Bestimmt«, half der Wirt ihm, »hat König Drakomor alles im Griff?«

»König Drakomor ist tot«, platzte Miro heraus, und einen Moment lang sah er aus, als würde er gleich weinen. Aber er beherrschte sich und schüttelte sich das Haar aus dem Gesicht. »Ich bin Drakomors Erbe.«

Der Wirt knallte den Bierkrug so heftig auf die Theke, dass er den Henkel in der Hand behielt. »Du bist der König von Jaroslaw?« Er sah Mark an, um sich zu vergewissern. Imogen warf beiden finstere Blicke zu. Warum vertrauten Erwachsene sich immer nur gegenseitig?

»Das stimmt«, sagte Mark. »Er ist der König.«

In der Wirtsstube brach ein großes Geschnatter los. Miros Ohren röteten sich an den Spitzen.

»Willkommen in den Tieflanden, Eure Majestät«, sagte der Wirt. »Ich will alle Neuigkeiten aus Jaroslaw hören. Aber zuerst: Was möchtet Ihr trinken?«

Imogen beschloss, Miro sich selbst zu überlassen. Sie hatte keine Lust, sich am Gespräch zu beteiligen. In einer Ecke entdeckte sie einen Tisch mit Bänken, die hohe Lehnen und Seitenwände hatten. Das sah aus, als wäre es ein guter Platz zum Schmollen.

Sie rutschte auf eine Bank, doch gegenüber saß bereits ein Mädchen. Sie hatte eine Wildkatze neben sich – das Tier sah aus wie ein riesiger Luchs oder ein Schneeleopard.

»Oh, tut mir leid«, sagte Imogen, »ich hab nicht gesehen, dass dieser Tisch besetzt ist.«

Das Mädchen war etwa in Imogens Alter, hatte bernsteinbraune Haut und dicht gelocktes Haar, das ihr Gesicht umrahmte wie eine Wolke. Sie trug ein schlichtes Oberteil und einen geblümten Rock, so wie es hier Mode zu sein schien. »Kein Problem«, sagte das Mädchen mit schüchternem Lächeln. »Du kannst gern hier sitzen bleiben, wenn du möchtest.«

Ohne zu blinzeln, hielt die große Katze den Blick auf Imogen gerichtet. Ihr Starren hatte etwas Raubtierhaftes. Wenn das Mädchen nicht so gelassen gewesen wäre, hätte Imogen sich sehr gefürchtet. Aber das Mädchen benahm sich, als wäre die Katze ganz ungefährlich, obwohl sie so groß war wie ein Wolf.

Die Hand des Mädchens lag auf einem Stück Pergament. »Was zeichnest du da?« Imogen legte den Kopf schräg.

»Ach, es ist noch nicht fertig«, antwortete das Mädchen und verbarg die Skizze unter dem Tisch. Sie musterte Imogen, als überlege sie, ob sie weitersprechen sollte. Anscheinend bestand Imogen den Test. »Das ist mein Papa«, sagte das Mädchen, »da hinter der Bar. Er freut sich immer, wenn neue Leute kommen. Er wird deinem Papa ein Ohr abquatschen.«

»Mark ist nicht mein Vater.« Das kam wütender heraus, als Imogen beabsichtigt hatte, und das Mädchen verstummte. Imogen hörte Mark lachen. Wenigstens konnte sie wegen der hohen Lehnen der Bänke sein Gesicht nicht mehr sehen.

Die große Katze starrte Imogen weiterhin an, und sie rutschte unbehaglich hin und her. »Was hast du da für eine Wolfskatze?«, fragte sie das Mädchen. Sie bemühte sich, selbstbewusst zu klingen, kam sich aber von Sekunde zu Sekunde mehr wie eine Maus vor.

Das Mädchen streichelte die Katze, und das Tier entspannte sich. »Das ist eine Schneehulark«, sagte sie.

Imogen verspürte einen Anflug von Neid. Wie gern hätte sie selbst eine Schneehulark als Haustier besessen. Die Katze hatte weiße Streifen unter den Augen, große Pinselohren und lange Schnurrhaare. »Wo kriegt man so eine Schneehulark her?«

»Meine Eltern haben sie von einem Mönch geschenkt bekommen«, sagte das Mädchen. »Er war den ganzen Weg von den Namenlosen Bergen zu Fuß gekommen. Da oben sind Schneehularks häufig … Sie heißt Konja.«

Der Neid schlug Wurzeln. Imogen hätte wetten mögen, dass Konja die Suche nach Marie nicht aufgeben würde. Und dass Konja Sorgenteufel zerbiss wie Ratten. Die Schneehulark rieb ihren seidigen Kopf an der Schulter des Mädchens. Ihr Schnurren war so laut wie ein Hubschrauber. Der ganze Tisch vibrierte davon.

»Wie heißt du?«, fragte Imogen.

»Perla«, sagte das Mädchen und nach kurzem Zögern: »Und du?«

»Imogen Clarke. Meine Schwester ist entführt worden, und ich bin hier, um sie zu finden und wieder nach Hause zu bringen.«

Das Mädchen warf ihr einen merkwürdigen Blick zu. »Wurde deine Schwester von den Kruttemosch entführt?«

Imogen schüttelte den Kopf. Dauernd war die Rede von diesen Kruttemosch, aber sie wusste immer noch nicht, wer das eigentlich war. Aber vielleicht sollte sie das überspielen …

»Genau«, zischte ein Sorgenteufel. »Tu so, als wüsstest du es. Du willst doch nicht als Dummerchen dastehen.« Er schlich unter dem Tisch hervor.

»Was ist ein Kruttemosch?«, fragte Imogen und stampfte kräftig auf den Sorgenteufel.

Perla sah überrascht aus. »Kann ich dir zeigen – wenn du möchtest. Ich habe oben einen. Aber du darfst nicht über mein Zimmer lachen.«

Imogen fragte sich, was an Perlas Zimmer so komisch sein könnte. »Versprochen«, sagte sie.

Miro war von Fischern umringt, die sich alle darum rissen, mit dem König zu sprechen. Sein Gesicht war gerötet. Er liebte es, so beachtet zu werden. Imogen wisperte ihm ins Ohr: »Ich gucke mir einen Kruttemosch an. Willst du mit?«

Kapitel 35

Perla führte Imogen und Miro aus der Wirtsstube hinaus und eine Treppe hinauf. Da gab es jedenfalls keinen Kruttemosch, was auch immer das sein mochte.

Auf einer Leiter kletterten die Kinder weiter auf den Dachboden hoch, und Konja, die Wolfskatze, sprang mit großen Sätzen hinter ihnen her.

So gefährlich kann ein Kruttemosch gar nicht sein, wenn Perla ihn hier oben hält, dachte Imogen.

Doch auch auf dem Dachboden war von einem Kruttemosch nichts zu sehen.

»Ist das dein Zimmer?«, fragte Imogen.

Jeder Fingerbreit des Raumes war bemalt. Aber nicht so, wie Imogens Zimmer zu Hause – nein, der ganze Raum war eine einzige riesige Landkarte.

Perla nickte nervös.

Auf die Bodendielen waren Fußpfade gemalt und über die Tür Berge. Imogen legte den Kopf in den Nacken. Zwischen den Balken war das Dach tiefschwarz angestrichen. Eine Galaxie aus Sternen, die mit feinen silbernen Linien verbunden waren, blinkte auf sie hinunter.

»Das ist ja eine Sternkarte«, hauchte Miro. »Unglaublich!«

»Gefällt es euch?« Perla faltete die Hände.

»Das ist wunderschön!«, sagte Imogen. Sie betrachtete eine riesige gemalte Moorlandschaft. Die feinsten Einzelheiten waren dargestellt: Sümpfe und aufsteigender Nebel, überflutete Wiesen und grasbewachsene Inseln. »Warum sollten wir darüber lachen?«

»Manche finden es sonderbar«, sagte Perla. Sie sprach leise, als würde sie ihnen ein Geheimnis verraten. »Aber ich zeichne gern Landkarten.«

»Das hast du selbst gemalt?«, stieß Imogen hervor. »Wie denn? Wer hat dir das beigebracht?«

»Ich hab's mir selbst beigebracht.« Perlas Augen funkelten vor Vergnügen. »In unser Wirtshaus kommen viele Reisende – Menschen aus fernen Ländern. Ich frage ihnen nicht so gern Löcher in den Bauch, aber Papa macht das. Manche erzählen dann von ihrer Heimat. Andere berichten von Ländern, in denen sie gewesen sind. Ich höre zu … und dann zeichne ich das, was ich erfahren habe, in meine Landkarte ein.«

Miro hatte Jaroslaw gefunden, in einer Ecke des Dachbodens. »Das ist mein Königreich.« Er deutete auf die Stadt, die nicht größer war als ein Knopf.

Perla sah Imogen an. »Kommst du auch von da?«, fragte sie.

Imogen wusste nicht recht, was sie antworten sollte. Sie hatte es so satt, sich zu erklären, ohne dass ihr geglaubt wurde. Ob Perla es verstehen würde, wenn sie ihr erzählte, sie sei durch eine Tür in einem Baum hergekommen?

»Ja«, sagte Imogen. »Ich bin auch aus Jaroslaw.«

Miro öffnete den Mund, um ihr zu widersprechen, also wechselte Imogen schnell das Thema. »Ich dachte, du willst uns einen Kruttemosch zeigen. Wo ist er? Sperrst du ihn immer ein?«

Perla nahm ein in Leder gebundenes Skizzenbuch in die Hand. »Hier drin habe ich einen Kruttemosch, den zeige ich euch jetzt.«

Imogen und Miro beugten sich über das Buch. Auf dem ersten Pergamentblatt war eine Zeichnung von einem Monster zu sehen. Es stand auf den Hinterbeinen wie ein Mensch, war aber von Kopf bis Fuß mit verfilztem Fell bedeckt. Seine kräftigen Schultern waren mit Metallspitzen bewehrt. Ein gezackter Helm verdeckte sein Gesicht.

Wie auf den Karten an den Wänden hatte Perla auch hier jede Einzelheit erfasst. »Das da ist ein Kruttemosch.« Sie tippte mit dem Finger auf das Blatt.

»Das ist ein Monster in einer Rüstung!«, rief Miro. Vor Schreck – oder war es Begeisterung? – hatte er die Augen weit aufgerissen. »Meine alte Kinderfrau wusste von diesen Ungeheuern. Sie hat gesagt, die nehmen unartige Kinder mit.«

»So heißt es in den Kinderliedern«, flüsterte Perla. »Ich hab das früher auch geglaubt.« Über die Kruttemosch sprach sie viel leiser als über ihre Landkarten.

»Und was glaubst du jetzt?«, fragte Imogen.

Perla setzte sich aufs Bett. Sie blickte unverwandt auf Konja. »Dass das alles gar nicht wahr ist. Das weiß ich ganz sicher. Mein Bruder war lieb, aber die Kruttemosch haben ihn trotzdem geholt.«

Imogen überkam eine Welle von Mitgefühl. Sie wusste, was es bedeutete, ein Geschwisterkind zu vermissen und an nichts anderes zu denken. »Das mit deinem Bruder tut mir leid«, sagte sie.

Perla runzelte die Stirn und kaute auf der Unterlippe. »Wenigstens habe ich noch Konja. An sie trauen die Kruttemosch sich nicht heran.« Die Schneehulark saß auf dem Bett und putzte sich gerade.

Miro schien dem Raubtier gegenüber etwas misstrauisch zu sein, aber Imogen setzte sich auf das andere Ende des Bettes. »Wie ist das passiert?«, fragte sie Perla und fügte hastig hinzu: »Aber du brauchst es uns nicht zu erzählen, wenn du nicht möchtest.«

Perla schwieg eine ganze Weile. Sie kraulte der großen Katze das Fell.

»Es war früh am Morgen«, begann sie schließlich. »Meine Eltern schliefen noch, aber Tomil, so heißt mein Bruder, wollte zum Angeln rausfahren. Ich konnte ihn und sein Boot von meinem Bett aus sehen.« Perla schaute durch das kleine runde Fenster, als wäre ihr Bruder immer noch da draußen.

Imogen war ein bisschen mulmig. Sie konnte nicht anders, sie stellte sich Tomil als Marie vor.

»Tomil war immer früh auf«, sagte Perla. »Er hatte dauernd etwas vor. Aber an dem Morgen war er so damit beschäftigt, sein Boot ins Wasser zu bringen, dass er den Kruttemosch nicht kommen sah.«

Miro wollte etwas sagen, aber Imogen schüttelte den Kopf. Perla war ganz in ihrer Erinnerung versunken. Es war am besten, wenn sie ihre Worte einfach strömen lassen konnte.

»Ich sah den Kruttemosch an den Fluss gehen. Er war über zwei Meter groß und hatte einen Käfig auf dem Rücken. Da hab ich Konja gerufen, und wir sind nach unten gerannt. Zusammen hätten wir ihn aufhalten können. Zusammen, vielleicht –«

Konja mauzte, aber es klang wie von einer viel kleineren Katze. Sie streckte eine Pfote nach ihrem Frauchen aus.

»Wir kamen zu spät«, flüsterte Perla. »Der Kruttemosch war schon mit meinem Bruder verschwunden. Ich fand Tomils Boot eine Meile flussabwärts. Wenn ich etwas schneller gerannt wäre, hätte ich vielleicht … wenn ich …«

»Es ist nicht deine Schuld«, sagte Imogen mit Nachdruck. Perla sah sie mit ihren dunkelbraunen Augen an.

Einen Moment lang war es auf dem Dachboden still. Durch die Bodendielen schallten die Stimmen von Erwachsenen herauf. An der Bar wurde gelacht und gerufen.

»Warum tut euer König nichts dagegen?«, fragte Miro. »Wie viele Kinder sind denn schon verschwunden?«

»Das weiß ich nicht«, sagte Perla. »Es hat erst vor Kurzem angefangen. Wir dachten immer, die Kruttemosch wären Ungeheuer aus den Märchen. Dass sie mal Wirklichkeit werden würden, haben wir nicht geahnt.«

Voller Interesse wandte Perla sich an Imogen. So hatte das Mädchen auch in der Gaststube ausgesehen, als Imogen von Marie gesprochen hatte. »Wer hat deine Schwester mitgenommen, wenn es kein Monster war?«

»Eine Frau mit hellem Haar.«

Perla bekam große Augen. »Glaubt ihr an das Schicksal?«

»Na klar«, antwortete Miro.

»Ich weiß nicht richtig«, sagte Imogen.

»Ich habe noch nie darüber gesprochen«, erklärte Perla, »aber manchmal glaube ich, dass die Sterne Ereignisse mit einer besonderen Absicht einfädeln. Sie bringen Menschen aus bestimmten Gründen zusammen.«

»Das glaube ich auch.« Miro nickte heftig.

Imogens Magen krampfte sich zusammen. Wusste Perla etwas über Marie?

Perla blätterte in ihrem Skizzenbuch. Als Imogen die nächste Zeichnung sah, spannte ihr ganzer Körper sich an. Das war … sie selbst. Oder jedenfalls ein Mädchen, das ihr Gesicht hatte, mit den Sommersprossen auf der Nase und dem kurzen Haar. Imogen strich mit den Fingern über das Pergament.

»Mir war gleich, als hätte ich dich schon mal gesehen«, sagte Perla.

Imogen betrachtete die Zeichnung. Sie kannte diesen Stil. So zeichnete Marie.

»Ist … ist das von dir?«, fragte sie Perla.

»Nein«, sagte Perla. »Aber das Mädchen, das die Zeichnung gemacht hat, ist hier gewesen, und sie war mit einer blonden Frau unterwegs.«

Kapitel 36

»Sie war hier?«, rief Imogen. »Meine Schwester ist hier im Haus gewesen?«

»Ich wusste ja nicht, dass sie entführt worden war«, sagte Perla. »Ich dachte, die blonde Frau wäre ihre Mutter.«

»Hast du mit ihr gesprochen?«, fragte Miro. »Wie hat sie auf dich gewirkt? Wann sind sie abgereist?«

Perla überlegte kurz. »Das kleine Mädchen wirkte traurig. Deswegen habe ich ihr mein Skizzenbuch geliehen … Es ist erst ein paar Tage her.«

Imogen versuchte zu lachen, aber es klang eher wie ein Schluchzen. Sie sah sich die Zeichnung noch einmal an. Ja, das war eindeutig Maries Werk, man erkannte es an der Nase. Auf Maries Zeichnungen sah Imogen immer so aus, als hätte sie eine Schnauze.

»Hat die Frau gesagt, wo sie hinwollten?«, fragte sie.

»Sie hat nicht viel gesprochen. Ich glaube, sie wollte in Ruhe gelassen werden.«

Imogen hob die Klappe im Fußboden an und trat auf die oberste Sprosse der Leiter. »Wo willst du hin?«, fragte Miro.

»Meine Schwester retten, was denn sonst?«

»Das geht nicht!«, rief Miro. »Wir wissen doch gar nicht, wohin sie unterwegs sind.«

Aber Imogen hörte nicht zu. Marie war hier gewesen, und möglicherweise war sie noch in der Nähe. Mit einer Taschenlampe konnte Imogen vielleicht noch vor Tagesanbruch ins nächste Dorf gelangen, und dann … und dann …

»Wir müssen Mark Bescheid sagen«, erklärte Miro.

»Auf keinen Fall! Er hat doch schon beschlossen, dass er mich nach Hause bringt. Er will nicht, dass ich Marie suche.«

»Aber wenn er wüsste, dass sie hier gesehen wurde –«

»Was ist los, Miro?«, fragte Imogen. »Angst?«

Miro versteifte sich, denn dieser Vorwurf traf ihn. »Ich finde einfach, dass wir zusammenhalten sollten«, sagte er.

Imogen stieg die Dachbodenleiter hinunter. Miro, Perla und die Schneehulark folgten. Mark war noch in der Bar und unterhielt sich mit Perlas Vater. Sie hatten die Köpfe zusammengesteckt und kehrten den Kindern den Rücken zu, sodass Imogen unbemerkt nach draußen huschen konnte.

Die kühle Luft auf der Haut zu spüren war eine Erleichterung. Da hinten rauschte der Fluss. Über ihr zogen Wolken rasch über den Himmel. Alles jagte vorbei, und Anneschka entfernte sich immer weiter.

Imogen rannte zum Pferdestall, einem aus Holz grob zusammengezimmerten Nebengebäude. Miro und Perla liefen hinter ihr her, keins der Kinder wagte zu sprechen.

Im Stall roch es nach Stroh und Pferdemist. Durch die Türen strömte Licht vom Wirtshaus hinein. Die Pferde bewegten sich im Dunkeln, sie wussten nicht, was sie von diesem nächtlichen Besuch halten sollten.

»Du musst mir helfen, mein Pony zu satteln«, sagte Imogen zu Miro.

»Du weißt doch nicht einmal, wo du hinwillst«, hielt er ihr vor. »Was soll ich Mark sagen?«

»Sag ihm, was du willst.« Imogen fuhr herum. »Mark ist nicht mein Vater! Er ist bloß ein autoritärer Mann, der dauernd hinter mir herläuft!«

»Ich glaube, er wäre ein guter Vater«, murmelte Miro.

Perla und Konja beobachteten die beiden von der Tür aus.

»Gut«, fauchte Imogen, »dann mache ich das Pony eben selbst fertig.« Sie wuchtete den Sattel vom Ständer und ließ ihn auf den Boden fallen. Ihr Pony wandte ein Ohr in ihre Richtung.

»Gib mir die Packtaschen rüber«, kommandierte Imogen.

»Du solltest Mark eine Chance geben.« Miro griff nach einer Satteltasche, hielt sie aber fest.

Imogen versuchte, ihm die Tasche zu entreißen, doch Miro ließ nicht los. Als sie an einem Riemen zerrte, ging eine Naht auf. Ein Kasten fiel aus der Tasche und knallte auf den Stallboden.

Imogen und Miro tauschten im Halbdunkel einen Blick.

»Was war das?«, fragte Perla. »Was habt ihr kaputt gemacht?«

Der Kasten lag offen auf dem Boden.

»Die Uhr meines Vaters«, rief Miro fassungslos und sank auf die Knie. »Ich dachte, sie wäre bei dem Brand zerstört worden! Wo hast du sie her? Warum hast du mir nichts gesagt?«, fragte er vorwurfsvoll. »Es ist meine Uhr! Meine Uhr aus der Burg!«

Imogen schluckte. Sie hockte sich neben ihren Freund. »Ich war nicht sicher, ob du einverstanden sein würdest.«

»Einverstanden womit?«, fragte Miro. Ein mit Edelsteinen besetzter Stern glitzerte zwischen Stroh und getrocknetem Lehm.

»Ich hab die Uhr aus Otschis Hütte mitgenommen.« Imogen wählte ihre Worte sorgfältig. »Wo Otschi sie herhatte, weiß ich nicht.«

Der Zorn in Miros Gesicht verwandelte sich in Fassungslosigkeit. »Du hast eine Hexe bestohlen? Bist du wahnsinnig?«

»Otschi sagt, die Uhr kann die Sterne deuten. Ich dachte, wenn wir sie wieder zum Laufen bringen, hilft sie uns vielleicht, Marie zu finden. Sie könnte uns zeigen, wo Anneschka hinwill.«

Perla kniete sich zu ihnen auf den Stallboden. Konja beschnupperte das Zifferblatt der Uhr, als hätte sie eine tote Ratte gefunden. Nichts rührte sich. Das Herz der Uhr tickte nicht mehr.

Das Türchen stand offen, als wäre es aufgebrochen worden. Daneben lag etwas aus Holz.

»Da ist was rausgefallen.« Perla hob den hölzernen Gegenstand auf. »Sieht aus wie ein Spielzeug.«

»Das ist kein Spielzeug«, sagte Imogen. Plötzlich stand die Welt Kopf. »Das sind drei geschnitzte Kinder – das sind wir.«

Kapitel 37

Zurück auf dem Dachboden stellten Imogen, Miro und Perla sich im Dreieck auf. Sie fassten sich an den Händen, genauso wie die hölzernen Kinder, die aus der Uhr herausgefallen waren. »Geht sie wieder?«, fragte Perla. Die Uhr lag vor ihren Füßen.

»Noch nicht«, sagte Imogen. »Warte ab.«

Konja beobachtete alles aus einem Deckennest auf dem Bett. Nur ihre Schwanzspitze schlug hin und her.

»Da passiert nichts.« Miro ließ die Hände der Mädchen los. Er war immer noch ein bisschen brummig.

»Aber Otschi hat gesagt, die Uhr kann in die Zukunft sehen«, sagte Imogen.

»Sie ist kaputt«, murrte Miro und ließ sich aufs Bett fallen. »Du hast die Uhr meines Vaters kaputt gemacht.«

»Vielleicht denken wir nicht in die richtige Richtung«, sagte Perla. »Wenn ich mit einer Landkarte nicht weiterkomme, versuche ich, sie aus einem anderen Blickwinkel anzugucken.« Sie stellte die geschnitzten Figürchen auf den Kopf.

Aber die hölzernen Kinder behielten ihre Geheimnisse für sich. Perla schüttelte die Schnitzerei und warf sie dann Konja zu. Die Schneehulark wurde vom Jagdfieber gepackt. »Hey!« Miro wollte die Figürchen fangen. »Die gehören zu meiner Uhr!«

Gleichzeitig schlug Konja mit der Pfote danach und ritzte dabei mit den Krallen Miros Hand auf. Aus einem Finger quoll Blut.

»Ups«, sagte Perla. »Konja dachte, du wolltest spielen.«

»Schnell!«, rief Imogen. »Leck das Blut ab.«

Miro schielte ein bisschen, als er den kleinen Kratzer aus der Nähe betrachtete. Imogen befürchtete, dass er ohnmächtig werden könnte. »Ich hab's«, sagte er plötzlich. Aufgeregt fuhr er fort: »Jetzt weiß ich, wie wir die Uhr reparieren können! Vielleicht halten die Kinder sich gar nicht an den Händen? Vielleicht schließen sie gerade einen Vertrag?«

Natürlich! dachte Imogen. Warum bin ich nicht selbst darauf gekommen?

Konja kaute auf der Schnitzerei herum, ihre Zähne knirschten auf dem Holz.

»Wie wollen wir es machen?«, fragte Perla.

Miro zog ein Messer aus dem Gürtel. »Wir brauchen Blut. Von uns dreien.«

Die Kinder stellten sich in die Mitte der Dachkammer. Vor ihren Füßen lag die kaputte Uhr, und über ihnen breitete sich der gemalte Sternenhimmel aus. »Ich gelobe, dass ich Tomil und Marie retten werde«, sagte Miro. »Ich werde alles tun, was dazu nötig ist. Bei meiner Ehre, ich schwöre es.«

Imogen wollte fragen, wie sie die beiden gleichzeitig retten sollten. Sie konnten sich doch an verschiedenen Enden der Welt aufhalten, und Miro hatte ihr anfangs versprochen … aber er schnitt sich schon in die Hand.

Imogen nahm das Messer. »Ich verspreche, dass ich Tomil und Marie retten werde«, sagte sie und drückte sich das Messer in die Hand. Die Klinge schnitt ihr in die Haut, und Imogen reichte das Messer weiter.

Perla runzelte vor Konzentration die Stirn und machte es ihnen nach. »Für Tomil und Marie«, flüsterte sie. Die Kinder drückten die Hände aufeinander.

Das war alles. Der Vertrag war besiegelt. Die Geräusche aus der Wirtsstube verklangen, und die Welt wurde still.

Da begann etwas zu ticken.

Die Uhrzeiger bewegten sich. Juwelenbesetzte Sterne flogen ihre Runden. Die Kinder hockten sich hin, um besser zuschauen zu können. Erst sah es so aus, als wolle die Uhr, angetrieben von den kreisenden Zeigern, abheben, aber dann wurde sie langsamer.

Das kleine Türchen flog auf, und eine Figur spazierte heraus. Es war ein stattlicher Mann mit einer Krone. »Das ist König Tibor«, stieß Perla hervor. Das hölzerne Männlein winkte königlich, bevor es in die Uhr zurückmarschierte.

»Super«, sagte Imogen. »Den besuchen wir.« Sie hatte noch nie einen König kennengelernt … außer Miro, aber der zählte nicht.

»Imogen! Zeit zum Schlafengehen!«, rief Mark von unten.

Imogen verdrehte die Augen. »Gleich!«, rief sie zurück. Leise fragte sie Miro und Perla: »Wo wohnt denn dieser König Tibor?«

Perla flitzte zur Wand. In ihrer Aufregung wäre sie fast dagegen gelaufen. »Hier!« Sie zeigte auf ihre Landkarte, auf eine Stadt, die von Flüssen eingeschlossen war. »In Wodnislaw, das ist die Hauptstadt der Tieflande.«

»Perfekt«, sagte Imogen. »Heute Nacht, sobald die Erwachsenen schlafen, reiten wir los.« Miro wollte protestieren, aber Imogen hob die Hand. »Nein. Wir sagen Mark nichts davon.«

»Aber wir können doch nicht einfach abhauen«, sagte Perla mit großen Augen. »Was würden meine Eltern denken?«

Plötzlich hatte Imogen ein schlechtes Gewissen. Perlas Eltern würden schreckliche Angst haben. Genauso wie Mama und Oma. »Aber was würden sie sagen, wenn sie von unseren Plänen wüssten?«, fragte sie. »Glaubst du, sie würden dich gehen lassen?«

Perla presste die Lippen zusammen. »Sie sagen, hier auf dem Dachboden bin ich sicher. Sie haben Angst vor den Kruttemosch.«

»Genau«, sagte Imogen. »Mit Mark ist es das Gleiche. Er will, dass ich aufgebe und mit nach Hause komme.« Sie drehte sich zu Miro um. »Und du bist Patolisal weggelaufen«, sagte sie heftig. »Das ist nichts anderes, überleg doch mal.«

»Das ist etwas vollkommen anderes«, sagte Miro abwehrend. »Mark und Patolisal kann man nicht vergleichen.«

»Imogen!«, brüllte Mark. »Komm sofort runter! Du müsstest längst im Bett sein!«

»Sofort!«, schrie sie und wandte sich wieder an Miro und Perla. »Hört mal, ihr könnt ja hierbleiben, wenn ihr möchtet – und so tun, als wäre alles in Ordnung. Aber ich richte mich nicht mehr nach den Regeln der Erwachsenen. Ich mache mich auf die Suche nach Marie. Und wenn die Uhr sagt, dass sie bei König Tibor ist, dann reite ich da hin.«

»Aber wenn Mark uns braucht?«, fragte Miro.

Imogen sah ihn an. König zu sein hatte Miro auf seltsame Gedanken gebracht. »Mark ist erwachsen«, sagte sie. »Erwachsene können selbst auf sich aufpassen.«

Kapitel 38

Imogen war im kleinsten Kämmerchen des Gasthauses untergebracht. Nebenan schlief Mark. Als sie hörte, dass er ins Bett gegangen war, wartete sie noch eine Stunde, dann stand sie auf und zog ihre Steppjacke, die Hose und die Stiefel an.

Ihr Plan war, noch vor der Morgendämmerung aufzubrechen.

Sie wusste nicht, was sie veranlasste, aus dem Fenster zu gucken. Draußen war es dunkel, und es gab nicht viel zu sehen. Doch da, außen an der Fensterscheibe, saß ein Falter mit silbergrauen Flügeln.

»Ach, jetzt bist du also da«, sagte sie. Sie öffnete das Fenster, um den Schattenfalter hereinzulassen, aber er flog in die Nacht hinaus, als wolle er sie den gleichen Weg zurückführen, den sie gekommen war.

»Du nicht auch noch«, schluchzte Imogen. »Ich kann nicht nach Hause. Jetzt noch nicht. Anneschka hat meine Schwester entführt.«

Aber sie war sich nicht mehr so sicher, dass ihr Plan gut war. Mit Miro oder Perla konnte sie nicht darüber sprechen, aber sie fühlte sich zwischen ihrer Mutter und ihrer Schwester hin- und hergerissen. Es war ein körperlicher Schmerz, als würde ihr das Herz zerrissen. Sie presste sich die Hand auf die Brust.

Ihre Mutter wurde mit jedem Tag, den ihre Mädchen fort waren, trauriger, das wusste Imogen. Das war schlimm … Doch wenn sie Marie jetzt nicht suchte, würde ihre Schwester vielleicht nie wieder nach Hause kommen.

Was würde Mama tun? überlegte Imogen. Wenn sie hier an meiner Stelle wäre? Mama war schon mit vielen schwierigen Situationen fertiggeworden, und anscheinend wusste sie immer, was das Beste war.

Und auf einmal war die Antwort da. Mama würde nie im Leben ohne ihre beiden Mädchen nach Hause zurückkehren, da war Imogen sich sicher.

Der Schattenfalter ließ sich auf dem Fenstersims nieder und schloss seine papierdünnen Flügel, er faltete sie zusammen wie einen winzigen silbernen Regenschirm. Imogen hatte den Eindruck, dass er sie verstanden hatte. Eine Weile saßen sie beide schweigend am Fenster, atmeten nur und betrachteten den Mond.

»Ich mache mir Sorgen um Mama«, sagte Imogen schließlich. »Vielleicht denkt sie, wir kommen nie mehr nach Hause.« Als sie sich Mamas müdes, verweintes Gesicht vorstellte, wanderte ihre Hand wieder auf ihr Herz. Sie rieb sich die schmerzende Stelle zwischen den Rippen. »Ich wünschte bloß, ich könnte ihr eine Nachricht schicken.«

Der Schattenfalter bewegte die Fühler nach links. Imogen überlegte laut: »Glaubst du …? Könntest du Mama eine Botschaft bringen?«

Der Falter drehte sich nach rechts. Imogen hatte keine Ahnung, was das bedeutete. So ein Botendienst war viel verlangt von einem Insekt, und sprechen konnte der Falter wohl kaum, aber sie erinnerte sich an das, was sie gelernt hatte. Falter konnten Botschaften überbringen. Warum also nicht auch eine Nachricht für Mama?

»Sie soll einfach wissen, dass es uns gut geht«, sagte Imogen, »und dass wir so bald wie möglich wieder nach Hause kommen. Wenn du es schaffst, dass sie sich nur ein kleines bisschen besser fühlt … Ich wäre dir sehr dankbar dafür.«

Der Schattenfalter breitete die Flügel aus und sträubte den Pelz auf seinem Rücken. Er schien zu wissen, was er zu tun hatte. »Danke!«, sagte Imogen, während er aufflog. »Wenn ich das irgendwie gutmachen kann –«

Aber der Falter war schon in der Nacht verschwunden.

»Gut«, sagte Imogen leise. »Zeit, dass wir auch losziehen.«

Die drei Kinder und die Schneehulark schlichen durch den leeren Gastraum. Der Fußboden klebte von Bier. Sie schoben den Riegel an der Tür zurück und stürzten nach draußen.

Jemand hatte den Pferdestall abgeschlossen, aber Miro nahm zwei Gewandnadeln und drehte sie in das Schlüsselloch hinein. Es klickte, und die Stalltür öffnete sich. Imogen musste zugeben, dass Miro im Schlösserknacken ein Meister war.

Sie machten die Pferde fertig. Imogen hoffte, dass Perla nicht auffiel, wie ungeschickt sie auf ihr Pony kletterte. Schließlich hatte sie behauptet, auch aus Jaroslaw zu kommen …

Die Kinder ritten los. Es war dunkel, aber die Pferde konnten genügend sehen. Miro auf seinem Rappen führte sie an. Perla hatte das Pferd ihrer Mutter genommen. Konja, die Wolfskatze, trabte neben ihr her.

Imogens Pony machte das Schlusslicht. Die Uhr lag sicher in ihrem Kasten und war zusammen mit anderen Dingen hinten am Sattel festgeschnallt. Und während das Pony sich unter Imogen bewegte und sie vom Wirtshaus forttrug, überkam sie eine Welle der Erleichterung.

Sie hatte sich entschieden. Kein Mark mehr. Keine Anweisungen mehr. Kein »Ich weiß, was richtig ist« mehr. Sie ritt nach Wodnislaw. Sie würde ihre Schwester retten. Und niemand konnte sie zum Umkehren zwingen.

Kapitel 39

Anneschka ritt auf dem weißen Pony durch Wodnislaw. Die Stadt war am Zusammenfluss dreier Flüsse erbaut worden, und wo Anneschka sich auch hinwandte, wurde die Erde von Wasser angefressen.

Marie lief hinter dem Pony her. Sie war mit einem Strick am Sattel festgebunden. »Ich hab Hunger«, sagte sie mit schwacher Stimme.

»Ist mir egal«, sagte Anneschka.

Die Gebäude in Wodnislaw waren niedrig, passend zur Landschaft. Es gab keine hohen Mauern. Keine prächtigen Villen. Selbst dem Kirchturm fehlte es an Ehrgeiz. Wären da nicht die unendlich vielen Boote gewesen, dann hätte Anneschka gefürchtet, am falschen Ort zu sein.

»Wo sind wir?«, fragte Marie.

»In der Hauptstadt der Tieflande«, sagte Anneschka. »Dieses Reich werde ich regieren, das hat das Schicksal so bestimmt.« Sie rutschte vom Pony hinunter und band Marie die Hände los. Sie waren von Menschen umgeben, die den Anblick von angeleinten Kindern nicht gewohnt waren.

»Ich dachte, du solltest das größte Königreich der Welt regieren«, sagte Marie. »Woher weißt du, dass das hier ist? Sind die Menschen besonders glücklich? Haben sie Roboter, die ihnen die Arbeit abnehmen?«

Anneschka starrte das Mädchen an. Maries kleines Gesicht war weiß und dreckig vom Straßenschmutz, um die Augen herum hatte sie dunkle Ringe und auf der Backe einen blauen Fleck.

Roboter … Arbeit … wovon redete das Kind bloß?

»Es ist das einzige Reich mit einem Drachen«, sagte Anneschka. Sie hob Marie in den Sattel. Die Stadtbewohner sollten glauben, sie seien Mutter und Kind. So würden sie weniger auffallen.

»Was für ein Drache ist das?«, fragte Marie. Sie schaute sich mit großen Augen um.

Anneschka erinnerte sich an den Brand der Burg von Jaroslaw – wie ihre Hochzeit zu Asche zerfallen war und ihre Träume sich in Rauch aufgelöst hatten. »Nicht so ein Drache«, sagte sie leise. »Es ist ein Wasserdrache. Er ist eine machtvolle Waffe.«

An einem Brunnen saß ein alter Mann, der Pfeife rauchte. »Entschuldigen Sie«, sagte Anneschka, »wo finde ich die Königin von Wodnislaw?«

Der Mann musterte Anneschka durch eine gelbe Rauchwolke. »Hier gibt es keine Königin.«

Anneschkas Herz schlug schneller. Das war Schicksal. Der Thron wartete auf sie!

Doch der Mann sprach weiter: »Hier gibt's nur König Tibor und seine Tochter.« Er betrachtete das Mädchen auf dem Pony. »Ihr seid nicht aus dieser Gegend, oder?«

»Nein«, antwortete Anneschka, bevor Marie etwas sagen konnte. Sie wedelte den Rauch von ihrem Gesicht fort.

»Meistens verstecken die Leute hier ihre Kinder«, sagte der Alte. »Doch das reicht nicht immer. Mein Nachbar hatte seinen Sohn in einer Aalreuse versteckt. Aber letzten Sommer haben die Kruttemosch ihn trotzdem geholt. Meine Nichte hatte ihre Zwillinge in den Backofen gesetzt. Als sie wieder rauskamen, rochen sie nach Kuchen.«

Der alte Mann schweifte ab, und Anneschka wandte sich zum Gehen. »Selbst der König hat seine Erstgeborene verloren«, sagte er. »Es war ein furchtbares Theater.«

Anneschka zögerte. »Der König hat ein Kind verloren?«

»Eine Tochter. Ist schon viele Jahre her.« Der Alte sog an seiner Pfeife. »Sie müsste jetzt ungefähr in deinem Alter sein … es war lange, bevor die Kruttemosch hier auftauchten, aber König Tibor behauptet trotzdem, sie wären es gewesen. Die Leute reden ja schon lange genug über Monster. Ich glaube, wir haben sie herbeigeredet.« Er sah wieder zu Marie hinüber. »Achte darauf, dass deine Tochter in deiner Nähe bleibt.«

Zu Anneschkas Entsetzen mischte Marie sich ein: »Ich bin nicht ihre Tochter! Sie hat mich entführt!«

»Entschuldigung«, fauchte Anneschka. Sie riss das Pony am Zügel und zerrte es die Straße hinunter. Scharf nach links, damit der Alte sie nicht mehr sehen konnte. Anneschka drehte sich nicht um, um seine Reaktion zu beobachten.

Sie riss Marie vom Sattel herunter, sodass sie in den Schmutz fiel. »Wag es bloß nicht, mir Schwierigkeiten zu machen!«

»Ich will zurück zu meiner Schwester!«, schluchzte Marie. »Ich will zu meiner Mama!«

An einem Fenster in der Nähe erschien ein Gesicht, daher stellte Anneschka das kleine Mädchen auf die Füße. »Die Sterne haben dich aus einem bestimmten Grund zu mir geschickt«, wisperte sie. »Aber pass bloß auf … kann sein, dass der Grund dir nicht gefällt.«

Sie drückte Marie an sich und tat so, als würde sie das Kind trösten. Maries Schultern bebten, weil sie so heftig weinte. Irgendwann verschwand das Gesicht vom Fenster.

»Ich will etwas mit dir verabreden.« Anneschka stieß Marie von sich. »Wenn du mir das Leben erleichterst, lasse ich dich frei, sobald ich Königin bin.«

Marie hörte auf zu weinen und blickte hoch. In ihren Augen schimmerten Tränen – und neue Hoffnung.

»Aber wenn du mir das Leben schwerer machst«, fuhr Anneschka fort, »verfüttere ich dich an den Wasserdrachen. Kapiert?«

König Tibors Schloss lag in einer Flussbiegung. Anneschka fand das Gebäude nicht besonders imposant. Es schien sich an die Erde zu klammern, als hätte es Angst, ins Wasser zu rutschen.

Nur ein schmaler Streifen Land verband die Festung mit der Stadt. Auf dieser Landbrücke standen drei Männer in Rüstungen. Anneschka näherte sich ihnen mit dem Mädchen und dem Pony. Man hätte hier leicht in den Fluss stürzen können, denn auf beiden Seiten rauschte das Wasser. Doch Anneschka hielt den Blick fest auf die Männer gerichtet.

Es waren Soldaten, aber nicht die Königlichen Wachen, die sie kannte. Statt der mit Federbüschen geschmückten Helme trugen sie Blecheimer auf dem Kopf. Statt der schmucken Mäntel hatten sie Kettenhemden an. Zwei von ihnen waren recht klein. »Wer kommt da?«, fragte der Kleinste. Seine Stimme knirschte wie Metall auf Stein.

Anneschka blieb stehen, bemüht, sich ihre Überraschung nicht anmerken zu lassen. Durch einen Schlitz im Eimer blickten sie leuchtende Augen an.

Ein Skret.

Was machten die hier in den Tieflanden?

Nur einer der Posten war ein Mensch.

»Bitte, holen Sie den König«, sagte Anneschka.

»Wir haben etwas gefragt«, knurrte der Skret.

Anneschka drehte sich um und warf Marie einen warnenden Blick zu. Halt den Mund, bedeutete dieser Blick.

»Wir kommen von weit her«, sagte Anneschka zu dem menschlichen Wachposten.

»Aber wer seid ihr?«, fragte er.

»Erkennen Sie mein Gesicht nicht wieder? Es ist ja auch lange her …« Sie täuschte einen Schwächeanfall vor und sank auf die Knie, als könnten ihre Beine sie nicht mehr tragen. Der Mann nahm den blechernen Eimer ab und senkte die Lanze.

»Vorsicht«, warnte der Skret. »Sie könnte etwas im Schilde führen.«

Anneschka senkte die Stimme zu einem Flüstern. »Bitte … sagen Sie König Tibor, dass seine Tochter zurückgekehrt ist.«

Der Wachposten ließ die Lanze fallen und konnte Anneschka gerade noch auffangen, sie täuschte nämlich eine Ohnmacht vor.

Kapitel 40

Die Sonne stand schon tief am Himmel, als die Kinder den Fluss Klikatar erreichten. Imogen warf einen Blick zurück, um zu sehen, ob sie verfolgt wurden. Aber falls Mark sie suchte, ritt er entweder zu langsam oder in die falsche Richtung. Anscheinend waren sie ihm entkommen.

»Komisch«, sagte Perla. »Auf der Karte ist hier eine Brücke.« Sie hatte so viele von ihren Zeichnungen mitgenommen, wie sie transportieren konnte – Skizzen von den Tieflanden, den Buschlanden und den Gebieten jenseits davon.

Imogen betrachtete ihre Umgebung. Der Fluss war breit und strömte schnell dahin. Am Wasser wuchsen rotbraune Bäume, und die Luft vibrierte vor Insekten. Von einer Brücke war nichts zu sehen. Vielleicht waren Perlas Landkarten doch eher ihrer Fantasie entsprungen …

»Lass mich mal sehen.« Miro nahm Perla die Karte ab.

Erschöpft und wund geritten stieg Imogen von ihrem Pony und ging zu Fuß weiter ans Wasser. In der Mitte des Flusses rauschte und brauste es, aber an den Ufern war die Strömung langsamer. Flussabwärts lagen Steinbrocken. Dass es keine natürlichen Steine waren, erkannte Imogen an den abgeflachten Seiten und den scharfen Kanten.

»Kommt mal her!«, rief Imogen. »Seht euch das an!«

Aus dem Schilf ragte ein steinerner Bogen, und ein ähnlicher Bogen stand am anderen Ufer. Mehr war von der Brücke nicht übrig geblieben.

»Da ist unsere Brücke ja!« Perla war neben Imogen getreten. »Oder jedenfalls war sie da.«

Konja beschnupperte die Trümmer.

»Und was machen wir jetzt?«, fragte Miro.

»Keine Ahnung«, sagte Perla. »Was sagt die Karte?«

Miro studierte das Pergament. »Weiter nördlich ist noch eine Brücke, aber das wäre ein Umweg von mehreren Tagen.«

»Wir dürfen keine Zeit verlieren!«, rief Imogen. Perla hob die Augenbrauen, und Imogen schämte sich. »Entschuldige … ich wollte nicht schreien.«

Die Kinder banden ihre Pferde an und verzehrten schweigend ihre Abendmahlzeit. Nach Sonnenuntergang tauchten stechende und beißende Insekten auf. Da keines von ihnen wusste, wie man Feuer macht, drängten sie sich zusammen, um warm zu bleiben. Konja, die Wolfskatze, nahmen sie in die Mitte.

Imogen packte die Uhr aus und lehnte sie an einen Baum, doch die Uhr zeigte ihnen keine Lösung. Ein Insekt brummte an Imogens Ohr vorbei. »Ich bin bloß froh, dass Mark uns nicht sehen kann«, murmelte Imogen. »Schon sitzen wir fest.«

»Genauso geht's mir mit Patolisal«, gestand Miro, und dann äffte er seinen Chefberater nach: »Könige sitzen nicht auf dem Boden. Könige essen nicht mit den Fingern.« Er sah Perla an. »Und was würden deine Eltern sagen?«

»Irgendwas über die Kruttemosch, vermute ich.«

Über dem Fluss war es Nacht geworden, und der Vollmond ging auf. Ein tiefes Brummen zerriss die Stille. Es klang wie ein tiefes Fagott, das immer wieder den gleichen Ton spielt.

»Was ist das?«, flüsterte Imogen.

Miro griff nach seinem Messer.

Perla jedoch kicherte nur. »Gibt es bei euch keine Frösche?«

Weitere Geräusche mischten sich in das Froschkonzert. Unter einem umgestürzten Baumstamm schallten hohe Trompetentöne hervor. Vom Wasser tönte ein rhythmisches Quaken herüber.

»Solche Frösche haben wir nicht«, sagte Imogen, »jedenfalls nicht in England.«

Perla stutzte. »Was ist England?«

Ups! Imogen hatte ihre Lüge vergessen. Sie hatte Perla doch erzählt, sie käme auch aus Jaroslaw … Jetzt suchte sie nach einer Antwort, aber ein weiteres seltsames Geräusch rettete sie.

»Guten Abend, Fingerlinge«, sagte eine seidenglatte Stimme.

Die drei Kinder blickten auf. Zwischen den Rohrkolben lugte ein Gesicht hervor – eine Frau mit den Beinen im Wasser – oder vielleicht hatte sie einen Schwanz?

Imogen sprang auf.

»Vorsicht«, warnte Perla, und Konja fauchte zustimmend. Sogar die Frösche schwiegen. »Flussnixen sind gefährlich. Gibt es bei euch zu Hause auch welche?«

»Nein«, flüsterte Miro.

Imogen jedoch wollte diese Nixe keinesfalls entwischen lassen. Die Wasserfrau stützte die Ellbogen auf das Flussufer. Der Schlamm schien ihr nichts auszumachen. Grünes Haar fiel um ihre Schultern.

»Hallo«, sagte Imogen. »Wissen Sie vielleicht, wie wir den Fluss überqueren können?«

Die Frau blinzelte mit Augenlidern, die sich von den Seiten her schlossen. »Das ist einfach«, sagte sie. »Ihr könnt ans andere Ufer schwimmen.«

»Dazu ist die Strömung zu stark«, sagte Perla.

»Ich traue dieser Nixe nicht«, fügte Miro leise hinzu.

Die Flussnixe fing mit der Zunge eine Fliege. Irgendwo in der Ferne dröhnte Hufgetrappel.

»Wir wollen nicht schwimmen«, sagte Imogen an die Wasserfrau gewandt. »Gibt es keine andere Möglichkeit, über den Fluss zu kommen?«

Die Nixe teilte das Schilf und gab den Blick auf drei riesige Seerosenblätter frei. Jedes Blatt war so groß wie ein Hula-Hoop-Reifen. Sie schimmerten wie Wachs und hatten hochgebogene Ränder. »Ich kann euch rüberbringen«, sagte die Nixe mit süßem Lächeln. Ihre Zähne waren perlweiß und nadelspitz.

Miro begann, seine Ringe zu drehen, wie er es immer machte, wenn er Angst hatte.

Die Hufschläge wurden lauter, und im Mondlicht sahen die Kinder, dass sich zwei Reiter näherten. Vorn ritt Perlas Vater. Der hintere Schatten hatte Marks Gestalt.

Imogen wurde flau. Die Männer hatten sie noch nicht entdeckt … aber das war nur eine Frage der Zeit.

»Ich warte«, sang die Flussnixe und schaukelte eins der riesigen Blätter.

Kapitel 41

Der König von Wodnislaw hatte eine breite Brust und hieß seine lange verloren geglaubte Tochter mit offenen Armen willkommen. Er ordnete an, ihr zu Ehren ein Festmahl zu bereiten. Doch Anneschka wollte nichts essen. Sie wollte den Wasserdrachen sehen. Aber sie befand sich in König Tibors Schloss und musste sich seinen Regeln beugen.

»Ist alles in Ordnung, mein Purzelchen?«, fragte Tibor neben ihr am Kopf der Tafel.

»Ich habe keinen Appetit, Vater«, sagte Anneschka. »Es war so ein aufregender Tag.« Sie hatte Fisch noch nie gern gegessen, und auf ihrem Teller lag ein Berg brauner Muscheln und daneben eine im Ganzen gebratene Forelle. Die Fischaugen waren geliert. Ekelhaft.

Marie schien ihr Essen genauso widerlich zu finden. »Ich bin Vegetarierin«, flüsterte sie.

Anneschka überlegte, was das wohl bedeutete.

»Wann spielt die Dame denn mit mir?«, fragte das Mädchen, das neben Marie saß. Sie hieß Prinzessin Kasimira und war Tibors jüngere Tochter, sechs Jahre alt und Thronerbin. Das heißt … sie war so lange Thronerbin gewesen, bis Anneschka auf der Bildfläche erschienen war.

»Wie ich dir schon erklärt habe«, sagte König Tibor, »die Dame ist Prinzessin Paula, deine Schwester.« Seine Augen wurden trüb. »Nach all den Jahren ist sie zurückgekehrt.«

»Schwester«, sagte die Prinzessin und sah Anneschka an. Von ihrem Kinn tropfte fischiges Öl. »Schwester soll mit mir Puppen spielen gehen.«

Der König lächelte seine kleine Tochter an. »Paula ist müde, meine kleine Zuckerschnute. Bestimmt spielt sie morgen mit dir und deinen Puppen.«

Prinzessin Kasimira packte ihre Gabel und stach sie ihrem Fisch in den Kopf. »Aber ich will JETZT spielen!«

Marie zuckte zusammen. Ihr Gesicht drückte mildes Entsetzen aus, was dazu führte, dass Anneschka sich für das Kind erwärmte. Ja, dachte sie, der König und seine Tochter sind beide genauso widerwärtig wie ihr Essen.

Doch da sagte Marie zu Anneschkas Überraschung: »Wenn du möchtest, spiele ich mit dir, Kasimira.«

»Oh, das ist eine gute Idee«, befand König Tibor.

Ein Diener reichte Anneschka eine Platte mit kleinen gekochten Eiern. »Die besten von ganz Wodnislaw«, sagte der König.

Anneschka verzog die Lippen, aber sie brachte ein Nicken zustande. Hier stanken sogar die Eier nach Fisch. Sie steckte sich eins in den Mund. Igitt! Es war salzig! Sie würgte. Sollte sie es runterschlucken? Nein, das war zu viel. Sie spuckte das Ei in ihre Serviette.

Bin ich hier richtig? fragte sie sich. Ist es möglich, dass das Essen im größten Königreich derartig schlecht ist?

Der König hob eine Augenbraue.

»Das Ei war verdorben«, sagte Anneschka und griff nach ihrem Wein. Nicht das Essen macht Wodnislaw groß, ermahnte sie sich im Stillen, sondern der Wasserdrache und seine Macht. Sie trank einen großen Schluck aus ihrem Kelch, um den schlechten Geschmack wegzuspülen.

»Also, dann erzähle uns mal«, forderte Tibor sie auf, »wo haben die Kruttemosch dich hingebracht? Was wollten sie von dir?«

»Ach … ich möchte lieber nicht darüber sprechen«, sagte Anneschka. »Es war eine sehr traumatische Erfahrung.«

»Mein armes kleines Purzelmäuschen!«, rief Tibor. »Haben sie dir wehgetan?«

»Ich bin einfach fix und fertig«, herrschte Anneschka ihn an, »spar dir deine Fragen.«

»Selbstverständlich«, sagte Tibor, aber seine Miene zeigte, wie enttäuscht er war.

Anneschkas Gedanken wanderten zum Drachen zurück. Mit so einem Monster an der Seite könnte sie die ganze Welt erobern …

»Vater«, sagte sie so liebenswürdig, wie sie konnte, »wann darf ich den Drachen sehen?«

Der König rieb sich seine rote Nase und schniefte. »Warum willst du ihn denn sehen?«

»Ich hab so viel von ihm gehört«, sagte Anneschka. »Kann er wirklich ganze Städte unter Wasser setzen?«

»Keine Sorge, mein süßes Purzelhäschen. Der Wasserdrache ist bereit, Wodnislaw zu verteidigen. Ich halte ihn tief in dieser Festung versteckt, sicher hinter Schloss und Riegel.«

»Frisst er Kinder?«, fragte Marie. Sie war ganz blass geworden.

Diese Frage schien König Tibor zu verblüffen. »Er frisst unsere Feinde«, antwortete er.

Prinzessin Kasimira hüpfte auf ihrem Stuhl herum und sang »Drache, Drache, Drache!«. Sie zerquetschte ein gekochtes Ei mit der Faust. »Ich will ihn auch sehen!«

Die Gesichtszüge des Königs wurden schlaff wie ein halbfester Pudding. »Das kommt leider nicht infrage«, stammelte er. Kasimira fing lauthals an zu jammern. Marie hielt sich die Ohren zu.

Anneschka sah Tibor von der Seite an. Was verheimlichte er? »Natürlich nicht, Vater«, sagte sie. »Was immer du für richtig hältst.«

Unter dem Tisch holte sie ein Fläschchen Schlafmittel aus ihrer Rocktasche. Sie hatte es Otschi gestohlen. In der Hütte der Hexe hatte das Mittel gewirkt. Warum sollte sie es nicht noch einmal anwenden?

Anneschka schob das Fläschchen unauffällig in ihren Ärmel und stand auf. »Ich möchte gern einen Trinkspruch ausbringen«, verkündete sie. Dabei hielt sie die Hand schräg über den Weinkrug, sodass ein paar Tropfen Schlafmittel hineinfielen.

»Was für eine fantastische Idee!«, rief der König. Er grinste über das ganze Gesicht.

Anneschka füllte seinen Kelch. Dann schenkte sie auch der Prinzessin ein Gläschen ein.

»Aber ich hab nichts zu trinken«, sagte Marie.

Anneschka überhörte das. »Auf die Familie«, sagte sie und hob ihren Kelch. Tibor und Kasimira taten es ihr nach.

»Auf Schwestern«, quiekte die kleine Prinzessin.

Anneschka schaute zu, wie sie tranken.

Kapitel 42

Imogen duckte sich ins Schilf. »Da kommen Mark und dein Vater«, flüsterte sie Miro und Perla zu. »Wir müssen auf die Seerosenblätter – jetzt sofort.«

»Aber was ist mit unseren Pferden?«, sagte Miro. »Die sind zu groß!«

Er hatte recht. Die Seerosenblätter waren zwar riesig, aber für die Pferde reichten sie nicht aus. »Die müssen wir hierlassen«, sagte Imogen.

Sie schleifte die Satteltaschen zum Fluss, und Miro band die Pferde los. Perla war ganz still geworden.

»Hab keine Angst«, sagte Imogen. »Die Nixe ist auf unserer Seite. Das spüre ich.«

»Ich habe keine Angst«, antwortete Perla. Sie senkte das Kinn auf die Brust. »Ich möchte bloß Papa keinen Kummer machen.«

Imogen erinnerte sich daran, wie sie Marie ermuntert hatte, ihr durch die Tür im Baum zu folgen … Wie sie ihrer Schwester versprochen hatte, dass alles gut gehen würde. Diesen Fehler wollte sie nicht noch einmal machen. Statt etwas zu sagen, krabbelte sie daher auf ein Seerosenblatt und zerrte die Satteltaschen hinterher. Das Blatt fühlte sich gummiartig und seltsam stabil an, eher wie ein kleines Boot als wie ein Teil einer Pflanze.

Die Reiter waren jetzt ganz nah.

»Was ist das da vorne am Fluss?«, rief Mark. Seine Silhouette hob sich schwarz gegen den mondhellen Himmel ab.

»Perla! Bist du's?«, rief Perlas Vater.

Perla fasste einen Entschluss. Mit ausgebreiteten Armen, um das

Gleichgewicht zu halten, betrat sie ein Seerosenblatt. Konja folgte ihr breitbeinig.

Die Nixe zog die Blätter vom Ufer fort. »Brave Fingerlinge«, wisperte sie. »Liebe Fingerlinge.«

Aber das dritte Blatt war noch leer. Imogen fuhr herum. Wo blieb Miro? Warum kam er nicht?

»He!«, brüllte Mark. »Bleib stehen, Junge!«

Da sah Imogen ihn. Er kam mit einem Kasten in den Händen zum Ufer gerannt.

Natürlich.

Die Sternenuhr.

Imogen hatte sie im Gras vergessen.

Miro sprintete auf die Seerosenblätter zu. Mark war vom Pferd gestiegen und lief wenige Meter hinter ihm, er rannte schnell und ruderte dabei heftig mit den Armen.

Die Nixe schwamm weiter, mit den Blättern im Schlepptau.

Miro drückte sich aus dem Uferschlamm ab. Mit dem Kasten an der Brust flog er übers Wasser und landete auf dem dritten Seerosenblatt. Es tauchte unter seinem Gewicht ein, und die Sternenuhr rutschte quer übers Blatt, aber der hochstehende Rand rettete sie.

Imogen drehte sich zum Ufer um. Die Welt lag im Mondschein, und die Umrisse von Bäumen und hohen Gräsern waren gut zu sehen. Hinter dem Schilf erkannte sie Perlas Vater und Mark.

»Perla, was machst du denn?«

»Imogen, Miro! Kommt zurück!«

Der Abstand zwischen den schwimmenden Blättern und dem Ufer wurde größer. So groß, dass die Männer nicht mehr hinüberspringen konnten. Mark watete in den Fluss hinein, aber Perlas Vater hielt ihn zurück. »Nein«, sagte er. »Die Strömung ist zu stark.«

Imogen plagte das schlechte Gewissen – obwohl es nur Mark war und er ihr nicht zu sagen hatte, was sie tun und lassen sollte.

»Papa«, flüsterte Perla in die Dunkelheit. Sie hob eine Hand Richtung Ufer.

Die Seerosenblätter trieben den Fluss hinunter und trugen die Kinder mit sich fort.

»Brave Fingerlinge«, sagte die Flussnixe. Seltsamerweise bewegte das Wasser sich kaum, während sie schwamm.

Kapitel 43

Die Flussnixe zog die Blätter unter Wasser an den Stängeln hinter sich her. Sie war eine hervorragende Schwimmerin. Die Seerosenblätter tanzten auf und ab wie Luftballons.

Imogen hörte Marks Rufen nicht mehr. Sie saß mitten auf ihrem Blatt, umklammerte die Satteltaschen und gab sich Mühe, ihre Zweifel zu ersticken. Sie musste doch hinter Marie her … Deshalb hatte sie mitten in der Nacht davonschleichen müssen … Und trotzdem fühlte sie sich bei der Sache nicht recht wohl.

Der Mond stand tief und glühte so orange wie ein Nachtlicht. Die Frösche nahmen ihren Gesang wieder auf.

»Ich glaube, wir sind jetzt weit genug weg«, sagte Miro. »Ich möchte von diesem Blatt runter.«

Perla nickte zustimmend.

Konjas Augen waren so groß wie Untertassen. Wie viele andere Katzen auch schien sie kein großer Fan von Wasser zu sein. Auch sie wollte vom Blatt herunter.

Aber die Nixe zog sie weiter, als hätte sie Miros Bitte nicht gehört.

Imogen war von der Wasserfrau fasziniert, ganz gleich, was Miro und Perla sagten. Sie fand Flussnixen toll. »Wie heißt du?«, fragte sie die Nixe.

»Odlive«, antwortete diese und schwamm weiter.

Imogen lugte über den Rand ihres Blattes. Es war schwer zu schätzen, wie tief der Fluss war. Etwas zischte durchs Wasser, wo eigentlich Odlives Beine sein sollten. Ein Schwanz? Ein Fisch, der vorbeischwamm?

»Ihr seid nicht von hier, oder?«, sagte die Nixe. »Die Brücke ist schon seit Jahren nicht mehr passierbar … Was bringt euch Fingerlinge an meinen Fluss?«

»Das Schicksal«, wisperte Perla.

Die Nixe stoppte und drehte sich im Wasser um. »Das Schicksal war mir immer schon immer lieb«, sinnierte sie. Zwischen ihren Schneidezähnen klemmte Essen. »Es ist ein bisschen wie mein Fluss. Man kann sich noch so sehr anstrengen – letzten Endes gewinnt es.«

»Ist das dein Ratschlag?«, fragte Imogen. »Die schlimmen Sachen einfach geschehen zu lassen?«

»Ich gebe Menschen keine Ratschläge«, sagte Odlive. Ein listiges Lächeln huschte über ihr Gesicht. »Aber wenn ich das täte, würde ich sagen, schwimmt mit dem Strom. Versucht nicht, gegen die Strömung zu schwimmen.«

Imogens Bewunderung für die Nixe bekam einen Knacks. Mit diesem Rat war sie nicht einverstanden. Vielleicht war Odlive doch anders, als sie es sich vorgestellt hatte.

»So«, sagte die Nixe. »Zeit, dass ihr bezahlt.«

Imogen dachte, sie hätte sich verhört. Frösche unterbrachen das Schweigen, das dieser Aufforderung folgte. Einer klang wie ein Kazoo.

Die Nixe ließ sich tiefer ins Wasser sinken. »Die meisten Leute zahlen nicht gern im Voraus. Und am Ende zahlen sie dann erst recht ungern, aber in der Mitte« – Odlive stieß einen glücklichen Seufzer aus –, »in der Mitte zahlen sie immer.«

»Oh-oh«, sagte Perla fast unhörbar.

Konja blickte ihr Frauchen an, sie versuchte herauszubekommen, warum sie angehalten hatten.

»Entschuldigen Sie«, sagte Miro mit seiner königlichsten Stimme, »aber das war nicht Teil unserer Abmachung.«

»Welcher Abmachung?«, fuhr Odlive ihn an. »Was ist das für eine Abmachung, wenn ich dabei leer ausgehe?«

Miro biss die Zähne zusammen. »Ich bin König Miroslaw Jaromir Drahomir Krischnow, Herr der Stadt Jaroslaw. Ich schließe keine Abmachungen.«

Imogen warf ihrem Freund einen Blick zu. War sein Name früher nicht länger gewesen?

Odlive fuhr sich mit der Zunge über ihre spitzen kleinen Zähne. »Könige bezahlen doppelt.«

»Das war doch ein Witz!«, rief Imogen. »In Wirklichkeit ist er gar kein König!«

»Bitte«, sagte Perla, »lassen Sie uns gehen! Ich muss meinen Bruder retten!«

Odlive lachte, und dann tauchte sie unter. Ihr Schwanz schlängelte sich an der Wasseroberfläche. Er war lang, sehr lang, eher so, als gehöre er zu einem Aal, nicht zu einer Wasserfrau. Imogen drehte sich auf den Knien, um sie nicht aus den Augen zu verlieren. Die Nixe schwamm unter der Spiegelung des Mondes entlang. Sie tauchte unter den treibenden Blättern hindurch.

»Wir hätten ihr nicht vertrauen dürfen«, zischelte Miro.

»Uns blieb nichts anderes übrig«, entgegnete Imogen ärgerlich. Anscheinend glaubte Miro, sie wäre schuld. Es war einfach, die Ideen anderer zu kritisieren – sich selbst etwas auszudenken war dagegen schwieriger.

Als Odlive wieder auftauchte, hatte sie Flusskraut im Haar. »Bezahlt, was ihr mir schuldet!«, rief sie. »Jetzt sofort!« Sie packte Imogens Blatt und rüttelte daran.

Imogen griff nach den Satteltaschen und suchte das Portemonnaie. »Wie viel?«, fragte sie und hielt der Nixe eine Handvoll Gold hin. Münzen plumpsten ins Wasser, aber Odlive ließ sie versinken.

»Geld interessiert mich nicht«, sagte sie. »Ich interessiere mich nur für Fleisch.«

Imogens Magen verkrampfte sich.

»Du darfst uns nicht fressen!«, rief Miro.

»Euch doch nicht, ihr dummen Fingerlinge! Menschenfleisch hab ich schon probiert. Ist viel zu fett und zu sauer. Ich habe jeden Tag Fisch zu essen. Aber ich will mal was Neues, vom Land. Ich will Wolf!«

Sie griff nach dem Stängel von Perlas Blatt und fing an, es schnell zu drehen. Konja plusterte den Schwanz auf und fauchte.

»Aber nicht Konja!«, rief Perla. »Sie ist meine Freundin!«

Odlive krümmte die Finger mit den Schwimmhäuten um den Rand von Perlas Blatt.

Imogen musste sich schnell etwas einfallen lassen. Sie kramte in den Satteltaschen. Käse? Nein. Der taugte nicht. Altes Brot und Beeren? Auch nicht. Da war noch etwas, in ein Stück Tuch eingewickelt …

»Ich überlege gerade«, sagte Imogen so gelassen, wie sie konnte, »ob Flussnixen Schinken mögen.«

Odlive ließ Perlas Blatt los. »Schinken? Was ist denn das?«

Imogen musterte die Nixe. »Das ist so eine Art Landfisch.«

Die Wasserfrau leckte sich die Lippen und schwamm näher heran. »Die Fischer geben mir manchmal Landfisch«, sagte sie mit runden, gierigen Augen. »Er hat durchsichtige Haut und gar keine Gräten.«

Fast hätte Imogen gelacht. »Meinst du Würstchen? Der Schinken hier schmeckt sogar noch besser.«

Imogen hielt ihr das Rauchfleisch hin, und die Nixe öffnete ihre wasserdichten Nasenlöcher und schnupperte. Imogen zupfte ein Stück ab und warf es ins Wasser. Odlive packte es mit ihren spitzen Zähnen, kaute mehrmals und schluckte.

»Landfisch«, flüsterte sie mit vor Wonne leuchtenden Augen, »ich liebe Landfisch.«

Kapitel 44

Mit offenem Mund sackte König Tibor auf seinem Stuhl zusammen. Prinzessin Kasimira war der Kopf auf den Tisch gesunken, ihre Stirn lag auf der halb aufgegessenen Forelle.

»Was hast du getan?«, rief Marie.

»Sei still«, erwiderte Anneschka. »Sie schlafen.«

Die Diener wirkten beunruhigt, aber Anneschka sagte voller Selbstvertrauen: »Mein Vater und meine Schwester haben zu viel getrunken. Bringt sie in ihre Schlafzimmer.«

Bedienstete trugen Tibor und Kasimira fort. Anneschka und Marie waren allein.

»Ich bin müde«, sagte Marie. »Darf ich ins Bett?«

»Nein«, sagte Anneschka, »du kommst mit.«

Sie marschierte mit Marie durch die Festung, bis sie eine Dienerin fanden, die noch nicht wusste, dass der König ihnen gerade eben verboten hatte, den Drachen zu besichtigen. Die junge Frau führte sie zum Drachenwärter. Er war ein Skret, wie so viele von Tibors Wachleuten.

»Ich bin Prinzessin Paula«, sagte Anneschka. »Die Tochter von König Tibor und die Thronerbin. Ich möchte meinen Drachen sehen.«

»Ja, Hoheit«, sagte der Skret. Er war schließlich nicht dabei gewesen, als Tibor ihr das verboten hatte, und wie konnte ein Drachenwärter der Königstochter etwas verweigern?

Anneschka und Marie folgten dem Drachenwärter durch die Festung. Die Räume waren nicht gerade prächtig. Zwar brannten Feuer, aber ihre

Wärme reichte nicht aus, um die Feuchtigkeit zu vertreiben. Hinter allen Fenstern rauschte der Fluss.

Marie wurde immer langsamer, so als hoffte sie, dass Anneschka sie vergessen würde. Doch Anneschka drehte sich um. »Bleib hinter mir«, befahl sie, »und sag mal … was ist eine Vegetarierin? Warum hast du gesagt, dass du so was bist?«

Marie versteckte das Gesicht hinter ihren Locken. »Das ist ein Mädchen, das wie Gemüse schmeckt«, sagte sie. »Du kannst mich nicht an den Drachen verfüttern. Möhren und Bohnen mögen Drachen nicht.«

Anneschka spürte, dass das nicht die Wahrheit war, aber Marie wirkte eigensinnig, und eigentlich war es nicht wichtig. Sie wandte sich an den Skret. »Wie groß ist der Drache?«, fragte sie. »Er muss wohl so hoch wie eine Kirche sein?«

»Das weiß ich nicht«, antwortete der Skret. »Ich durfte noch nie zu ihm. König Tibor füttert ihn selbst.«

»Inwiefern bist du denn dann der Drachenwärter?«, fragte Anneschka mit etwas scharfem Ton.

»Insofern, als ich die Tür verschlossen halte.« Der Skret blieb vor einem Wandteppich stehen, der bis auf den Fußboden reichte. Darauf war ein mächtiger Drache zu sehen, vor dem Menschen und Tiere nach allen Seiten flohen. Vögel ergriffen die Flucht, Rehe und Hirsche stoben auseinander, die Leute rannten fort. Vermutlich waren es Wodnislaws Feinde.

»Seid Ihr sicher, dass Ihr den Drachen sehen wollt?«, fragte der Wärter. Seine großen runden Augen richteten sich auf Marie. »Für die Kleine könnte das gefährlich werden.«

»Ich will den Drachen gar nicht sehen!«, rief Marie und fasste den Skret am Arm.

»Das Mädchen kommt mit«, schnauzte Anneschka. »Ich sage es nicht noch einmal: Mach auf!«

Der Skret wirkte unsicher, neigte aber den kahlen Kopf. »Sehr wohl, Prinzessin Paula«, sagte er und zog den Wandbehang zur Seite. Dahinter kam eine Tür zum Vorschein, die er mit drei verschiedenen Schlüsseln aufschloss. Anneschka hüpfte das Herz in der Brust.

»Hier werdet Ihr den Drachen finden«, murmelte der Skret, während er die Tür aufstieß. Ein Gang führte in die Dunkelheit. »Weiß König Tibor, dass Ihr –«

»Ja«, blaffte Anneschka. Sie nahm eine brennende Fackel aus einem Halter an der Wand und schob Marie in den Gang hinein. Falls der Wasserdrache jemanden fressen sollte, würde es nicht Anneschka sein.

Vielleicht war das die Verwendung, zu der das Mädchen vom Schicksal bestimmt war …

Anneschka folgte dem Tunnel, dabei ließ sie Marie immer einen Schritt vor sich hergehen. Die Luft war so klamm, dass sie die Feuchtigkeit im Gesicht spürte. Ihr Kleid wurde schwer vor Nässe.

»Bitte!«, jammerte Marie. »Ich will nicht!«

Anneschka gab ihr einen Stoß. »Weiter!«

Wimmernd ging Marie weiter.

Als der Gang breiter wurde, versuchte sie, sich Anneschka zu entziehen. »Ich sag auch keinem, dass du nicht Paula bist«, weinte sie. »Ich will lieb sein. Aber bitte gib mich nicht dem Drachen zu fressen!«

Anneschka griff Marie mit einer Hand in die Haare, mit der anderen hob sie die Fackel. In dem trüben Licht konnte man nicht gut sehen, aber anscheinend waren sie in einer Art Höhle gelandet. Der Raum hatte keine Fenster, und der Boden war zum größten Teil mit Wasser bedeckt. Und da, über dem schwarzen Tümpel angekettet, war der Drache.

Anneschka bekam Herzklopfen. Sie schleifte Marie auf das Ungeheuer zu, obwohl das Mädchen kämpfte wie eine Katze im Sack. »Wenn meine Schwester das erfährt –«

»Deine Schwester kommt nicht!« Anneschka griff noch fester in Maries Haar. Der Drache war kleiner, als sie gedacht hatte, kaum so lang wie zwei Männer.

Am Rand des Tümpels hielt sie Marie hoch. Das Kind zitterte vor Angst. »Hast du Hunger?«, fragte Anneschka den Drachen. Das Monster hing reglos in seinen Ketten. »Frisst du Vegetarierinnen?«

Der Drache reagierte nicht.

Anneschka zwang Marie aufzusehen. »Warum rührt er sich denn gar nicht?«, zischte sie.

Stille. Dann ein scharfes Einatmen. Nach all dem Gezappel und Geschrei war das Mädchen jetzt ganz ruhig.

»Ich hab dich was gefragt«, sagte Anneschka.

»Das ist gar kein Drache.« Marie klang ganz schwach vor Erleichterung.

»Du lügst!«, schrie Anneschka, aber als ihre Augen sich an die Dunkelheit gewöhnt hatten, sah sie, dass das Kind recht hatte. Sie ließ Marie zu Boden sinken. Das Mädchen begann zu weinen, aber jetzt leise.

Anneschka war, als hätte sie einen Tritt in den Bauch bekommen. Sie hob die Fackel noch höher.

Der Drache war steif. Der Drache hatte keine Flügel.

Der Drache war ein ausgestopftes Krokodil.

Kapitel 45

Miro und Perla gingen den Hügel hinunter, und Konja trabte neben ihnen her. Imogen war auf der Anhöhe stehen geblieben. Von hier aus konnte sie Wodnislaw sehen. Drei Flüsse schlängelten sich aufeinander zu, genauso wie auf Perlas Landkarte. In diese Stadt floss so viel Wasser hinein, dass das Land scheinbar nur von Brücken zusammengehalten wurde.

Das also war das Zuhause König Tibors, des Mannes, der aus der Sternenuhr gekommen war. Wenn die Uhr tatsächlich die Zukunft vorhersagte, wenn die kleinen Figuren Hinweise waren, dann musste Marie ebenfalls in dieser Stadt sein.

Bei dem Gedanken fühlte Imogen sich trotz ihres schweren Gepäcks leicht. Sie schleppte eine der Satteltaschen, auf die der Kasten mit der Sternenuhr geschnallt war. Seit die Kinder vor einigen Tagen ihre Pferde am Flussufer zurückgelassen hatten, mussten sie ihre Sachen selbst tragen. Es war nicht einfach gewesen, die Packtaschen durch die Tieflande zu transportieren, doch es hatte sich gelohnt. Sie hatten es geschafft, Mark abzuschütteln.

Imogen wuchtete sich die Satteltasche wieder auf die Schulter und folgte Miro und Perla den Hügel hinunter.

»Was glaubst du, warum die Uhr uns König Tibor gezeigt hat?«, fragte Perla Miro. Mit gerunzelter Stirn schaute sie auf den Boden, ging aber weiter. »Meinst du, der König weiß etwas über meinen Bruder?«

»Kann sein«, sagte Miro. »Er weiß wahrscheinlich gar nicht, dass so viele Kinder geraubt werden, sonst hätte er längst etwas unternommen, um ihnen zu helfen. Vielleicht wird er ein Heer aufstellen und auf dem Schlachtfeld gegen die Kruttemosch antreten.«

Während die Kinder sich der Stadt näherten, fiel Imogen auf, dass die Holzhäuser mit ihren steilen Dächern ähnlich aussahen wie in Perlas Heimatort. Allerdings gab es in Wodnislaw Tausende davon.

Als die Wanderer an der ersten Häusergruppe vorübergingen, kamen zwei Frauen in Umschlagtüchern heraus und starrten sie an. »Drei Kinder«, hörte Imogen die beiden sagen, »und sie verstecken sich nicht mal … wenn die Kruttemosch kommen, sind ihre Tage gezählt.«

Über eine Brücke wanderten die Kinder und die Schneehulark tiefer nach Wodnislaw hinein. Unter der Flussquerung lugten Nixen hervor. Auf dem Wasser wimmelte es von Lastkähnen und anderen Schiffen. Boote, die wie Nussschalen geformt waren, transportierten ein oder zwei Menschen und gelegentlich auch eine Person mit einem Schaf.

Miro zeigte auf ein überladenes Boot. »Da! Seht euch das an!« Dann wandte er sich einem Paar weißer Vögel zu, die um etwas kämpften, das wie die Innereien eines Fisches aussah. »Eklig! Was sind das für Vögel?«

»Flussmöwen«, sagte Perla.

Die sehen wie Geier aus, dachte Imogen beim Anblick der krummen Schultern und der kahlen Hälse der Vögel. Die Flussmöwen rissen weiter an den Innereien herum, die wie scharlachrote Juwelen schimmerten.

»Flussmöwen sind widerlich«, sagte Miro.

»Sind sie nicht«, entgegnete Perla. »Flussmöwen können unter Wasser schwimmen und höher fliegen als alle anderen Vögel. Sie verschlucken Fisch für ihre Küken und würgen ihn dann im Nest wieder aus.«

Diese Informationen schienen Miro nicht zu überzeugen. Imogen jedoch war mit einem anderen Thema beschäftigt. Ihre Schwester … in dieser seltsamen Stadt aus Holz sollte Marie sein? Vielleicht sogar ganz in der Nähe? Als hätte sie es mit ihren Gedanken herbeigezaubert, sah sie etwas weiter vor ihnen ein Kind. Es war ein Mädchen mit rotem Haar, ungefähr so groß wie Marie.

Etwas bewegte sich in Imogens Brust, so als würde ein Seil fest zusammengedreht. »Marie?«, rief sie.

Das Mädchen hörte sie nicht, aber jetzt war Imogen sich sicher: Da ging ihre Schwester!

Ein Mann in ledernen Watstiefeln zerrte das Mädchen an der Hand weiter. Ein Adrenalinstoß ließ Imogen sofort reagieren. Sie ließ ihre Satteltasche fallen und rannte hinterher. Perla und Miro riefen nach ihr, aber sie ignorierte die beiden. Sie durfte ihre Schwester nicht noch einmal verlieren.

Der Mann zog das Mädchen eine belebte Straße entlang. »Marie!«, rief Imogen. »MARIE!« Die Menschenmenge wurde dichter. »Entschuldigung, ich muss zu meiner Schwester. Entschuldigung – kann ich mal vorbei?«

Imogen roch den Fischmarkt, bevor sie ihn sah. Am Rand eines Platzes blieb sie stehen. Sie hatte eine Wand aus Menschen vor sich, durch die Marie verschwunden sein musste.

Sie kletterte auf einen Karren hinauf und schaute über den Platz. Die Menschen standen dicht gedrängt, plauderten, feilschten und wühlten in den Fischen. Ein Karpfen hatte Schnurrbarthaare, so lang wie die eines Menschen. In einem Eimer lagen Austern im Schlamm. Kleine silberne Fische waren auf Ständen ausgelegt, sie zappelten und schnappten nach Luft. Imogen hätte sie am liebsten in den Fluss zurückgebracht – aber zuerst musste sie Marie retten.

Im Gedränge leuchtete rotes Haar auf. Marie steckte mitten in der Menge. Imogen sprang vom Karren hinunter und wurde von den Leibern fast erdrückt: Achselhöhlen, Röcke und strenges Stirnrunzeln.

Jemand warf einen Fisch, und Imogen duckte sich vor dem Schwanz, der ihr fast ins Gesicht geklatscht wäre. Schlammfarbene Aale waren in Reihen aufgehängt, und Imogen schlüpfte dazwischen hindurch.

Kurz tauchte Maries hellrotes Haar vor ihr auf, dann verschwand es in einer schmalen Gasse.

»MARIIIIIE!«, schrie Imogen, doch ihre Stimme wurde von Glockengeläut übertönt. In dieser Stadt wummerten die Glocken wie alte Töpfe. Imogen sauste hinter ihrer Schwester her, sprintete einen Sandweg entlang und blieb erst vor dem Fluss wieder stehen. Und da, am Ufer, war Marie.

»MARIE!«, kreischte Imogen.

Endlich hörte sie. Sie ließ die Hand des Mannes los und drehte sich um.

Aber das Gesicht stimmte nicht.

Das Mädchen war nicht Marie.

Imogen kribbelte es in allen Gliedern.

Ich habe versprochen, dafür zu sorgen, dass die Tür sich nicht hinter uns schließt, dachte sie. Ich habe versprochen, dass alles gut gehen würde.

Sie versuchte, tief Luft zu holen und sich auf den festen Boden unter ihren Füßen zu konzentrieren. Trotzdem taumelte sie. Sie kniete sich an den Fluss. Ihr war schlecht.

Ob Mama sich so fühlte, während sie ständig darauf wartete, dass ihre Mädchen wiederkamen? Ob sie überall ihre Gesichter sah, egal, wo sie hinguckte?

»Imogen!«

Sie schluckte und drehte sich um. Miro und Perla kamen auf sie zu, gebeugt unter dem Gewicht der Satteltaschen. Konja rannte in großen Sprüngen vor ihrem Frauchen her, und alle Leute machten der Riesenkatze Platz.

»Was ist passiert?«, fragte Miro, als er Imogen erreichte. »Fast hättest du die Uhr verloren!« Perla und er schleppten Imogens Satteltasche zwischen sich und waren beide außer Atem.

»Oh«, Imogen schluckte. »Ich dachte … nichts … ich hab mich ablenken lassen.«

Perla und Miro wechselten einen Blick. Imogen war klar, was das bedeutete: Die beiden mussten glauben, sie hätte nicht mehr alle Tassen im Schrank.

»Alles klar bei dir?«, fragte Miro.

Während Imogen sich aufrappelte, beschloss sie, nicht zu antworten. »Wo finden wir König Tibor?«, fragte sie.

»Ich glaube, er lebt in einer Burg«, sagte Perla. Sie zog eine ihrer Landkarten hervor und betrachtete das Pergament. »Sie müsste in einer Flussschleife des Pewni liegen, ganz von Wasser umgeben. Eine Landbrücke sorgt dafür, dass die Burg nicht auf einer Insel steht …«

»So wie die da hinten?« Miro zeigte auf eine Festung, die über den Holzschindeldächern aufragte.

»Ja!« Perla lachte. »Genau so.«

Kapitel 46

Der Thronsaal in der Festung Wodnislaw wurde von Skret bewacht.

Was machen Skret denn in Wodnislaw? überlegte Imogen. Wieso dienen sie einem Menschenkönig?

Rings um den Saal standen Säulen in Form von Flussnixen. Sie stützten sich auf ihre langen, geringelten Schwänze, und ihre Köpfe trugen das Dach. Imogen lugte zwischen den Säulen hindurch. Ob ihre Schwester hier war?

Auch Perla spähte in den Saal. Bestimmt hielt sie Ausschau nach Tomil, aber sie verbarg sich hinter Miro und Imogen. Hinter ihr pirschte Konja sich heran. Perla sprach nicht gern mit Erwachsenen, und schon gar nicht mit Unbekannten.

Auf der anderen Seite des Saales saß ein Mann zusammengesunken auf einem Thron. Er sah aus, als wäre er gerade von einem Nickerchen erwacht. Ein kleines Mädchen mit einem Rüschenhäubchen stand auf einem kleineren Thron. Sie war fast so weiß wie ihr Kleidchen. »Daddy, wer ist das?«, fragte sie.

»Weiß ich nicht, meine Zuckerschnute«, erwiderte der Mann. »Aber ich denke, das erfahren wir gleich.«

Der Skret, der sie hereingeführt hatte, holte tief Luft. »Darf ich vorstellen, Eure Majestät: König Miroslaw Jaromir Drahomir Krischnow, Herr der Stadt Jaroslaw, Aufseher über die Bergreiche und Hüter der Kolsaniwälder.«

Zu hören, wie jemand anders Miros Namen und Titel vollständig aufzählte, war seltsam. Imogen hatte immer geglaubt, er hätte das alles erfunden.

»Eigentlich«, warf Miro jetzt ein, »reicht König Miroslaw.«

»Und das ist unser edler König Tibor«, sagte der Skret. »Beschützer des Reiches der Tieflande, Herr über die Drei Ströme und Befehlshaber des Wasserdrachen.«

Miro verbeugte sich schwungvoll. Imogen wartete darauf, dass sie auch vorgestellt wurde, aber der Skret drehte sich auf den Klauen um und verschwand.

Wie unhöflich, dachte Imogen. Ich muss uns wohl selbst vorstellen. »Und wir sind Miros Freundinnen«, rief sie.

Perla wirkte verlegen, als hätte Imogen etwas falsch gemacht.

»Was ist denn?«, formte Imogen mit den Lippen. Perla war wirklich komisch.

»Ich habe deinen Vater gut gekannt«, sagte König Tibor zu Miro. Imogen ignorierte er einfach. Dann deutete er auf das Mädchen mit dem Rüschenhäubchen. »Das ist meine Tochter Kasimira. Es ist lange her, dass wir etwas aus Jaroslaw gehört haben. Was verschafft uns diese Ehre?«

»Unsere Suche«, sagte Miro und reckte sich ein wenig.

Tibor rutschte auf seinem Thron herum. Diese Aussage schien ihm nicht zu gefallen. »Falls du dafür meinen Wasserdrachen auszuleihen wünschst – ich kann ihn leider nicht missen.«

»Nein, den wollen wir nicht«, sagte Imogen.

»Was denn dann?«, herrschte Tibor sie an.

Miro verlor allmählich seine königliche Haltung. Das überraschte Imogen nicht – er konnte ja nicht einfach sagen, dass sie wegen eines Figürchens in einer magischen Uhr hergekommen waren. »Also … ich weiß es nicht genau.«

»Daddy, ich will mit den Kindern spielen«, sagte die Prinzessin und stampfte auf ihrem Thron mit dem Fuß auf.

»Was für eine glänzende Idee«, sagte König Tibor. »Nimm die Mädchen mit in deine Gemächer. Zeige ihnen deine Puppen. Und ich werde mich mit Miroslaw unterhalten, von König zu König.«

Kapitel 47

Wie Prinzessin Kasimiras Häubchen, so waren auch ihre Gemächer über und über mit Rüschen geschmückt – Rüschen auf den Tischen, Rüschen an den Stühlen und Rüschen auf den Teppichen. Kasimira hüpfte durch die Räume und sammelte Puppen auf. Als sie die Arme voll hatte, warf sie die Puppen aufs Bett.

Das Bett war mit einer seidenen Umrandung eingefasst, die bis auf den Boden reichte. Konja schob den Kopf darunter.

»Böse Miezekatze!«, rief Kasimira und packte Konja am Schwanz. Die Schneehulark drehte sich um und hob eine krallenbewehrte Tatze, aber Perla reagierte blitzschnell und zog die Prinzessin aus Konjas Reichweite.

»Mieze mir wehgetan!«, schrie Kasimira.

»Sie hat dich doch gar nicht berührt«, sagte Perla verdutzt.

Aber Imogen konnte Kasimiras Gesichtsausdruck deuten: Die Prinzessin war gelb vor Neid.

»Entschuldige dich! Jetzt sofort!«, kreischte Kasimira und verlangte dann ruhiger: »Sag Entschuldigung oder gib mir deine Katze.«

Hinter Kasimira kroch etwas unter dem Bett hervor.

»Was ist das denn?«, fragte Imogen in der Hoffnung, die Prinzessin abzulenken. Das kleine Mädchen quietschte vor Vergnügen, und augenblicklich war alle Wut vergessen. Das kriechende Wesen war eine Eidechse oder eine Art Molch und nicht größer als ein Stiftemäppchen.

»Da bist du ja!« Kasimira schnappte sich den Molch und packte ihn fest um die Mitte. Er war schwarz mit leuchtend grünen Punkten.

»Ist das die richtige Art, diese Tiere festzuhalten?«, fragte Perla.

»Mein Püppi.« Die Prinzessin schüttelte den kleinen Lurch.

Imogen hätte gern gesagt, dass der Molch ein lebendiges Wesen war, keine Puppe, aber sie musste Kasimira bei Laune halten. Sie musste Miro ausreichend Zeit verschaffen, um König Tibor nach Marie zu fragen.

Konja bat Perla mit einem Blick um Erlaubnis, den Molch zu jagen. Doch Perla zeigte neben ihre Füße auf den Boden, und widerstrebend schlich Konja zu ihr hinüber.

»Wie heißt denn dein Püppchen?«, fragte Imogen.

Kasimira kletterte auf ihr Bett und schmiss den Molch in die Mitte. »Paula«, sagte sie. »Das Püppi heißt so wie meine Schwester.« Die Prinzessin bemühte sich, einer Puppe das Kleid auszuziehen, und Imogen half ihr dabei. Das Puppenkleid ähnelte vom Stil her dem Kleid des Mädchens. Tatsächlich sahen alle Puppen ein wenig wie Kasimira aus.

Die Prinzessin begann, den Molch in das Puppenkleid zu zwängen. Entsetzt schaute Imogen zu. Ihr fehlten die Worte. Perla war wie angewurzelt stehen geblieben. Vielleicht wollte sie nicht näher herankommen, vielleicht brachte sie es auch nicht über sich. »Bist du sicher, dass das eine gute Idee ist?«, fragte sie.

»Na klar.« Die Prinzessin musterte Perla unter ihrer weißen Haube, die ihr fast über die Augen fiel. »Klein Paula darf doch nicht nackig sein.«

»Hast du den Molch – ich meine, hast du Paula nach deiner jüngeren Schwester benannt?«, fragte Imogen. Sie hatte im Thronsaal keine weitere Prinzessin gesehen.

»Nein, du Doofe.« Kasimira lachte. »Die richtige Paula ist viel älter als ich. Sie hat gelbe Haare und eine hübsche Nase. Paula ist schön. Wenn ich groß bin, will ich auch so schön sein.«

Die Prinzessin zerrte die Vorderbeine des Molchs durch die Ärmel des Puppenkleides.

»Ja«, sagte Imogen, »bestimmt wirst du genauso schön wie Paula.« Sie musste grinsen. Doch, auf seine lurchige Art war der Molch wirklich schön.

»Du nimmst die«, kommandierte die Prinzessin und gab Imogen eine Puppe mit kugelförmigem Kopf. »Paula ist die Königin, und deine Puppe ist ihre Dienerin.« Und für den Fall, dass Imogen es noch nicht kapiert hatte, ergänzte Kasimira: »Du bist die Dienerin.«

Imogen biss sich auf die Lippe. Miro sollte zusehen, dass er nützliche Infos aus König Tibor herausbekam.

Es kam ihr vor, als würden sie stundenlang mit Puppen spielen. Perla schaute aus der Entfernung zu. Ihr Gesicht sagte alles. Konja benahm sich mustergültig, ließ den Molch jedoch nicht aus den Augen.

Imogen ließ ihre Puppe alles tun, was Dienerinnen eben tun. Der Molch Paula trug jetzt zum Kleid auch noch eine Haube. Er war ganz schlapp geworden.

»Ungezogene Paula«, schimpfte die Prinzessin.

»Ich glaube, Paula möchte eine Tasse Tee«, sagte Imogen. Sie goss etwas Wasser aus einer Vase in eine kleine Teekanne. Dann schenkte sie dem Molch in eine Puppentasse Wasser ein. Der arme Lurch steckte gleich den ganzen Kopf hinein.

»Sie spielt den Molch tot«, murmelte Perla, als Kasimira das Zimmer verließ, um eine weitere Puppe zu holen.

»Ich weiß«, sagte Imogen. »Aber wie können wir das verhindern?«

Perla beugte sich vor und flüsterte ihr etwas zu.

Imogen lächelte. Perla war zwar schüchtern, aber sie hatte gute Einfälle.

Aus dem Nachbarzimmer hörten die Mädchen Kasimiras Schritte. Die Prinzessin kam zurück. So behutsam, wie sie nur konnte, nahm Imogen den Molch hoch und schob ihn in ihre Hosentasche.

Dann wurde Perla aktiv. Sie schrie Konja an und tat, als würde sie die große Katze jagen. Hocherfreut über dieses Spiel sauste die Schneehulark durchs Zimmer.

»Was ist denn hier los?« Kasimira stand mit rotem Gesicht an der Tür.

»Konja hat Paula aufgefressen«, rief Imogen. Sie musste sich das Lachen verbeißen. Konja rannte noch schneller und warf einen Tisch um. Imogen beteiligte sich an der wilden Jagd.

Kasimira bekam große Augen. »Böses Miezekätzchen!«, schrie sie und stürzte sich auf Konja. Es gelang ihr, die Schneehulark am Schwanz zu packen. Aber Konja war vor Begeisterung fast außer sich. Auch mit der Prinzessin im Schlepptau tobte sie weiter. Sie sprang mit einem Satz über das Bett und schleifte Kasimira hinter sich her.

»Böööööööse Mieze!«, kreischte die Prinzessin, als sie eine Bauchlandung auf dem Fußboden machte. Konja fegte um die nächste Ecke, und Kasimira ließ ihren Schwanz los, was dazu führte, dass sie gegen einen mit Rüschen behängten Fußschemel krachte.

Die Schneehulark kletterte gerade am Vorhang hoch, als ein Skret hereingestürzt kam. Imogen und Perla kriegten kaum noch Luft vor Lachen.

»Prinzessin Kasimira«, rief der Skret, »ist alles in Ordnung?« Seine Glubschaugen wanderten von der Prinzessin unten auf dem Fußboden zu der Schneehulark oben im Vorhang.

»Die Katze hat mein Püppi aufgefressen!«, jammerte Kasimira und trommelte mit den Fäusten auf den Fußboden. »Sie muss bestraft werden! Ich will, dass die *alle* bestraft werden!«

Kapitel 48

Der Kachelofen in König Tibors Bibliothek war höher und breiter als der König. Er strahlte Hitze ab, aber selbst dieser Ofen konnte die Feuchtigkeit nicht vertreiben. Oranger Schimmel blühte auf den Bücherrücken. Von der Decke lösten sich Farbflocken.

»Wodnislaw wird mit jedem Jahr nasser«, brummte König Tibor, als er sich an den Kachelofen setzte. »Dieses Problem wirst du zu Hause wohl nicht haben.«

»Nein«, bestätigte Miro. Er war mit drei Rollen Pergament und der magischen Uhr seines Vaters bewaffnet. Nachdem er alles auf einen Tisch gelegt hatte, setzte er sich seinem Gastgeber gegenüber. Es war so weit. Jetzt war seine Chance gekommen. Jetzt würde er herausfinden, warum die Uhr sie zu Tibor geschickt hatte. Seine Freundinnen zählten auf ihn.

»Nun berichte«, forderte Tibor ihn auf, »was ist mit deinem Onkel geschehen? Zuletzt hatte ich gehört, dass Drakomor König war … Du willst doch nicht sagen, dass du schon volljährig bist?«

Miro drehte den Ring an seinem Daumen.

Drakomor …

Sein Onkel …

Die Erinnerungen wurden wirklicher als Tibors Bibliothek. Drakomor lag bewusstlos auf dem Boden. Die Burg ein Raub der Flammen. Miro roch den Qualm, spürte die –

»Miroslaw, ist dir nicht wohl?«, fragte König Tibor.

Miro kehrte in die Bibliothek zurück. »Doch.« Er blinzelte. »Mein Onkel ist tot.«

»Ach, das tut mir leid.« Tibors Worte klangen so aufrichtig, dass Miro fast vergaß, dass er nicht weinen wollte. »Es gibt nichts Schlimmeres, als einen Angehörigen zu verlieren … Man muss für seine Lieben kämpfen. Dafür kämpfen, dass ihnen nichts geschieht.«

»Ja«, sagte Miro und dachte dabei an seine Freundinnen. »Der Meinung bin ich auch.«

Tibor lächelte. »Aber genug davon! Du musst etwas auf die Rippen bekommen. Soll ich meine Diener anweisen, uns etwas Süßes zu bringen?«

Miro nickte. Die Art, wie König Tibor ihn ansah, gefiel ihm. Der alte König hatte ein gutmütiges Zwinkern in den Augen.

Tibor schickte einen Diener nach Essen und wandte sich dann dem Kasten mit der Uhr zu. »Und was ist das?«, wollte er wissen.

Miro brachte ein Lächeln zustande. »Ein Erbstück von meinem Vater«, sagte er. »Eine Uhr, die in den Sternen lesen kann.« Er öffnete den Kasten und wollte gerade etwas sagen, als die Uhr zu schlagen begann.

»Bezaubernd«, sagte Tibor. Das Türchen öffnete sich, und ein hölzerner Skret schob sich heraus. Er hatte ungewöhnlich lange Eckzähne.

Zuby! dachte Miro. Wo war er? Was bedeutete dieser Hinweis?

»Erstaunlich!«, sagte Tibor. »Was für ein wunderbarer Apparat.«

Der winzige Skret huschte in die Uhr zurück und zog das Türchen hinter sich zu. Bevor Miro weiter überlegen konnte, warum die Uhr ihm Zuby gezeigt hatte, betrat eine echte Skretfrau mit Gebäck und Tee aus Flusskraut die Bibliothek. Mit schimmernden Klauen schenkte sie den Tee ein. Miro musste sich daran erinnern, dass er keine Angst zu haben brauchte. Die Skret waren nicht mehr seine Feinde.

»Hier – lass es dir schmecken«, sagte Tibor.

Miro biss in ein Gebäckstück, sodass der Puderzucker ihm ins Gesicht stäubte. Die Skretfrau knickste und verließ den Raum.

»Weißt du«, sagte Tibor, »du bist deinem Vater wie aus dem Gesicht geschnitten.«

»Wirklich?« In den Ofenkacheln spiegelten sich undeutlich Miros Umrisse. Er wünschte, er könnte die Ähnlichkeit mit seinem Vater selbst erkennen. Im Spiegelsaal hatte er stundenlang sein Gesicht studiert und nach Zügen seiner Eltern gesucht. Er hatte sogar ausprobiert, wie die Statue seines Vaters zu stehen. Das hatte er so lange versucht, bis seine Beine gefühllos wurden, so als wäre er selbst auch aus Stein gemeißelt.

»Die Ähnlichkeit ist verblüffend«, sagte Tibor. »Hat dir das noch nie jemand gesagt?« Der alte König steckte ein ganzes Gebäckstück auf einmal in den Mund, und aus seinen Nasenlöchern stiegen Wolken von Puderzucker auf. »Ich kann deinen Vater geradezu sehen, er blickt aus deinen Augen.«

Miro griff nach seinem Tee und verbarg das Gesicht hinter der Tasse. »D-danke«, stammelte er.

Tibor lachte in sich hinein. »Ich hab nicht gesagt, dass das gut ist. Hier – nimm noch ein Stück Gebäck.«

Eigentlich sollte Miro dem König eine Frage stellen. Er sollte Konversation machen, so wie Patolisal es ihn gelehrt hatte. Daher fragte er das Erste, was ihm in den Sinn kam: »Wisst Ihr, was es mit den Kruttemosch auf sich hat?«

König Tibors Gesicht verdüsterte sich. »Meine Töchter sind beide in Sicherheit, falls du das meinst.«

»Aber was ist mit den anderen?«, fragte Miro. »Die Kruttemosch entführen Kinder! Wenn Ihr den Wasserdrachen freilassen würdet, könnte er sie ganz schnell vertreiben!«

»Man kann nicht alle und jeden schützen«, sagte Tibor. »Und schon gar nicht Bauern. Sie vermehren sich wie Katzen … Manchmal denke ich, die Kruttemosch sind eigentlich gar nicht so übel.« Tibor sah Miros Gesichtsausdruck. »Das wirst du verstehen, wenn du älter bist«, sagte er leise. »Es ist, wie ich schon sagte … man muss sich um die eigene Familie kümmern. Man muss entscheiden, wen man rettet – und wen nicht. Das solltest du immer bedenken, Miroslaw.«

Wie gern hätte Miro dem König beigepflichtet. Er wünschte sich Tibors Anerkennung, aber er wurde den Gedanken nicht los, dass es richtiger war, alle Kinder zu beschützen, sofern man das konnte.

»Also«, Tibor lehnte sich in seinem Sessel zurück, »was hat es nun mit deiner Suche auf sich?«

Miro griff nach den Pergamentrollen und öffnete eine nach der anderen. Es waren Porträts, die die Kinder unterwegs gezeichnet hatten. Miro hatte sein Bestes getan, um Anneschka darzustellen, Imogen hatte Marie skizziert, und Perla hatte Tomil gezeichnet, so als wäre sein Gesicht eine Landkarte – mit vielen Einzelheiten, die zusammen ein Ganzes ergaben.

Miro zeigte Tibor die Porträts. Zwei Kinder, die vermisst wurden. Eine Möchtegernkönigin. »Ich bin auf der Suche nach diesen Menschen«, sagte er.

Als König Tibor die Zeichnung von Anneschka sah, erstarrte er. »Was … das ist doch meine Paula!«

Miro schüttelte den Kopf. Vielleicht war seine Zeichnung nicht gut genug. Vielleicht ähnelte das Gesicht dem Gesicht einer anderen Frau. »Nein, sie heißt Anneschka. Auf der Zeichnung kann man das nicht sehen, aber sie hat leuchtend blaue Augen. Sie ist äußerst gefährlich und hat meine Freundin entführt. Ich werde sie zur Rechenschaft ziehen.«

Tibor beugte sich so weit vor, dass er mit dem Kopf beinahe gegen Miros Stirn stieß. Aus der Nähe konnte Miro jede Pore im Gesicht des Königs sehen.

»Ich warne dich nur ein Mal«, sagte Tibor. »Sprich nicht so über Paula.«

»Aber sie heißt nicht –«

»Bin ich denn ein Narr?«, rief Tibor ärgerlich. »Glaubst du, du kannst mir Sahne in die Augen schütten und mir weismachen, die Welt sei aus Milch?«

Miro war bestürzt. »Sahne? Nein, ich –«

»Ich erkenne doch mein eigenes Kind wieder, wenn ich es sehe! Das ist Paula! Mein Paula-Purzelchen! Alle haben gesagt, sie wäre tot.

Ertrunken. Aber ich weiß, dass meine Paula dafür zu klug ist … Sie wurde von den Kruttemosch gekidnappt, und sie konnte erst kürzlich entkommen.«

Miro zögerte. Er deutete auf die Zeichnung von Marie. »Hat Paula dieses Mädchen bei sich?«

»Ja«, schnauzte der König. »Na und? Sie bringt das Kind nach Wálkaha. Da haben sie dringend etwas zu erledigen. Sie sind vor ein paar Tagen aufgebrochen … aber Paula kommt wieder. Das weiß ich gewiss.«

Miro musste seine Worte sorgfältig wählen. »Wie hat Paula bewiesen, dass sie Eure Tochter ist?«

Tibor riss die Augen auf. »Und wie hast du bewiesen, dass du Miroslaw Krischnow bist?«

»Ihr habt gesagt, ich sei meinem Vater wie aus dem Gesicht geschnitten«, stieß Miro hervor.

»Das war eine Lüge. Du hast überhaupt keine Ähnlichkeit mit ihm.«

Miro zuckte zusammen, als hätte man ihn geschlagen.

»Ich lasse deinen Kopf auf einen Pfahl spießen!«, donnerte Tibor. Er packte Miro am Kragen und zog ihn dicht zu sich heran. »Du kommst in meine Festung und bedrohst meine Tochter. Wer bist du in Wirklichkeit?«

Ein Wachposten stürzte herein. »Eure Majestät«, sagte der Skret, zögerte aber, als er sah, dass der König Miro am Hals gepackt hatte.

»Was gibt's?«, knurrte Tibor, ohne den Blick von Miro zu wenden.

»Es geht um die Schneehulark«, keuchte der Skret. »Sie hat Prinzessin Kasimiras Eidechse aufgefressen. Ich hätte Euch nicht gestört, aber die Prinzessin ist außer sich. Sie will, dass das Tier hingerichtet wird. Und die kleinen Mädchen auch.«

»Sehr schön«, sagte Tibor, »es sieht so aus, als seien Kasimira und ich zum gleichen Ergebnis gekommen.«

Kapitel 49

Aus der Ferne sah Wálkaha wie ein Ameisenhaufen aus. Es hatte die Form eines steil ansteigenden Hügels, und wie in einem Ameisenhaufen gab es mehrere Königinnen.

Doch nicht Insekten hatten diese Erhebung geschaffen, sondern Menschen. Es war eine Stadt, eine Stadt aus Stein.

Anneschka und Marie näherten sich Wálkaha auf Pferden. Hinter ihnen marschierte eine Schar Skret. König Tibor hatte sie mitgeschickt, weil sie seine Tochter beschützen sollten.

Sie hatte Wodnislaw in aller Eile verlassen. Wodnislaw war nicht die Stadt, die sie gesucht hatte. Beim Anblick des angeblichen Drachen hatte Anneschka ihren Irrtum sofort erkannt und den Blick nach Westen gerichtet.

Wálkaha war die größte Stadt. Diesmal war Anneschka sich sicher.

Zwischen ihr und ihrem Ziel lagen die Buschlande. Es war eine Landschaft aus versengter Erde und Dornen, aus Geröll und blühenden Sträuchern. Und tiefen Löchern.

»Das sieht ja aus wie auf dem Mond«, sagte Marie, als sie die Gruben betrachtete.

»So ein Unsinn«, fuhr Anneschka sie an. »Der Mond ist vollkommen eben.«

»Aber meine Schwester hat gesagt, er ist voller Krater.«

»Deine Schwester ist ein ganz dummes Mädchen.«

»Ist sie nicht!«, rief Marie. »Imogen hat den Schattenfalter gerettet! Und sie hat den Eingang in diese Welt gefunden! Meine Schwester weiß sehr viel.«

Anneschka drehte sich zu den Soldaten um. Hatten sie etwas gehört? Mit sanfter, leiser Stimme fragte sie: »Deine Schwester hat den Eingang in diese Welt gefunden? Was genau meinst du damit?«

Marie presste die Lippen zusammen und dachte nach. Diesen Gesichtsausdruck kannte Anneschka bereits. Bevor das hier vorbei ist, werde ich das Mädchen besser kennen als meine eigene Mutter, dachte sie. Und vermutlich werde ich das Kind genauso sehr hassen wie sie. Aber unsere Schicksale sind miteinander verknüpft, auf Gedeih und Verderb …

»Ich hab Durst«, sagte Marie.

»Ist mir egal«, sagte Anneschka. »Erkläre mir, was du gemeint hast, dann bekommst du vielleicht etwas zu trinken.«

Marie warf einen sehnsüchtigen Blick auf den Wasserschlauch, der an Anneschkas Sattel hing. »Ich bin nicht aus Jaroslaw«, flüsterte sie.

»Ach nein?«

Marie fuhr sich mit der Zunge über die trockenen Lippen. »Ich komme aus einer anderen Welt.«

Eine normale Erwachsene hätte ihr vorgeworfen, dass sie log, aber Anneschka besaß ein Gespür für die Wahrheit. Aus einer anderen Welt … das erklärt, warum das Kind so seltsam ist, dachte sie.

Sie befahl den Skret anzuhalten und reichte Marie den Wasserschlauch. Das Kind trank glucksend. »Wie bist du denn aus deiner Welt herausgekommen?«, fragte Anneschka. »Gibt es da etwas wie eine Brücke?«

Marie zögerte. Sie wirkte misstrauisch. »Es gibt eine Tür.«

»Wie interessant … und wie ist es so, dieses Reich, aus dem du kommst?«

Eine Biene, groß wie ein Knödel, summte von einem Busch zum anderen. Marie folgte ihr mit den Blicken. »Ach, ich weiß nicht. Ziemlich langweilig … im Vergleich zu dieser Welt, meine ich.«

»Gibt es dort Drachen?«

Marie schüttelte den Kopf.

»Seid ihr reich? Sind die Straßen mit Gold gepflastert?«

Wieder schüttelte Marie den Kopf.

»Ist euer König verheiratet? Oder alleinstehend?«

»Also, wir haben eine Königin«, sagte Marie. »Aber sie darf nicht sehr viel machen. Sie wird nur zu besonderen Gelegenheiten rausgelassen, dann schneidet sie Bänder durch und winkt den Leuten zu.«

Na gut. Das klang nicht sehr vielversprechend …

Anneschka ließ die Pferde weitergehen, zwischen Löchern und Felsbrocken suchten sie sich ihren Weg.

»Woher weißt du, dass dieses Königreich das größte ist?«, fragte Marie. Seit sie Wasser bekommen hatte, war sie wieder munter.

»Hast du keine Augen im Kopf?«, rief Anneschka. »Sieh doch mal!« Die Termitenstadt glitzerte in der Sonne. Die Gebäude knieten eins auf den Schultern des anderen, und jedes versuchte, am höchsten zu sein, aber keins konnte mit dem Palast ganz oben mithalten. Er leuchtete so hell, dass Anneschka den Blick senken musste.

Doch Marie schien es nicht zu begreifen. »Du glaubst, dieses Reich ist am größten, nur weil es so aussieht?«

»Sei doch nicht albern«, sagte Anneschka. »Wálkaha ist eine sehr wohlhabende Stadt. Die fünf Königinnen besitzen mehr Silber, als es in Wodnislaw, Jaroslaw und den Namenlosen Bergen zusammen gibt. Ich wette, auch deine Welt kommt da nicht mit.«

Ach, was sie mit so viel Silber alles anfangen konnte. Die Soldaten, über die sie befehlen würde. Die Menschen, die sie ihrem Willen unterwerfen würde.

Das Kind schien eine Weile nachzudenken. »Aber wenn Wálkaha schon fünf Königinnen hat, ist vielleicht kein Platz für noch eine.«

Anneschka lächelte spöttisch. »Ich werde schon Platz schaffen.«

»Wie denn?«, fragte Marie.

»So wie immer. Herausfinden, was die Leute wollen. Und ihnen weismachen, dass ich es habe.«

Darauf sagte das Mädchen nichts mehr. Hinter ihnen klirrten die Kettenhemden der Skret.

Nun konnte man die Straßen von Wálkaha in ihren Häuserschluchten erkennen. Und dort war das halbrunde Tor zur Stadt. Auch die berühmten Silberschmieden dicht unterhalb der Bergkuppe waren zu sehen.

»Hast du das auch mit König Tibor gemacht?«, fragte Marie. »Hast du ihm weisgemacht, dass du etwas hast, was er haben wollte? König Tibor hat seine älteste Tochter verloren. Er wollte einfach glauben, dass du das bist.«

Anneschka warf den Kopf zurück. Es passte ihr nicht, dass ihre Methoden analysiert und die heiklen Einzelheiten benannt wurden. »Weißt du«, sagte sie, »dass es in den Kolsaniwäldern eine Ameisenart gibt, die ihre Feinde nachahmt? Sie schleichen sich in die Nester von rivalisierenden Ameisen, töten die Königin und richten sich häuslich ein.«

Marie lauschte mit schräg gelegtem Kopf.

»Die Arbeitsameisen können keinen Unterschied zwischen den beiden Königinnen erkennen und füttern die Schwindlerin weiter. Wenn ihre Nachkommen dann aus den Eiern schlüpfen, töten sie alle Arbeiterinnen und nehmen das Nest selbst in Besitz.«

Das Kind sah Anneschka ausdruckslos an. Es hatte eindeutig keine Ahnung, was vor sich ging. Mit einem Seufzer blickte Anneschka auf die Stadt vor ihnen.

»Das da ist *unser* neues Nest«, sagte sie.

Kapitel 50

Imogen, Miro und Perla wurden in König Tibors Thronsaal verurteilt, umgeben von Skretklauen und Lanzen. Imogen hatte nicht erwartet, dass ihr Besuch so enden würde. König Tibor saß in einem besonderen Gewand und einem Schlapphut aus Samt auf seinem Thron. Prinzessin Kasimira hockte neben ihm.

»Ihr habt schwere Verbrechen begangen«, sagte der König. »Ihr seid des Hochverrats angeklagt, der Verschwörung gegen Prinzessin Paula, der Hochstapelei, denn ihr habt euch als königliche Personen ausgegeben und« – Tibor räusperte sich – »ihr habt nicht brav mitgespielt.«

Imogen ballte die Fäuste. Nicht einmal die Hälfte davon stimmte, und der Rest war wirklich unfair.

»Bekennt ihr euch schuldig?«, brüllte Tibor.

»Nein, wir sind unschuldig!«, riefen die Kinder.

Der König wandte sich Konja zu. »Und du, garstiges Untier, bist wegen Mordes angeklagt. Eine arme, wehrlose Eidechse … Kasimiras Liebling … was hast du dazu zu sagen?«

Konja fauchte die Wachen an, die zwischen ihr und den beiden Thronen standen. Mehrere Menschen wichen zurück. Sogar die Skret zuckten zusammen.

»Konja hat keine Schuld!«, rief Perla, die endlich ihre Stimme wiedergefunden hatte. »Haltet sie da heraus!«

»Die Katze hat mein Püppi gefressen!«, kreischte Kasimira.

Imogen schob die Hand in die Tasche. Unter der kühlen Haut des Molchs spürte sie sein Herz klopfen. Vielleicht sollte sie ihn zurückgeben … und gestehen, dass Perla und sie Kasimira einen Streich gespielt hatten.

Aber sie konnte sich nicht dazu überwinden. Der Molch war so klein und so schlaff. Es war, wie Perla gesagt hatte – Kasimira hätte ihn totgespielt.

»Ich habe alle Beweise geprüft«, sagte König Tibor, »und entschieden, dass ihr eine Gefahr für meine Töchter seid. Ihr seid ganz ohne Zweifel schuldig.«

»Nein!«, rief Miro.

»Miezekätzchen«, kreischte Kasimira. »Ich will das KÄTZCHEN haben!«

»Das tut mir leid, meine kleine Zuckerschnute«, sagte der Vater, »aber das Kätzchen muss bestraft werden. Ich besorge dir ein anderes, das verspreche ich.«

»Bringt sie fort!«, befahl König Tibor. Die Wachen ergriffen die Gefangenen. »Ich will, dass sie beim ersten Tageslicht hingerichtet werden.«

Kapitel 51

Die Wachen warfen die Kinder in eine Zelle. Dort gab es weder Möbel noch Fenster. Nichts außer vier Wänden und einem Eimer.

»Das ist nicht gerecht!«, rief Imogen. Sie trommelte mit den Fäusten gegen die Tür und schrie, so laut sie konnte.

Miro stand einfach da und starrte in die Luft. Perla verkroch sich in eine Ecke und hielt sich ganz fest die Ohren zu. Konja machte das Gleiche mit den Vorderpfoten.

Aber Imogen kümmerte es nicht, was die anderen dachten. Sie musste aus dieser Zelle heraus. Sie musste zu ihrer Schwester. Sie hörte auf zu schreien und fing an, gegen die Tür zu treten.

»Imogen, hör auf!«, sagte Miro. »Ich möchte dir was sagen.«

»Und welchen Sinn soll das haben?« Imogen trat noch kräftiger gegen die Zellentür. »Morgen früh werden wir hingerichtet!«

»Es geht um Marie. Sie war hier – in dieser Festung.«

Imogen erstarrte. »Woher weißt du das?«

Miro erzählte den beiden Mädchen, was er erfahren hatte – dass König Tibor glaubte, Anneschka wäre sein lange vermisstes Kind, und dass sie abgereist war, kurz bevor die Kinder angekommen waren. »Die Uhr hat uns an den richtigen Ort geführt«, schloss er. »Wir sind bloß zu spät gekommen.«

»Hat König Tibor irgendetwas über die Kruttemosch gesagt?«, fragte Perla.

Miro schüttelte den Kopf, und Perla verbarg das Gesicht in den Armen.

»Um ehrlich zu sein«, flüsterte Miro Imogen zu, »es sieht so aus, als wären die Kruttemosch ihm egal … Hauptsache, seine Töchter sind in Sicherheit.«

»Es ist hoffnungslos, oder?«, sagte Perla, ohne aufzublicken. »Ich werde Tomil niemals wiedersehen. Was hat es für einen Sinn, Landkarten zu zeichnen und mit Königen zu sprechen – was hat überhaupt noch Sinn?«

Imogen konnte Perlas Verzweiflung nachvollziehen. Sie wusste, was ihre neue Freundin meinte. Ohne Marie zu sein war, als würde sie von einem Schatten verfolgt. Nein, es war kein Schatten, sondern ein schwarzes Loch. Ein Nichts an der Stelle, wo ihre Schwester hätte sein sollen. Eine Leere, die alle Freude aus der Welt heraussaugte.

Vielleicht war es für Perla sogar noch schlimmer. Ihr Bruder war schon seit einer ganzen Weile nicht mehr gesehen worden. Und, daran hatte Imogen noch gar nicht gedacht, Perla war die Jüngere der beiden Geschwister. Eigentlich aber sollte das ältere Kind das jüngere retten, oder nicht?

Imogen rückte näher an ihre Freundin heran. Im Umarmen war sie nicht besonders gut, aber vielleicht konnte sie stattdessen etwas Tröstendes sagen. »Weißt du, Perla, jemand hat mir mal gesagt, dass die Sterne Ereignisse mit einer besonderen Absicht einfädeln.«

Perla hob den Kopf. »Das war ich … das hab ich selbst gesagt.«

»Die Sterne bringen Menschen aus bestimmten Gründen zusammen«, sagte Miro. »So wie Imogen und dich und mich.«

»Aber ihr seht doch, wo uns das hingeführt hat«, jammerte Perla. »Beim ersten Morgenlicht werden wir umgebracht.«

Konja stieß ein trauriges Miau aus.

Imogen schob sich die Hände in die Achselhöhlen. Sie schmerzten, weil sie so wild gegen die Zellentür getrommelt hatte. »Hör mal«, sagte sie, »ich weiß nicht, wo Tomil ist. Ich weiß nicht, wie wir aus dieser Klemme rauskommen. Und was in den Sternen geschrieben steht, weiß ich erst recht nicht.«

Perla blickte sie sorgenvoll an. Diese Worte munterten sie nicht auf …

»Aber ich weiß, dass wir uns etwas geschworen haben«, fuhr Imogen fort. »Und wir haben unsere Aufgabe nicht erfüllt – noch nicht.«

Perla schniefte. »Ich wünschte bloß, ich wüsste, wo mein Bruder ist.«

Imogen fiel ein, wie ihr selbst zumute gewesen war, als sie erkannt hatte, dass das rothaarige Mädchen doch nicht Marie war. In dem Moment hatte sie sich nur ganz klein machen und verkriechen wollen. Aber da waren Perla und Miro angerannt gekommen.

»Wir geben nicht auf, bis wir deinen Bruder gefunden haben«, sagte Imogen. »Du brauchst ihn nicht allein zu suchen.«

Miro nickte heftig.

Perla blickte von ihrer Freundin zu ihrem Freund. Dann sprang sie auf die Füße, schob sich das widerspenstige Haar aus dem Gesicht und schüttelte die schlimmste Traurigkeit ab. »Gut«, sagte sie mit einem Nicken. »Es ist erst vorbei, wenn die Ochsenfrösche singen.«

Kapitel 52

»Tibor hat gesagt, dass Anneschka nach Wálkaha geritten ist«, berichtete Miro. »Keine Ahnung, wo das liegt.«

»Wálkaha ist die Hauptstadt der Buschlande«, erklärte Perla. »Das ist das Königreich im Westen. Ich frage mich, was Anneschka da will …«

»Sie glaubt wohl, da wäre es besser als hier.« Imogen deutete auf den Eimer in der Ecke ihrer Zelle. »Ich finde, das ist verständlich.«

Miro prustete los, und Perla sah aus, als wolle sie widersprechen, doch da hörten sie vor der Zellentür ein Geräusch. »Wen haben wir denn hier?«, sagte ein Skret.

Konja fauchte. Imogen drehte sich um. Diese Knisterstimme kam ihr bekannt vor …

Ein Guckloch öffnete sich, und darin erschien ein gelbes Auge. »Sie sagen, sie hätten nicht genug kleine Menschen – weil die immer gestohlen werden.« Der Skret schloss die Tür auf und trat in die Zelle. »Und jetzt habe ich hier gleich drei Welpen auf einmal! Soll ich das als Segen betrachten oder als Fluch?«

»Zuby!«, rief Imogen und fiel ihm um den Hals. Sein Körper war knochig und hart. Es war nicht gerade eine kuschelige Umarmung, aber Imogen freute sich so, ihn zu sehen.

»Was machst du denn hier?« Miro blieb die Luft weg. Flüsternd fuhr er fort: »Du bist vorhin aus der Sternenuhr gekommen.«

»Das hier ist mein Gefängnis«, sagte der Skret. Er deutete auf die Zelle, als sei er stolz darauf.

Imogen fuhr zurück. War er denn nicht gekommen, um sie zu befreien?

»Falter und Gefangene«, sagte Zuby. »Das kann Zuby am besten. An Faltern haben die Menschen kein Interesse. Aber Gefängnisse … die gibt es in jedem Königreich.«

»Du darfst nicht für Tibor arbeiten!«, rief Imogen. »Er ist böse!«

Zuby wirkte verunsichert. »Er ist kein Král. Darauf können wir uns einigen. Aber sagt mal, kleine Menschen, warum seid ihr mal wieder in meinem Gefängnis gelandet? Warum seid ihr nicht zu Hause bei euren Familien?«

Imogen dachte an ihre Mutter und hoffte, dass der Falter ihre Nachricht überbracht hatte. Sie hoffte auch, dass Mama sich nicht nächtelang Sorgen machte oder tagelang den Park absuchte. Und hoffentlich hatte jemand Mrs Haberdash besucht …

Zuby deutete auf Imogen. »Ich hatte den Falter losgeschickt, um dich zu suchen. Ich hatte ihn gebeten, dich nach Hause zu begleiten. Und trotzdem bist du wieder hier und machst Ärger!«

»Meine Schwester ist entführt worden!«, rief Imogen.

Zuby kratzte sich den Kopf. »Ach so, ich verstehe.« Seine großen, kreisrunden Augen wandten sich Perla zu. »Und was ist mit dir? Was hast du für eine Entschuldigung?«

Bei dieser Frage schrumpfte Perla. Erwachsene waren seltsam. Skret auch. Irgendwie waren sie ihr alle nicht sympathisch. »Ich rette meinen Bruder aus den Händen der Kruttemosch.« Ihre Stimme war so sanft wie der Flügelschlag eines Falters.

»Und du?«, wandte Zuby sich an Miro. »Ich dachte, du müsstest jetzt als König arbeiten?«

»Ich helfe meinen Freundinnen«, sagte Miro.

»Aha, dann haben Könige also doch Freunde.« Zubys Gesichtszüge wurden weicher. »Und wie gefällt es dir, König zu sein?«

»Ach, es ist toll …«, sagte Miro nicht sehr überzeugend. Er drehte wieder an seinen Ringen. »Ich kann bis Mitternacht aufbleiben und riesige Festessen veranstalten.«

»Verstehe.« Zuby musterte den Jungen. »Sind das deine Aufgaben als König?«

Imogen spürte, dass sich in ihrer Tasche etwas bewegte. Der Molch! Sie hatte ihn ganz vergessen. Mit beiden Händen hob sie ihn heraus. Er wand sich nicht und versuchte nicht zu entkommen. Er hing einfach quer über ihrer Hand, schlaff wie ein Körnerkissen.

»Was ist das?« Miro kam näher heran.

»Das ist Kasimiras Molch«, sagte Perla. »In Wirklichkeit hat Konja ihn nämlich gar nicht aufgefressen.«

»Warum gebt ihr ihn nicht zurück?«, fragte Zuby erschrocken.

Der Molch schien erschöpft zu sein. Er konnte kaum noch den Kopf heben. »Kasimira hat ihn fast umgebracht«, sagte Perla.

»Habt ihr die Wachen nicht gehört?«, rief Zuby. Er fuchtelte verzweifelt mit den Klauen. »Sie werden *euch* umbringen. Gebt den Molch zurück, dann lassen sie euch vielleicht laufen!«

»Wenn der Molch ein Falter wäre, würdest du nicht so reden«, grummelte Imogen. Der Molch hatte Saugnäpfe an den Zehen, und sie spürte, wie er sich damit an ihrer Hand festsaugte, als würde er sich anklammern, als würde er sie um Hilfe bitten.

»Aber das da ist kein Falter«, sagte Zuby. »Das ist eine Kaulquappe mit Beinen. Denk an deine Familie. Was würde deine Mutter sagen? Du kannst nicht immer alle retten. Manchmal muss man an sich selbst denken.«

»Du klingst wie Tibor«, sagte Miro.

Zubys Schultern sackten nach vorn, sodass seine Klauen den Boden berührten. »Das kann sein.« Er betrachtete die Kinder mit traurigem Blick, dabei sah er aus wie der hässlichste Welpe der Welt. »Es ist nicht ehrenvoll, für diesen Mann zu arbeiten.«

Imogen schob den Molch wieder in die Tasche. »Warum bist *du* denn hier, Zuby?«, fragte sie.

Zuby hielt den Blick auf Imogens Tasche gerichtet, aus der der schwarze Molchschwanz hervorlugte. »Diese Stadt ist gut«, sagte der Skret, »auch wenn der König nicht gut ist.«

»Was ist an Wodnislaw gut?«, fragte Miro. »Hier fault doch alles, weil es so feucht ist.«

»Hey.« Perla sah ihn ärgerlich an.

Zuby winkte ab. »Das meine ich nicht.«

»Er meint die Menschen«, erklärte Perla. »Papa sagt, in den Tieflanden sind wir ganz besonders freundlich. Viel freundlicher als überall sonst. Und Papa weiß eine Menge über Menschen.«

»Dein Vater hat recht«, sagte der Skret. »Die Menschen in Jaroslaw sind engstirnig. Sie sitzen schon zu lange in ihrem Tal fest.«

Perla lächelte zufrieden. Miro wollte widersprechen.

»Aber ich hab nicht die Menschen gemeint«, sagte Zuby. »Eine Stadt besteht ja nicht nur aus Menschen, versteht ihr. Sie wird von Wäldern und Bäumen geformt, von Flüssen und Bergen und manchmal – wenn man Glück hat – auch von ihrem Sertze.«

Sertze? Imogen kannte das Wort … Miros Onkel hatte ein Sertze Hora besessen. Er hatte es gestohlen und versteckt. Das ganze Königreich hatte seinetwegen gelitten.

Miro drehte den Eimer um und setzte sich darauf. Er stützte die Ellbogen auf die Knie und den Kopf in die Hände. »Ich dachte, Jaroslaw wäre die einzige Stadt mit einem Sertze gewesen«, murmelte er.

Imogen überlegte, wie diese Neuigkeit wohl auf ihn wirkte. Der alte Miro wäre aufgebracht gewesen – der neue Miro schien einfach sehr müde zu sein.

»Es gibt viele Arten von Sertzes«, sagte Zuby. »Es sind schöne, Leben spendende Steine. Und die Tieflande haben ein eigenes Sertze … ich kann es spüren.«

Der Skret legte sich eine Hand auf die Brust, als spüre er gerade, wie es in ihm pochte. Imogen tat es ihm nach. Sie hielt den Atem an und wartete, aber sie fühlte nur das Klopfen ihres eigenen Herzens.

»Es ist anders als das Sertze, mit dem ich aufgewachsen bin«, sagte Zuby. »Es schlägt nicht für die Berge und die Bäume. Es schlägt für die Nixen und die Flüsse. Das Sertze Woda. So heißt es.«

Imogen legte das Ohr an die Zellenwand und hörte Rauschen. Der Fluss musste ganz in der Nähe vorbeifließen.

»Wir Skret haben ein Gespür für solche Dinge – oder jedenfalls ein besseres Gespür dafür als Menschen.« Zuby schlang die langen Arme um seinen Körper. »Es ist schön zu fühlen, wie es schlägt … Das erinnert mich an zu Hause.«

»Früher haben Tomil und ich nach dem Sertze gesucht«, sagte Perla. Sie sah aus, als sei sie unsicher, ob sie das laut aussprechen dürfe. »Konja fand das nicht so gut.«

»Konja hatte recht«, sagte Miro. Als sie ihren Namen hörte, blickte die Schneehulark auf. »Man sollte Sertzes nicht suchen. Diese Steine müssen an ihren Plätzen liegen bleiben.«

»Es war Tomils Idee«, sagte Perla abwehrend. »Er hat mich immer zu Mutproben herausgefordert. Ich sollte auf einen Baum klettern und ein Krähennest suchen oder den Arm in eine Aalreuse stecken. Einmal sollte ich mit dem Kopf untertauchen, und ich dachte, ich hätte das Sertze gefunden, aber es war bloß eine alte Fischerboje.« Bei dieser Erinnerung bekam sie Grübchen in den Wangen. »Wir haben … ihr wisst schon … was Geschwister eben so machen.«

Aber ich hätte nicht getan, was Tomil sagte, dachte Imogen. Sie musste allerdings zugeben, dass es einfach wie eine gefährlichere Version der Abenteuer klang, die sie mit Marie unternahm.

»Jedenfalls«, schloss Perla, »haben wir das Sertze Woda nicht gefunden. Wo immer es ist, es ist supergut versteckt.«

»Gut«, sagten Zuby und Miro gleichzeitig.

Dann räusperte der Skret sich plötzlich. »Schön, genug in Erinnerungen geschwelgt«, verkündete er mit seiner kratzenden Stimme. »Egal, was ihr angerichtet habt, wir können nicht zulassen, dass kleine Menschlein umgebracht werden.«

»Du befreist uns?«, fragte Imogen voller Hoffnung.

Der Skret fuhr sich mit den Klauen über den Schädel. »Ähm … ja, ich denke, so könnte man es ausdrücken.«

Kapitel 53

Imogen blickte nach unten auf das strudelnde Wasser. Sie stand auf einem hölzernen Balkon auf der Rückseite von König Tibors Festung. »Hier könnt ihr runterspringen«, sagte Zuby. »Der Fluss wird euch forttragen.«

Es sah aus, als wäre die Strömung nicht besonders stark, aber Imogen wusste, dass das täuschen konnte. Mamas Bruder war einmal fast ertrunken, als er versucht hatte, einen Hund aus einem Fluss zu retten. Am Ende hatte der Hund ihn dann gerettet. In Flüssen gab es unter Wasser häufig Strömungen – das jedenfalls sagte Mama. Man wusste nicht immer, wo man hineinsprang …

»Können kleine Menschen oben auf dem Wasser treiben?«, fragte Zuby.

»Ja«, sagte Perla. »Aber Konja mag es nicht, wenn ihre Pfoten nass werden.« Die Schneehulark hatte den Schwanz zwischen die Beine geklemmt.

»Ich weiß nicht, ob ich gut treibe«, sagte Miro.

Der Fluss strömte direkt unter dem Balkon entlang. Am anderen Ufer lagen Felsblöcke, und dazwischen wuchsen tief verwurzelte Bäume. Das Wasser rauschte im Bogen um die Festung herum und war dann nicht mehr zu sehen.

»Jetzt hört mir zu«, fuhr Zuby fort. »Ich würde das nicht vorschlagen, wenn mir etwas anderes einfiele. Aber wenn ihr durch die Festung fliehen würdet, könnten die Wachen euch entdecken.« Er warf einen Blick auf das Wasser. »Auf diesem Flussabschnitt sind Boote nicht erlaubt, das heißt aber nicht, dass ihr hier sicher seid.« Der Skret zählte die Gefahren an den Klauen ab. »Hütet euch vor Matschglitschen und vor Flusskraut. In dem Zeug kann man sich verheddern. Sprecht nicht mit den Nixen und achtet auf jeden Fall auf die Aalreusen.«

Die Kinder nickten.

»Das Wasser wird euch bis zu einem Baumkreis bringen, den man den Kreis von Jasanai nennt. Da treffen wir uns.«

»Du musst jetzt unseretwegen hier verschwinden, oder?«, sagte Imogen. »Weil du uns zur Flucht verholfen hast … wieder einmal.«

»Ihr könnt euch später bedanken«, murmelte Zuby, »indem ihr sicher nach Hause gelangt. Ich will versuchen, eure magische Uhr mitzunehmen. Und auch ein paar Pferde – ich glaube, die werdet ihr brauchen.«

»Aber König Tibor könnte dich erwischen«, sagte Perla.

»Ach, keine Sorge.« Zuby lächelte. »Die Skret hier sind faul, und die Menschen … na, das sind eben Menschen. König Tibor wird erst bei Anbruch der Nacht merken, dass ihr verschwunden seid. Bis dahin bin ich längst unterwegs.«

»Danke, Zuby«, sagte Miro. »Ich werde dafür sorgen, dass du gerecht entlohnt wirst.« Er sagte das in einem hochnäsigen Tonfall, den Imogen im Stillen »Miros Königsstimme« nannte.

»Das ist unwichtig.« Zuby machte mit den Klauen eine wegwerfende Geste. »Passt nur auf, dass ihr nicht ertrinkt. Jetzt ist es Zeit zu springen, ihr Menschlein.«

Imogen wollte etwas sagen, aber die Angst lähmte ihre Zunge. Wenn sie nun einen Bauchklatscher machte und ihr Bauch aufplatzte? Oder wenn sie unter Wasser auf einen Felsblock prallte? Wenn es da unten Fische mit riesigen Zähnen und mit …

Perla sprang.

Imogen und Miro schauten ihr vom Balkon aus nach. Perla fiel und fiel und – spritz! – tauchte mit den Füßen zuerst ins Wasser ein.

»Passt auf!«, rief Zuby, denn Konja sprang auf die Balkonbrüstung. Wie ein pelziger Blitz sauste sie in die Tiefe.

Die Schneehulark landete mit einem größeren Platsch im Wasser als Perla. Sie tauchte wieder auf und blickte zu ihrem Frauchen hinüber. Dann schwamm die große Katze mit erstaunlichem Tempo los, paddelte kräftig mit den Beinen und richtete den Schwanz steil auf, als wäre er eine Flosse. Perla hielt sich an Konja fest, und der Fluss trug beide mit sich fort.

»Jetzt seid ihr dran«, sagte Zuby. »Schnell, bevor uns jemand sieht.«

Imogen wurde flau im Magen.

»Ich will nicht ertrinken!«, rief Miro. Er hatte seine Königsstimme verloren.

Imogen war schlecht vor Nervosität, aber sie musste jetzt für zwei tapfer sein. Miros Angst gab ihr Kraft. Sie kletterte auf die Balkonbrüstung. »Komm«, sagte sie. »Zusammen schaffen wir das.«

Der Wind fuhr durch ihr kurzes Haar. Der helle Himmel schien zu wabern. Ihre Stiefelspitzen ragten über die Balkonbrüstung hinaus. Unter ihr rauschte Wasser, dunkel und tief. Man weiß nicht immer, wo man hineinspringt. Man weiß nicht immer –

»Der Baumkreis«, rief Zuby. »Da findet ihr mich! Vergesst das nicht.«

Jetzt kletterte auch Miro auf die Brüstung. Er stellte sich neben Imogen, und sie nahm seine Hand. »Nicht loslassen«, sagte sie. Einen Moment lang hatte sie das Gefühl, Marie neben sich zu haben – und sie an der Hand zu halten.

Miro nickte wortlos. Und dann sprangen sie.

Kapitel 54

Freier Fall.

Dann tauchte Imogen ins Wasser ein.

Kälteschock.

Sie öffnete die Augen, als Miro ihre Hand losließ, weil der Fluss ihn fortzog. Seine Finger verschwanden in einem Strudel von Blasen. »NEIN!«, schrie Imogen. Sie schluckte Wasser. Hier unten war es dunkel. Sie musste nach oben. Sie brauchte Luft! Und Licht!

Und dann tauchte sie auf. Sie keuchte, einmal, zweimal. »Miro!«, schrie sie in den Himmel. Irgendwo über ihr lachten Flussmöwen. Ein glatter Körper strich an ihrem Bein vorbei, aber schon trieb sie um die Flussbiegung. Die Festung blieb hinter ihr zurück. Doch wo waren Miro und Perla?

Sie strampelte aus Leibeskräften, um oben zu bleiben. Sie kam an Fischreusen, Wassermühlen und kaputten Booten vorbei. Auf einer Brücke schmuste ein Pärchen. Manches war hier genauso wie in der Welt, aus der sie kam.

Imogen trieb unter einer Brücke hindurch, unter der Ratten pfiffen, und danach kam ein dunkler Tunnel. Sie war erleichtert, als sie auf der anderen Seite wieder ausgespuckt wurde.

Der Fluss trug Imogen aus Wodnislaw hinaus. Sie bemühte sich, nach dem Baumkreis Ausschau zu halten, aber vom Fluss aus etwas zu erkennen war schwierig. Vom Wasser aus wirkten die Gänse am Ufer so groß wie Kühe, und selbst die Blumen waren riesig. Sie wünschte, sie könnte einen tief hängenden Ast packen und sich daran auf das trockene Land hinaufziehen.

Etwas Krautartiges wickelte sich um Imogens Knöchel. Sie tauchte, um ihren Fuß zu befreien. Aber was sie da festhielt, war keine Pflanze, sondern ein langer Aal. Japsend tauchte Imogen wieder auf. »Miro?«, rief sie. Der Fluss antwortete mit Geplätscher. Sie versuchte, den Aal mit einem Tritt vom Fuß zu schleudern, aber er wickelte sich nur noch fester um ihren Knöchel. »MIRO!«, kreischte sie. »HILFE!«

Der Aal zog sie nach unten.

Durch die Blasen nach unten.

Durch das glitschige Kraut nach unten.

Jetzt konnte Imogen sehen, dass das, was sich um ihren Fuß gewickelt hatte, gar kein Aal war, obwohl es die gleiche Form hatte. Es war der Schwanz eines Flussnixes. Der Nix war halb Mann, halb Aal. Er hatte trübe Augen und grünes Haar.

Er zog Imogen näher an sich heran. Wieder versuchte sie, sich durch Tritte zu befreien, aber sein Schwanz wand sich wie ein Korkenzieher um ihre Beine. Hände mit Schwimmhäuten schlossen sich um ihren Hals. Sie wusste, dass sie besiegt war.

Das Letzte, was ich sehen werde, ist dieses Gesicht, ging es ihr durch den Kopf. Ein Gesicht mit Alien-Augen.

Blasen stiegen zwischen ihren Lippen auf. Starr vor Entsetzen spürte Imogen, wie der dicke Schwanz ihren Brustkorb zusammendrückte.

Ich werde meine Schwester niemals retten! Ich werde meine Mutter niemals wiedersehen! dachte sie.

Imogen hatte nicht gemerkt, wie der Molch aus ihrer Tasche geschlüpft war, aber plötzlich schwamm er neben ihr. Zwischen ihr und dem Flussnix.

Man weiß nicht immer, wo man hineinspringt …

Dann ging alles sehr schnell. Der Molch saugte sich an der Stirn des Flussmannes fest und wurde dabei ganz hell, er glühte grün wie ein Knicklicht. Der Nix erschrak, und seine Augen weiteten sich.

Was machte der Molch da? Teilte er dem Nix etwas mit? Imogen hatte keine Ahnung. Sie musste dieser Umklammerung entkommen, sie brauchte Luft.

Der Nix gab Imogen frei.

Hände griffen nach ihren Handgelenken und zogen sie hoch.

Aufwärts durch das Flusskraut.

Aufwärts durch die Blasen.

Aufwärts durch die Regenbogenlichter.

Ihr Kopf tauchte aus dem Wasser auf, und die Lungen sogen Luft ein.

Japsen und Spucken. Arme hielten sie.

Ihre Retter kämpften gegen die Strömung. Es waren vier Hände, zwei davon trugen Ringe. Schritte knirschten auf Kies, und sie wurde wie ein preiswürdiger Fisch auf das Ufer gelegt. Gesichter erschienen über ihr. Eins gehörte Miro, der atemlos grinste. Eins der besorgten Perla. Das dritte einer Wolfskatze, deren Fell so glatt war wie das eines Otters.

Es war wunderbar, sie zu sehen. Wunderbar, am Leben zu sein.

Kapitel 55

Imogen brannte es in Hals und Nase, als hätte sie eine Feuerqualle verschluckt. Sie lag auf dem Kies, sog in tiefen Zügen die Luft ein und wartete darauf, dass ihre Atmung sich normalisierte.

Miro und Perla hockten mit tropfenden Haaren neben ihr. »Wabbliger Wels!«, rief Perla. »Das war knapp!«

Imogen hatte keine Ahnung, was »wabbliger Wels« bedeuten sollte. Vermutlich etwas wie WOW!

»Alles in Ordnung?«, fragte Perla jetzt leiser.

Konja stupste Imogen mit der Schnauze an, als wollte sie das ebenfalls fragen.

»Ich glaube, ja«, sagte Imogen. Ihr Hals schmerzte immer noch, und sie hatte Wasser geschluckt, aber abgesehen davon ging es ihr ganz gut.

»Wir haben eine Menschenkette gebildet und dich rausgezogen.« Miro freute sich offensichtlich, dass er die Geschichte erzählen konnte.

Imogen nickte. Sie war es nicht gewohnt, gerettet zu werden, und fand es nicht besonders toll. Selbst Retterin zu sein fühlte sich besser an.

»Danke«, sagte sie.

»Gerne«, sagte Miro. Er grinste über das ganze Gesicht. »Für Könige gehört so was zum Job.«

Imogen setzte sich auf und betrachtete ihre Umgebung. Sie befanden sich auf einem kiesigen Ufer. Daran schloss sich ein Streifen aus Schlamm und Schilf an, und dahinter lagen Wiesen und Hügel.

Der Nix war verschwunden. Der Molch auch.

Konja schüttelte sich das Wasser aus dem Fell.

»Wie ist das passiert?«, fragte Perla. »Gerade noch hatten wir dich schwimmen sehen, und im nächsten Moment warst du weg.«

»Das war ein Flussnix«, sagte Imogen. »Er wollte mich ertränken, aber der Molch hat das verhindert – jedenfalls glaube ich das.«

»Wie konnte so ein winziges Tier einen Nix besiegen?«, fragte Perla verdutzt.

Imogen schüttelte den Kopf. Das wusste sie auch nicht. Hatte der Molch wirklich grün geglüht, oder hatte sie sich das nur eingebildet? Vielleicht hatte sie zu viel Flusswasser geschluckt?

»Na, dann sind wir ja quitt«, sagte Perla. »Wir haben den Molch gerettet, und der Molch hat dich gerettet.«

Miro wandte das Gesicht zum Himmel. »Was in den Wald hineinruft, kommt auch wieder heraus.«

»Das war Lofkinjes Spruch«, sagte Imogen scharf.

Warum war sie so gemein? Gerade hatte Miro ihr das Leben gerettet … Weil ich Marie niemals retten kann, dachte sie, wenn ich mich nicht mal selbst retten kann. Wie eine heiße Flamme schoss es durch ihren Körper, so sehr schämte sie sich. »Aber«, sagte sie zu Miro, »du darfst das natürlich auch sagen, wenn du möchtest.«

»Bei uns gibt es eine ähnliche Redewendung«, sagte Perla. »Was ins Wasser hineinfällt, kommt auch wieder aus dem Wasser heraus.« Sie drehte ein Boot um, und Flusskraut schwappte heraus. »Das bedeutet, wenn man gut zum Fluss ist, passiert einem etwas Gutes.«

Imogen rappelte sich hoch. Die Sonne ging schon unter, aber in der Ferne war Wodnislaw noch zu sehen. Der Fluss machte eine Biegung in die andere Richtung, sanft, als könne er keiner Fliege etwas zuleide tun … und schon gar nicht drei Kinder ertrinken lassen.

»Wie sollen wir denn jetzt den Baumkreis finden?«, fragte Miro. »Zuby wartet bestimmt schon auf uns.«

»Ich habe die Bäume einmal gemalt«, sagte Perla. Sie zog den Finger durch die Luft, als wäre sie wieder auf ihrem Dachboden und studierte eine Landkarte. Ihre Lippen waren leicht geöffnet, ihr Blick war abwesend.

Oma würde Perla als exzentrisch bezeichnen, dachte Imogen. Und die Kinder in der Schule würden noch ganz andere Wörter benutzen … Aber ich finde meine Freundin genial.

Perla senkte die Hand. »Der Baumkreis von Jasanai liegt im Süden der Tieflande«, verkündete sie. »Es sind zwölf Eschen, die oben auf einem Hügel gepflanzt wurden. Papa hat gesagt, es ist ein Aussichtspunkt. An klaren Tagen kann man von dort aus sogar die Namenlosen Berge sehen.«

»Super«, sagte Imogen. »In welche Richtung müssen wir jetzt?«

»Keine Ahnung.« Perla zuckte mit den Schultern.

Sogar Konja wirkte enttäuscht.

»Du meinst, du hast nur so zum Spaß in die Luft gemalt?«

»An die Landkarte kann ich mich erinnern«, sagte Perla abweisend. »Ich weiß bloß nicht, wo wir hier sind.«

Kapitel 56

Der Molch schwamm gegen die Strömung an. Kraftvoll schlängelte er sich flussaufwärts. Er wand sich durch einen Wald aus Flusskraut und strich am Bauch einer Forelle entlang. Er machte keine Pause. Er hatte ein Ziel.

In der Uferböschung, gleich unter der Wasseroberfläche, war ein Loch – der Eingang zu einer Höhle. Der Molch schwamm hinein. Das Wasser in der Höhle war warm wie Blut, und dort, in einer Ecke versteckt, befand sich das Sertze Woda, das Herz des Flusses.

Das Sertze war vom tiefen Blau des Vergessens. Es pulsierte, sodass sich das Wasser ringsherum kräuselte. Neben dem Herz des Flusses trieben Klumpen von winzigen Eiern, in denen sich tropfenförmige Wesen wanden. Sie hatten Schwänze und Kiemen. Der Molch kümmerte sich um sie, stupste sie näher an den Stein heran und half ihnen so, die sanfte Wärme aufzunehmen.

Schließlich war er zufrieden und ruhte sich aus. Er schmiegte sich jetzt selbst mit dem ganzen Körper an das Sertze Woda. Es war Zeit, wieder aufzutanken. Er würde alle Kraft brauchen, die er bekommen konnte.

VIER

Kapitel 57

Zuby hatte nie verstanden, was die Menschen an Pferden so faszinierend fanden. Er mochte ihren Geruch nach trockenem Gras und Pilzen. Er mochte ihr Fell. Und mit einer dicken Beerensoße serviert schmeckten sie sogar recht gut.

Aber auf einem Pferd zu reisen? Das war etwas völlig anderes. Und doch würden die kleinen Menschen Pferde brauchen, wenn ihre Suche erfolgreich sein sollte.

Als der Skret sich König Tibors Pferdestall näherte, rumorte es in seinem Bauch. Er war nicht gern bei Tageslicht draußen – es machte ihn nervös, obwohl er einen langen Mantel anhatte, der seine Haut schützen sollte.

Die magische Uhr trug Zuby in einem Bündel auf dem Rücken. Er kam sich vor wie ein Dieb, weil er sie aus Tibors Bibliothek entwendet hatte, aber ihm war nichts anderes übrig geblieben. Er musste seinen Freunden helfen.

»Was hast du vor?«, fragte der Stallmeister.

Pferde stehlen, dachte Zuby. Gefangene freilassen. Alles hinschmeißen!

»Ich habe Befehl vom König«, sagte der Skret. »Er möchte, dass ich drei kleine Pferde hole.«

Der Mann verzog das Gesicht, und Zuby fürchtete schon, er wäre ertappt worden, aber er drohte ihm nur mit dem Zeigefinger. »Guck doch mal deine Zähne an!«, rief er. »Du solltest sie abschleifen lassen. Mit solchen Hauern erschreckst du die Ponys.«

Zuby rang sich ein Lächeln ab.

Der Stallmeister brachte ihm drei aufgezäumte Ponys.

»Die Pferdesessel brauche ich auch«, sagte Zuby.

Der Mann verdrehte die Augen, ging aber zurück in den Stall. »Vermutlich meinst du Sättel«, murmelte er vor sich hin, »dummer Skret.« Er brachte die Sättel nach draußen und sattelte die Tiere.

Zuby bedankte sich und führte die Ponys zu der Landbrücke, welche die Festung mit der Stadt verband. Rechts und links strömte der Fluss. Drei Wächter in eisernen Rüstungen kontrollierten den Übergang. Zuby grüßte sie. Die Ponys trappelten hinter ihm her. So weit, so gut.

»Wo willst du mit diesen Pferdchen hin?«, fragte der menschliche Wachposten. Die anderen beiden Wächter waren Skret.

»Der König wünscht, dass sie verkauft werden«, sagte Zuby.

Die beiden Skret machten Platz, um ihn durchzulassen, aber der Mensch wollte es genauer wissen. »Wieso?«, fragte er. »Das ist eine gute Ponystute. Es wäre schade, sie wegzugeben.«

»Das ist nicht meine Entscheidung.« Zuby zwang sich wieder zu einem Lächeln.

Der Mensch schüttelte den Kopf und trat zur Seite. »Sorge dafür, dass du einen guten Preis für sie bekommst.«

Zuby war begeistert. Allmählich begriff er, wie das mit dem Lügen funktionierte.

Er führte seine nach Stroh duftenden Gefährten durch die Straßen von Wodnislaw und blieb erst wieder stehen, als er die Außenbezirke der Stadt erreicht hatte. In alle Richtungen erstreckten sich die leicht hügeligen Tieflande. Und jenseits dieser sanften Hügellandschaft lagen weitere Königreiche. Im Westen waren die Buschlande. Den Süden beherrschten die Namenlosen Berge.

Eine Flussmöwe stieß einen Warnschrei aus, und einen Moment lang hatte Zuby das Gefühl, dass er beobachtet wurde. Er sah sich um. »Das muss mein schlechtes Gewissen sein«, murmelte er und überprüfte, ob er die Uhr noch sicher auf dem Rücken trug.

Er kletterte auf das kleinste Pony und setzte sich nach Menschenart darauf – mit seitlich herunterhängenden Beinen. Das Pony trabte los, und Zuby hüpfte auf und ab. Patsch, patsch, patsch. Bei jedem Schritt schlug er auf dem Ledersattel auf.

Er versuchte, sich hinzuhocken und die Klauen in den Sattel zu krallen. Das ging besser. Das Pony sauste vorwärts, und die beiden anderen Tiere, die Zuby an den Zügeln hielt, liefen mit.

Als er den Baumkreis erreichte, wurde es dunkel. Zuby band die Ponys an, zog seinen Umhang aus und stieg zu Fuß zum Kreis von Jasanai hinauf. »Kleine Menschen?«, rief er. Doch er hörte keine Stimmen. Vielleicht waren sie eingeschlafen.

Als er sich dem Gipfel des Hügels näherte, flüsterte der Wind in den Bäumen.

Zuby hielt die magische Uhr jetzt in den Klauen. Sie erschien ihm so kostbar wie ein neugeborener Skret – so perfekt und empfindlich und auf eine ihm unerklärliche Weise vertraut und fremd zugleich.

Er trat in den Baumkreis hinein und ließ den Blick von einer Seite zur anderen wandern. Als Skret konnte er im schwachen Dämmerlicht gut sehen, aber hier oben waren keine kleinen Menschen zu entdecken.

Der Skret hätte es sich niemals verziehen, wenn sie ertrunken wären. »Es hat keinen Sinn, dass ich mir Sorgen mache«, sagte er laut. »Ich bin sicher, dass sie bald hier sein werden.«

Das Reisen zu Pferd war nicht so einfach gewesen, wie es aussah, und es hatte Zuby sehr ermüdet. Er setzte sich in die Mitte des Baumkreises. Da hörte er die magische Uhr schlagen. Er knotete das Bündel auf und hielt sich die Uhr vor das Gesicht.

Oben in der Uhr war eine kleine Tür, gerade groß genug für einen Falter. Als sie sich öffnete, zuckte Zuby zusammen. Eine winzige, in einen Umhang gehüllte Menschenfrau zockelte heraus. Sie hob beide Hände, als griffe sie nach etwas.

»Hallo«, sagte Zuby, »schön, Sie kennenzulernen.«

Die Frau antwortete nicht, denn sie war aus Holz geschnitzt. Sie kehrte in die Uhr zurück.

Kapitel 58

Zuby legte sich mitten in den Baumkreis. Auf seinem Bauch tickte die magische Uhr, das Gras unter seinem Rücken war kühl, und der Ausschnitt des Himmels zwischen den Zweigen war ein dunkelblauer Kreis.

Etwas kitzelte ihn am Knöchel. Es fühlte sich an wie eine Spinne. Er wackelte mit dem Fuß, und das Kitzeln hörte auf.

Zuby seufzte. Nach allem, was er getan hatte, konnte er nicht nach Wodnislaw zurück. Tibor würde nicht so gnädig sein wie der Král, wenn er entdeckte, dass seine Gefangenen entkommen waren.

Die Spinne kehrte zurück. Dieses Mal kroch sie an Zubys Arm hoch. Er bewegte den Arm, um sie zu verscheuchen, doch da erkannte er, dass es keine Spinne war, sondern eine Wurzel. »Tut mir leid«, sagte Zuby. »Hab dich da unten nicht gesehen.« Behutsam hob er das Würzelchen an. Es war fein und mit flaumigen Härchen besetzt.

Dann legte er sich wieder ins Gras. Tick, tack, sagte die Uhr. »Ist ja gut«, sagte Zuby und streichelte sie. Die Zeit verging, aber wo blieben die kleinen Menschen? Eigentlich hätten sie längst hier sein müssen …

Eine weitere Wurzel legte sich über Zubys Knöchel. Sie war so dick wie ein Regenwurm und auf beiden Seiten im Boden verankert. Zuby versuchte, seinen Fuß zu befreien, aber es gelang ihm nicht. »Entschuldigung«, murmelte er und schnitt sie mit einer Klaue durch.

Eine dritte Wurzel schlängelte sich auf ihn zu. Zuby sprang auf, mit der Uhr in den Armen. Dort unten im Gras, wo er gelegen hatte, wimmelte es von sich schlängelnden Wurzeln. Die Bäume wurden lebendig!

Der Skret wich zurück. Neben ihm stand ein Baum, näher, als Zuby erwartet hatte. Er stieß gegen den Stamm und wollte sich gerade entschuldigen, als der Baum ihm einen Zweig um den Bauch schlang.

»W-was ist hier los?«, rief Zuby. Er hielt die magische Uhr ganz fest. Blätterrauschen füllte seine Ohren.

Im Baumkreis erschien eine Frau in einem Umhang. Sie stand ganz still.

»Pass auf!«, rief Zuby. »Das ist gefährlich! Die Wurzeln sind –« Ein Büschel Blätter schob sich in seinen Mund.

Die Frau kam auf ihn zu. Sie hatte palisanderbraune Augen und silbrige Birkenhaut. »Kind der Berge«, sagte sie leise, »was machst du hier, so weit fort von zu Hause?«

Zuby versuchte, durch die Blätter hindurch zu sprechen, doch das war nicht möglich.

»Keine Sorge.« Die Frau hielt ihm eine Laterne ins Gesicht. »Du brauchst nichts zu sagen. Ich bin nur gekommen, um meine Uhr zu holen.«

Kapitel 59

»Heißt das, dass wir uns verirrt haben?«, fragte Miro. Er zitterte in seiner durchnässten Kleidung. Gesteppte Tuniken waren super, wenn man schneebedeckte Berge überqueren wollte, aber weniger gut geeignet, um darin in Flüsse zu springen.

»So könnte man es ausdrücken«, antwortete Perla.

»Lasst uns einfach losgehen«, sagte Imogen ungeduldig. »Wenn wir stehen bleiben, erfrieren wir noch.« Das war Mamas Satz. Ihn laut auszusprechen machte Imogen Mut.

Und so zogen die Kinder und die Schneehulark los. Imogen klebten die nassen Klamotten am Körper, und das Wasser tropfte ihr aus den Haaren und am Hals hinunter. Sie fragte sich, wo Mark wohl mittlerweile gelandet war. Ob er noch im Wirtshaus zum Wasser war und gerade mit Perlas Vater zusammen genussvoll eine warme Mahlzeit zu sich nahm?

Die Sonne versank hinter dem Horizont. Schilf wogte im Wind. Die sanften Hügel, die Imogen am Tage so freundlich vorgekommen waren, schienen jetzt Buckel zu machen wie wilde Tiere.

Odlives Worte fielen Imogen wieder ein: »Schwimmt mit dem Strom. Versucht nicht, gegen die Strömung anzuschwimmen.«

»Geh mit dem Strom, mein Fuß«, murmelte Imogen und marschierte in den dunkelnden Abend hinein.

»Hey!«, rief Miro. »Was ist denn das?« Er zeigte auf eine Anhöhe, auf der jetzt immer deutlicher die Silhouette einer Baumgruppe zu erkennen war.

»Das ist der Kreis von Jasanai!«, rief Perla und rannte los. Konja sprang in großen Sätzen hinter ihr her. Auch Imogen und Miro liefen ihr nach. Bei jedem Schritt quatschten ihre nassen Stiefel.

Die Kinder rannten durch Wiesen und Bäche. Sie kletterten über wacklige Zauntritte. Ein Sorgenteufel sprang aus einem Maulwurfshügel. »Du kommst zu spät, um deine Schwester zu retten«, fauchte er. Imogen zertrat ihn mit dem Absatz.

Am Fuß des Hügels bewegten sich Schatten in der Dunkelheit. Es waren drei Ponys. Vermutlich ließ Zuby sie hier grasen, während er oben auf die Kinder wartete.

»Wollen wir … mal kurz … verschnaufen?«, keuchte Miro. Imogen war erleichtert, dass er als Erster aufgab. Sie hatte es selbst nicht vorschlagen wollen, aber auch sie brauchte eine kurze Pause, bevor sie die Steigung in Angriff nahmen.

»Was ist denn da oben los?« Perla schaute zu den Bäumen hinauf. Sie schlugen mit den Zweigen, als wehten starke Winde.

Imogen hatte keine Ahnung. Als ihr Puls sich wieder normalisiert hatte, kraxelten sie den Abhang hinauf. Je höher sie kam, desto lauter rauschten die Blätter, bis sie brausten wie Meeresbrandung in einem Sturm.

Durch das Tosen drang eine Frauenstimme. Imogen konnte nicht sehen, wer es war und mit wem sie sprach. Die Stimme kam aus dem Baumkreis. »Ich will dir nicht wehtun«, sagte sie.

Imogen spähte an einem Baumstamm vorbei.

Mitten im Baumkreis stand Otschi. Ihre Laterne gab Licht, sodass Imogen genug sehen konnte. Die Hexe war jung und stark und tat gerade etwas Schreckliches. Imogen schlug sich die Hand vor den Mund. Sie wollte weggucken, konnte es aber nicht.

Äste peitschten durch die Luft. Holz splitterte. Wurzeln wuchsen aus der Erde. Ein Skret wurde von einem Baumstamm umklammert. Die Borke breitete sich über seine Haut aus, seine Beine waren mit Rindenfurchen bedeckt, Flechten überzogen sein Gesicht.

Es war Zuby. Der Baum hatte ihn schon halb verschlungen.

»Lass sie los!«, rief Otschi. »Lass sie los, dann höre ich auf!« Zubys Blick war voller Entsetzen, aber er konnte nicht mehr sprechen. Kleine Zweige wuchsen in seinen Mund hinein und klemmten sich zwischen seine Hauer.

Schützend hielt er etwas zwischen den Klauen. Imogen blinzelte. Es war die Sternenuhr. Zuby weigerte sich, der Hexe die magische Uhr zu geben.

»Er ist schon tot«, zischelte ein Sorgenteufel. »Er ist schon zu Holz geworden.«

Perla und Miro versteckten sich hinter benachbarten Bäumen. »Imogen!«, schrie Miro. »Wir müssen Zuby retten!«

Sie nickte verzweifelt, aber ihre Sorgenteufel hielten sie zurück. Sie ließen sich von Ästen herabfallen und wühlten sich aus dem Erdboden hoch. Sie klammerten sich an den Rand von Imogens Jacke. »Du bist nicht gut genug«, wisperten sie. »Und auch nicht mutig genug. Du versagst auf ganzer Linie, duuuuu.«

Miro rannte in den Baumkreis. Er stieß einen Kampfruf aus und schwang seinen Dolch. Doch da packte eine Wurzel seinen Fuß, und er rutschte bloß noch ein Stückchen auf den Knien weiter.

Otschi drehte sich nicht einmal um. Im nächsten Moment hatten die Wurzeln Miro gefesselt. Währenddessen drückten Äste Zubys Klauen auseinander.

»Nicht gut genug. Nicht mutig genug. Jetzt wissen Miro und Perla die Wahrheit. Du hast Marie im Stich gelassen, und gleich lässt du auch Zuby hängen.«

Imogen riss sich einen Sorgenteufel vom Nacken, doch schon kletterte ein neuer Schwarm Teufel ihren Rücken hinauf.

Da sprintete Perla durch den Baumkreis von Jasanai. Sie war schnell und leichtfüßig wie ein Hase – aber die Wurzeln waren ihr auf den Fersen und packten ihren Knöchel. Sie stürzte wie in Zeitlupe.

Imogen zerrte Sorgenteufel von ihrem Körper und schleuderte sie gegen den Baum. Platsch. Knirsch. Patsch. Wie Ofenkartoffeln fühlten sie sich an. Imogen zerschmetterte einen nach dem anderen.

Dann stürzte sie aus ihrem Versteck. »Otschi«, schrie sie über die Hügelkuppe. »Lass sie frei!«

Kapitel 60

Imogen rannte zu Zuby hinüber. Rinde und Äste hatten seine Klauen auseinandergedrückt, sein Körper war in den Baum eingeschlossen. Otschi brauchte nur noch die Hand auszustrecken und sich die Sternenuhr zu nehmen.

Durch einen Sprung entkam Imogen einer großen, sich windenden Wurzel. Ein Ast zielte auf ihren Kopf, und sie duckte sich. Jetzt war sie der Hexe ganz nah und bereit zum Sprung – doch sie wurde zurückgerissen. Sie hatte die Wurzel nicht gesehen, spürte nur, wie sie sich um ihren Bauch zusammenzog.

Imogen versuchte, sich loszureißen, aber die Wurzel war wie eine Würgeschlange. »Die Uhr gehört Ihnen doch gar nicht!«, schrie sie, während die Bäume sie von der Hexe fortzerrten.

Zuby war kaum noch zu sehen. Bis auf das Gesicht war er ganz mit Rinde bedeckt. Perla und Miro waren mit Wurzeln an den Boden gefesselt und genauso hilflos wie Imogen.

Otschi griff nach der Uhr.

Doch die Hexe hatte etwas übersehen.

Mit gesträubtem Fell und ausgefahrenen Krallen flog Konja durch den Baumkreis. Ihre Pfoten berührten kaum das Gras. Die Schneehulark wusste, worum es ging.

Sie sprang die Hexe an, und die Bäume ächzten und stöhnten. Otschi stieß einen Schrei aus. Imogen juchzte triumphierend, als Konja ihre Beute zu Boden riss.

Plötzlich waren die Hexe und die Wolfskatze nur noch ein wirbelndes

Knäuel. Krallen und Umhang. Fell und Haut. Perla feuerte Konja mit lauten Rufen an. Endlich stand die große Katze über der Hexe. Ihre Pfoten drückten Otschis Schultern auf den Boden, ihre Schnurhaare hinten der Waldhexe ins Gesicht.

Gut, dachte Imogen. Mal sehen, wie sie es findet, wenn sie selbst mit Gewalt festgehalten wird.

Die Wurzel um Imogens Bauch erschlaffte und schlängelte sich in den Erdboden zurück. Die Bäume ließen die Kinder los.

Perla und Miro rannten zu Zuby hinüber. In dem Baum, der ihn festgehalten hatte, war eine Spalte, als hätte dort ein Blitz eingeschlagen. Zuby lag ausgestreckt vor dem Stamm auf dem Boden.

»Zuby!«, rief Miro. »Bist du verletzt?«

Der Skret öffnete die großen gelben Augen. »Zuby ist zäh wie alte Pilze«, krächzte er.

Imogen zögerte. Ob Perla und Miro gemerkt hatten, dass sie Zuby als Letzte zu Hilfe gekommen war? Dass sie als Letzte den Baumkreis betreten hatte? Die beiden mussten sie für feige halten.

Aber sie konnte ihnen nicht die Wahrheit sagen, sie konnte ihnen nicht erzählen, dass Sorgenteufel sie zurückgehalten hatten. Die Freunde würden sie für verrückt erklären und als Lügnerin bezeichnen. Sie würden ihr die Freundschaft aufkündigen.

»Du bist immer noch mit Baumstückchen übersät«, sagte Miro zu Zuby.

Das stimmte. Größtenteils war die Rinde von Zuby abgefallen, aber an seinen Beinen klebte immer noch ein bisschen, es sah aus wie Schorf.

»Bitte«, sagte eine Stimme. »Hab Erbarmen.«

Imogen hatte die Hexe fast vergessen. Als sie sich umdrehte, sah sie, dass Otschi immer noch unter den Tatzen der Schneehulark lag.

»Du würdest doch einer alten Frau nicht wehtun, oder?«

Aber Konja sah so aus, als könnte das durchaus passieren.

»Alt?«, sagte Perla. »Die ist doch nicht alt!«

»In ihrem Haus sieht sie anders aus«, erklärte Imogen.

Die Sternenuhr lag vor Otschis Füßen. Sie war zerkratzt, schien aber noch zu funktionieren. Fünf Zeiger tickten harmonisch zusammen. Juwelenbesetzte Sterne schwebten über dem Zifferblatt.

Imogen hob die Uhr auf und blickte die Hexe zornig an. »Wenn wir Sie jetzt laufen lassen, versprechen Sie uns dann, dass Sie uns nie wieder verfolgen?«

Otschi zog eine Fratze. »Ich lasse mir nichts vorschreiben.«

Konja jaulte ihr ins Gesicht.

»Ich verspreche es«, rief die Hexe.

Imogen trat zu den anderen. »Was meint ihr?«, flüsterte sie.

»Es gibt nur zwei Möglichkeiten«, murmelte Miro. »Entweder töten wir sie oder wir lassen sie frei.«

Perla zog die Brauen zusammen. »Töten dürfen wir sie nicht«, stieß sie hervor. »Sie ist eine Person, keine Ratte.« Perla machte eine Kopfbewegung zu Konja hinüber, und die Schneehulark zog sich zurück.

Torkelnd kam Otschi auf die Füße.

»Du bist frei«, sagte Miro mit seiner Königsstimme. »Aber solltest du Zuby noch einmal etwas zuleide tun, dann lasse ich dich –«

»Na, was?« Die Hexe lachte. »Hinter die Berge schicken?« Ihre Augen blitzten. »Du glaubst, eure Suche wäre heldenhaft. Du glaubst, du könntest die Kruttemosch besiegen und die Welt würde dir zu Füßen liegen. Lass dir sagen, Knabenkönig – ich habe in deinen Sternen gelesen. In deiner Zukunft gibt es nur Blut und Tod.«

Miro erschrak. Konja knurrte.

»Lassen Sie uns in Ruhe«, brüllte Imogen die Hexe an.

»Und ihr«, sagte Otschi und zeigte, während sie sich zurückzog, auf die Mädchen, »die Kruttemosch sind eure kleinste Sorge.« Sie war am Rand des Baumkreises angelangt, und die Äste wiegten sich im Wind – oder vielleicht tanzten sie auch immer noch nach den Befehlen der Hexe. »Fürchtet euch vor dem Flammenvolk, verschmolzen im Gestein, fürchtet die klaffenden Mäuler und der Augen Feuerschein.«

Darauf wusste Imogen nichts zu sagen. Sollte es eine Art Gedicht sein?

Otschi warf einen letzten Blick auf die Sternenuhr, bevor sie in die Dunkelheit trat und den Abhang hinunter verschwand.

Die Kinder halfen Zuby, sich aufzusetzen, und lehnten ihn an einen Baum.

»Alles in Ordnung«, sagte der Skret. »Wirklich … ich brauche bloß einen Augenblick.«

»Das war unglaublich«, sagte Perla. »Wir waren wie ›nein!‹, und sie war wie ›doch!‹, und die Bäume waren wie …« – Perla fuchtelte mit den Armen –, »ich wusste nicht, dass Baumwurzeln so was können.«

»Ich auch nicht«, sagte Miro deutlich weniger begeistert. »Was hat Otschi mit Blut und Tod gemeint?«

Imogens Sorgenteufel schlichen sich mit selbstzufriedenen Mienen davon. Die Kinder hatten Zuby gerettet. Sie hatten die Uhr zurückbekommen. Warum also war ihr zumute, als hätten die kleinen Teufel gewonnen?

»Lass dich von Otschi nicht nervös machen«, sagte Imogen zu Miro. »Ich glaube, sie wollte uns bloß Angst einjagen.« Sie hockte sich neben Zuby und gab ihm die Sternenuhr. »Zuby, es tut mir leid, dass wir dich in Gefahr gebracht haben.«

»Ich weiß nicht, was über mich gekommen ist«, sagte der Skret. Er drehte die Uhr in den Klauen, als wäre sie ein Zauberwürfel. »Ich hätte sie der Hexe überlassen sollen, aber diese Uhr scheint etwas ganz Besonderes zu sein.«

Die Kinder setzten sich in den Baumkreis und wachten und dösten abwechselnd, bis die Flussmöwen riefen und langsam die Sonne aufging.

Die Bäume waren wieder normale Bäume und hoben sich als dunkle Streifen vom rosafarbenen Himmel ab. Als die ersten Sonnenstrahlen durch die Äste lugten, begann die Sternenuhr zu schlagen.

Zuby hielt sie hoch, und die Kinder versammelten sich um ihn herum. Konja schob die Schnauze zwischen Perla und Imogen. Ihre Schnurrhaare lagen dicht am Gesicht an.

Das Türchen in der Uhr öffnete sich, und zwei Figuren erschienen. Der Mann trug einen breitkrempigen Hut, die Frau hatte Bänder im Haar.

»Das sind Branna und Zemko«, rief Perla, »Freunde von meinen Eltern.«

Miro seufzte. »Die Uhr schickt uns im Kreis herum.«

»Nein«, sagte Perla. Sie zeigte auf einen Punkt in der Luft. »Wir sind jetzt *hier.*« Sie schwang ihren Zeigefinger wie einen Zauberstab und deutete auf einen weiteren Punkt. »*Hier* ist Wálkaha – dahin hat Anneschka Marie gebracht. Und hier«, Perla zeigte auf einen dritten Punkt, »wohnen Branna und Zemko.«

Na toll, dachte Imogen. Ich hab keine Ahnung, was das bedeuten soll.

Perla sah ihre Freunde an und wartete darauf, dass der Groschen fiel. Schließlich war es Zuby, der erklärte: »Wenn ihr kleinen Menschen nach Wálkaha reitet, wohnen Perlas Freunde am Weg.«

Kapitel 61

Die Fünf Königinnen von Wálkaha trugen ihren Schmuck wie eine Rüstung – ihre Wangen waren mit Perlen bedeckt, die Hälse mit Silber überzogen und die Brustpanzer mit Edelsteinen überkrustet. Anneschka konnte die Frauen darunter kaum erkennen. Nur ein Augenzwinkern oder Lippenzucken verriet sie.

Sie schämte sich, wie sie da vor ihnen stand. Ihr Kleid war aus der Wolle der Tieflande angefertigt. Im Haar trug sie Bänder, wie es in den Tieflanden Brauch war. Hier jedoch, im großen Saal von Wálkaha, fühlte sie sich eher wie eine Milchmagd als wie eine Prinzessin auf Besuch. Sie war froh, dass sie Marie an der Tür zurückgelassen hatte.

»Eure Majestäten«, trompetete ein Diener. »Ich erlaube mir, Prinzessin Paula aus Wodnislaw zu melden.«

Anneschka machte einen Knicks und schaute sich im Saal um. Er war ganz mit Silber ausgekleidet. Auch die Throne bestanden aus Silber. Die Königinnen trugen silbernen Kopfputz in verschiedenen Höhen und Formen.

Das also war Größe. Endlich hatte Anneschka ihr Königreich gefunden.

Die erste Königin neigte ihren Kopfputz. Sie hatte wasserblaue Augen, und über einer Wange hing ein silberner Tausendfüßler. »Was verschafft uns diese Ehre?«, fragte sie.

»Ich bin hier, weil ich Eure Kathedrale besuchen möchte«, sagte Anneschka. »Ich möchte für die Gesundheit meines Vaters beten.«

Das Mieder der zweiten Königin war vor lauter Edelsteinen ganz steif. »Ihr sucht eine sichere Unterkunft?«

Anneschka gab sich Mühe, bescheiden auszusehen, und nickte.

Die fünfte Königin stand auf. Vor ihrem Gesicht baumelten so viele Perlen, dass nur die Spitze ihres weißen Kinns zu sehen war. »Bitte, seid unser Gast«, sagte sie. Ihre Stimme war heiser, fast nur ein lautes Flüstern. »Die Prinzessin von Wodnislaw ist stets willkommen.«

Also richtete Anneschka sich im Palast häuslich ein. Marie sperrte sie in ihr Zimmer. Das Mädchen durfte ihr nicht entwischen … nicht, bevor es ihr geholfen hatte, Königin zu werden.

Aber es war alles nicht so einfach, wie Anneschka gehofft hatte. Die Königinnen pflegten mit ihren Gästen keinen Umgang. Sie verbrachten den ganzen nächsten Tag in ihrem Wohnbereich, einem abgeschlossenen Teil des Palastes. Dort hatten sie private Spazierwege, private Gemächer und sogar eine private Kirche.

Allmählich verstand Anneschka, wie sie es geschafft hatten, so lange an der Macht zu bleiben.

Jeden Abend versammelten sich die Gäste des Palastes zu einem Festmahl. Es fand im großen Saal statt, wo in langen Reihen Tafeln aufgebaut waren.

Viele der adeligen Männer trugen rote Umhänge. Die Damen bevorzugten silbernen Kopfputz, wie die Königinnen ihn trugen. Anneschka hatte sich ebenfalls einen solchen Kopfschmuck beschafft, denn sie hatte es eilig gehabt, ihre bunten Haarbänder abzulegen. Sie mochte zwar die Nachfolgerin König Tibors sein, aber sie hatte noch weitere Absichten.

Sie saß an einem Tisch und schaute sich um. Die silbernen Throne blieben leer, weil die Fünf Königinnen allein speisten, aber für das Essen hatte man keine Kosten gescheut. Jede Platte war ein Kunstwerk. Vögel waren in Vögeln gebacken worden, Schweinehackfleisch war wie Obst geformt.

Anneschka aß nur sehr wenig. Sie war hier, um zu horchen.

»Ich begreife nicht, warum wir so viel abgeben müssen«, sagte der junge Mann zu ihrer Rechten.

Anneschka tat so, als konzentriere sie sich darauf, aus einem ausgehöhlten Wildschweinkopf Suppe zu schöpfen. Dabei beugte sie sich vor, um ihren Tischnachbarn besser hören zu können.

»Sie haben nichts weiter zu tun, als auf ihren Thronen zu sitzen«, fuhr er fort. »Die Arbeit machen wir.« Sein Freund gab als Antwort nur ein Brummen von sich.

Anneschka hob einen Löffel Erbsen an die Lippen. Überraschenderweise waren sie süß.

»Na los, Surowetz«, drängte der Mann. »Du bist der Liebling der Königinnen. Du musst mit ihnen über unsere Abgaben verhandeln. Dann können wir mehr Silber für uns behalten!«

Der Mann namens Surowetz reagierte nicht. Anneschka riskierte einen Blick in seine Richtung und erkannte mit Schrecken, dass er zu ihr herüber sah. Er hatte helles Haar, ein kräftiges Kinn und einen scharfen Blick.

Anneschka schlug die Augen nieder. Sie musste vorsichtiger sein.

»Wir unterhalten uns später«, sagte Surowetz zu seinem Freund. »Hier sind zu viele Spione.«

Aha, dachte Anneschka, als die Männer sich abwandten. Die Adeligen sind also unzufrieden mit ihren Königinnen … Sieht ganz so aus, als hätte ich einen Weg gefunden.

Kapitel 62

Das Häuschen von Branna und Zemko versteckte sich hinter blühenden Bäumen.

»Was stinkt denn da so scheußlich?«, fragte Zuby.

Imogen schnupperte. Sie konnte nichts Übles riechen.

»Das ist Blütenduft.« Miro lachte. »Die meisten Menschen riechen das gern.«

Das Haus war weiß gestrichen und hatte Dachschindeln aus Holz. Ein Hund kam um die Ecke gerannt, ein kleines, lebhaftes Tier, das in Größe und Gestalt einer Fußbank ähnelte. Es blaffte die Kinder an, wurde aber still, als es Konja bemerkte. Was für eine große Katze, schien der Hund zu denken.

Steif und müde nach ihrem Tagesritt, stiegen die Kinder von ihren Ponys. Zuby hatte darauf bestanden, zu Fuß zu gehen, selbst nach Otschis Angriff. »Die Pferde und ich machen gerade eine kleine Pause«, hatte er erklärt.

Ein kleiner Junge rannte barfuß durch den Vorgarten. Seine Hose hatte Grasflecken, und er bellte. Er jagte hinter dem Hund her und tat so, als wäre er auch ein Hund. Als er den Besuch sah, blieb er stehen. »Mama«, rief er, »Mama, hier sind Leute!«

Daraufhin trat eine Frau aus dem Haus. Sie hatte ein rosiges Gesicht und ein Muttermal auf einer Wange und wischte sich die Hände an der Schürze ab. Verblüfft betrachtete sie die Versammlung vor ihrem Haus: drei Kinder, drei Ponys, eine Schneehulark und einen ziemlich verdreckten Skret.

»Branna« – Perla trat vor –, »ich bin's, die Tochter von Michal.«

»Perla!«, rief die Frau. Sie breitete die Arme aus und drückte Perla an sich. Dabei hob sie das Mädchen hoch. Imogen wünschte sich auch so eine Umarmung – eine Umarmung, die alles Schlimme wegwischen würde.

Konja rieb den Kopf am Rock der Frau, als wolle sie sich an der Umarmung beteiligen. Branna ließ Perla wieder los und betrachtete sie.

»Deine Kleider sind schmutzig«, sagte sie missbilligend. »Und was ist das hier?« Sie zupfte Flusskraut von Perlas Bluse. Imogen befühlte ihr Haar. Überall getrockneter Dreck aus dem Fluss.

»Wo kommen die her?«, fragte der kleine Junge seine Mutter.

Branna ignorierte ihren Sohn und musterte Perla von oben bis unten. »Wissen deine Eltern, dass du hier bist?«

Perla verzog den Mund. Sie schien Branna gegenüber ein wenig misstrauisch zu sein, obwohl sie doch eine Freundin der Familie war.

»Genau das habe ich die kleinen Menschen auch gefragt«, mischte Zuby sich ein.

Branna warf einen Blick auf die Beine des Skret, an denen die letzten Rindenstückchen klebten. Dann wandte sie sich an Imogen und Miro. »Und ihr?«, fragte sie. »Machen eure Familien sich denn keine Sorgen um euch?«

Imogen antwortete nicht. Branna gehörte zu den Frauen, die man nur schwer belügen konnte.

Jetzt runzelte sie die Stirn. »Ich glaube, ihr kommt mal besser rein«, sagte sie.

Im vorderen Zimmer des Hauses roch es nach Kräutern und Brot. Auf einem Schaukelstuhl lagen bestickte Kissen, und auf der Fensterbank standen Töpfe mit Sämlingen. Die Luft über dem Ofen tanzte vor Hitze. Imogen wusste sofort, dass sie hier nicht wieder weggehen wollte.

»Also, zuerst das Wichtigste«, sagte Branna. »Das Klavier ist das beste Versteck. Falls die Kruttemosch kommen, müsst ihr da reinkriechen.«

Perla nickte, als wäre es ganz normal, Kinder auf diese Weise im Haus zu begrüßen. Imogen betrachtete die schwarzen und weißen Tasten. Sie war noch nie in einem Klavier gewesen. War da drinnen überhaupt genug Platz? Sie hoffte, dass sie das niemals ausprobieren musste.

»Luki, hol die Seife«, wies Branna den Kleinen an.

Der barfüßige Junge trottete mit dem Hund auf den Fersen davon.

Branna wandte sich an Perla. »So, mein Fräulein. Haben deine Begleiter Namen?«

Perla nickte. »Das ist Zuby«, sagte sie. »Er ist Gefängniswärter ... oder jedenfalls war er das.« Zuby grinste und winkte mit einer Klauenhand. »Das hier ist Imogen. Sie ist meine Freundin von jenseits der Berge. Und das ist Miro, der König von Jaroslaw.«

Branna blinzelte Miro an. Sehr beeindruckt war sie offenbar nicht. Vielleicht dachte sie, Könige müssten größer sein.

»Es ist mir eine Ehre, Sie kennenzulernen«, sagte Miro.

»Ja«, sagte Branna. »Du bist schmutzig. Ich mache jetzt Badewasser heiß.«

Miro warf seinen Freundinnen einen Blick zu. Das war nicht die Reaktion, die er erwartet hatte.

»So könnt ihr doch nicht aussehen, wenn deine Eltern kommen«, sagte Branna und machte sich am Ofen zu schaffen.

»Meine Eltern?« Perla wunderte sich. »Kommen sie denn her?«

»Sie kommen bestimmt sofort, wenn sie meine Nachricht erhalten. Die Armen machen sich sicherlich Sorgen. Ich schreibe ihnen, dass du in Sicherheit bist, und gebe den Brief heute Abend dem Postreiter mit.«

Imogen dachte an die Botschaft, die sie dem Falter mitgegeben hatte. Sie hoffte, dass ihre Mutter sie erhalten hatte und dass sie die Situation verstehen würde. Falls Mark noch bei Perlas Vater war, würde er Brannas Brief bestimmt ebenfalls lesen. Imogen konnte sich vorstellen, wie er reagieren würde. Er würde hier zur Tür hereinmarschiert kommen, und sie würde einen Wahnsinnsärger kriegen. Was er sagen würde, wusste sie nicht – in jedem Fall aber würde er sie mit nach Hause nehmen.

Sie durfte nicht zulassen, dass Mark alles verdarb. Nicht, nachdem sie so weit gereist waren und erfahren hatten, wo Anneschka sich aufhielt. »Nein!«, rief sie. »Sie dürfen keinen Brief schicken.«

Perla schüttelte ganz leicht den Kopf. War das eine Warnung? Wovor?

Branna unterbrach ihre Tätigkeit und sah Imogen in die Augen. »Ich weiß nicht, wie das auf eurer Seite der Berge ist, aber bei uns bestimmen die Erwachsenen, was gemacht wird.«

»Aber –«, versuchte Imogen es erneut.

Branna band ihre Schürzenbänder fester. »Ich will nichts mehr hören. Heute Abend schicke ich den Brief ab. Jetzt geht und macht euch fertig zum Baden.«

Kapitel 63

Branna schrubbte die Kinder eins nach dem anderen sauber. Imogen passte es zwar nicht, dass sie herumkommandiert wurde, aber sie genoss das warme Wasser auf der Haut. Als Wanne diente ein Fass, das wie ein Bierfass aussah.

Sie ließ sich auch mit Vergnügen die Haare waschen. Und während sie in der Ofenwärme trockneten, gab es Johannisbeerkuchen, der einfach köstlich war. Einen Ofen wie diesen hier hatte Imogen noch nie gesehen. Die Öffnung war so groß, dass man hineinkriechen konnte.

»Branna«, sagte Imogen und leckte sich Kuchen vom Daumen, »haben Sie vielleicht ein Mädchen mit rotem Haar gesehen?«

Branna schüttelte den Kopf. »Aber ich sehe ohnehin nicht viele Leute. Wir wohnen in unserer kleinen Straße ziemlich weit ab vom Schuss.« Imogen zog sich das Leinenhandtuch fester um die Schultern.

»Ich denke, die Sachen hier müssten passen.« Branna legte einen Stapel Kleidungsstücke neben den Ofen.

Imogen betrachtete die Strümpfe. »Wem gehören die?«, fragte sie.

»Sie gehörten meiner Tochter«, sagte Branna.

Imogen fragte sich, ob Brannas Tochter inzwischen erwachsen und aus dem Elternhaus ausgezogen war. Offenbar las Branna ihr die Frage vom Gesicht ab. »Die Kruttemosch«, sagte sie. »Vor sechs Monaten.«

»Ach –« Trotz der Ofenhitze fröstelte es Imogen. Wo sie in den Tieflanden auch hinkam, überall hörte sie die gleichen Geschichten: Kinder waren aus ihren Familien geraubt worden, Eltern versuchten, das zu vergessen. Die Kruttemosch schienen überall zu sein.

Imogen trat in den Rock und zog das Mieder über. Branna schloss vorn die Knöpfe.

»Du kannst die Kleider behalten«, sagte Branna. »Meine Tochter …« Sie fummelte am obersten Knopf herum. »Sie kommt nicht wieder.«

Imogen betrachtete Branna genauer. Sie hatte ein schönes Gesicht – so rund wie ein Apfel. »Sind Sie sicher?«

»Ja«, sagte Branna. »Hier wird die Sachen niemand mehr tragen.«

Doch Imogen hatte nicht die Kleidungsstücke gemeint.

Branna trat zurück, um ihr Werk zu begutachten. »Ja«, sagte sie, »das passt wie angegossen.«

Imogen fühlte sich, als hätte sie sich verkleidet. Der Rock raschelte, wenn sie sich bewegte, die Strümpfe kratzten, und sie hatte Bänder im frisch gewaschenen Haar. »Danke«, sagte sie leise.

Sie hoffte bloß, dass Mama *ihre* Sachen nicht weggeben würde: ihre Jeans und ihre Turnschuhe und den Mantel mit der schönen flauschigen Kapuze. Sie versuchte, nicht an Mamas Umarmungen zu denken und daran, wie sie sich verändert hatten: Seit Imogen nach ihrem abenteuerlichen Sommer zurückgekehrt war, nahm Mama sie länger in die Arme – und fester.

»Ich komme bestimmt zurück«, flüsterte Imogen. »Sobald ich Marie gerettet habe.«

»Wie bitte?«, sagte Branna.

»Ach, nichts«, sagte Imogen, »ich hab bloß mit mir selbst geredet.«

Branna leerte das Badefass aus, einen Eimer nach dem anderen. Sie war so nett und großzügig. Eine Sache konnte Imogen vielleicht sofort klarstellen. »Wir wollen rauskriegen, wo die Kruttemosch die entführten Kinder hinbringen«, sagte sie. »Wir suchen auch nach Ihrer Tochter.«

Branna stutzte und wirkte verunsichert. »Sag so was nicht.«

»Aber ist das nicht eine gute Nachricht?«, fragte Imogen.

»Die Kruttemosch sind ein Fluch«, erklärte Branna. »Sie sind eine Strafe für etwas, das wir getan haben. Je mehr du lügst, desto mehr

Kinder verschwinden. Willst du das? Willst du, dass sie Perla auch noch holen? Oder dass sie *dich* mitnehmen? Denn so wird es kommen, wenn ihr weiter allein herumlauft.«

Verwirrt schüttelte Imogen den Kopf. Warum dachten die Erwachsenen immer, dass sie log? »Wir wollen Perlas Bruder retten«, sagte sie. »König Tibor ist überhaupt keine Hilfe, aber –«

»König Tibor bemüht sich«, fuhr Branna sie an. »Er tut, was er kann.«

Aber Imogen hatte König Tibor kennengelernt. Er kümmerte sich anscheinend einzig und allein um sich selbst und um seine Töchter. Und er tat ganz bestimmt nicht, was er konnte.

»Außerdem«, sprach Branna weiter, »wenn sämtliche Pfarrer und gebildeten Leute es nicht fertiggebracht haben, unsere Kinder zu finden, wie kommst du dann darauf, dass ihr das schafft?«

Darauf konnte Imogen nicht antworten. Sie spürte es einfach. Wenn ihr die Sorgenteufel nicht an der Kehle hingen, fühlte sie sich, als könnte sie alles. Und erst recht, wenn die Sternenuhr half.

»Du bist noch ein Kind«, brummelte Branna, und ihr liebes Apfelgesicht verfinsterte sich. »Du hast keine Ahnung vom Leben und von seinen Ungeheuern.« Dann schien ihr Ärger sich wieder zu legen. »Immerhin … ich hab noch meinen Sohn. Ich habe mehr Glück als viele andere. Man soll lieber dankbar für das sein, was man hat, als um das trauern, was nicht sein kann.«

Imogen merkte, dass es keinen Sinn hatte, mit Branna zu diskutieren, daher schwieg sie. Doch Brannas Ausbruch hatte an ihrer Entscheidung nichts geändert. Sie war entschlossener denn je, dass sie weiter nach Tomil und Marie suchen würde.

Kapitel 64

An jenem Abend saß Imogen mit Perla und Miro am Küchentisch. Konja lag wie ein großer Schneehulark-Teppich vor ihren Füßen. Zuby saß ihnen gegenüber. Branna hatte seine Verletzungen gesäubert und behandelt. Nur an seinem Hinterkopf klebte noch ein Stückchen Flechte, alles andere hatte Branna aufgeweicht und abgelöst.

Niemand durfte anfangen zu essen, bevor Branna das Tischgebet gesprochen hatte. Ihr Mann Zemko hatte den ganzen Tag im Garten gearbeitet. Jetzt betrachtete er liebevoll die gebratene Gans. Ihr Sohn, der barfüßige Junge namens Luki, schien sich sehr für die Pastinaken zu interessieren.

Nachdem Branna gebetet hatte, stürzten sich alle auf das Essen. Rübenmus mit Speck. Gebutterte Pastinaken mit Kräutern. Imogen konnte gar nicht schnell genug kauen. Zuby nagte in Sekundenschnelle ein Gänsebein ab. Konja und Klobása, der kleine Hund, bettelten um Happen.

Als die ärgste Gier gestillt war, lehnte Zemko sich zurück. »Also, was führt euch her, Perla?«, fragte er. »Wollt ihr mir beim Bootbauen helfen?«

Wir sind in einem Rettungseinsatz, dachte Imogen, und wir nehmen Anweisungen von einer Uhr entgegen, die die Sterne deuten kann. Wir sind von zu Hause ausgerissen, sind König Tibor entkommen und haben eine böse Hexe besiegt.

»Ach, wir machen bloß einen Ausflug«, sagte Perla. Ihre hochgezogenen Augenbrauen verrieten sie, doch Branna und Zemko schien das nicht aufzufallen – aber vielleicht wollten sie die Wahrheit auch gar nicht wissen.

»Bevor ihr ins Bett geht, muss ich wissen, wie ich eure Eltern erreichen kann«, sagte Branna zu Miro und Imogen.

»Mark ist bei Perlas Vater«, murmelte Miro mit dem Mund voll Gemüse. »Oder jedenfalls war er da.«

Branna nickte. »Ist Mark dein Vater?«

»Nein«, erwiderte Miro. »Er passt auf Imogen auf. Ich selbst bin –« Imogen versetzte ihm einen kräftigen Rippenstoß. »Auf mich passt niemand auf«, schloss er.

»Papa, ist der Junge wirklich ein König?«, fragte Luki. Er starrte Miro mit unverhohlener Bewunderung an.

»Nein, mein Sohn«, sagte Zemko. »Er ist ein Kind, genau wie du.«

Miro wollte widersprechen, aber Imogen stupste ihn wieder an. »Sei still«, flüsterte sie. »Wenn sie nicht wissen, wer du bist, können sie dich nicht nach Hause schicken.«

»Vertreibt er die Kruttemosch?«, fragte Luki weiter.

»Nein, mein Sohn. Iss dein Gemüse.«

Imogen wollte sich gerade Pastinaken nachnehmen, als sie etwas Silbriges auf ihrem Teller entdeckte. Sie blinzelte, weil sie glaubte, ihre Augen seien müde – aber dann bewegte sich der silberne Keil.

»Hallo!«, sprach sie den Schattenfalter an.

Branna machte eine Bewegung, um ihn zu verscheuchen, aber Zuby hob schützend die Hand. »Bitte nicht«, sagte er. »Der Falter tut euch nichts. Ich glaube, er hat etwas zu sagen.«

Branna war verblüfft, lehnte sich aber zurück. Der Falter flatterte auf den Tisch und öffnete die Flügel.

»Was macht er da?« Luki beugte sich vor.

»Er sagt, er hat deine Botschaft ausgerichtet«, sagte Zuby und verdrehte die Augäpfel in Imogens Richtung.

»Die Botschaft«, stieß sie hervor, »für meine Mutter!«

Der Falter schwenkte seine fedrigen Fühler und stampfte mit den winzigen Füßchen. War das eine Art Tanz?

Zuby räusperte sich. »Ich übersetze mal. Der Falter sagt … der Falter sagt, er hat auf der Wand von eurer Maus getanzt.«

Imogen blickte auf. »Das ergibt keinen Sinn«, sagte sie.

»Haus«, sagte Zuby. »Entschuldigung. Er hat auf eurer Hauswand getanzt.«

Der Falter rannte auf dem Tisch hin und her, er zeichnete Muster auf dem Holz. Alle schwiegen, und jetzt hörten auch Branna und Zemko zu.

Falter können tatsächlich sprechen, dachte Imogen, und nach allem, was geschehen war, war sie eigentlich nicht überrascht. Offenbar verwendete der Schattenfalter in seiner Sprache Bewegungen statt Wörter.

»Zuerst hat deine Mutter ihn nicht bemerkt«, sagte Zuby. »Deswegen hat er seinen Tanz wiederholt.«

Das Insekt lief eine Schleife um den Salzstreuer. Imogens Welt schien ganz klein zu werden. Das Klavier, der Ofen, die riesige Katze und der winzige Hund, all das spielte im Moment keine Rolle. »Und dann?«, flüsterte sie.

»Deine Mutter hat nicht geschrien. Sie hat nicht nach dem Falter geschlagen. Aber ihre Augen flossen über.«

Mama hat geweint, dachte Imogen, und ihr Magen verkrampfte sich. Ich hätte wissen sollen, dass sie es nicht verstehen würde. Unter dem Tisch presste sie ganz fest die Hände zusammen.

Der Falter tanzte um Gläser und Geschirr herum. Perla zog ihren Teller aus dem Weg.

»Der Falter hat deiner Mutter gesagt, dass du mit Marie nach Hause kommst. Deine Mutter hat mit einem Tintenstock Muster gemalt.«

Imogen presste die Hände noch fester zusammen. War ein Tintenstock ein Kuli? Hatte Mama etwas aufgeschrieben?

»Deine Mutter wusste anscheinend, was zu lachen war«, sagte Zuby. »Nein – nicht zu lachen. Tut mir leid. Deine Mutter wusste anscheinend, was zu machen war.«

Branna und Zemko wirkten fassungslos.

»Wo hast du die Faltersprache gelernt?«, fragte Perla Zuby leise.

»Man kann sie aus Büchern lernen«, sagte Miro, als wäre er ein Experte für Falter. »Mein Vater – er hat gewusst, wie man das macht. Früher hat er den Skret auf dem Klenotberg Nachrichten geschickt.«

Zuby griff nach der Teekanne. »Noch ein Schluck auf den Weg.« Er schob die Tülle zwischen seine Hauer, legte den Kopf zurück und trank gluckernd. Luki verkniff sich das Lachen.

»Du lässt uns doch nicht allein?«, rief Miro.

»Doch, das muss ich«, sagte Zuby. Der Falter flog ihm auf den Kopf. »Skret können am besten in der Nacht reisen, und ich habe selbst eine kleine Suche vor mir.«

Klirrend fiel Miro die Gabel aus der Hand. »Und wenn ich dir befehle hierzubleiben?«

»Du bist nicht mein Král.« Der Skret sagte das sanft, aber es war klar, dass seine Entscheidung feststand. »Passt auf euch auf, kleine Menschen. Und passt auch auf die Zauberuhr auf.«

Imogen hätte etwas sagen sollen. Sie hätte Zuby nach seiner Suche fragen und ihm für seine Hilfe danken müssen, aber sie dachte immer noch an ihre Mutter. Hatte Mama die Botschaft des Falters verstanden? Und was hatte sie mit diesen Notizen vor?

Zuby verbeugte sich vor Branna und Zemko. Er legte seinen Umhang um, und dann verließen der Skret und der Falter das Haus.

Kapitel 65

Nach dem Essen brachte Branna die Kinder nach oben. Eine Kerze erhellte Lukis Zimmer. Darin standen zwei Betten und eine Truhe mit flachem Deckel, auf der Spielzeugpferdchen und ein großer gestrickter Drache lagen.

Miro legte sich neben Luki, und Imogen und Perla teilten sich das andere Bett – sicher das von Brannas Tochter, vermutete Imogen, sagte aber nichts. Von Branna zugedeckt zu werden hatte etwas sehr Beruhigendes – auch wenn sie die Decken viel fester um sie herum stopfte als Mama.

Das Hündchen Klobása lag wie eine Wurst mit Beinen auf dem Fußboden. Konja ließ sich am Fenster nieder und legte den Schwanz um die Sternenuhr, die weiterhin gleichmäßig tickte. Ein silberner Mond glitt unter den längsten Uhrzeiger. Mechanische Sterne blinkten.

Draußen regnete es, und es klang, als trommelten Hunderte von Fingern ungeduldig auf dem Dach herum. Im Haus hörte Imogen noch etwas anderes – ein Rascheln im vorderen Zimmer, ein Huschen auf der Treppe. Ihre Sorgenteufel waren unterwegs.

Imogen wollte nicht mehr an sie denken. Wäre Marie da gewesen, dann hätte sie um eine Geschichte gebeten …

Sie wartete, bis Branna das Zimmer verlassen und die Tür hinter sich geschlossen hatte. Der Regen prasselte auf die Dachschindeln. Die Kerze flackerte. Die Kinder lagen eingekuschelt unter ihren Decken.

»Hey, Luki«, flüsterte Imogen, »kennst du eine Geschichte?«

»Oh ja«, sagte der Junge, »ganz viele.«

»Dann los«, sagte Imogen, »erzähl uns die beste.«

»Hmm.« Luki wand sich aus dem Bett. »Normalerweise darf ich die gar nicht erzählen.«

Er stellte sich neben die Kerze, und ihr Licht warf seinen Schatten an die Wand. »Es war einmal ein Land, das von Monstern heimgesucht wurde«, begann er.

»Was waren das für Monster?«, fragte Imogen.

Luki ging näher an die Kerze heran, sodass sein Schatten den ganzen Raum auszufüllen schien. Er spreizte die Finger über den Schultern, als wären es Stacheln.

»Kruttemosch«, flüsterte Perla.

»Ja.« Luki grinste. »Der König des Landes war mutig. Er wollte die Monster vertreiben.« Der Junge spreizte die Finger über seinem Kopf, sodass sein Schatten eine Krone trug.

Luki ist ein guter Schattenspieler, dachte Imogen, und sie hätte es auch gesagt, wenn die Sorgenteufel nicht unter ihrem Bett gehockt hätten. Sie brauchte ihre ganze Energie, um sie zu ignorieren.

»Der König forderte den Herrn der Kruttemosch zum Duell«, erzählte Luki weiter. »Sie trafen sich auf Mlok, der Molchinsel, und alle kamen zum Zuschauen. Der König griff an, sein Schwert blitzte in der Sonne. Es sah schon so aus, als würde er gewinnen. Aber niemand kann einen Kruttemosch besiegen. Das Monster schlug dem König mit seiner Keule auf den Kopf.«

»Nein!«, rief Imogen.

Perla hielt den Atem an.

»Als der König im Sterben lag, erschien der Wasserdrache.« Luki griff nach seinem gestrickten Drachen und ließ ihn im Zimmer umherfliegen. Dabei hüpfte er zwischen den Betten hin und her.

Klobása wedelte aufgeregt mit dem Schwanz. Durfte er bei diesem Spiel mitmachen?

Branna kam ins Zimmer gestürzt, und Luki erstarrte. Perla zog sich die Decke über den Kopf.

»Was machst du denn da?«, rief Branna. »Du sollst doch schlafen!«

»Tut mir leid, Mama.« Luki ließ den Drachen fallen und verkrümelte sich unter seine Decke.

Branna blies die Kerze aus und schlug die Tür zu. Im Zimmer war es plötzlich dunkel.

Aber Luki hatte seine Geschichte noch nicht zu Ende erzählt. »Der Wasserdrache tötete die Kruttemosch«, flüsterte er. »Sie wurden nie wieder gesehen.«

In der Stille, die folgte, tickte nur die Uhr. Selbst der Regen war verstummt.

»Die Geschichte kannte ich noch nicht«, sagte Miro.

Imogen drehte sich um. Sie spürte Perlas Wärme am Rücken und musste sich mehrmals sagen, dass es nicht Marie war. »Glaubst du, dass es den Drachen wirklich gibt?«, wisperte sie.

»Nein«, sagte Perla in der Dunkelheit. »Ein echter Drache hätte uns längst geholfen.«

Kapitel 66

Imogen erwachte vom Schlagen einer Glocke. Mit einem Ruck setzte sie sich auf. »Schnell!«, rief sie. »Das ist die Uhr!« Sie sprang aus dem Bett, als die kleine Klappe sich öffnete. Perla und Miro waren sofort neben ihr.

Die Figur, die sich aus der Uhr schob, war groß, oder jedenfalls größer als die bisherigen Figuren. Sie musste sich ducken, um durch das Türchen zu passen. In einer Hand trug sie eine Keule.

»Was ist denn?«, fragte Luki. »Was passiert da?«

Der winzige Kruttemosch schwang ein paar Mal seine Keule, dann pirschte er wieder in die Uhr zurück.

»Ich kapiere nicht, wie uns das helfen soll«, sagte Miro.

Noch während er sprach, ertönte draußen ein Schrei. Als die Kinder ans Fenster stürzten, sahen sie Menschen durch das Sträßchen rennen. Nach dem nächtlichen Regen glänzte der Garten, und auf der Hügelkuppe, hinter den blühenden Hecken, stand eine massige Gestalt. Sie war so groß, dass der Kopf hinter den unteren Ästen der Bäume verborgen blieb. In einer Hand hielt sie eine Keule.

Imogen wurde flau im Bauch.

»Die Kruttemosch kommen«, stammelte Luki.

»Was machen wir jetzt?«, rief Miro.

»Verstecken!«, schrie Perla.

Mit Konja und Klobása dicht auf den Fersen rannten die Kinder die Treppe hinunter. Perla hängte das Seitenteil des Klaviers aus. Im Innern fehlten die Saiten, und bis auf die filzbesetzten Hämmerchen war das Klavier leer. Die Schreie draußen wurden lauter.

»Schnell«, sagte Perla, »klettert rein.«

Miro und Imogen quetschten sich in das ausgehöhlte Klavier und klemmten Luki zwischen sich. Zuletzt drängte Perla sich hinein. Sie versuchte, die Seitenwand zu packen, um das Klavier wieder zu schließen, aber ihre Hände zitterten zu sehr. »Ich schaff es nicht!«, rief sie. Miro griff über Perla hinweg und passte das Brett in die Öffnung ein.

Mit dem Hinterkopf berührte Imogen die Rückseite des Klaviers. Die Hämmerchen kitzelten sie am Kinn, und sie vermochte sich kaum zu rühren, aber wenn sie sich ganz krumm machte, konnte sie durch einen Riss im Holz ins Zimmer sehen.

Da waren Brannas Sämlinge in ihren Töpfen auf der Fensterbank. Da war Konja, die die Tür bewachte. Und hinter der Spitzengardine bewegte sich ein Schatten. Der Kruttemosch kam durch den Vorgarten.

Luki fing leise an zu singen: »Achtung, die Käfige rasseln, Achtung, es klopft an der Tür, Achtung, die Kruttemosch kommen. Die Monster –«

»Pscht«, zischte Imogen. Ihre Beine fühlten sich merkwürdig flüssig an. Ihr Herz schlug zu schnell.

Branna und Zemko kamen durch die Hintertür hereingerannt. Sie schauten sich um und überprüften, ob die Kinder im Versteck waren.

Bumm. Bumm. Bumm. Der Kruttemosch klopfte an die Tür. Imogen spürte, wie Luki zitterte.

»Hier sind keine Kinder mehr«, brüllte Zemko.

»Du hast es gehört!«, rief Branna dem Monster zu. »Wir haben nichts für euch.«

Die Stimme, die Antwort gab, war tief und schrecklich. »Im Dorf sagen sie aber was anderes.«

Imogen blickte Miro an. Seine Augen schimmerten in der Dunkelheit des Klaviers.

Wumm. Wumm. Wumm. Der Kruttemosch klopfte nicht mehr, sondern schlug jetzt anscheinend mit seiner Keule zu. Durch die Ritze im Klavier sah Imogen, dass die Haustür nicht mehr in den Angeln hing.

Klobása bellte und knurrte. Und da war der Kruttemosch, so groß, dass sein Kopf hinter dem Türrahmen nur halb zu sehen war.

Das Monster bückte sich unter der Tür durch und trat ein. Es war mit weißem Fell bedeckt, und die Schultern wurden von einem Stachelpanzer geschützt. Es ging aufrecht, auf dicken Hinterbeinen. »Wo ist das Kind?«, fragte es. Sein Helm kratzte an der Decke entlang.

Branna und Zemko standen geduckt am Spülbecken. »Sch-schauen Sie sich um«, sagte Zemko. »Hier sind keine Kinder.«

Der Kruttemosch schwang seine Keule und schlug den Küchentisch mitten durch. Branna stieß einen Schrei aus und hielt sich an ihrem Mann fest.

»Warum sollten eure Nachbarn lügen?«, knurrte das Monster.

»Um ihre eigenen Häuser zu schützen«, rief Branna. »Ihr habt meine Tochter schon mitgenommen. Ich habe nichts mehr, was ich euch noch geben könnte.«

Als Antwort stieß der Kruttemosch ein Grunzen aus. Er stampfte zum Ofen hinüber und schaute hinein. »Keine Kinder drin.« Er blieb am Klavier stehen, sodass er Imogen die Sicht versperrte. Sie sah verfilzte Stellen in seinem Fell, und ein saurer Schweißgestank stieg ihr in die Nase.

Sie musste niesen, doch sie hielt sich die Nase zu, und der Niesreiz verging.

Der Kruttemosch näherte sich Branna und Zemko. Jetzt konnte Imogen seinen Schwanz sehen, es war kaum mehr als ein zottiger Stummel. »Wenn du keine Kinder hast, wieso wäschst du dann Kindersachen?« Der Kruttemosch zeigte auf Lukis Hose, die über dem Ofen trocknete.

Darauf hatten Branna und Zemko keine Antwort. Der Kruttemosch nahm einen Topf mit Sämlingen und schmiss ihn durch den Raum. Er zerschellte über Zemkos Kopf. »Ich schlage euch die Schädel ein«, brüllte das Monster.

Was dann geschah, konnte Imogen nicht sehen, aber sie hörte Krachen und Schreie. Der Kruttemosch schwang seine Keule. Irgendwo bellte Klobása. Dann jaulte das Hündchen auf und war still.

In all dem Chaos begann Luki zu schreien. Imogen und Marie versuchten, ihn zum Schweigen zu bringen. Aber er kreischte mit fest zugekniffenen Augen. Es war, als hätte er die Nerven verloren, als wäre er durchgedreht. Auch Perla schrie jetzt.

Der Deckel des Klaviers wurde heruntergerissen. Als Imogen hochsah, blickte sie dem Ungeheuer direkt ins Gesicht. Es trug eine flache Maske aus Metall, und die Augen waren schwarze Höhlen.

»Da seid ihr ja«, sagte der Kruttemosch und langte ins Klavier hinein.

In diesem Moment griff Konja ihn von hinten an. Sie schlug ihm Klauen in den Rücken und die Zähne in den Hals. Der Kruttemosch brüllte, geriet ins Taumeln und versuchte, die Schneehulark abzuschütteln.

Die Kinder drängten sich aus dem Klavier heraus, und jetzt sahen sie die Bescherung. Alles war kurz und klein geschlagen. Branna lag mit über dem Kopf ausgestreckten Armen auf dem Fußboden. Zemko warf Teller nach dem Kruttemosch.

»Mama?«, sagte Luki. Seine Mutter lag ganz still.

Durch die zertrümmerte Haustür sah Imogen, wie ein zweiter Kruttemosch die Straße entlangkam. »Worauf wartet ihr denn?«, schrie Zemko die Kinder an. »Lauft weg!«

Kapitel 67

Imogen stürzte durch die Hintertür in den Garten. Wo konnte sie sich verstecken? Apfelbäume. Bohnenstangen. Kompost. Konnte sie sich da hineinwühlen?

In einer Ecke lagen umgekehrt zwei kleine Boote übereinander, runde Boote für eine Person. Perla zog gerade an dem oberen, nahm es auf den Rücken und ließ es bis auf den Boden sinken, wie eine Schildkröte, die sich in ihren Panzer zurückzieht.

Konja sprang auf einen Baum und verschwand bis zur Schwanzspitze in den Blüten.

Im Haus schepperte und polterte es wieder. Imogen rannte Perla nach und hob das zweite Boot an. Es war überraschend leicht, und sie kroch darunter.

Die Boote bestanden aus gebogenen, fest verflochtenen Weidenzweigen. Außen herum waren Tierhäute gespannt, durch die orange das Sonnenlicht fiel. Imogen kauerte in der warmen, bernsteinfarbenen Luft.

»Imogen?« Das war Miros Stimme. Vorsichtig hob sie das Boot am Rand an. Miro stand im Garten. Ein Schatten glitt über die Hauswand.

»Pssst!«, wisperte Imogen. »Hier drüben.«

Miro sprang über die frisch bepflanzten Beete und sprintete zu ihr hin. Der Schatten legte sich bereits über den Garten, als der Junge unter das Boot kroch. Für zwei war es ganz schön eng.

»Was hast du denn noch gemacht?«, flüsterte Imogen.

»Auf Luki gewartet.«

Imogens Herzschlag setzte aus. Sie hatte das vierte Kind ganz vergessen. »Wo ist er?«

Ein schriller Schrei war die Antwort.

Miro und Imogen hoben das Boot etwas an. Ein Kruttemosch hatte Luki am Knöchel gepackt und hielt ihn in die Luft. Wieder stieß der Junge einen Schrei aus. Weitere Kruttemosch näherten sich. Sie trugen Käfige mit Kindern darin auf dem Rücken. Manche Kinder schrien wie Luki. Andere weinten.

Miro rührte sich, wie um zu helfen, aber Imogen packte ihn am Handgelenk. »Nein«, zischte sie, »die nehmen dich auch mit.«

»Ist mir egal«, sagte er mit wildem Blick.

»Sie hat recht«, flüsterte Perla unter dem Boot neben ihnen. »Das sind zu viele, da haben wir keine Chance. Selbst Konja kann nicht mit sechs Kruttemosch gleichzeitig kämpfen.«

Das Monster stopfte Luki in einen Käfig. Brüllend rüttelte der Junge an den Gitterstäben.

»Aber ich will ihn retten«, sagte Miro.

»Ich auch«, wisperte Imogen. »Aber sie würden uns genauso fangen wie die anderen.«

Sie kniff die Augen zu und versuchte, nicht an Branna zu denken, die so reglos auf dem Fußboden gelegen hatte. Hatte sie noch geatmet?

Die Kruttemosch waren jetzt ganz nah. Unter dem Getrampel der riesigen Pfoten bebte die Erde. Imogen hoffte inständig, dass sie sie nicht fanden. Grashalme streiften ihr Gesicht, und an ihren Knien klebte feuchte Erde.

Als das Trampeln verklang und alles wieder still war, hoben die Kinder die Boote an. Im Garten waren keine Kruttemosch mehr zu sehen.

Imogen kroch aus dem Versteck. Auch auf den Feldern konnten sie keine Kruttemosch mehr entdecken.

»Sie dürfen nicht ungestraft davonkommen!«, rief Miro.

Imogen zitterte. Vor Wut? Oder weil sie gleich in Tränen ausbrechen würde?

Perla rannte schon durch den Garten zur Hintertür. Konja sprang in einem Blütenwirbel vom Baum und galoppierte hinter ihrem Frauchen her. Ohne sich umzudrehen, verschwanden das Mädchen und die Schneehulark im Haus.

Kapitel 68

Als Imogen und Miro zurück ins Haus kamen, saß Branna auf dem Fußboden, aber sie war totenbleich. »Sie haben Luki mitgenommen«, flüsterte sie.

Die Kinder schwiegen. Sie wussten nicht, was sie sagen sollten.

Zemko trug seine Frau nach oben in ihr Bett. »Bald geht's dir wieder besser«, sagte er. »Du musst dich ausruhen.« Er setzte sich neben sie und hielt ihre Hand.

Nun mussten die Kinder sich um das Haus kümmern. Es erschien ihnen leer ohne die Erwachsenen. Ohne Luki. Ohne Klobása.

Sie gruben hinten im Garten in der weichen Erde ein Loch und wickelten Klobása in eine Decke.

Konja stupste den kleinen Hund mit der Schnauze an, um ihn zum Aufstehen zu bewegen. Aber Klobása hatte sich den Kruttemosch entgegengestellt, um seine Familie zu verteidigen. Er würde nie wieder aufstehen. Sein drahtiger Schwanz ragte unter der Decke hervor.

Imogen biss sich auf die Lippe, um die Tränen zurückzuhalten, aber vergeblich. Das alles war so ungerecht. Sie senkte den Kopf, damit die anderen sie nicht weinen sahen.

Miro legte den toten Hund in die Erde. Als er zurücktrat, sah Imogen, dass er ebenfalls weinte. Und auch Perla strömten die Tränen über die Wangen.

»Das hätte nicht passieren dürfen«, schluchzte Perla. »Das stand ganz bestimmt nicht in den Sternen.« Die Tränen der Kinder tropften auf die Erde. Über ihnen rief eine Flussmöwe.

Zemko kam den ganzen Tag nicht mehr nach unten, daher bereiteten die Kinder aus dem, was sie fanden, ein Mittagessen zu. Obwohl sie keinen rechten Appetit hatten, wärmten sie Reste auf und machten sich Sandwiches. Branna und Zemko mochten nichts essen.

Nach der Mahlzeit räumten sie das verwüstete Zimmer auf. Perla hängte Stoff vor die eingeschlagene Tür. Miro sammelte die Trümmer der Möbel ein, und Imogen fegte die Topfscherben zusammen.

»Ich muss immer an Luki denken.« Miro hob ein abgebrochenes Stuhlbein auf. »Was glaubt ihr, wo die Kruttemosch ihn hinbringen?«

»Wenn ich das wüsste, wären wir längst da«, murmelte Imogen. Sie betrachtete die zertretenen Sämlinge. Branna hatte sich so viel Mühe mit den Pflänzchen gegeben und sie jeden Tag gedreht, damit sie genug Licht bekamen. Jetzt war das alles zerstört.

»Wenigstens ist Luki nicht allein«, sagte Miro. »Vielleicht ist er schon bei Tomil oder bei seiner Schwester.«

»Vielleicht ist er auch schon tot«, flüsterte Perla. Schweigend arbeiteten sie weiter.

Zwischen den zerschlagenen Töpfen fand Imogen einen Klumpen Erde. Daraus spross ein Sämling. Einer hatte überlebt. Ein hellgrüner Schössling, dessen Blätter sich noch nicht entfaltet hatten.

Imogen bückte sich, um ihn aufzuheben, und dabei fiel ihr unter der Anrichte etwas auf. Es war eine Pergamentrolle. Sie zog die Rolle hervor und las das Geschriebene darauf:

Hier liegt Wálkaha, die *Stadt* aus Stein.

Imogen stockte der Atem.

Wálkaha ... Dahin hatte Anneschka Marie verschleppt.

Unter der Schrift war ein abstraktes Bild zu sehen – ein Tümpel aus tintenschwarzen Linien, komplizierten Schleifen und Schnörkeln in Kobaltblau und Marineblau, Indigo und Aquamarin. Es war, als hätte der Künstler seinen Pinsel in sämtliche Blautöne der Welt getaucht.

»Hey«, rief Imogen, »seht euch das hier mal an.«

Perlas Miene veränderte sich, als sie die Pergamentrolle studierte. Ihre Traurigkeit schien ein wenig nachzulassen. »Das ist ja eine Landkarte!«

Imogen schaute genauer hin. Die Linien ringelten sich über das Pergament, sie trafen sich, wanden sich, konnten nicht still liegen bleiben, bildeten Kreuzungen und Sackgassen …

Perla schnappte sich die Rolle und rannte damit nach oben. Ein paar Minuten später kam sie aufgeregt zurück. »Die Rolle gehört nicht Branna und Zemko«, verkündete sie. »Die beiden haben sie noch nie gesehen. Die Kruttemosch müssen die Karte bei ihrem Überfall verloren haben!«

Wozu brauchten Monster eine Landkarte? fragte sich Imogen.

»Ich wette, darauf sind Geheimnisse der Kruttemosch eingezeichnet«, sprudelte Perla los. Ihre Worte überschlugen sich. »Bestimmt zeigt die Karte, wo sie als Nächstes hinwollen und wo sie die entführten Kinder hinbringen.«

Miro deutete auf die Überschrift. »Wálkaha«, murmelte er. »Da ist Anneschka hingeritten, oder?«

Imogen war, als würde ihr der Boden unter den Füßen weggezogen. Das gleiche Gefühl hatte sie gehabt, als die drei Kinder aus der Uhr gekommen waren … Als würde sich alles um sie herum drehen – und auf unverständliche Weise zusammenfügen.

»Manchmal bringen die Sterne Menschen zusammen«, sagte Perla. Sie drehte die Landkarte auf den Kopf. »Wir müssen bloß rauskriegen, wie man diese Karte liest.«

»Scheint gar nicht so einfach zu sein«, sagte Miro und sprach damit aus, was Imogen dachte. Die blauen Linien kreuzten sich, als hätte man fünf Stadtpläne übereinander gezeichnet.

»Das Rätsel lösen wir«, sagte Perla mit wiedergewonnenem Optimismus. »Wir müssen sofort nach Wálkaha aufbrechen.«

Kapitel 69

Anneschka erwartete Surowetz im Keller des Palastes der Fünf Königinnen. Nachdem sie das Gespräch über das Silber mitgehört hatte, hatte sie ihn aufgespürt und um ein geheimes Treffen gebeten.

Sie ging durch das Gewölbe. Zu beiden Seiten des schmalen Bogenganges lagen Weinflaschen gestapelt. Schritte hallten die Treppe hinunter. War das Surowetz?

»Ein Ort stiller Fermentation«, sagte Surowetz. »Oder müsste es Kontemplation heißen? Das vergesse ich immer.«

Er stand auf der anderen Seite der Flaschenwand. Durch das Glas erkannte Anneschka seine Umrisse. Die Flaschen ließen ihn größer erscheinen, als er in Wirklichkeit war.

»Also, was wünscht Ihr, Prinzessin Paula? Dieses ganze Geschwätz, dass Ihr von den Kruttemosch geraubt wurdet – wir wissen beide, dass das eine große Lüge ist.«

»Ich weiß, wer Sie sind«, sagte Anneschka. Sie schritt den von Weinflaschen gesäumten Gang entlang, und Surowetz folgte ihr. Wenn sie stehen blieb, blieb er auch stehen. Wenn sie weiterging, folgte er ihr – wie ein Schatten.

Musste sie Angst haben?

»Ihr seid die Tochter eines Königs der Tieflande, und ich bin der Sohn eines Adeligen«, sagte Surowetz. »Das klingt wie der Anfang eines langen, langweiligen Gedichts.«

»Sie sind auch noch jemand anders«, sagte Anneschka. »Meine Diener haben Sie beobachtet.«

Es war die Wahrheit. Marie hatte sich als nützlich erwiesen. Die Kleine passte in Winkel und Ritzen hinein, an die erwachsene Männer nicht dachten, wenn sie einen Raum untersuchten.

»Ach ja?« Surowetz lugte durch eine Lücke zwischen zwei Flaschen. »Und was haben Eure Diener gesagt?«

Marie hatte Anneschka Bericht erstattet. Das Mädchen hatte viel gehört. Manches davon konnte Anneschka hier nicht wiederholen. Sie staunte, was Leute von sich gaben, wenn sie keine Ahnung hatten, dass sie belauscht wurden.

»Sie beschaffen den Königinnen das Silber«, antwortete sie. »Sie sorgen dafür, dass Wálkaha eine reiche Stadt bleibt. Sie sind der wahre Grund dafür, dass dieses Königreich so bedeutend ist.«

Surowetz saugte durch die Zähne Luft ein. »Haben Eure Diener denn nichts über mein gutes Aussehen gesagt?«

»Sie nennen sich Lord, Surowetz.« Anneschka trommelte mit den Fingernägeln gegen die Weinflaschen. »Und dennoch können Sie kaum etwas von dem Silber für sich behalten. Ein Körnchen hier, ein paar Münzen dort. Wenn die Fünf Königinnen pfeifen, kommen Sie angerannt. Sie sind nicht viel mehr als deren Hündchen.«

Das passte Surowetz nicht. Er eilte ans Ende seines Ganges, bog um die Ecke und kam ihr nun entgegen. »Ich frage nicht noch einmal, Prinzessin Paula. Was wünscht Ihr?« Er legte die Hand an den Schwertgriff.

Das würde er nicht wagen, dachte Anneschka. Sie beherrschte sich, und ohne mit der Wimper zu zucken, sagte sie: »Ich bin ein Liebling der Sterne.«

»Die Sterne haben keine Lieblinge«, entgegnete Surowetz mit überheblichem Lächeln.

»Helfen Sie mir, und Sie werden mehr Silber bekommen – viel mehr. Sie werden meine rechte Hand sein. Und als Gegenleistung brauche ich Hilfe. Ich will die Königinnen beseitigen.«

Surowetz lächelte nicht mehr. Anneschka wusste, dass sie gewonnen hatte.

»Wer seid Ihr in Wirklichkeit?«, fragte er.

Kapitel 70

Zum Frühstück kochte Imogen Käsesuppe. »Die wird uns Energie für die Reise geben«, sagte sie, als sie den geschmolzenen Käse in Schalen füllte.

Miro machte die Ponys fertig, die auf einer Wiese am Haus gegrast hatten. Er hatte sich ihre Zaumzeuge umgehängt, und sie blickten ihm entgegen. Da kommt dieser Junge und stört unseren Frieden, schienen sie zu sagen.

Perla schrieb einen Brief an Zemko und Branna. Sie bedankte sich und erklärte, wohin die Kinder unterwegs waren. Zemko war neben Branna eingeschlafen, er trug noch die Kleidung vom Vortag. Auch Branna schlief friedlich. Ihre Wangen hatten wieder einen rosigen Schimmer. Perla ließ ihr Briefchen an der Schlafzimmertür liegen.

Satt und mit frisch gefüllten Satteltaschen, die sie in Zemkos Stall gefunden hatten, ritten die Kinder los. Konja trabte hinterher. Am Ende der Straße warf Imogen einen Blick zurück. Alles sah genauso friedlich aus wie vor zwei Tagen, als sie angekommen waren: eine Wolke aus Baumblüten, in der das Häuschen halb versteckt war.

Doch nichts war mehr so wie am Tag ihrer Ankunft. Luki war fort. Klobása gab es nicht mehr. Und Branna lag krank im Bett. An allem waren die Kruttemosch schuld. Imogen spürte, wie sich etwas in ihr verhärtete, als würde in ihrem Brustkorb ein Stein entstehen. Sie konnte ihn nicht herausholen, und sie war sich nicht einmal sicher, ob sie das wollte.

»Es reicht nicht, dass wir Tomil retten«, sagte Perla. »Alle sind so damit beschäftigt, das zu beschützen, was sie haben. Sie denken nur an ihre eigenen Kinder. Aber so geht es nicht. Wir müssen alle entführten Kinder retten. Nicht nur die, die wir kennen. Und wir müssen dafür sorgen, dass die Kruttemosch so etwas nie wieder tun.«

Imogen sah ihre Freundin von der Seite an. Perla klang zornig. Vielleicht bildete sich auch in ihrem Inneren gerade ein Stein.

Die Kinder ritten nach Westen. Im Laufe des Vormittags verblasste das Grün der Tieflande. Die wogende Hügellandschaft wurde flacher. Imogen war erleichtert, dass es weiterging, auch wenn ihr Körper müde war. Ihr Pony zuckelte gleichmäßig vorwärts. Die Satteltaschen rechts und links knarrten.

Von Mark oder Otschi oder König Tibors Wachen war nichts zu sehen. Imogen konnte schon fast nicht mehr zählen, wie viele Leuten sie zum Umkehren bewegen wollten.

Im Laufe des Nachmittags klapperten die Ponyhufe immer öfter über felsigen Grund. Die Kinder ritten in die Buschlande hinein, eine flache Landschaft, die mit Gestrüpp bewachsen war. Hier war der Untergrund staubig und mit Löchern und Gruben übersät. Manche Löcher waren nicht größer als Kaninchenlöcher, andere konnten eine ganze Kuh verschlucken.

Ab und zu war eine Grube so riesig, dass sie eine eigene Anziehungskraft zu besitzen schien. Imogen spürte, wie solche Gruben sie anzogen und sie einluden hineinzusehen. Am Rand einer Grube rutschte sie aus dem Sattel und hockte sich hin. »Halloooo!«, rief sie in die Dunkelheit. Ihre Stimme schien bis zum Mittelpunkt der Erde zu hallen. Aber natürlich kam keine Antwort.

Am Abend tauchte Wálkaha am Horizont auf. Steil und unglaublich hoch erhob sich die Stadt aus dem Buschwerk. Da ist Marie, dachte Imogen. Meine kleine Schwester … ganz allein.

Bevor es dunkel wurde, schlugen die Kinder ihr Lager auf. Sie banden die Ponys an blühende Büsche und setzten sich in den Schutz eines Felsblocks. Hier aßen sie die Reste der Pastinaken, das Letzte, was von

Brannas Festessen übrig geblieben war. Imogen musste an Mamas Küche denken. Mamas Pastinaken waren eine Delikatesse. Sie röstete die weißen Wurzeln im Backofen, bis sie knusprig waren, und gab dann reichlich Honig und Salz darüber.

Als die ersten Sterne herauskamen, beugte Perla sich ganz dicht über die Karte der Kruttemosch. Sie zog die blauen Linien mit dem Zeigefinger nach. Konja beobachtete ihr Frauchen. In ihren Augen spiegelte sich der Mond. Auch Imogen und Miro sahen Perla zu.

Imogen verstand die Zeichnung nicht. Sie erinnerte an ein modernes Kunstwerk – eine Menge Kringel und Farben, die eine einzige große Frage aufwarfen: Was soll das bedeuten? Als Imogen einen Blick auf die Stadt warf, die am Horizont aufragte, konnte sie keinen Bezug zu der Landkarte erkennen.

»Wirst du aus dem Gekrakel schlau?«, fragte Miro Perla.

»Ich arbeite dran«, sagte sie mit kleinen Grübchen in den Wangen. »Bei Landkarten braucht man immer Geduld. Je genauer man sie studiert, desto mehr kann man entdecken … Ich möchte später mal Kartografin werden.«

»Das kannst du doch nicht selbst entscheiden«, sagte Miro spöttisch. »Du musst die gleiche Arbeit machen wie deine Eltern. Außer du willst Nonne werden und dich von Rüben ernähren.«

Perlas Grübchen verschwanden. »Das sagt Papa auch. Er will, dass ich das Wirtshaus übernehme, aber ich bin ein anderer Mensch als er.«

»Hör nicht auf Miro«, mischte Imogen sich ein. »Meine Mama arbeitet bei der Stadt, und ich werde Astronautin. Man kann werden, was man will!«

Perla fragte nicht, was eine Astronautin war, aber Imogen wusste, dass ihre Freundin nur zu schüchtern war. »Eine Astronautin ist eine Raumfahrerin«, erklärte sie. »Mark sagt zwar, ich brauche beruflich einen Plan B, aber meine Entscheidung steht fest.«

»Aber ich muss König sein«, platzte Miro heraus.

»Das ist was anderes.« Imogen lachte. »König zu sein macht Spaß! Alle wollen König sein.«

Darauf antwortete Miro nicht. Er stand auf, nuschelte etwas von nach der Uhr sehen und ging zu den Ponys. Imogen überlegte, ob sie etwas Falsches gesagt hatte. Wollte Miro denn nicht über Jaroslaw herrschen? Sie hatte gedacht, er fände es toll, alles bestimmen zu können.

»Du kommst gar nicht aus Jaroslaw, oder?«, fragte Perla, als die beiden Mädchen allein waren. »Du kommst aus England. Aus dem Land, in dem es keine Frösche gibt.«

Imogen schluckte. »Äh … ja.«

Sie hoffte, Perla hätte ihre Bemerkung vergessen, aber Perla schien gespannt zu warten.

Imogen bekam einen trockenen Mund. Sie hatte Perla angelogen. Alle hatten ihr misstraut – Mark und die Polizei und ihre Mutter. Sie hatte das so sattgehabt und hätte es nicht ertragen, wenn auch Perla ihre Aussagen angezweifelt hätte. Perla sollte nicht denken, dass sie komisch war …

Eine letzte Biene summte vorbei.

Dass niemand ihr glaubte, war schlimm. Aber noch schlimmer war es, eine Freundin zu belügen.

»Nein, ich bin nicht aus Jaroslaw«, sagte Imogen. »Ich komme aus einer anderen Welt.« Sie wappnete sich innerlich gegen Perlas Lachen oder ihre Forderung, sie solle die Wahrheit sagen.

»Wabbliger Wels!«, rief Perla. »Habt ihr in deiner Welt auch Berge und Flüsse? Oder Wälder oder Wüsten oder Moore? Und gibt es eine Art Tor zwischen den Welten? Hast du Landkarten davon?«

Imogen lächelte über die Fragen. Perlas Gesicht leuchtete vor lauter Neugier, und Imogen kam sich reichlich blöd vor, weil sie ihrer Freundin nicht eher erzählt hatte, wo sie herkam. »Also«, sagte sie, »erstens gibt es bei uns tatsächlich auch ein paar Froscharten …«

Kapitel 71

Anneschka saß in ihrem Gemach im Palast der Fünf Königinnen. Sie kämmte Marie das Haar. »Ich weiß jetzt, warum die Sterne dich zu mir geschickt haben«, sagte sie.

»Wirklich?«

Das Mädchen klang erfreut. Dummes Ding.

Anneschka kämmte Marie gern die Haare. Es gefiel ihr, den Kamm immer wieder durch die Locken zu ziehen – hängen zu bleiben, den Knoten zu entwirren, erneut zu beginnen.

»Du brauchst nichts weiter zu tun«, sagte Anneschka, »als in die Privatgemächer der Königinnen einzudringen. Such dir ein Fenster oder einen Schornstein. Das dürfte nicht schwer sein – du kannst ja gut durch kleine Öffnungen schlüpfen.«

Anneschka teilte das Haar des Mädchens in Strähnen und begann zu flechten. Von links überkreuzen, von rechts überkreuzen, wiederholen.

»Aber sollen Privatgemächer nicht privat sein?«, fragte Marie. »Warum willst du, dass ich da einbreche?«

»Um den Königinnen einen Gutenachtkuss zu geben«, sagte Anneschka. Von links überkreuzen, von rechts überkreuzen, wiederholen. »Machst du das? Oder soll ich dich an die Kruttemosch ausliefern?«

Marie erstarrte, als sie das hörte.

»Denk dran«, säuselte Anneschka, »wenn du tust, was ich dir sage, lasse ich dich frei. Deine Schwester sucht bestimmt nach dir.«

»Ja?« Marie versuchte, sich umzudrehen, aber Anneschka hielt den Zopf so fest, dass sie den Kopf nicht bewegen konnte.

»Halt still«, fauchte sie. »Ich bin noch nicht fertig.«

Kreuzen, drehen, wiederholen.

»Ja, deine Schwester ist hier.« Anneschka lächelte über ihre Lüge. Sie erinnerte sich an Maries Schwester, die auch in der Hütte der Hexe gewesen war – ein mageres Geschöpf mit gesprenkelter Haut. Das Mädchen würde es unter keinen Umständen aus dem Wald herausschaffen, und schon gar nicht den ganzen Weg bis nach Wálkaha.

»Deine Eltern sind auch hier in der Stadt.« Anneschka erwärmte sich für ihr Märchen. »Sie wollen dich mit nach Hause nehmen – zurück in deine eigene kleine Welt. Aber erst, wenn du diese Aufgabe erledigt hast.«

Kreuzen, drehen, wiederholen.

»Meine Eltern?« Marie klang verwirrt. »Meinst du Mark und Mama?«

»Ja«, säuselte Anneschka. »Wie auch immer sie heißen.«

Der Zopf des Mädchens schimmerte im Kerzenlicht. Anneschka steckte ihn fest. »Siehst du«, sagte sie. »Fertig.«

Marie befühlte ihr Haar. »Danke.«

»Das ist also beschlossene Sache?«, fragte Anneschka.

»Okay«, sagte Marie. »Ich mach's. Wenn du mir versprichst, dass du mich freilässt, schleiche ich in die Privaträume der Königinnen.«

»Was für ein braves Mädchen«, sagte Anneschka. »Ich verspreche es dir. Dann sind wir uns also einig.«

Kapitel 72

Bei Sonnenuntergang ritten Imogen, Miro und Perla auf Wálkaha zu. Sie lenkten ihre Ponys um ein Dornengebüsch herum und schlossen sich dem Menschenstrom an, der sich durch das steinerne Stadttor bewegte.

Sie folgten schwer beladenen Wagen, Wanderern, einem Leiterwagen, auf dem ein paar Kinder mitfuhren. Imogen ertappte sich dabei, wie sie die Kinder anstarrte. So viele hatte sie schon lange nicht mehr gesehen – und schon gar nicht im Freien. Hatten sie keine Angst vor den Kruttemosch? Auch Miro und Perla staunten.

Die Wächter am Stadttor verlangten Torgeld. »Drei Kronen für Reisende«, sagten sie zu den Kindern.

Imogen nahm einige Münzen aus ihrer Geldbörse – es war Geld, das Zuby von König Tibor »geliehen« hatte.

»Kein Wunder, dass Wálkaha so reich ist«, murrte Miro, »wenn einem hier Eintritt abgeknöpft wird.«

Die Kinder ritten unter dem Torbogen hindurch, und Imogen war beeindruckt. Die Stadt sah aus wie eine aus einem einzigen Felsstück herausgehauene Skulptur: helle, schimmernde Gebäude, Türmchen mit silbernen Spitzen und gepflasterte Straßen, die durch die Abnutzung glatt wie Glas geworden waren.

Perla betrachtete die glänzende Stadt mit offenem Mund. Die Menschen waren luxuriös gekleidet und trugen protzige Kopfbedeckungen und Silberschmuck.

Vögel mit spitzen Flügeln sausten über die Kinder hinweg, so als wären die Gässchen ihre Rennstrecken. Sie waren zu schnell für Konja, und die Schneehulark beobachtete sie neidisch.

»Findest du Wálkaha schöner als Jaroslaw?«, fragte Miro.

»Es ist … größer.« Imogen versuchte, diplomatisch zu sein. Sie verstand jetzt, warum Anneschka glaubte, dieses Königreich sei das größte. Im Vergleich zu Wálkaha war London ein bescheidenes Nest und Wodnislaw ein Sumpfloch.

Und irgendwo in diesen vielen gewundenen, hellen Straßen hielt sich ihre kleine Schwester auf. Imogen konnte es kaum glauben. Wenn König Tibor nun gelogen hatte? Wenn Anneschka Marie irgendwo anders hingebracht hatte?

Aber die Uhr hat uns in diese Richtung geführt, erinnerte Imogen sich. Und bisher hatte sich die Uhr noch nie geirrt.

Perla entrollte die Landkarte der Kruttemosch. »Wálkaha besteht aus verschiedenen Ebenen.« Sie zeigte auf den obersten Teil der Stadt, wo die Gebäude bis in die Wolken ragten. »Ich überlege gerade, ob jedes Blau auf der Karte für eine andere Schicht dieser Stadt steht.«

»Interessant«, sagte Miro. »Das würde das Durcheinander erklären.«

»Das dunkelste Blau kennzeichnet die Spitze von Wálkaha«, erklärte Perla. »Da wohnen die Fünf Königinnen in ihrem Palast. Das hellste Blau muss die Ebene sein, auf der wir jetzt gerade sind.«

Das klingt vernünftig, dachte Imogen. Ein Puzzleteil fehlte allerdings noch. Wenn die Karte den Kruttemosch gehört hatte und Wálkaha ihr nächstes Ziel gewesen war, warum sah man dann keinen einzigen? Ein Kruttemosch wäre hier sofort aufgefallen.

Die Kinder lenkten ihre Ponys eine breite Straße hinauf. Imogen hielt Ausschau nach Monstern. Aber die Menschen hier wirkten sehr entspannt. Sie schienen nicht mit einem Überfall der Kruttemosch zu rechnen.

Ihr Blick fiel auf ein Schild:

Herberge zum Hof
Federbetten – Starkbier – Warme Gerichte

Darunter war ein Bild von einer lächelnden Frau mit ausgebreiteten Armen zu sehen. Das Bier interessierte Imogen nicht, aber sie sehnte sich danach, auf einer Matratze zu schlafen. Außerdem hatten sie ihren Proviant fast ganz aufgegessen. »Es wird spät«, sagte sie. »Vielleicht sollten wir uns ein Zimmer besorgen?«

Perla und Miro nickten. Selbst die Ponys sahen müde aus.

In der Gaststube stand eine Frau hinter der Bar. Sie trug ungefähr zehn silberne Halsketten und sah aus wie die Frau auf dem Schild, nur dass sie nicht lächelte und die Arme verschränkt hielt.

»Haben Sie ein Zimmer für uns?«, fragte Imogen.

Mit klimpernden Halsketten beugte die Frau sich über den Tresen. Sie begutachtete die tiefländische Kleidung der Kinder und die Schneehulark an ihrer Seite. »Ob ich ein Zimmer für euch habe?«, erwiderte sie. »In Wálkaha haben wir nichts umsonst. Wenn ihr hier übernachten wollt, müsst ihr dafür bezahlen.«

»Oh, wir können bezahlen«, sagte Imogen und schüttete ihre letzten Münzen auf die Theke.

Jetzt lächelte die Wirtin und breitete die Arme aus, genauso wie die Frau draußen auf dem Schild.

Kapitel 73

In jener Nacht atmete die Stadt Wálkaha ruhig und gleichmäßig. Eine sanfte Brise wehte durch das Gasthaus. Sie spielte auf den Gesichtern der Kinder und im Fell der Schneehulark.

Doch dann kam Wind auf. Er wirbelte um Spitztürmchen und Glockentürme herum. Er wisperte die steilen Straßen hinauf. Er blies auch ganz oben auf dem Berg und raschelte in Anneschkas Röcken.

Sie stand draußen hinter dem Palast und hielt das Ohr an eine Tür gedrückt. Es war der Dienstboteneingang zu den Privatgemächern der Königinnen. Selbstverständlich war die Tür von innen verschlossen.

Neben Anneschka lehnte Surowetz an der Wand. Er hatte seinen roten Umhang über die Schulter geworfen. »Sie brauchen gar nicht so selbstzufrieden auszusehen«, sagte Anneschka. »Bisher haben Sie noch nichts getan.«

»Sie wollen mir doch nicht vorwerfen, dass ich Freude an meiner Arbeit habe«, gab Surowetz zurück.

Im Palast ertönten leichte Schritte. Anneschka zog sich zurück. Die Tür wurde geöffnet.

Im Eingang stand ein Gespenst.

Doch es war keine Erscheinung, sondern ein mit Mehl bestäubtes Kind. »Ich bin durch die Mehlrutsche reingekommen«, sagte Marie. »Ich wusste nicht, dass die Mehlkiste voll war.«

Anneschka starrte sie an. »Dummes Kind! Du hast Fußspuren hinterlassen!«

»Du hast gesagt, es ist dir egal, wie ich reinkomme!«, sagte das Mädchen mit piepsiger Stimme.

Mit leisem Murren klopfte Anneschka Marie das Mehl von der Kleidung. Dann betrat sie die Privatgemächer der Königinnen. Surowetz folgte ihr rasch und leise wie ein Schatten.

Königin Switla lag schlafend in ihrem Zimmer. Ihr Kopfputz ruhte neben ihr auf einem Ständer. Ihr Schmuck, die Halsketten, Ringe und Rosenkränze, hing an der Wand. Manche Ringe waren so lang, dass es aussah, als würden Finger aus der Mauer herausragen.

Anneschka schob den Riegel vor und pirschte sich ans Fußende des Bettes heran. Marie blieb zögernd an der Tür stehen. »Was machen wir hier?«, flüsterte sie. »Warum wolltest du einbrechen?«

»Still«, sagte Anneschka. »Sonst weckst du sie.«

Ohne ihren Schmuck und ihre Perlen sah Königin Switla eindeutig wie ein Mensch aus – verletzlich und mit ihrem ergrauenden Haar und der bleichen Haut auch ein wenig lächerlich. Um die herabgezogenen Mundwinkel zeigten sich Falten. Anneschka fühlte sich an ihre Mutter erinnert.

Surowetz zog sein Messer. »Tu ihr nicht weh!«, rief Marie und rannte zum Bett, aber Anneschka fing sie ab. Königin Switla murmelte etwas im Schlaf.

»Machen Sie schnell«, flüsterte Anneschka.

»NEIN!«, schrie Marie.

Mit dem Messer in der Hand beugte Surowetz sich vor. In diesem Moment erwachte die Königin.

Blinzelnd schaute die alte Dame ihren Mörder an. Ihre Lippen formten eine Frage. Surowetz antwortete mit einer einzigen raschen Bewegung.

Marie kreischte. Anneschka legte ihr die Hände aufs Gesicht. Wollte sie Maries Schreie dämpfen oder das Kind vor dem Unvermeidlichen schützen? Anneschka wusste es selbst nicht genau.

Doch Marie biss sie in den Finger.

»Du kleine Ratte!«, rief Anneschka und ließ das Mädchen los. Beim Anblick ihres eigenen Blutes wurde ihr schwindelig. Sie stützte sich am Bett ab.

In ihrer Benommenheit brauchte sie ein Weilchen, bis ihr bewusst wurde, dass Marie nicht mehr kreischte. Das Mädchen lag zusammengesunken vor Surowetz' Füßen. Er blickte Anneschka mit seinen grauen Augen an. »Das Kind wollte nicht still sein.«

»Ist sie … tot?«, fragte Anneschka.

Surowetz bückte sich und tastete nach Maries Halsschlagader. »Bewusstlos«, antwortete er.

»Und die Königin?«

»Mausetot.«

Es klopfte an der Schlafzimmertür. Aber die Palastwachen kamen zu spät. »Eure Majestät«, rief eine Männerstimme draußen vor dem Zimmer. »Mir war, als hätte ich etwas gehört. Ist alles in Ordnung?«

Anneschka verdrehte die Augen. Wie weit sie auch reiste, Soldaten schienen immer aus dem gleichen Holz geschnitzt zu sein. Sie warf einen Blick auf die tote Frau im Bett. »Alles in Ordnung!« Anneschka ahmte Königin Switlas raue Stimme nach. »Ich habe nur schlecht geträumt.«

Als die Schritte des Wächters verklangen, warf Surowetz sich Marie über die Schulter, sodass ihre Arme schlaff über seinen Rücken hingen. »Soll ich das Kind den Kruttemosch bringen?«, fragte er Anneschka.

Sie musterte Marie. Ihre Kleidung hatte immer noch Mehlspuren, ihr Zopf baumelte jetzt unter ihrem Kopf. Anneschka hatte keine Verwendung mehr für das Mädchen, und dennoch –

»Haben Sie mich gehört?« Surowetz machte ein leicht spöttisches Gesicht.

»Tun Sie, was Sie wollen«, sagte Anneschka. »Das Kind hat seine Bestimmung erfüllt.«

Kapitel 74

In dieser Nacht hatte Imogen einen Traum.

Sie träumte, sie wäre daheim und stünde vor ihrem Haus.

»Komm, Marie, lass uns fliegen!« Sie stieß sich vom Gehweg ab, und ihre Füße hoben sich vom Boden. Sie streckte die Arme aus, stieg allein durch Willenskraft auf und strich mit den Fingern über Autodächer.

Aber Marie kam nicht vom Boden los. »Ich kann das nicht«, rief sie. »Ich hänge fest.«

Imogen tauchte nach unten und griff nach ihrer Schwester. Es war leicht, sie mitzunehmen. Hand in Hand sausten sie die Straße entlang. »Siehst du«, sagte Imogen, »es ist ganz einfach.«

Sie flogen zwischen Schornsteinen und Baumwipfeln hindurch. Sie erschreckten einen nistenden Vogel. Mr Green blickte finster in seine Zeitung. Mrs Kowalski sang unter der Dusche. Doch am Ende der Straße begann Marie zu sinken. Sie sackte ab wie ein kaputter Luftballon. »Imogen!«, schrie sie strampelnd. Imogen musste sie loslassen.

Marie schrie und stürzte, sie stürzte, stürzte ab auf den Asphalt.

Als Imogen aufwachte, war ihr, als sei sie selbst ins Bett gestürzt. Sie lag in einer kleinen Kammer. An der Decke waren Flecken, und an den Wänden klebten zerquetschte Insekten.

Ich bin in Wálkaha, erinnerte sie sich. In der Herberge zum Hof.

Miro und Perla waren bereits wach und studierten die Karte der Kruttemosch. Konja saß an der Tür und bewachte sie.

Imogen konnte nur an ihre Schwester denken. Wo war Marie? War etwas Schlimmes passiert? Sie vermochte ihr Traumgefühl nicht abzuschütteln, dieses Bild, wie Marie stürzte. Hoffentlich waren es bloß ihre Sorgenteufel. Sie hatten die ganze Nacht auf ihrer Brust herumgescharrt.

»Die Straßen von Wálkaha sind an den falschen Stellen eingezeichnet.« Perla blickte ratlos auf die Karte.

»Bist du sicher, dass du sie richtig herum hältst?«, fragte Miro.

Perla runzelte die Stirn. Sie drehte die Karte hin und her.

»Was macht ihr da?« Imogen schwang die Beine aus dem Bett.

»Der Stadtplan von Wálkaha stimmt nicht«, sagte Miro. »So werden wir Tomil und Luki niemals finden. Wir müssen in den Palast gehen und mit den Fünf Königinnen sprechen.«

»Und was wollen wir ihnen sagen?« Perla wirkte ein bisschen ängstlich.

»Wir sagen, dass wir ihre Hilfe brauchen, um die Kruttemosch zu suchen«, erklärte Miro. »Dass wir die Kinder retten und das Land von den Ungeheuern befreien wollen.« Er zog ein eingebildetes Schwert und griff seinen eigenen Schatten an der Wand an.

Imogen staunte über Miros Vertrauen in Menschen, die Kronen trugen. Drakomor, Tibor, Kasimira … bisher waren sie nicht gerade hilfreich gewesen.

»Glaubst du, das klappt?«, fragte Perla.

Auch Imogen hatte ihre Zweifel, aber ein Versuch konnte wohl kaum schaden. Und falls Anneschka hier Königin werden wollte, war sie von den Thronen bestimmt nicht allzu weit entfernt …

Ein Geräusch riss Imogen aus ihren Gedanken. Die Sternenuhr begann zu schlagen, und die Kinder und Konja rückten näher heran.

Die Uhr sah ein bisschen mitgenommen aus: Die Edelsteine schwebten in holprigen Kreisen, und die Zeiger humpelten um das Zifferblatt. Doch das Türchen öffnete sich, und ein Mann trat heraus. Er hielt eine Teekanne in der Hand.

»Wer ist das denn?«, fragte Imogen. Das Figürchen tat so, als schenke es Tee ein.

Perla schüttelte den Kopf. »Keine Ahnung.«

Konja schlug mit der Pfote nach dem hölzernen Männlein. Es kippte um und fiel aufs Gesicht. Die Sternenuhr zog es mitsamt seiner Teekanne wieder in ihr Gehäuse hinein.

»Er sah aus wie ein Diener«, sagte Miro. »Ich wette, er arbeitet für die Fünf Königinnen. Kommt, wir gehen zum Palast. Vielleicht sind Anneschka und Marie auch da.«

Kapitel 75

Wálkaha hatte mehr Schichten als eine Hochzeitstorte, und alle Straßen schienen bergauf zu führen. Imogen, Perla, Miro und Konja stiegen bis ganz nach oben. Der Palast der Fünf Königinnen überblickte die Stadt. Es war ein kunstvoll verziertes Gebäude, dessen Türme die Form von Perlenketten hatten.

Miro marschierte gleich zum Eingang, wo zwei schick gekleidete Männer Wache standen. »Ich bin König Miroslaw Jaromir Drahomir Krischnow«, sagte er, »Herr der Stadt Jaroslaw. Ich wünsche, die Königinnen zu sprechen.«

Die Wachen stutzten erst, als hielten sie den Atem an, und dann schüttelten sie sich vor Lachen. Miro erstarrte. Imogen spürte, wie Zorn in ihr hochkochte. Wie konnten sie es wagen, über ihren Freund zu lachen!

»Du bist König von nirgendwo«, sagte der eine. »Du bist nichts als ein kleiner Bengel.«

Miro warf Perla und Imogen einen Blick zu. Seine Ohrenspitzen waren rot geworden. »Seien Sie lieber freundlich zu ihm«, sagte Imogen. »Sonst lässt er sie in die Hladomorna-Gruben werfen.«

»Uuuh, da kriege ich aber Angst«, sagte der Wachmann. Er wischte sich Lachtränen von den Backen. »Hört mal … ich mache diesen Job schon eine ganze Weile, und ich weiß, wie ein König aussieht. Er kommt mit Fahnen und Dienern hier an. Nicht mit zwei kleinen Mädchen und einer Katze.«

»Aber ich bin wirklich der König von Jaroslaw.« Miro wurde jetzt lauter. »Ich befehle Ihnen, mich einzulassen!« Doch je mehr Miro sich aufregte, desto weniger königlich klang er. Die Wachen prusteten wieder los.

»Das hat keinen Sinn«, sagte Imogen leise. »Wie bringen wir sie dazu, uns anzuhören?«

»Sag ihnen, die Königinnen sind in Gefahr«, flüsterte Perla.

»Sagt ihr es ihnen doch«, brummte Miro. »Ich rede nicht mehr mit diesen Bauern.«

Perla verzog unschlüssig den Mund.

»Gut«, sagte Imogen, »dann mache ich das.« Sie trat vor die Männer. »In Wálkaha befindet sich eine Frau, die vorgibt, Prinzessin Paula zu sein, dabei ist sie gar keine Prinzessin. Sie hat es auf die Throne von Wálkaha abgesehen. Wir sind gekommen, um die Fünf Königinnen zu warnen.«

Der zweite Wachmann wirkte verunsichert. »Wenn das ein Scherz ist, kriegst du Ärger.«

»Das ist kein Scherz«, sagte Imogen. »Es ist die Wahrheit.«

»Wartet hier«, sagte der erste Wachmann und verschwand im Palast.

Imogen wartete so geduldig, wie sie konnte. Es fiel ihr schwer, weil Marie vielleicht ganz in der Nähe war und sie es nicht erwarten konnte, das überraschte Gesicht ihrer Schwester zu sehen. Das würde ungefähr so sein wie neulich, als Oma aus dem Krankenhaus gekommen war und sie ihr einen gigantischen Kuchen gebacken hatten. Oder als Mama gesagt hatte, die Mädchen müssten zum Zahnarzt, dann aber stattdessen mit ihnen zum Strand gefahren war. Oder an Imogens zehntem Geburtstag, als –

Die Tore zum Palast flogen wieder auf, und eine Gruppe von Männern in roten Umhängen trat heraus. »Ah, Kinder!«, rief der Größte von ihnen. »Ich höre, ihr wollt Prinzessin Paula an der Machtergreifung hindern.«

»Wer sind Sie?«, fragte Miro.

»Mein Name ist Surowetz«, sagte der hochgewachsene Mann. »Spielt aber keine Rolle … leider kommt ihr etwas zu spät. Prinzessin Paula hat Wálkaha in der Nacht verlassen.«

Er hatte ein gieriges Funkeln in den Augen, und Imogen spürte, dass etwas nicht stimmte. »Wo ist meine Schwester?«, fragte sie. »Sie war mit Prinzessin Paula zusammen. Sie hat rote Haare und ist ungefähr so groß.«

Imogen sah ihm an, dass er sich erinnerte. »Deine Schwester ist bei den Kruttemosch«, sagte Surowetz. »Ich habe sie persönlich übergeben. Und da kommst du auch hin.«

Er wollte Imogen packen, aber Konja knurrte warnend. Ihr Katzenkörper war gespannt wie eine Sprungfeder.

»Ich bin eher ein Hundemensch.« Surowetz wollte der Schneehulark ausweichen, aber Konja war schneller. Sie sprang und schlug ihm ins Gesicht. Surowetz taumelte rückwärts und hob die Hand an die Wange. Blut. Drei rote Schnitte.

»Das werdet ihr büßen«, wisperte er und zog sein Schwert. Die anderen Männer drängten sich um ihn.

»Was machen wir jetzt?«, fragte Miro leise.

»Abhauen«, sagte Imogen.

Und damit drehte sie sich um und schoss davon. Eine Hand griff nach ihrem Gesicht. Sie duckte sich und hastete gebückt über das Kopfsteinpflaster. Auch Perla und Miro flohen. Konja sprang vor ihnen her.

»Schnappt sie!«, rief Surowetz. »Befehl der Fünf Königinnen!«

Kapitel 76

Imogen suchte sich eine Straße aus und sprintete los. Die anderen kamen offenbar nicht hinter ihr her, sondern nahmen einen anderen Weg.

Da sie jetzt vom Palast fortrannte, führten alle Straßen bergab, und ihre Füße konnten mit ihrem Körper kaum mithalten.

Mit einem Schlenker nach links schaffte sie es gerade noch, einer Frau auszuweichen, die einen Stapel Silberteller trug. Die Männer, die sie verfolgten, waren nicht so wendig, und es gab ein fürchterliches Gescheppper. Doch Imogen drehte sich nicht um. Sie schlitterte ein Gässchen hinunter, über das sich kreuz und quer Fußgängerbrücken spannten. Direkt vor Imogen flitzte Perla über eine Brücke.

»Hey!«, rief Imogen. »Wie bist du da hochgekommen?« Aber Perla war schon vorbei, gefolgt von einer Schneehulark in gestrecktem Galopp. Miro hetzte hinter den beiden her, blickte aber nicht nach unten, sodass er Imogen in der Gasse nicht sah. Zum Schluss der wilden Jagd kamen Surowetz und seine Leute. Sie überquerten die Brücke mit drei großen Schritten, und ihre roten Umhänge flatterten hinter ihnen her.

»Lauf, Miro, lauf!«, rief Imogen. Aber diesen Rat musste sie jetzt dringend selbst befolgen. Die Männer, die hinter ihr her waren, hatten das kleine Sträßchen gefunden. Imogen hetzte unter den Brücken hindurch, ihre Füße trommelten über das Kopfsteinpflaster. Über ihr sausten kreischend die Vögel mit den spitzen Flügeln durch die Luft.

Aus der Gegenrichtung näherten sich Mönche, plump und langsam wie watschelnde Gänse.

»Achtung, ich komme!«, schrie Imogen. Der Mönchspulk teilte sich, und Imogen verschwand in einem Meer aus dunklen Gewändern.

Dann schoss sie aus der Seitengasse auf eine breitere Straße hinaus. Hinter ihr protestierten die Mönche, weil Surowetz' Leute sich mit Gewalt einen Weg durch die Gruppe bahnen wollten. Vor ihr lag die Stadt mit ihren unzähligen hellen Türmchen.

Imogen rannte und rannte. Sie wusste nicht, in welche Richtung, ihr einziger Gedanke war, dass sie sich nicht fangen lassen durfte. Einige Wachen kamen den Berg hinunter. Suchten sie nach ihr? Imogen ließ es nicht darauf ankommen. Sie sprang in einen Laden und zog die Tür hinter sich zu.

Ihr Herz hämmerte wild, als sie durchs Fenster lugte. Die Palastwachen waren draußen auf der Straße stehen geblieben. Sie diskutierten und zeigten in verschiedene Richtungen – sie suchten nach ihr. Imogen duckte sich schnell, damit die Männer sie nicht sehen konnten. Sie zählte ihre Atemzüge und wartete darauf, dass ihr Herzschlag sich beruhigte.

»Wie kann ich dir helfen?«, fragte eine heitere Stimme. Als Imogen sich umdrehte, sah sie hinter einem Werktisch einen blonden jungen Mann sitzen.

»Ach … ich glaube nicht, dass Sie mir helfen können«, antwortete sie.

»Blödsinn«, sagte der Mann. Mit einer Geste erfasste er den Raum. »Es geht nur darum, den richtigen Stil zu finden.«

Ringsherum an den Wänden seiner Ladenwerkstatt standen Vitrinenschränke. Sie enthielten alle möglichen glitzernden Schmuckstücke: Armbänder mit eingelegtem Granat, verzierte Spangen, Gürtelschnallen und ein Diadem aus Perlen. An der Decke hingen Korallenketten.

»Ich arbeite mit dem reinsten Silber in ganz Wálkaha«, sagte der junge Mann. »Alle Entwürfe hier stammen von mir. Bist du sicher, dass ich dich nicht zu einem kleinen Schmuckstück verleiten kann? Vielleicht zu einem Ring oder einer Brosche?«

»Ich bin nicht auf der Suche nach einer Brosche«, sagte Imogen voller Bitterkeit. »Ich suche meine Schwester.«

»Ach so.« Der Silberschmied lächelte sie mitfühlend an. »Schwestern habe ich leider nicht im Angebot.«

Aber Imogen hörte gar nicht zu. Sie erinnerte sich, was Surowetz gesagt hatte. Deine Schwester ist bei den Kruttemosch, und da kommst du auch hin.

Sie war zu spät. In ihrer Kehle bildete sich ein Klumpen. Meine Schwester hat rotes Haar. Sie ist ungefähr so groß. Der Klumpen in Imogens Kehle schwoll an. Über Marie zu sprechen würde sie nicht herbeizaubern.

Doch der Silberschmied wartete darauf, dass Imogen etwas sagte, also ließ sie ihre Worte strömen. »Marie hat rotes Haar, eine Sommersprosse auf der Nasenspitze und eine Narbe an der Hand, da hat sie sich mal geschnitten. Sie ist erst acht, aber sie kann richtig gut zeichnen …« In Imogens Augen brannten Tränen.

»Sie hat Glück, dass sie so eine Schwester hat wie dich«, sagte der Mann.

Imogen brach in Tränen aus. »Nein!«, rief sie. »Das war Maries Unglück! Ich bin schuld, dass sie entführt wurde! Es war meine Schuld, dass sie das Hotel verlassen hat.«

Der Silberschmied widersprach Imogen nicht. Stattdessen wartete er ab, bis ihre Tränen versiegten. »Möchtest du eine Tasse Tee?«, fragte er dann.

Imogen blickte aus dem Fenster. Die Männer mit den roten Umhängen waren verschwunden.

»Ja, bitte«, sagte sie. »Das wäre schön.«

Kapitel 77

Der Silberschmied machte auf seinem Arbeitstisch Platz, indem er Hammer, Pinzetten und Edelsteine beiseiteschob. Dann brachte er zwei Tassen mit Silberrand. Oma hätte dieses Geschirr geliebt.

Als der junge Mann den Tee einschenkte, begann es in Imogens Kopf fieberhaft zu arbeiten. Er hatte helle, fast unsichtbare Augenbrauen, und seine Hände wirkten geschickt und stark. Doch es war der Anblick der Teekanne, der sie fesselte. Wo hatte sie diese Kanne schon gesehen?

»Zum Süßen gebe ich ein bisschen Honig hinein«, sagte er und reichte Imogen eine Tasse.

»Jetzt weiß ich, wer Sie sind«, rief sie und verschüttete vor Aufregung fast ihren Tee. »Sie sind der Mann aus der Uhr!«

Der Silberschmied war verdutzt.

»Wissen Sie etwas von meiner Schwester?« Imogen fragte sich, warum die Uhr ihr diesen Mann gezeigt hatte. Er schüttelte den Kopf und trank einen Schluck. »Wissen Sie etwas über die Kruttemosch?«

Jetzt hätte er fast seinen Tee ausgespuckt. »Nein«, antwortete er. »In Wálkaha haben wir keine Kruttemosch.«

»Doch«, sagte Imogen. »Meine Schwester wurde hier in dieser Stadt an sie ausgeliefert. Und warum sollten die Kruttemosch sonst einen Stadtplan von Wálkaha haben?«

Der Mann setzte seine Tasse ab. »Wer hat dich geschickt?«, fragte er.

»Niemand.«

»Mit wem auch immer du gesprochen hast –«

Die Ladentür ging auf, und eine Frau trat ein. Als sie Imogen sah, zögerte sie. »Störe ich?«

»Überhaupt nicht«, antwortete der Mann mit einem bemühten Lächeln.

»Ich suche eine Haarnadel«, sagte die Frau. »Sie soll aber nicht zu überladen sein.«

»Das Geschäft ist geschlossen«, fuhr Imogen sie an.

Die Frau blickte von Imogen zum Silberschmied. »Tut mir leid, das war mir nicht klar.« Imogen starrte sie an, bis sie sich verzog. Dann stand sie auf und schob den Riegel vor die Ladentür, damit niemand mehr hereinkommen konnte.

»Was machst du denn da?«, rief der Silberschmied. »Das war eine meiner besten Kundinnen!«

Imogen kehrte an den Arbeitstisch zurück. »Ich möchte Ihnen einige Fragen stellen.« Imogen beschwor ihre innere Detektivin herauf. »Und Sie müssen mir die Wahrheit sagen. Wie heißen Sie?«

»Jemniwetz«, flüsterte er, »kurz Jemni.«

Er wirkte ängstlich, und wenn ihre Aufgabe nicht so wichtig gewesen wäre, hätte Imogen ein schlechtes Gewissen gehabt. Doch sie stellte dieses Verhör ja nicht zum Spaß an, sondern sie tat es für Tomil und Luki und Marie und alle anderen Kinder, die von den Kruttemosch geraubt worden waren.

»Was wissen Sie über meine Schwester?«

»Nichts«, sagte Jemni.

Imogen legte die Hände auf den Rücken. »Was wissen Sie über die Kruttemosch?«

»Nichts«, sagte er, aber diesmal klang es fragend.

»Das ist nicht die Wahrheit, oder?«, sagte Imogen.

»Möchtest du noch Tee?« Jemni schenkte ihr eine zweite Tasse ein. »Der tut gut, wenn man mit den Nerven fertig ist.«

Jemand rüttelte an der Ladentür. Durchs Fenster sah Imogen einen roten Umhang. »Tut mir leid!«, rief Jemni. »Wir haben geschlossen.«

Wumm, wumm, wumm. Das Klopfen wurde lauter.

»Das sind die Männer aus dem Palast«, wisperte Imogen. »Die suchen mich! Lassen Sie sie nicht rein!«

»Ich muss sie hereinlassen«, sagte Jemni, »sonst schlagen sie mir die Tür ein.« Er öffnete eine Truhe, die hinten in seiner Werkstatt stand. »Schnell«, flüsterte er, »rein mit dir.«

Ist das ein Trick? überlegte Imogen, aber zum Diskutieren blieb keine Zeit. Die Männer hämmerten schon mit den Fäusten gegen die Tür.

»Sofort!«, rief Jemni, während Imogen in die Truhe kletterte. Er klappte den Deckel über ihr zu.

Durch das Schlüsselloch in der Truhe konnte Imogen in den Raum sehen. Jemniwetz öffnete die Ladentür, und die Männer stürzten herein. »Warum hast du so lange gebraucht? Warum war deine Tür verriegelt?«

»Ich habe gerade Tee gemacht«, sagte Jemni. »Möchtet ihr welchen?«

Die Männer starrten auf die beiden Tassen mit Silberrand. »Mit wem hast du Tee getrunken?«

Einen schrecklichen Moment lang fürchtete Imogen, Jemni könnte sie verraten. Es würde leicht sein, sie auszuliefern, schließlich lag sie in einer Kiste. War das von Anfang an sein Plan gewesen?

»Ach, ich mache immer zwei Tassen«, sagte Jemni. »Eine reicht mir nicht.«

Einer der Eindringlinge nahm Imogens Teetasse und schmiss sie an die Wand. Sie zuckte zusammen, als sie die Tasse zerschellen hörte.

Für einen Augenblick sprangen ihre Gedanken in die Vergangenheit zurück. Sie war wieder bei Branna und Zemko, hockte zusammengekauert in ihrem Versteck im Klavier, und die Kruttemosch überfielen sie …

Imogen schüttelte den Kopf und lugte wieder durch das Schlüsselloch der Truhe. Zwei Männer hatten Jemni an der Kehle gepackt. Ein dritter Eindringling, ein untersetzter Mann mit fleischigem Nacken, durchwühlte die Schränke. Er riss einen Schrank nach dem anderen auf und schleuderte den Schmuck beiseite.

»Was machst du da?«, rief Jemni. »Du hast kein Recht –«

Der stiernackige Mann kippte mit lautem Krachen einen Schrank um.

Wieder fuhr Imogen zusammen. »Bitte, tut ihm nicht weh«, flüsterte sie. Vielleicht sollte sie versuchen, Jemni zu helfen? Aber wenn sie jetzt gefangen wurde, war alles umsonst gewesen, und sie würde Marie keine Hilfe sein.

»Du glaubst, du wärst was Besseres als wir, stimmt's?« Der Mann näherte sich dem Silberschmied. »Du mit deinen Silberhänden … Aber du hast genauso Dreck an den Händen wie ich. Dass du keine Raubzüge mitmachst, heißt nicht, dass du unschuldig bist.« Angewidert sah er sich im Laden um. »Ohne uns wärst du ein Nichts, Jemniwetz.«

Imogen hatte das Auge am Schlüsselloch. Der Mann redete, als kenne er Jemni, aber sie schienen nicht gerade Freunde zu sein. Sie wünschte, er würde Jemni in Ruhe lassen. Drei gegen einen war unfair.

»Was wollt ihr?«, fragte Jemni.

»Wir suchen ein Kind«, sagte der untersetzte Mann. »Ein Mädchen aus den Tieflanden. Etwa zehn oder zwölf Jahre alt. Sie ist in diese Richtung gelaufen. Hast du sie gesehen?«

Der Silberschmied zögerte, und Imogen zog sich zurück. Gleich würde Jemni sie verraten. Wenn sie doch bloß etwas netter zu ihm gewesen wäre … Die beiden Männer hielten ihn immer noch am Hals gepackt.

»Nein«, antwortete er. »Ich habe kein Mädchen gesehen.« Imogen atmete aus.

»Ich rate dir, die Wahrheit zu sagen. Surowetz will, dass sie aus dem Weg geschafft wird.«

»Ehrlich!«, rief Jemni. »Ich habe die ganze Zeit gearbeitet.«

Sie ließen ihn los, und er sackte auf dem Fußboden zusammen.

»Du bist schon immer ein Nervenbündel gewesen«, grinste der Mann mit dem Stiernacken schadenfroh. Er schob sich einen Ring auf die Zeigefingerspitze. »Meine Frau mag Silber«, sagte er. »Vielen Dank für das Geschenk.«

Im Hinausgehen bedienten die Männer sich aus den Schmuckvitrinen. Dann schlug die Tür hinter ihnen zu.

Kapitel 78

Miro, Perla und Konja rannten durch die Straßen von Wálkaha. Sie jagten über Fußgängerbrücken und gepflasterte Plätze. Miro drehte sich immer wieder um und hoffte jedes Mal, dass sie die Männer endlich abgeschüttelt hatten, aber sie waren den Kindern weiter auf den Fersen, und ihre roten Umhänge flatterten hinter ihnen her wie Fahnen.

Vor Miro tauchte der Torbogen mit dem halbrunden Stadttor auf. Dahinter war nichts als Gestrüpp, und dorthin wollte Miro nicht. Das Land war zu flach, man konnte sich nirgends verstecken. Aber Surowetz' Leute kamen jetzt aus allen Richtungen. Miro blieb keine andere Wahl.

»Hier entlang!«, rief er Perla zu und rannte zum Torbogen. Seine Knie wurden allmählich weich, und seine Lungen fühlten sich bei jedem Atemzug an, als wollten sie gleich platzen.

Am Stadttor kassierten zwei Wächter das Torgeld. Sie waren unschlüssig, ob sie die Kinder passieren lassen sollten, und zögerten.

Dann sahen sie Konja. Mehr als sechzig Kilogramm Schneehulark kamen auf die Männer zugaloppiert. Beide sprangen zur Seite.

Konja und die Kinder rannten durch das Tor ins Buschland hinein. Unter ihren Füßen wirbelte Staub auf. Ein Wiesel quiekte. Es flitzte aus dem Weg und verschwand in einem kleinen Loch.

»Wo wollen wir hin?«, keuchte Perla. Sie wurde langsamer, aber Miro behielt sein Tempo bei. Sie durften keine Zeit verlieren. Sein Blick wanderte über die öde Landschaft. »Zu dem Felsen da hinten. Der reicht vielleicht.«

Er schaute sich so eifrig nach einem Versteck um, dass er vergaß, auf den Boden zu achten.

Seine Stiefel sackten ein – und sackten weiter, durch etwas hindurch, das er für Fels gehalten hatte, in ein tiefes Loch. Um nicht hineinzustürzen, hielt er sich an einem Busch am Rand der Grube fest. Einen Moment lang klammerte er sich an eine Handvoll Blätter.

Über ihm wuchsen Blumen. Unter ihm war nichts als Luft. Miro versuchte, an der Grubenwand Halt zu finden. Da rissen die Blätter ab, und er fiel.

Seine Hose rutschte an glattem Fels entlang.

Sein Hemd flatterte ihm ins Gesicht wie ein Flügel.

Er rutschte und rutschte.

Wohin, konnte er nicht sehen.

Sogar ein Schrei blieb über ihm zurück.

Dann wurde die steile Rinne flacher, und Miro konnte bremsen. Er schob sich das Hemd aus dem Gesicht und bewegte seine Arme, seine Beine, den ganzen Körper. Anscheinend hatte er sich nichts gebrochen …

Perla kam hinter ihm hergesaust, und schon stießen ihre Füße gegen seinen Hintern. »Aua!«, rief er und drehte sich um. Konja schlitterte auf allen vieren in das Gewühl aus Armen und Beinen hinein. Miro stöhnte, als sie mit dem Kopf gegen seinen Rücken prallte.

Einen Moment lang blieben die drei keuchend liegen und rührten sich nicht. Miro blinzelte in den aufsteigenden Staub. Hier unten, unter dem Buschland, war es dunkel. Dunkel, aber nicht stockfinster. Von oben hörten sie Männerstimmen. Offenbar waren sie in eine Höhle mit steilen Wänden gestürzt.

»Gutes Versteck«, flüsterte Perla.

»Ja«, sagte Miro und kam auf die Füße. Das hier war tausendmal besser als der Felsbrocken, den er ursprünglich angesteuert hatte.

Die Stimmen über ihnen verklangen.

Geschafft, dachte Miro. Wir sind ihnen entkommen. Doch als seine Augen sich an das Dämmerlicht gewöhnt hatten, konnte er in der Höhle Schatten erkennen. Rüstungen und Beine, Körper und Klauen – Kruttemosch.

Miros Herz schlug wild. Perlas Atemzüge klangen panisch.

»Nicht bewegen«, flüsterte Miro.

Die Kruttemosch rührten sich nicht. Sie standen reglos da, wie Krieger vor einem Kampf.

Warum griffen sie nicht an? Hatten die Monster sie noch nicht bemerkt? Miro warf Perla einen Blick zu. Sie schlotterte am ganzen Körper. Noch nie hatte er einen Menschen gesehen, der so große Angst hatte. Das verstärkte auch seine eigene Angst.

Aber etwas war seltsam …

Als Miro mit dem Absatz gegen einen Stein stieß, surrte plötzlich ein blaugrünes Licht vor ihnen herum. Es war ein Glühwürmchen.

Immer noch rührten sich die Kruttemosch nicht. Sie standen Schulter an Schulter, eine Reihe hinter der anderen, bis tief in die finstere Höhle hinein. Miro machte einen kleinen Schritt auf sie zu. Konja knurrte leise.

Bildete Miro es sich ein, oder standen die Ungeheuer wirklich merkwürdig zusammengesackt da? Sie wirkten eingefallen und schlaff, wie alte Klamotten ganz hinten in einem Kleiderschrank.

Das Glühwürmchen schwebte zu dem Kruttemosch, der den Kindern am nächsten stand, und verschwand durch ein Nasenloch in einem Helm. Die Höhle war wieder dunkel. Da tauchte das Insekt erneut auf und mit ihm auch sein Licht, aber nun leuchtete es aus dem fellbesetzten Ohr des Monsters.

»Die sind gar nicht echt!« Miro konnte seine eigenen Worte kaum glauben.

»Wie meinst du das?«, flüsterte Perla leise wie ein Mäuschen.

Miro unterdrückte seinen Fluchtinstinkt und ging ein paar Schritte auf die Kruttemosch zu. Mit pochendem Herzen berührte er den hellen Pelz eines der Monster. Der Körper des Ungeheuers war kalt.

»Das sind keine echten Kruttemosch«, sagte er. »Sie sind hohl.«

»Nein«, japste Perla. »Das kann nicht sein.«

Miro untersuchte den Körper. Obwohl er jetzt wusste, dass die Gestalten keine Gefahr darstellten, wollte die Angst noch nicht recht aus seinen Gliedern weichen.

Diese Kruttemosch bestanden aus Tierfellen, die ungeschickt zusammengenäht waren. Zwei Arme. Zwei Beine. Ein Loch für den Hals. Unten am Rücken hing ein künstlicher Schwanz.

Ein Helm schützte den Kopf, darunter guckte Fell heraus. Vorn im Mund waren Zähne befestigt, und durch die Augenlöcher konnte der Träger sehen.

Am merkwürdigsten aber waren die Stiefel. Es waren ungeheure, mit Fell überzogene Pfoten. Sie hatten außen Klauen und innen kurze Stelzen mit einer Plattform für den Fuß. Damit wirkten die Männer, die sie trugen, größer.

»Das sind bloß Kostüme«, sagte Miro, diesmal selbstsicherer. »Das sind keine Kruttemosch.«

Kapitel 79

Imogen kletterte aus der Truhe. In der ganzen Werkstatt verstreut lagen Glasscherben, umgeworfene Schränke und zertrampelte Kostbarkeiten. Jemniwetz stand vom Fußboden auf.

»Sind Sie verletzt?«, fragte Imogen.

Der Silberschmied schüttelte den Kopf. Er wirkte erschöpft. »Ich finde, das ist gerade ziemlich gut gelaufen … wenn man die Gesamtsituation berücksichtigt.«

»Danke, dass Sie mich nicht verraten haben«, sagte Imogen. Sie wartete kurz, damit Jemniwetz sich sortieren konnte. Er zog seine Jacke zurecht und strich sich das Haar glatt.

»Wer waren die Leute?«, fragte sie dann. »Und woher kennen Sie die Männer?«

Jemni schaute sie mit traurigem Blick an. »Jetzt mal von vorn«, sagte er. »Du erzählst mir, was du vorhast, und ich sage dir, was ich weiß. Aber lass uns nach oben gehen. Ich halte es nicht aus, dieses Chaos zu sehen.«

Imogen folgte dem Silberschmied in den Raum über der Werkstatt. Seine Decke war gewölbt, und die Stühle hatten spindeldürre Beine. In einer Ecke stand eine Schaufensterpuppe mit einem silbernen Kopfputz. Hier oben gab es nur wenige Gegenstände, aber sie waren mit großer Sorgfalt angefertigt worden.

Imogen musste sich beherrschen, um den Kopfputz nicht zu berühren. Sie wollte Jemni zeigen, dass sie zum Reden bereit war, daher setzte sie sich auf einen Stuhl und schob die Hände unter die Beine.

»Erst du«, sagte der Silberschmied. »Ich höre.«

Also erzählte Imogen ihre Geschichte. Sie berichtete, wie ihre Schwester entführt worden war und dass sie Marie unbedingt zurückholen wollte. Sie schilderte, wie die Kruttemosch Kinder mitnahmen, und erklärte, dass sie und ihre Freunde dem ein Ende bereiten wollten.

Jemni hörte ihr schweigend zu. In den richtigen Momenten nickte er oder brummte beruhigend. Imogen hatte eigentlich nicht vorgehabt, ihm alles zu erzählen, aber dann war doch die ganze Geschichte aus ihr herausgesprudelt.

»Du machst da etwas sehr Kühnes«, sagte der Silberschmied, als Imogen geendet hatte. »Ich wünschte, ich wäre auch so mutig wie du.«

Imogen fragte sich, was er meinte. Er hatte sie vor den Männern in den roten Umhängen beschützt, er hatte sich geweigert, ihr Versteck preiszugeben, obwohl sie seine Werkstatt zertrümmert hatten. Das war doch mutig gewesen, oder etwa nicht?

Jemni setzte den Kessel auf und wartete, bis das Wasser kochte. Dann holte er zwei neue Tassen und einen Topf mit Honig. »Hör mal«, sagte er, während er den Tee einschenkte, »ich mag die Kruttemosch genauso wenig wie jeder andere, aber was ich gleich sagen werde … das hast du nicht von mir erfahren. In Ordnung?«

Imogen nickte ungeduldig.

»Also gut.« Der Silberschmied seufzte. »Dann fange ich an. Bevor es Wálkaha gab, vor Hunderten von Jahren, konnten in diesem Land nur die Robustesten überleben, nämlich Nomaden und tiefwurzelnde Pflanzen.

Du hast ja gesehen, wie es da draußen aussieht. Der Boden ist von Natur aus mit Löchern durchsetzt. Niemand konnte sich vorstellen, hier eine Stadt zu gründen, und schon gar nicht eine so prächtige Stadt wie Wálkaha. Aber als man Silber fand, wurde alles anders. Ein Kind war in ein Loch gerutscht und hatte ein riesiges Vorkommen entdeckt, das sich wie ein Blitz durch den Fels zog.

Die Nachricht davon verbreitete sich, und die Leute kamen in Scharen in die Buschlande. Alle erhofften sich, über Nacht reich zu werden. Die

Stadt, die sie errichteten, wurde Wálkaha genannt. Sie war nichts weiter als eine kleine Bergbausiedlung mitten im Gestrüpp.«

»Und was hat das mit den Kruttemosch zu tun?« Imogen rutschte auf ihrem Stuhl herum.

»Dazu komme ich gleich«, sagte Jemni. Er massierte sich den Nacken. »Du musst die Geschichte dieser Stadt kennen, wenn du mehr über die Kruttemosch wissen willst. Als die erste Silbergrube erschöpft war, begannen die Bergleute an anderen Stellen zu graben. Sie fanden immer mehr Silbervorkommen im Gestein. Wálkaha und seine Bewohner wurden reich.

Einige Bergleute verschwanden, aber niemand machte sich groß Gedanken deswegen. Sie hätten eben besser aufpassen sollen, sagten alle. Das Gestein, das man aus der Erde holte, wurde für den Bau von Palästen, Kirchen und Straßen verwendet. Je tiefer die Silbergruben in die Erde vordrangen, desto höher wurde Wálkaha.«

Imogen warf einen Blick auf den Kopfputz. Er glänzte im schwachen Licht. Da also kam das Silber her – aus Silberbergwerken, die unter der Erde verborgen waren.

»Schließlich«, fuhr Jemni fort, »wurde es immer schwieriger, Silber zu finden, und inzwischen waren so viele Bergleute spurlos verschwunden, dass es auch schwer war, Männer zur Arbeit in den Gruben zu bewegen. Düstere Geschichten machten die Runde – Geschichten von Monstern, die im Felsgestein lebten.«

»Die Kruttemosch!«, rief Imogen. Fast hätte sie ihren Tee verschüttet.

Doch Jemni schüttelte den Kopf. »Nein, leider nicht. Im letzten Jahr schlossen die Fünf Königinnen die Bergwerke. Sie sagten, der Ertrag lohne das Risiko nicht mehr. Außerdem sei Wálkaha doch schon so wohlhabend. Wozu brauchen wir noch größeren Reichtum? Das jedenfalls sagten sie.«

Imogen nahm sich Honig. Eigentlich war er für den Tee gedacht, aber sie hatte Hunger. Sie ließ die Kristalle auf der Zunge zergehen.

»Was meinen Sie damit?«, fragte sie.

»Die meisten hier denken, die Gruben wären aufgegeben worden. Sie glauben, es sind nur noch leere Hüllen … Hunderte von Meilen verlassener Höhlen und Tunnel unter unseren Füßen.« Jemni klopfte mit den Zehen auf den Fliesenboden. »Aber die Gruben wurden nicht aufgelassen. Weder im letzten Jahr, noch wird es in Zukunft dazu kommen. Die Fünf Königinnen betreiben die Silbergewinnung heimlich weiter.«

Imogen wollte gerade fragen, wie ein Bergwerk arbeitete, in dem es keine Bergleute mehr gab, da fiel ihr blitzartig die Antwort ein. Grässlich und gewagt. So schrecklich, dass man sie nicht aussprechen konnte.

»Die Fünf Königinnen schicken Kinder in die Gruben «, sagte Jemni. »Kinder sind leichter zu überwachen als Erwachsene, und sie verschwinden nicht ganz so schnell.«

»Sie verschwinden nicht?«

»Genau. Die Monster, die im Fels leben – sie verschlingen nur Erwachsene.«

Imogen schwirrte der Kopf. Wie konnten die Königinnen so etwas tun?

»Es gab nur ein Problem«, sagte Jemni. »Wálkaha ist eine zivilisierte Stadt. Daher konnten wir nicht unsere eigenen Kinder in die Gruben schicken. Aber vielleicht die Kinder anderer Leute? Und so sind die Kruttemosch entstanden.«

»Die Fünf Königinnen haben die Kruttemosch entdeckt?«, fragte Imogen.

»Nicht entdeckt, sondern erfunden«, sagte Jemni mit einer Grimasse. »Die Kruttemosch gibt es eigentlich gar nicht.«

Imogens Teetasse klapperte, als sie sie absetzte. Sie traute ihren Ohren nicht. »Wie meinen Sie das? Ich hab die Monster selbst gesehen!«

»Die Fünf Königinnen baten die reichsten Familien in Wálkaha um Hilfe.« Jemni starrte auf seine Armlehne. Einen Moment lang wirkte er wie hypnotisiert.

»Weiter«, drängte Imogen. »Und dann?«

»Seitdem geben die Familien ihre stärksten Söhne für die Sache her. Junge, kraftstrotzende Männer, denen es nichts ausmacht, auch mal Blut zu vergießen. Diese Männer bekommen einen Anteil am Silber. Als Gegenleistung entführen sie Kinder aus benachbarten Königreichen und setzen sie unter der Erde zum Arbeiten ein.«

»Sie sagen, die Kruttemosch sind eigentlich Menschen?«

»Es sind die übelsten Menschen, die ich kenne. Denk nur an die Männer, die meine Werkstatt zerschlagen haben – das sind sie, die Kruttemosch.« Jemni hob eine Hand an den Hals, wo die Eindringlinge ihn gepackt hatten.

»Aber die Kruttemosch haben doch Fell!«, rief Imogen.

»Kostüme«, sagte Jemni finster. »Und nicht mal besonders gute, wenn du mich fragst. Für ihre Überfälle verkleiden sie sich. In der übrigen Zeit sehen sie ganz normal aus. Sie sind nur an ihren roten Umhängen zu erkennen – die Umhänge sind das Zeichen für ihren Geheimklub.«

»Nein«, sagte Imogen, »das kann nicht sein! Die Kruttemosch hat es doch schon immer gegeben. Man spricht seit Jahrhunderten von ihnen. Es gibt Sagen über sie und Kinderlieder!«

»Was glaubst du, was die Fünf Königinnen zu ihrer Erfindung inspiriert hat?«

Imogen spürte, wie etwas in ihr zersprang. Vielleicht war es der Stein aus Zorn in ihrem Brustkorb, der immer härter geworden war? »Woher wissen Sie das?«, fragte sie. »Haben Sie einen Beweis?« Jetzt klang sie ein bisschen wie Mark.

»Der Herr der Kruttemosch ist mein älterer Bruder«, gestand Jemni. Er senkte den Kopf. »Er heißt Surowetz.«

In Imogens Kopf jagten sich die Gedanken. Surowetz war der Mann im Palast – der, der gelächelt hatte wie ein Wolf. Er hatte gesagt, Marie sei bei den Kruttemosch und er hätte sie persönlich übergeben.

Aber die vielen geraubten Kinder – Perlas Bruder, Brannas Tochter und ihr Sohn … Das sollten Menschen getan haben? Weil sie gierig nach Silber waren?

Imogen sah den Silberschmied böse an. »Wenn der Herr der Kruttemosch Ihr Bruder ist, warum stoppen Sie ihn dann nicht?«

Mit panischem Gesicht blickte Jemni auf. »Surowetz untersteht den Königinnen. Da kann ich gar nichts machen! Außerdem ist er kein Mann, mit dem man vernünftig reden könnte. Das ist nicht meine Schuld. Ich kann nichts dafür, dass er so ist.«

Imogen musterte Jemnis bleiches Gesicht. Er hatte tatsächlich etwas Ähnlichkeit mit Surowetz – das gleiche kantige Kinn, die silbergrauen Augen und das blonde Haar. Allerdings war Jemnis Haar noch heller, fast weiß. »Sie haben Angst, stimmt's?«, sagte Imogen. »Sie haben Angst vor Ihrem eigenen Bruder.«

»Wie gesagt«, erwiderte Jemni leise, »ich wünschte, ich wäre so mutig wie du.«

Kapitel 80

Als Imogen in die Herberge zurückkehrte, dunkelte es bereits. Sie ging durch die Gaststube, ohne den Blick der Wirtin zu beachten, und stieg die Treppe zu dem Zimmer hinauf, das sie mit Perla, Miro und Konja teilte. Hoffentlich waren sie den Männern entkommen und inzwischen wieder hier. Imogen musste ihnen unbedingt berichten, was sie herausgefunden hatte.

Sie öffnete die Tür, aber das Zimmer war leer. Keine Schneehulark. Keine Freunde.

»Sie wurden gefangen«, wisperte ein Sorgenteufel. »Surowetz hat sie geschnappt.«

Imogen versuchte, sich zu beruhigen. Das war nicht wahr … das konnte nicht wahr sein. Allein würde sie es unmöglich schaffen.

Ohne sich auszuziehen, kroch sie ins Bett und zog sich die Decke über den Kopf. Die Vorstellung, dass Marie in großer Angst irgendwo tief unter der Erde gefangen war, war schrecklich. In den Silbergruben gab es keine Sonne. Keinen Mond. Keine Sterne. Bloß viele, viele Schichten harten Fels.

Imogen schloss die Augen.

Marie fürchtete sich im Dunkeln. Mama musste immer das Licht im Flur anlassen.

Warum hatte Anneschka die kleine Schwester den Kruttemosch überlassen? War ihr Schicksal nicht mit Marie verknüpft? Wollte Anneschka nicht Königin werden? Imogen verstand es nicht.

»Du bist als Einzige übrig geblieben«, zischelten die Sorgenteufel. »Ab jetzt gibt es nur noch dich und unssssss.«

Imogen nahm ein Kissen in die Arme und drückte es an die Brust. »Ich muss nur Geduld haben«, flüsterte sie. »Miro und Perla kommen bestimmt wieder.«

Miro wollte zurück ans Tageslicht. Die Höhle war unheimlich. Auch wenn es die Kruttemosch eigentlich nicht gab, gruselte es ihn zwischen den Fellanzügen.

Perla hatte es nicht so eilig. Immer wieder schob sie die Hände in die Ärmel der Kostüme und drehte die riesigen Pfoten. Konja kaute auf einem Kruttemosch-Handschuh herum. »Die sind leer«, sagte Perla. »Die ganze Zeit habe ich mich versteckt, aber wovor? Warte nur, bis Papa das erfährt.«

Papa ... das Wort ließ ihm keine Ruhe. Was hätte sein Vater zu den Kruttemosch gesagt? Was würde ein guter König tun? Er lugte durch das Loch im Höhlendach, durch das sie heruntergestürzt waren. Verfolger waren nicht zu sehen, bloß ein Kreis aus Gebüsch und Himmel. Ab und zu flatterte ein Vogel vorbei, einer von den kleinen mit den bogenförmigen Flügeln.

Er hätte ebenso gut durch ein Teleskop schauen können, so weit weg schienen die Vögel zu sein.

Miro schob die Hemdärmel bis zu den Ellbogen hoch und nahm Anlauf. Kräftig mit den Armen rudernd, rannte er die Rinne hinauf. Er schaffte es fast bis nach oben und griff schon nach den Blättern. Doch da rutschte er aus, und die Schwerkraft erledigte den Rest.

Perla und Konja sahen zu, wie er zurück auf den Höhlenboden rutschte.

»Alles in Ordnung.« Er tat so, als würde er Schmutz von seiner Hose klopfen, denn er spürte, wie ihm das Blut ins Gesicht stieg, und wollte nicht, dass Perla es sah. »Wir müssen einen anderen Weg nach draußen finden«, sagte er. »Das wäre einfacher, wenn es hier unten nicht so dunkel wäre.«

Perla schnippte mit den Fingern, und ein Glühwürmchen zeigte sich. Das blaue Licht beleuchtete ihr Gesicht.

»Wie hast du das gemacht?«, rief Miro.

»Beobachtung«, sagte Perla leise.

»Beobachtung? Wie meinst du das?«

»Als das erste Glühwürmchen auftauchte, warst du doch kurz vorher gegen einen Stein gestoßen. Da hab ich mir gedacht, dass die Glühwürmchen vielleicht auf das Klicken reagieren.«

Miro und Perla schnippten mit den Fingern, bis ein ganzer Schwarm kleiner Insekten die Höhle erleuchtete. Konja schaute zu. Ihr Schwanz zuckte, und die Glühwürmchen spiegelten sich in ihren Augen.

Die Insekten flogen an den Kruttemosch-Kostümen vorbei und sammelten sich dicht unter der Decke. In diesem unheimlichen Licht konnte Miro bis zum hinteren Ende der Höhle sehen. »Da drüben!«, rief er.

In den Fels führte ein Gang hinein.

Mit der Schneehulark auf den Fersen betraten die beiden Kinder den Tunnel. Die Decke über ihnen war von Löchern durchsetzt. Doch diese Öffnungen waren so weit oben, dass sie nicht hindurchklettern konnten. Aber immerhin ließen sie etwas Sonnenlicht herein.

Die Kinder kamen an eine Kreuzung, an der die Felsspalte sich in fünf Gänge aufteilte. »Das ist mehr als bloß eine Höhle und ein Tunnel«, wisperte Miro. »Das ist ein ganzes unterirdisches Netz.«

Konja schnupperte in die Luft. Sie wirkte angespannt. »Was hast du?«, fragte Perla. Die Schneehulark verkroch sich in eine dunkle Ecke. Perla und Miro folgten ihr und drückten sich an die Wand, sodass sie nicht zu sehen waren.

Es war gerade noch rechtzeitig. In einer Reihe kamen Männer durch den Tunnel anmarschiert. Sie trugen Kruttemosch-Helme unter den Armen. Ihnen folgten weitere Gestalten, die von Kopf bis Fuß mit Fell verkleidet waren.

»Das sind so viele«, flüsterte Perla hoffnungslos.

Der Boden vibrierte unter den trampelnden Füßen. Von den Wänden des Tunnels rieselte Staub.

Miro spürte, wie er den Mut verlor.

Obwohl er jetzt wusste, dass die Kruttemosch Männer waren, packte ihn die Angst. Menschen mit bösen Absichten konnten genauso furchterregend sein wie Monster.

Du weißt doch alles über das Böse, sagte eine Stimme in seinem Kopf. Vergiss nicht, was dein Onkel getan hat.

»Ich bin nicht wie mein Onkel«, flüsterte Miro.

Der letzte Kruttemosch war verschwunden.

»Wir müssen hier raus«, sagte Perla. Sie huschte in eine andere Felsspalte hinein, und Konja folgte ihr mit der Nase am Boden.

»Wir müssen zusammenhalten«, rief Miro. »Warte doch – warte auf mich!«

Kapitel 81

Imogen hatte wach bleiben und auf ihre Freunde warten wollen. Unbedingt. Aber der Schlaf musste sich angeschlichen haben, als sie einen Moment nicht aufgepasst hatte. Jetzt schreckte sie plötzlich hoch. Sie hatte auf dem Bauch gelegen, mit dem Gesicht im Kissen. Vor dem Gasthaus waren Stimmen zu hören. Kurz darauf stürzten Miro, Perla und Konja ins Zimmer.

»Wo wart ihr denn?«, rief Imogen. »Ich dachte schon, diese Männer hätten euch mitgenommen! Ich hab gedacht –« Sie schwieg. Miro und Perla waren staubbedeckt, und auch auf Konjas Fell lag dick Staub.

»Du glaubst nicht, was wir gesehen haben.« Miro schloss die Zimmertür.

Die Kinder erzählten sich ihre Erlebnisse. Miro und Perla berichteten Imogen von ihrer Flucht – wie sie in ein Loch im Gestrüpp gefallen waren und eine Höhle voller Kruttemosch entdeckt hatten.

Imogen versuchte zu berichten, was sie von Jemni erfahren hatte. Sie war noch verschlafen, und die Geschichte geriet ihr immer wieder durcheinander, aber Perla und Miro begriffen das Wichtigste. »Surowetz ist der Herr der Kruttemosch«, sagte Imogen. »Alle denken, die Silbergruben seien stillgelegt worden, aber Surowetz verschleppt Kinder zum Arbeiten dorthin.«

Perla griff nach dem Stadtplan der Kruttemosch und stellte auf jede Ecke eine Kerze. »Was machst du da?«, fragte Imogen. Perla deutete auf die Überschrift auf dem Plan:

Hier liegt Wálkaha, die Stadt aus Stein.

»Wir haben doch geglaubt, dass dieser Plan hier falsch ist, wisst ihr noch?«, sagte Perla, ohne aufzusehen. »Wir dachten, er stimmt nicht.«

»Ja …?«, sagte Imogen.

Perla zeichnete die blauen Linien mit dem Zeigefinger nach, sie verfolgte jede Kurve, jede Biegung. »Der Plan ist richtig. Es ist aber kein Plan von der oberirdischen Stadt, sondern von dem Gebiet unter der Erde.«

Imogen kniete sich neben ihre Freundin und sah sich die Karte genau an. Es war, als wäre die Welt auf den Kopf gestellt: Straßen, die oberirdisch unmöglich gewesen wären, erschienen plausibel, wenn man sich vorstellte, dass sie sich unterirdisch durch den Fels wanden. Kirchen verwandelten sich in Höhlen. Türme wurden zu unterirdischen Schächten.

»Perla, du bist ein Genie!«, rief Imogen. »Das ist eine Karte von den Bergwerken!«

Perla lächelte schüchtern.

»Worauf warten wir noch?« Imogen sprang auf. »Kommt, wir starten die Rettungsaktion jetzt sofort!« Im Geiste sah sie Marie in ein unglaublich tiefes und finsteres Loch fallen.

»Ähm«, sagte Miro, »ich weiß nicht, ob das eine gute Idee ist. Wir mussten dreißig verschiedene Wege ausprobieren, bis wir aus dem Labyrinth da unten rausgefunden haben. Als wir endlich wieder oben waren, hatten unsere Verfolger aufgegeben und waren nach Hause gegangen. So lange haben wir gebraucht, um da unten wieder rauszukommen! Und wir waren nicht einmal ganz unten in den Silbergruben, sondern bloß auf der Ebene darüber.«

Konja schüttelte sich Staub aus dem Pelz, sodass eine kleine weiße Wolke entstand.

»Okay.« Imogen gab sich größte Mühe, geduldig zu klingen. Sie wollte ihre Schwester retten. »Aber dieses Mal nehmen wir doch die Karte mit.«

»Wenn ein Kruttemosch vorbeikam, mussten wir uns immer im Dunkeln verstecken«, sagte Miro. »Mit den vielen entführten Kindern ginge das gar nicht. Die Kruttemosch würden uns auf der Flucht entdecken.«

»Dann kämpfen wir eben!« Imogen ballte die Fäuste.

Aber Miro schüttelte den Kopf. »Imogen, du verstehst mich nicht. Da unten waren so viele Kruttemosch! Wir könnten es unmöglich mit allen aufnehmen.«

Imogen ließ sich auf den Fußboden fallen. »Was sollen wir denn dann machen?«

Perla legte einen Finger an die Nasenspitze – sie dachte scharf nach. Imogen stützte den Kopf in die Hände – sie hatte keine Idee mehr.

»Wir könnten ein Ablenkungsmanöver planen«, sagte Miro. »Irgendwas, womit wir die Kruttemosch aus den Gruben weglocken.«

Die Uhr tickte ein wenig lauter. »Du meinst, so etwas wie ein Erdbeben?«

»Vielleicht muss es nicht ganz so katastrophal sein.« Miro sprach jetzt ungewöhnlich ruhig. »Wie wäre es mit einem Duell, so wie in der Geschichte, die Luki uns erzählt hat?«

Imogen hörte die Sternenuhr plötzlich so laut, als würde sie direkt an ihrer Schläfe ticken.

»Ich könnte den Herrn der Kruttemosch zum Duell fordern«, sagte Miro. »Alle Leute würden kommen, um sich den Zweikampf anzusehen. Sogar die Fünf Königinnen von Wálkaha. Und natürlich die Kruttemosch!«

»Aber Miro«, Imogen kniff die Augen zusammen, »der König in der Geschichte – der stirbt doch dabei.«

Miro betrachtete seine Ringe. »Ach, keine Sorge, es wäre bloß ein Duell bis zur ersten blutenden Wunde. Das müsste reichen, um die Kruttemosch abzulenken. Und in der Zeit könnt ihr die entführten Kinder aus dem Bergwerk holen.«

»Meine Eltern würde mir niemals einen Zweikampf erlauben.« Es klang, als würde Perla sich darüber ärgern. »Ein Duell mit dem Herrn der Kruttemosch … das ist die größte Mutprobe, die man sich denken kann!«

Imogen hatte das Gefühl, dass Perla nicht verstand, worum es ging.

»Das gehört zu den Vorteilen, wenn man König ist«, sagte Miro. »Man kann machen, was man will.«

»Aber wie willst du den Herrn der Kruttemosch zum Kampf fordern? Die haben doch kein Büro oder so was.«

»Ich werde den Ausrufer bitten, es in der ganzen Stadt zu verkünden. Dann erfährt Surowetz es sehr bald.«

Imogen schüttelte verzweifelt den Kopf. Wie konnte sie Miro dieses Vorhaben ausreden? »Miro«, begann sie, »Marie ist nicht *deine* Schwester. Du kannst doch nicht –«

»Sie ist meine Freundin«, unterbrach Miro und schnippte sich eine Haarsträhne aus der Stirn. »Außerdem bin ich König Miroslaw Krischnow, der Sohn von Wadik dem Wagemutigen. Was hat es für einen Sinn, König zu sein, wenn ich so was nicht in Ordnung bringen kann?«

Kapitel 82

Die Kunde vom Duell verbreitete sich in Windeseile. Der Knabenkönig von Jaroslaw forderte den Herrn der Kruttemosch zum Zweikampf auf. Er sollte auf der Molchinsel stattfinden – ganz wie in der alten Sage.

Niemand hielt es für möglich, dass das Kind gewinnen würde. Trotzdem war das Duell bald überall Gesprächsthema. Die Kaufleute erzählten es den Handwerkern und diese wiederum den Fischern. Auch in den Gotteshäusern wurde geflüstert. Man schloss Wetten ab. Reiter wurden in ferne Länder geschickt …

Als Patolisal die Nachricht erhielt, verschwand sein Gummibandlächeln. »*Wo* ist Miro hingeritten? Und *was* hat er vor?« Patolisal zerknüllte den Brief in der Faust. »Denkt der Junge denn immer nur an sich selbst? Was soll aus mir werden, wenn er im Kampf umkommt? Tote Könige brauchen keine Berater!«

König Tibor machte sich gerade bettfertig, als ein Diener anklopfte. »Majestät, wir haben einen Brief erhalten. Der König von Jaroslaw hat den Herrn der Kruttemosch zum Duell gefordert, auf der Molchinsel.«

Tibor ließ seine Nachtmütze fallen. »Was hat das zu bedeuten? Hat Miroslaw die Geschichten nicht gehört? Es ist doch der König von Wodnislaw, der die gepanzerten Monster vertreiben wird!«

Der Diener wählte seine Worte mit Bedacht. »Ich glaube, er möchte versuchen, die Überfälle der Kruttemosch zu beenden.«

»Unsinn!«, brüllte Tibor. »Er will mich in ein schlechtes Licht rücken. Das ist sein Ziel! Er klaut mir meinen Ruhm! Er ist scharf auf meinen Thron!« Doch dann beruhigte der König sich wieder. Vielleicht gab es ja eine Möglichkeit ... »Sprichst du wirklich von dem gleichen Kind, das aus meinem Gefängnis entflohen ist? Von dem Jungen mit den Mädchen und der Katze?«

»Die Beschreibung klingt in der Tat so«, sagte der Diener.

»Ausgezeichnet. Hole mir meine Schreibfeder. Ich will dem Knabenkönig sofort einen Brief schicken.«

Inzwischen saßen in Wálkaha die Fünf Königinnen auf ihren kalten silbernen Thronen und dachten ihre silberkalten Gedanken. Anneschka war eine von ihnen und gab sich größte Mühe zu schweigen.

Sie war nicht mehr Prinzessin Paula. Paula war Schnee von gestern. Nachdem sie Königin Switlas Leiche beiseitegeschafft hatten, hatte Anneschka ihre Kleidung angelegt, den Kopfputz, die Brustplatte, den Schmuck und das Gewand. Zum Glück hatte Switla einen Gesichtsschleier getragen. Hinter diesem Netz aus Perlen war Anneschkas Gesicht nicht zu sehen.

Während sie im Thronsaal saß, nach vorn blickte und nach besten Kräften eine Königin darstellte, marschierte Surowetz herein. Auf seiner Wange hatten sich drei wütende rote Linien gebildet, so als hätte er einen Tatzenhieb von einer gigantischen Katze bekommen.

»Der Knabenkönig hat mich zum Duell gefordert«, erklärte er. »Zum Kampf bis aufs erste Blut. Die ganze Stadt redet schon davon!«

Anneschka rührte sich nicht, aber ein Muskel in ihrem Nacken spannte sich an. Der Knabenkönig von Jaroslaw. Das war Drakomors Erbe. Was machte er auf dieser Seite der Berge?

»Warum will der Knirps sich denn duellieren?«, fragte Königin Jiskra.

»Er glaubt anscheinend, dass die Kruttemosch seine Freunde entführt haben.« Surowetz schien zu erwarten, dass die Königinnen darüber lachen würden. Aber er blickte nur in versteinerte, schweigende Gesichter.

»Die Kruttemosch sind Sagengestalten, nicht Männer, gegen die man im Kampf antreten könnte«, sagte Königin Blipla, die Wachsame. Anneschka wollte ihr zustimmen. Sie hatte schon einmal versucht, Miroslaw ermorden zu lassen, und das hatte nicht so richtig geklappt ...

Surowetz blinzelte die Königinnen an. »Ich kann mich nicht weigern, denn alle wissen schon davon! Die Leute kommen von nah und fern angereist. Das Duell wird auf der Molchinsel stattfinden, nicht weit von Wodnislaw entfernt. Es wäre eine Schande für mich, wenn ich nicht erschiene. Das würde aussehen, als hätte ich Angst.«

»Zum Teufel mit Ihrer Ehre!«, rief Königin Slata. »Niemand weiß, dass Sie es sind!«

»Wollt Ihr wirklich, dass die Kruttemosch als Feiglinge dastehen?«, fragte Surowetz. »Wenn die Bewohner der Tieflande keine Angst mehr vor uns haben, wehren sie sich vielleicht.«

Daraufhin fingen die Königinnen an zu schnattern. Anneschka tat ihr Bestes, um mitzureden, aber sie hatte kein gutes Gefühl bei der Sache.

»Sie haben recht«, sagte Königin Jiskra schließlich. »Es ist besser, ihnen gleich jede Hoffnung zu nehmen. Zeigen Sie den Tiefländern, was passiert, wenn man die Kruttemosch herausfordert. Zeigen Sie ihnen, wie die Geschichte in Wirklichkeit endet.«

»Wie meinen Sie das?«, fragte Königin Flumkra, die wie immer als Letzte begriff. »Es ist doch nur ein Zweikampf bis aufs erste Blut. Sobald der Junge einen Kratzer hat, ist der Kampf vorbei.«

Surowetz' Blick schien Anneschkas Perlenschleier zu durchdringen. Er wusste, wer sich dahinter verbarg. Schließlich war er es gewesen, der Königin Switla ermordet und Anneschka bei ihrer Verwandlung geholfen hatte.

»Manchmal«, sagte Surowetz mit bösem Lächeln, »fließt sehr viel erstes Blut.«

Kapitel 83

Die Wirtin der Herberge zum Hof stürzte ins Zimmer der Kinder. »Draußen im Hof steht ein Mann. Er sagt, er hätte eine Nachricht für König Miroslaw. Ist das eine Art Künstlername?«

Miro setzte sich im Bett auf. Das Haar fiel ihm ins Gesicht, sodass er kaum etwas sehen konnte. Er zog seine Stiefel an und rannte an der Frau vorbei und hinunter in den Hof.

Der Bote verbeugte sich und übereichte ihm eine Schriftrolle:

Lieber König Miroslaw,

meine Schwester wurde von den Kruttemosch geraubt. Ich weiß nicht, ob sie noch lebt, aber ich hoffe, dass Ihr den Kampf gewinnt. Ich hoffe, dass Ihr dem Herrn der Kruttemosch den Kopf abschlagt. Hier ist eine getrocknete Blume, sie soll Euch Glück bringen.

Mit herzlichen Grüßen
Milena

Miro spürte, wie ihm das Blut ins Gesicht stieg. Er rollte das Pergament wieder zusammen.

Am nächsten Tag kamen weitere Briefe. Sie stammten von Menschen aus den Tieflanden, von Schäfern, Schustern und Fischerfrauen. Es waren Briefe voller Dankbarkeit und Ermutigung. Alle schienen Miro für einen guten König zu halten. Er hoffte, dass er sie nicht enttäuschen würde.

Ein Brief war von König Tibor, Miro erkannte ihn am königlichen Wachssiegel. Er brach das Siegel auf und las:

Lieber Miroslaw, Erbe von Wadik dem Wagemutigen,

du bist wahrhaftig der Sohn deines Vaters! Denn was könnte wagemutiger sein als ein Duell mit dem Herrn der Kruttemosch?
Es tut mir sehr leid, dass es während deines Besuches hier zu einem Missverständnis kam, und ich möchte mich dafür entschuldigen. In diesen schwierigen Zeiten müssen wir Könige zusammenhalten.
Ich möchte das gern wiedergutmachen. Du musst für die Dauer des Duells und der anschließenden Feierlichkeiten bei mir wohnen. Meine Festung, meine Skret und meine Dienstboten werden dir zur Verfügung stehen.
Ich bin sicher, dass dein Vater bei der Vorstellung, dass sein Sohn und sein alter Freund Tibor auf der gleichen Seite kämpfen, sehr bewegt wäre. Ich betrachte dich seit jeher als Verbündeten, der meinem Herzen so teuer ist wie ein eigener Sohn.
Ich werde die Gastgemächer für deine Ankunft herrichten lassen.
Lebe wohl!

König Tibor
Beschützer des Reiches der Tieflande
Herr über die Drei Flüsse
Gebieter über den Großen Wasserdrachen

Miro las seinen Freundinnen den Brief vor. »Warum schreibt König Tibor so?«, fragte Perla.

»Das muss er tun«, sagte Miro. »So schreiben Könige.«

»Auf der gleichen Seite kämpfen«, murmelte Imogen. »Dabei kämpft er doch gar nicht.«

»Ich finde, es ist ein netter Brief«, sagte Miro. Er wünschte, Imogen und Perla würden mit ihren Kritteleien aufhören und sich beeindruckt zeigen. Er hatte sich mit König Tibor versöhnt. Sie waren Verbündete. Reichte das nicht?

»Jedenfalls«, fuhr Miro fort, »möchte ich viel lieber in der Festung wohnen als in irgendeinem feuchten Gasthaus. Vor dem Duell muss ich gut schlafen.«

»Aber Tibor wollte uns hinrichten lassen!«, rief Imogen.

»Na gut … er hat seine Meinung offenbar geändert. Tibor hasst die Kruttemosch. Er steht auf unserer Seite.« Miro stopfte den Brief in seine Hemdtasche, um ihn nah am Herzen zu tragen. »Ich weiß nicht, ob ich das schon erwähnt hatte, aber er war mit meinem Vater befreundet.«

Kapitel 84

Imogen und Perla saßen mit Konja draußen vor der Herberge zum Hof und studierten die Karte der Kruttemosch, als sie Hufgeklapper hörten. Die Schneehulark stand auf, als eine Kutsche angefahren kam.

Sie war nicht so schick wie die Kutschen in Wálkaha, sondern sah eher aus wie ein kleiner Schuppen auf Rädern, aber sie wurde von vier kräftigen Pferden gezogen, und auf dem Bock saßen zwei Skret in Kettenhemden.

Als die Kutsche direkt vor der Herberge hielt, sprang Imogen auf. »Wir kommen wegen des Menschenkindes«, krächzte ein Skret mit einem Helm wie ein Kugelfisch. »Wer von euch beiden ist das?«

Imogen verschlug es die Sprache. Sie konnte den Blick nicht von den Klauen wenden, die aus den eisernen Schuhen herausguckten. »Das da ist es«, rief der andere Skret und zeigte auf Perla.

»Sicher?«, fragte der mit dem Kugelfischhelm.

»Weiß nicht. Die sehen alle gleich aus. Ist es denn wichtig, welches wir mitnehmen?«

Perla und Imogen wechselten einen Blick.

Der erste Skret schnippte gegen den Helm des anderen, der wie eine Glocke klang. »Natürlich ist das wichtig, du zahnloser alter Depp! Wir sollen König Tibor seinen Helden mitbringen! Nicht irgendeinen hergelaufenen Menschenwelpen.«

Imogen wollte sich gerade einmischen, als Miro aus der Herberge gerannt kam. »Tut mir leid, dass ich mich verspätet habe«, rief er den Skret zu. Er hatte sich eine Satteltasche über die Schulter gehängt und die Sternenuhr unter den Arm geklemmt. Die Mädchen waren sich einig gewesen, dass er sie mitnehmen sollte. Schließlich war es seine Uhr.

Der Skret schob seinen Kugelfischhelm zurück, um den Jungen besser sehen zu können. »Woher wissen wir, dass du der Richtige bist?«

»Warum sollte er uns belügen?«, fragte der andere Skret. »Wir nehmen ihn mit, weil er gegen den Herrn der Kruttemosch kämpfen soll, nicht, weil wir ihm ein Glas Schwarzwein anbieten wollen.«

Der Skret mit dem Kugelfischhelm zuckte mit den Schultern. »Also gut«, sagte er. »Spring rein.«

Imogen und Perla standen am Straßenrand, als Miro in die Kutsche stieg. Imogen wünschte, er würde nicht allein fahren. Perla musste den gleichen Gedanken haben, denn bevor die Tür geschlossen wurde, rief sie: »Nimm Konja mit!«

Miro wirkte überrascht. »Soll Konja nicht *dich* beschützen?«

Konja war mehr als eine Leibwächterin. Perla und die Schneehulark waren mit unsichtbaren Fäden verbunden, wie beste Freundinnen.

»Im Moment brauchst du mehr Schutz als ich«, sagte Perla. »Und außerdem brauchen auch Könige Gesellschaft.«

Perla kraulte Konja unter dem weichen Kinn. Die Wolfskatze schnurrte so laut, dass die Erde bebte. Dann ermunterte Perla sie zum Einsteigen. Verwirrt schaute Konja aus dem kleinen Kutschenfenster. »Du musst auf Miro aufpassen«, sagte Perla. Konja miaute leise.

Am anderen Kutschenfenster erschien Miros Gesicht. Er sah dem Jungen, den Imogen in Patolisals Villa aufgespürt hatte und den seine vermeintlichen Pflichten als König erdrückten, kaum noch ähnlich. Von den langen Ritten in der Sonne war sein Gesicht nussbraun geworden. Seine Locken hingen ihm fast über die Augen.

Etwas zog in Imogens Brust. Ein leichtes Zerren. Ein Schmerz. Vielleicht war auch sie durch unsichtbare Fäden mit den Menschen verbunden, die sie liebte. »Bist du sicher, dass das richtig ist?«, fragte sie Miro. »Wird er dich auch bestimmt nicht verletzen?«

Miro hob die Hand ans Kutschenfenster und presste sie gegen das Glas. Imogen drückte ihre Hand von außen dagegen. Voraussichtlich würden sie nur wenige Tage getrennt sein – aber sie hatte ein merkwürdiges Gefühl, so als würden sie sich für sehr lange Zeit verabschieden.

Nach einem Peitschenknall holperte die Kutsche los. Imogen und Perla traten zurück. Konja schaute immer noch aus dem Fenster. Sie legte den Kopf zurück und heulte.

Etwas in Imogen antwortete der Wolfskatze, und einen Moment lang war ihre Kehle so zugeschnürt, dass sie nicht sprechen konnte. Das unsichtbare Band wurde gespannt.

»Ich hoffe, dass Miro weiß, was er tut«, sagte Perla. In ihren Augen glänzten Tränen.

Dann bog die Kutsche um die Ecke und verschwand in den belebten Straßen von Wálkaha.

Kapitel 85

Miro war nicht der Einzige, der nach Wodnislaw reiste. Das Duell zog viele Schaulustige an. Sie kamen aus den Gebieten nahe der überschwemmten Wiesen, weil sie darauf brannten, etwas Neues zu sehen. Aus dem Norden reisten Skret an, aus dem Süden Scheibenbäuche, und eine Hexe, die älter war, als ihr Aussehen vermuten ließ, drehte sich um und ging mit den anderen zusammen zu Fuß.

Doch die meisten Leute kamen aus den Nachbarorten nach Wodnislaw. Sie reisten per Boot und zu Fuß. Die Kruttemosch hatten ihnen ihre Kinder geraubt, ihre Geschwister, ihre Töchter, ihre Söhne. Es waren Menschen aus den Tieflanden, und sie kamen, weil sie sehen wollten, wie dem Herrn der Kruttemosch Gerechtigkeit widerfuhr.

Anneschka reiste in einer silberbeschlagenen Kutsche durch die Buschlande. Jede Königin hatte ihr eigenes Gefährt, doch Anneschka reiste nicht allein. Ihr gegenüber saß Surowetz.

»Du ahmst Königin Switla gut nach«, sagte er, während die Kutsche dahinrasselte. »Mach weiter so, dann verwandelst du dich vielleicht in sie. Stell dir das mal vor – du gehst als Anneschka schlafen und wachst mit dem Gesicht der alten Königin wieder auf.«

Anneschka überlief ein Schauer. Diese Vorstellung behagte ihr gar nicht. »Wahrscheinlicher ist, dass du als Kruttemosch aufwachst«, brummelte sie, aber Surowetz grinste nur noch breiter.

Das Land vor den Kutschenfenstern wurde grüner. Nach und nach verwandelte die Mondlandschaft sich in Hügelland. »Du solltest dem

Kampf nicht so entspannt entgegensehen«, sagte Anneschka. »Ich kenne Miroslaw Krischnow. Er stirbt nie dann, wenn er soll.«

»Deine Besorgnis rührt mich«, erwiderte Surowetz. »Aber wir alle wissen doch, wie dieser Kampf enden wird. Ich werde das Hirn dieses Grünschnabels über die ganze Insel verspritzen.«

Anneschka zog die Vorhänge in der Kutsche zu. »Ich warne dich«, sagte sie, »er führt etwas im Schilde.« Dann setzte sie ihren Kopfputz ab. Anschließend zog sie ihre Ringe aus. Sie waren fast so lang wie die Finger und hatten Gelenke, sodass sie beweglich waren. Trotzdem waren sie unbequem. »Ich hab dieses Kostüm satt«, sagte sie leise. »Ich will mich nicht ewig verstecken.«

»Was bleibt dir denn anderes übrig?« Surowetz lachte. »Du bist an deine Verkleidung gekettet, genauso wie ich an meine.«

»Ich bin an gar nichts gekettet«, fuhr Anneschka ihn an. »Ich bin die Königin von Wálkaha!«

»Du bist *eine* der Königinnen«, berichtigte Surowetz. Anneschka sah ihn finster an. Am liebsten hätte sie ihm ins Gesicht gestochen.

»Warum sitzt du überhaupt in meiner Kutsche?«, fragte sie. »Müsstest du nicht eigentlich da draußen mit deinen Leuten zusammen reiten? Oder was auch immer du machst, wenn du nicht als Monster verkleidet bist?«

Surowetz beugte sich vor. »Wir hatten eine Abmachung«, sagte er. »Ich helfe dir, Königin zu werden, und du machst mich reich.« Seine Augen funkelten im trüben Licht, und Anneschka hatte plötzlich den Wunsch, die Vorhänge wieder aufzureißen.

»Jetzt sitzt du da in deinem schicken Schmuck«, fuhr Surowetz fort. »Und wo ist mein Anteil am Silber? Wo ist meine Portion vom Reichtum? Wir Kruttemosch sind nicht für unsere Geduld bekannt.«

»Es ist so, wie du sagst«, keifte Anneschka. »Ich bin nur *eine* der Königinnen. Du kriegst deine Bezahlung, wenn ich als einzige Herrscherin übrig geblieben bin. Pass nur auf, dass du nicht selbst vorher umgebracht wirst.«

Die Kutsche rollte weiter.

Kapitel 86

Imogen und Perla betraten Jemnis Ladenwerkstatt. Der Silberschmied hatte die Glasscherben weggefegt und alles wieder aufgeräumt. Auf den Regalen schimmerten Edelsteine.

Jemni hämmerte gerade an einem Stück Silber herum. Als er die Tür hörte, blickte er auf, als erwarte er eine Kundin. Doch als er Imogen sah, machte er ein langes Gesicht. »Mehr kann ich nicht tun«, brummte er. »Um was du mich jetzt auch bitten willst, die Antwort ist Nein.«

»Schön, Sie zu sehen«, sagte Imogen. »Das ist meine Freundin Perla.«

Jemni nickte und machte sich wieder an die Arbeit. Ping, ping, ping, hämmerte er.

»Vielleicht sollten wir wieder gehen«, flüsterte Perla. »Er will uns offensichtlich nicht helfen.«

Aber für Imogen war das keine Option. »Wir gehen jetzt in die Silbergruben«, verkündete sie. »Um die Kinder zu retten. Meine Schwester und Perlas Bruder und alle anderen.«

Jemni stoppte seinen Hammer in der Luft. »Das dürft ihr nicht. Es ist gefährlich … Ihr seid noch Kinder.«

»Da unten sind doch schon Kinder«, sagte Imogen. »Und die wollen wir befreien.« Im Geiste sah sie vor sich, wie ihre Schwester mit dem Zeichenblock auf dem Fußboden saß und summend etwas bunt ausmalte. Die Vorstellung, dass Marie im Dunkeln Silber abbauen musste, war unerträglich.

Jemni legte seinen Hammer hin und strich sich mit der Hand über das Gesicht. »Hört mal, ich weiß, dass das schwer ist, aber es gibt ein paar

Dinge, die ihr nicht versteht. Ohne die Gruben hätten wir kein Silber. Ohne Silber gäbe es keinen Handel. Eine Stadt ohne Handel ist nicht lebensfähig – das ist einfach der Lauf der Welt.«

Imogen sah sich in der Ladenwerkstatt um. Sie musterte die Diademe und die Armbänder, die Broschen, Gewandnadeln und Perlen. Schließlich begriff sie. »Sie wollen uns gar nicht helfen«, stieß sie hervor.

Jemni seufzte. »Das habe ich nicht gesagt.«

»Ihr Bruder ist der Herr der Kruttemosch. Er lässt Kinder in den Silbergruben arbeiten. Und Sie brauchen das Silber, das die Kinder ausgraben, um Schmuck daraus zu machen! Sie haben gar kein Interesse daran, dass die Kinder befreit werden!«

»Das ist nicht wahr!«, rief Jemni.

Imogen schwieg. Sie atmete schwer. Noch nie war sie so zornig gewesen. Jemni tat, als wäre er nett und freundlich, aber er profitierte vom Leid der Kinder. Wieder spürte sie den Stein der Wut im Brustkorb. Er war hart wie ein Diamant und messerscharf.

»Warum beweisen Sie uns dann nicht, dass es nicht wahr ist?«, sagte Perla.

Jemni zögerte. »Wie meinst du das?«

Perla sprach nach wie vor nicht gern mit Fremden, aber das hier war so wichtig, dass es unbedingt geklärt werden musste. Sie blickte dem Silberschmied direkt ins Gesicht und fragte lauter: »Warum beweisen Sie uns nicht, dass es nicht wahr ist? Wir sind hergekommen, weil wir Sie um Hilfe bitten möchten.«

Jemni ließ die Arme fallen. »Was genau wollt ihr denn von mir?«

»Kommen Sie mit!«, rief Imogen. »Zeigen Sie uns, wo die Kinder gefangen gehalten werden!«

Jemni schüttelte den Kopf, aber nicht nur einmal oder zweimal. Er sah aus wie die Wackeldackel, die manchmal in Autos hinten auf der Ablage stehen, bloß dass er nicht nickte, sondern unaufhörlich den Kopf schüttelte.

»Hast du nicht zugehört, als ich meine Geschichte erzählt habe?«, fragte er mit einem bittenden Unterton. »In den Silbergruben gibt es Monster, die Erwachsene fressen. Ich würde da niemals lebendig herauskommen.«

Perla faltete die Kruttemosch-Karte auf und hielt sie so, dass Jemni sie gut sehen konnte. »Sie brauchen nicht mitzukommen«, sagte sie. »Zeigen Sie uns die Stelle einfach hier auf der Karte.«

Jemni griff nach dem Pergament. »Schön«, sagte er. »Einverstanden.«

Kapitel 87

In der Nacht vor dem Zweikampf träumte Miro schlecht. Er schreckte aus dem Schlaf hoch, in feuchtkaltem Bettzeug und allein in einem Himmelbett. Aber das war ja nichts Neues.

Doch ganz allein war er nicht. Konja schlief vor der Tür, die Sternenuhr tickte neben ihm, und er befand sich nicht in der Burg, in der er aufgewachsen war, sondern in König Tibors Festung in Wodnislaw.

Die Kissen hier rochen schimmelig, und die Kerze an seinem Bett war wie eine Flussnixe geformt, mit einem plumpen Menschenkörper und einem langen, gewundenen Schwanz.

Miro wusste, dass er nicht wieder einschlafen konnte, nicht nach diesem Albtraum. Er hatte geträumt, sein toter Onkel wäre der Herr der Kruttemosch und er müsse folglich gegen Drakomor kämpfen.

Die Angst, die Miro sorgsam unterdrückt und zu einem festen kleinen Ball zusammengepresst hatte, war in tausend Stücke zersprungen. Die Splitter sausten nun um ihn herum.

Hier flogen seine Angst, den Kampf zu verlieren, und seine Angst, ein schlechter König zu sein. Dort erkannte er seine Angst vor Schmerzen und seine Angst vor dem Tod und seine Angst davor, seine Freunde im Stich zu lassen …

Das Duell geht nur bis zur ersten blutenden Wunde, versuchte Miro sich zu beruhigen. Aber er wollte nicht bluten.

Konja sah ihn mit halb geöffneten Augen an. Vielleicht wunderte sie sich, dass er nicht schlief.

»Ich gehe nach draußen«, sagte Miro. »Ich brauche einen klaren Kopf.«

Konja stand auf, wölbte den Rücken und streckte die großen, pelzigen Vorderpfoten. Ich komme mit, schien sie zu antworten. Miro war dankbar dafür.

Vor seinem Zimmer wachten Skret. Tibor hatte gesagt, sie stünden dort Wache, um ihn zu beschützen, aber Miro hatte das Gefühl, dass sie eigentlich die Aufgabe hatten, ihn am Weglaufen zu hindern. Bis die Stadt erwachte und das Duell begann, waren es nur noch wenige Stunden.

»Ich mache einen Spaziergang«, sagte Miro. Die Skret sahen ihn mit Glupschaugen an. »Keine Sorge«, sagte er, »vor Sonnenaufgang bin ich wieder zurück.«

Bald schritt er mit Konja an der Seite durch Wodnislaw. Es war gut, aus der Festung heraus zu sein und die frische Luft auf der Haut zu spüren. Miro ging zwischen einer Häuserreihe und einem Fluss entlang. Er wusste nicht, welcher Fluss es war, er hatte keinen Plan, er wusste nur, dass er sich bewegen musste, um die Ängste fernzuhalten.

Er zog ein Stück Pergament aus der Tasche. Es war ein Brief in Patolisals Handschrift.

Lieber Miroslaw,

die Wachen haben dich gesucht, aber wir konnten nicht erraten, wo du hingeritten bist.
Hinter die Berge. Bist du denn wahnsinnig?
Du darfst nicht zu diesem Duell antreten. Ohne seine Königliche Familie wäre Jaroslaw verloren. Und auch ich wäre ohne dich verloren.

Miro konnte sich vorstellen, wie Patolisal diesen Satz sagte, nämlich mit einem breiten Gummibandlächeln im Gesicht.

Ich würde gern persönlich kommen, um dich abzuholen, aber ich werde hier gebraucht. Ich muss mich in deiner Abwesenheit um das Königreich kümmern. Ich bete, dass du den Kampf absagst. Du kannst ihn nicht gewinnen.

Dein ergebener Diener
Patolisal Petska
Chefberater des Königs

Miro ließ den Brief in den Schlamm fallen. Er war keine Königliche Familie. Er war bloß ein Junge.

Die Häuser am Fluss waren dunkel, aber auf den Booten schaukelten ein paar Laternen. Konja trank aus dem Fluss. Miro hob einen Kieselstein auf und schleuderte ihn ins Wasser.

Er wünschte, die Sonne würde niemals aufgehen. Er wünschte, der Kampf würde niemals beginnen.

»Kein Grund zur Panik«, flüsterte er sich zu. »Es ist nur ein Duell bis aufs erste Blut.«

Er hob noch einen Kiesel auf und warf ihn hoch über den Kopf. Der Stein sauste durch die Luft und plumpste ins Wasser. Konja beobachtete ihn mit angelegten Ohren.

Miro fragte sich, wie es wohl seinen Freundinnen ergangen war. Hatten die Kruttemosch sich aus den Gruben herauslocken lassen? Er hoffte sehr, dass Perla und Imogen nichts passiert war.

Er hob einen dritten Stein auf und schleuderte ihn ins Wasser. Dieses Mal jedoch hörte er kein Ploppen. Er schaute über den langsam dahinfließenden Fluss. Vielleicht war der Kieselstein im Schilf gelandet …

Eine Hand streckte sich aus dem Wasser. Finger mit Schwimmhäuten hielten den Stein.

Konja war mit einem Satz an Miros Seite. Im gleichen Moment tauchte Odlives Kopf auf.

Kapitel 88

Odlive schwamm näher ans Ufer heran, und Miro wich zurück. Die Nasenlöcher der Nixe schlossen sich, wenn sie untertauchte, und öffneten sich, wenn sie den Kopf wieder hob. »Ist das deiner?« Sie legte den Stein ans Ufer.

»Nein«, sagte Miro. Er dachte, es könnte als unhöflich gelten, Steine in Odlives Zuhause zu werfen, und er wollte sie nicht kränken.

»Komisch«, sagte Odlive und schaute zur Mondsichel empor. »Dann muss er von da oben gekommen sein.« Mit schelmischem Blick sah sie Miro wieder an.

Er fragte sich, worauf sie hinauswollte. »Ich hab keinen Landfisch.«

»Deswegen bin ich nicht hergekommen«, erwiderte Odlive. »Ich bin hier, weil ich es mir anders überlegt habe. Ich habe dich und deine Freundinnen beobachtet … Du bist nicht so wie die anderen Könige.«

Miros Gesicht verfinsterte sich. Ihm lag nichts daran, anders zu sein. Er bemühte sich, genauso zu sein wie sein Vater.

»Ich habe gesehen, wie ihr vor König Tibor geflohen seid«, fuhr die Nixe fort. »Ich hab nicht geglaubt, dass ihr das überleben würdet.« Im schwarzen Wasser war ihr Schwanz zu sehen, der sich hin und her wand. »Aber jetzt höre ich von diesem Duell mit dem Kruttemosch, und du kehrst in die Festung zurück, aus der ihr geflohen wart. Mit so viel Kühnheit hatte ich nicht gerechnet … ich habe nicht gewusst, dass Könige gute Menschen sein können.«

Konja knurrte, und Miro war geneigt, der großen Katze zuzustimmen. Er traute Odlive kein bisschen. Vielleicht wollte sie ihn zum Weglaufen überreden? Oder würde sie versuchen, ihn zu ertränken? »Was wollen Sie?«, fragte er.

Am anderen Ufer zog ein Fischer seine Angelschnur ein. Ein Fisch flappte gegen die Bordwand.

»Damit schwimme ich zwar gegen den Strom«, sagte Odlive. »Aber ich habe mich entschieden, dir einen Rat zu geben.«

»Ich brauche keinen Rat«, sagte Miro.

Die Flussnixe schnappte sich mit der Zunge ein Insekt. »Könige brauchen mehr Ratschläge als alle anderen«, sagte sie und verschluckte ihre Beute.

Vom Boot des Fischers hörte Miro einen dumpfen Schlag, und der Fisch zappelte nicht mehr.

»Ich weiß etwas, was du nicht weißt«, sagte Odlive in singendem Tonfall.

Wenn Miro hätte weglaufen wollen, wäre das jetzt ein guter Zeitpunkt gewesen. Aber vielleicht hatte Odlive ja recht. Vielleicht brauchte er wirklich ein wenig Hilfe. Vielleicht brauchte jeder ab und zu Hilfe …

»Ich höre«, sagte er.

Die Nixe lächelte, und er sah ihre spitzen kleinen Zähne. »Der Wasserdrache kommt, wenn du ihn rufst.«

»Der Wasserdrache?«, japste Miro. »Gibt es den wirklich?«

»Aber natürlich«, sagte die Flussnixe.

»Ich hab's gewusst!«, rief Miro. »Aber der Drache hilft nur dem König der Tieflande. Und das ist Tibor. Das bin nicht ich.«

Lachend warf Odlive den Kopf zurück. »Dieser popelige alte Pups? Der würde einen Wasserdrachen doch nicht mal erkennen, wenn der Drache zu ihm käme und sich auf seinen Schoß setzen würde.«

»Wie meinen Sie das?« Miro war fasziniert.

»Jeder kann den Drachen herbeirufen«, sagte Odlive. »Man muss bloß wissen, wie das geht.«

Jetzt hörte Miro gespannt zu.

»Morgen, wenn du dich mit dem Ungeheuer duellierst, musst du etwas von deinem Blut in den Fluss vergießen.«

»Wenn es weiter nichts ist, ich kann mir auch jetzt gleich in die Hand schneiden.« Miro zog sein Messer.

»Nein!«, rief die Nixe. »Jetzt noch nicht. Es muss in der richtigen Weise geschehen. Dein Blut muss sich mit dem deines Feindes vermischen. Ihr müsst beide bluten.«

Miro steckte sein Messer wieder ein. »Du meinst, ich soll dem Herrn der Kruttemosch eine blutende Wunde zufügen?«

»Ich hab nicht gesagt, dass es leicht ist«, murmelte Odlive. Sie schwamm vom Ufer fort. »Ich hab nur gesagt, dass ich dir einen Rat geben würde.«

Und damit tauchte sie wieder unter und hinterließ nichts als einen winzigen Strudel.

Kapitel 89

Miro und Konja wanderten im Sternenlicht durch die Festung. Sie waren auf dem Weg zurück in ihr Zimmer. Im Thronsaal jedoch blieb die Schneehulark stehen. Offenbar spürte sie, dass sie hier nicht allein waren.

»Was ist los?«, fragte eine Stimme. »Konntest du nicht schlafen?«

Miro blieb stocksteif stehen. Der König der Tieflande saß auf seinem Thron. Auf was wartete er hier im Dunkeln?

»Du glaubst vermutlich, der Wasserdrache wird dich retten«, sagte Tibor. Seine Stimme klang angespannt.

War der König Miro etwa durch die Stadt gefolgt? Hatte er das Gespräch mit der Nixe mitgehört?

Miro schwieg. Er wünschte sich eine Freundschaft mit dem alten Verbündeten seines Vaters, aber etwas an Tibors Tonfall machte ihn stutzig.

»Du musst doch die Geschichten gehört haben«, fuhr Tibor fort, »über den König, der sein Reich von den Kruttemosch befreit. Ich wette, du siehst dich gern als schwertschwingenden Helden. Bestimmt hast du deswegen das Duell angezettelt. Na los, sag mir, dass ich mich irre.«

Miro konnte Tibor nicht die Wahrheit sagen. Er wollte nicht verraten, dass in den Silbergruben eine Rettungsaktion stattfand, dass die Kruttemosch hingehalten und die Fünf Königinnen abgelenkt werden mussten.

Tibor lachte in sich hinein, aber fröhlich klang es nicht. »Jetzt sag ich dir mal was. Es gibt keine Helden«, erklärte er. »Keine echten. Genauso, wie es keinen Wasserdrachen gibt.«

Miro wollte weitergehen. Am liebsten wäre er in sein Zimmer gerannt und hätte die Tür hinter sich zugeschlagen. Stattdessen hörte er sich fragen: »Woher wisst Ihr das?«

»Komm mit.« König Tibor erhob sich von seinem Thron. »Ich habe das noch nie einem Menschen gezeigt.«

Diese Worte munterten Miro ein wenig auf. Tibor wollte ihm ein Geheimnis zeigen – ein Geheimnis, in das nur Könige eingeweiht wurden.

Mit großen Schritten verließ Tibor den Thronsaal, sodass Miro laufen musste, um mitzuhalten. Er mag mich ganz sicher, dachte der Junge. Offenbar betrachtet er mich als Sohn. Hatte Tibor das nicht in seinem Brief geschrieben?

Konja folgte ihnen. Ihr Blick wanderte von einem zum anderen.

Vor einem Wandbehang blieb Tibor stehen. Der Teppich zeigte einen Drachen, der die Sonne verdeckte. Tibor zog ihn zurück, und eine Geheimtür kam zum Vorschein. Der König schloss sie auf. »Nach dir«, sagte er.

Miro trat in den Gang hinter der Tür. Hier drinnen war es sogar noch feuchter als in der übrigen Festung. Tibor nahm eine Fackel von der Wand, und die beiden Könige gingen nebeneinander weiter. Konja lief mit gesenktem Kopf hinterher.

Der Gang öffnete sich zu einem großen, fensterlosen Raum. Als Tibor die Fackeln an den Wänden entzündete, erkannte Miro die Umrisse eines großen Tieres. Es hatte eine lange Schnauze und einen spitz zulaufenden Schwanz und schwebte über einem dunklen Wasserbecken.

»Da, sieh ihn dir an, den berühmten Wasserdrachen«, sagte Tibor. Doch das Untier rührte sich nicht. Miro betrachtete es genauer. Es hing an Ketten in der Luft.

König Tibor musterte Miros Gesicht. »Der Drache ist vor langer Zeit gestorben, schon viele Jahre vor meiner Geburt. Das hier ist mein einziges Erbe – ein präpariertes Monster mit Glasaugen.«

»Verstehe ich nicht«, sagte Miro. Er spürte, wie seine Energie ihn verließ.

»Die Geschichten beschützen mein Königreich«, sagte Tibor. »Alle glauben, dass der Drache existiert. Deshalb wurden wir noch nie überfallen. Deshalb leben wir hier immer noch in Frieden.«

Aber ihr werdet doch überfallen, dachte Miro. Was sind die Raubzüge der Kruttemosch denn anderes?

Konja wanderte am Beckenrand hin und her und schaute zu dem präparierten Tier hinauf. Sie hielt den Schwanz so gerade aufgerichtet wie einen Staubwedel, und ihre Ohren zuckten aufmerksam.

Der König deutete mit dem Kopf auf die Schneehulark. »Ich bin froh, dass du die Katze mitgebracht hast. Kasimira freut sich schon sehr darauf. Ich habe ihr versprochen, dass sie das Tier behalten darf – vorausgesetzt, dass du von dem Zweikampf nicht zurückkehrst.«

»Es ist ja bloß ein Duell auf das erste Blut«, sagte Miro. Also gibt es gar keinen Wasserdrachen, dachte er verzweifelt. Odlive hat mir etwas Falsches erzählt.

»Jedenfalls«, Tibor seufzte, »hab ich gedacht, bevor du in den Kampf ziehst, sollst du die Wahrheit erfahren. Ich will nicht, dass du versuchst, dich als Held aufzuspielen. Daher hielt ich es für das Beste, dass du Bescheid weißt.«

Er sprach mit einem Lächeln in der Stimme. Und da erkannte Miro: Tibor hatte ihn nicht lieb. Der König betrachtete ihn nicht als seinen eigenen Sohn. Für ihn war Miro einfach das Kind eines anderen – ein weiteres Kind, das die Kruttemosch ruhig mitnehmen konnten.

»Wie kann es sein, dass Ihr mir das nicht früher gesagt habt?«, fragte Miro.

König Tibor wandte sich bereits zum Gehen. »Keine Ahnung, Miroslaw«, sagte er achselzuckend. »Es muss mir entfallen sein.«

Kapitel 90

Die Stadt Wálkaha existierte unter der Erde noch einmal, allerdings auf den Kopf gestellt. Es gab eine oberirdische und eine unterirdische Stadt.

Alle Steine, aus denen die oberirdische Stadt erbaut war, waren aus dem Boden gehauen worden. Alles Silber war aus dem Fels herausgeholt worden. Man kann das größte Königreich der Welt nicht erschaffen, ohne etwas anderes zu zerstören.

Oberirdisch ragten Türme auf, unterirdisch waren Schächte in den Fels getrieben worden. Oben gab es Straßen, auf denen Kinder spielten, unten befanden sich Tunnel, in denen sie im Dunkeln arbeiteten.

Imogen saß zwischen diesen beiden Welten am Rand eines tiefen Lochs. Im Rücken hatte sie einen dürren Strauch. »Bist du sicher, dass das hier die richtige Grube ist?«, fragte sie.

»Glaub schon«, sagte Perla. Sie saß neben Imogen. Die Karte der Kruttemosch hatte sie in den Gürtel gesteckt. Sie rührte sich nicht, so als versuche sie, mit der Umgebung zu verschmelzen. Imogen ging es ganz anders. Sie steckte voller zappeliger Energie, ihr ganzer Körper wollte sich bewegen.

Hinter den beiden Mädchen stand Jemni. »Ich warte hier«, sagte er mit einem Blick über die Schulter. »Vielleicht braucht ihr Hilfe, wenn ihr wieder hochkommt.«

Perla schob sich näher an das Loch heran. Ihr Gesicht war maskenhaft starr, aber als sie Imogen ansah, war ein Anflug von Angst zu erkennen.

Ohne Konja ist Perla anders, dachte Imogen. Irgendwie unvollständig.

»Alles wird gut«, flüsterte Imogen. »Ich werde direkt hinter dir sein.« Mit einem Nicken nahm Perla das Versprechen an und ließ sich ins Loch hineingleiten. Imogen zählte die Sekunden, um Perla Zeit zu geben, den Weg frei zu machen.

Dann folgte sie ihr ins Dunkle.

Ihre Füße schlitterten über Steine.

Die Finsternis schluckte das Licht.

Imogen fiel und fiel …

… und kam rutschend zum Halten.

Hier in der Höhle war es kühler als oben.

»Alles in Ordnung?«, rief Jemni. Durch das Loch konnten die Mädchen sein Gesicht sehen, klein und weit entfernt.

»Ja!«, antwortete Perla. »Alles gut!«

»Schön«, sagte Jemni. »Ich warte hier. Seid vorsichtig da unten.«

Imogen stand auf. Als ihre Augen sich an die Dunkelheit gewöhnt hatten, sah sie die Kruttemosch. Eine Reihe Monster hinter der anderen. Obwohl Perla und Miro sie darauf vorbereitet hatten und sie wusste, dass die Ungeheuer nicht lebendig waren, überlief sie ein Angstschauer.

Vom anderen Ende der Höhle kamen Stimmen. Imogen und Perla zogen sich zurück, denn drei Männer erschienen. Sie waren gut gekleidet und trugen lange rote Umhänge.

»Das ist nicht fair«, sagte einer. »Warum durfte ich nicht mitfahren? Ich verbringe doppelt so viel Zeit hier unten wie die anderen.«

»Hör auf zu jammern«, sagte ein anderer. »Wir verpassen doch nicht viel. Surowetz wird dem Jungen den Hals umdrehen. Das ist vorbei, ehe es richtig angefangen hat.«

Sie sprachen über das Duell. Imogen wagte kaum zu atmen. Sie drückte sich an die Höhlenwand, aber die Männer schauten gar nicht in ihre Richtung. Sie waren es eindeutig gewohnt, hier unten ungestört zu sein.

»Ich hab gehört, der Junge trinkt immer Büffelmilch«, sagte der dritte Mann und begann, sich auszuziehen. »Vielleicht ist er kräftiger, als er aussieht.«

»Da gibt's bestimmt 'ne super Party. Mit Musik und Wein und Spießbraten. Und wir hängen hier unten fest und bewachen die widerlichen Gruben.«

Die Männer waren jetzt in Unterwäsche, und ihre Kleider lagen in Haufen auf der Erde. Sie nahmen sich Kruttemosch-Kostüme und kletterten in die Fellanzüge. Dann zogen sie die krallenbewehrten Pfoten und die spitzen Helme an und schlossen ihre Rüstung vor der Brust.

Die Verwandlung war abgeschlossen. Drei Kruttemosch standen in der düsteren Höhle. Perlas Atem ging schnell. Imogen streckte ihrer Freundin die Hand hin. Hab keine Angst, hätte sie gern gesagt, wir bleiben nicht lange hier unten.

Mit lautem Getrampel verließen die Kruttemosch die Höhle.

Kapitel 91

Die beiden Mädchen suchten sich das kleinste Kruttemoschkostüm aus, das sie finden konnten, und zogen es von seinem Ständer. »Glaubst du, dass das klappt?«, fragte Perla.

»Keine Ahnung«, sagte Imogen. »Aber wir müssen es versuchen.« Sie griff nach dem Helm. Ein höhnisch grinsendes Metallgesicht starrte sie an. In den Stahlkiefer waren Zähne hineingeschraubt und in die Stirn Löcher für die Augen gebohrt. Imogen steckte den Zeigefinger durch ein Augenloch. »Jetzt machen sie mir nicht mehr solche Angst …«

Perla schnippte mit den Fingern, und ein blaues Licht erschien. Es kam von einem winzigen Insekt. Vor Schreck hätte Imogen fast den Helm fallen lassen. »Wie hast du das gemacht?«

»Das sind Glühwürmchen.« Perla lächelte. »Sie leuchten auf, wenn etwas klickt oder knallt – frag mich nicht, warum. Sie sind für mich genauso unbekannt wie für dich.«

Imogen schnippte mit den Fingern. Sofort leuchtete ein weiteres Glühwürmchen auf. Es schwebte durch die Luft wie ein Staubkorn. Imogen hätte es gern näher betrachtet und herausgefunden, wie es funktionierte, aber für solche Dinge war keine Zeit. Die beiden Mädchen hatten eine Aufgabe: Sie mussten in die Silbergruben eindringen.

Perla hielt die Karte ins Glühwürmchenlicht. Nach kurzem Zögern drehte sie sich um. An der Seite der Höhle führte ein schmaler Gang in die Felswand hinein. »Ich glaube, wir müssen hier entlang«, sagte sie.

Imogen folgte ihrer Freundin. Das Kostüm schleppte sie in beiden Armen. Sie hatte sich entschieden, die eisernen Schulterstücke nicht mitzunehmen, denn sie waren schwer, und die Stacheln darauf waren spitz.

Der Gang war Teil eines Aderngeflechts, das sich durch das Felsgestein zog. Perla führte sie langsam weiter und zählte dabei jede Spalte, an der sie vorbeikamen, jede Abzweigung, jede Kurve und jede Biegung. »Letztes Mal wimmelte es hier von Kruttemosch. Miros Ablenkungsmanöver funktioniert anscheinend.«

Wie Speere stachen die Sonnenstrahlen durch die Löcher oben in der Decke. Manchmal tauchte eine Biene herunter. Imogen beobachtete eine, während sie mit dem Kostüm kämpfte. Sie hatte es gerade auf die Schulter gewuchtet, um es bequemer tragen zu können, als Perla die Hand hob.

Die beiden Mädchen standen am Eingang zu einer großen Höhle. Auf der anderen Seite bewachte ein Kruttemosch eine doppelte Bogentür.

»Das muss der Eingang zum Bergwerk sein«, flüsterte Paula. Sie überprüfte ihre Position auf der Karte.

Dann zwängte sie sich hinter einen Felsblock, und Imogen huschte neben sie. »Toll«, sagte Imogen, obwohl ihr Magen sich vor Nervosität zusammenkrampfte. Wenn sie geschnappt wurden, würden sie alles verlieren. Dann gab es keine Hoffnung mehr, dass sie ihre Geschwister retten oder jemals nach Hause zurückkehren konnten.

Perlas Maske verrutschte. Ihre Augen waren voller Angst. »Du schaffst das«, sagte Imogen leise. »Für Tomil. Für Luki.«

Die Freundin nickte und schloss die Augen. Sie lehnte sich an den Felsblock, als könnte er sie beschützen.

Imogen stieg in das Kruttemosch-Kostüm. Der Plan war, dass sie Perla auf die Schultern nehmen würde – so, als wenn zwei Kinder ein Pferd darstellen, nur dass die beiden Mädchen jetzt nicht den vorderen und den hinteren Teil bildeten, sondern den oberen und den unteren.

Das Kostüm war schmutzig und stank nach altem Schweiß und nach Käse.

Iiih, dachte Imogen, das ist ja kaum auszuhalten. Hoffentlich stinke ich nachher nicht auch so. Sie überlegte. Und was war mit den Untaten der Kruttemosch? Konnten böse Taten auch abfärben?

Imogen schob die Gedanken beiseite und probierte die Fellstiefel an. Sie waren zu groß, daher zogen die Mädchen ihre Strümpfe aus und stopften sie um Imogens Füße herum fest. Bald hatte sie sich in einen Kruttemosch verwandelt, oder zumindest in die untere Hälfte.

Jetzt war Perla dran. Sie war klein und leicht für ihr Alter, daher war es besser, wenn sie die obere Hälfte bildete. Imogen setzte ihr den Helm auf den Kopf.

»Kannst du sehen?«, fragte sie.

Das Kruttekind nickte.

Jetzt war es Zeit, die beiden Hälften zusammenzufügen. Perla schob sich die Karte wieder in den Gürtel und kletterte auf Imogens Schultern. Unter dem Fellkostüm hielt Imogen ihre Freundin an den Knöcheln fest.

Imogen musste daran denken, wie sie mit ihrer Schwester Pflaumen stibitzt hatte. Sie hatte Marie auf dem Rücken getragen und sie angespornt, die Früchte vom Baum des Nachbarn zu pflücken. »Kriegen wir denn keinen Ärger?«, hatte Marie gefragt. »Pflück einfach«, hatte Imogen geantwortet. Sie schob die Erinnerung beiseite.

Perla schloss die Knöpfe vorn am Kostüm. Einen ließ sie offen, damit Imogen etwas sehen konnte.

Und dann ging Imogen los. Linker Fuß. Rechter Fuß. Es war, als würde sie auf Stelzen laufen. Sie stakste um den Felsblock herum, bis sie den Eingang zum Bergwerk sehen konnte.

Der Kruttemosch wandte sich zu ihnen um. »Was willst du?«, knurrte er.

Perla antwortete mit ihrer tiefsten Stimme: »Wir müssen in die Gruben rein.«

»Wir?« Der Kruttemosch legte den Kopf schräg.

Perla kam ihr mit jedem Schritt schwerer vor.

»Ich«, stieß Perla hervor. »Ich muss da rein.«

»Wenn ich du wäre, würde ich da jetzt nicht reinwollen«, sagte der Kruttemosch. »Die Jedlik sind auf der Jagd.« Imogen überlegte, was das bedeuten könnte. Vielleicht war es eine Art Codewort?

»Surowetz hat es befohlen«, brachte Perla hervor.

Das waren die Zauberworte. Der Kruttemosch schloss die Halbmondtüren auf, und kalte Luft schlug ihnen entgegen. Linker Fuß. Rechter Fuß. Imogen zitterten die Beine. Ihr Gesicht glühte. Als die Türen sich rumpelnd schlossen, bebte die Erde. Es war geschafft. Sie befanden sich im Bergwerk.

Kapitel 92

Perla ließ den Kruttemosch-Helm so behutsam fallen wie möglich. Er plumpste auf den Boden. Dann rutschte sie von Imogens Schultern auf den Boden hinunter. Einen Moment lang waren beide im Kostüm gefangen und kämpften sich heraus.

»Aua«, zischte Imogen. »Das war meine Stirn.«

»Entschuldigung«, flüsterte Perla. »Wo sind denn die Knöpfe?«

Als sie die Knöpfe schließlich gefunden hatte, kroch sie aus dem Bauch des Kruttemosch heraus. Imogen schleuderte die Klauenstiefel von den Füßen und schälte sich ebenfalls aus dem Kostüm heraus.

Die Mädchen befanden sich in einem langen, in den Fels gehauenen Tunnel, dessen Decke von Balken gestützt wurde. Imogen mochte nicht daran denken, wie viele Tonnen Gestein diese Balken trugen.

Das einzige Licht stammte von einem kleinen Schwarm Glühwürmchen, die hinter ihnen an der Eingangstür schwebten. Vor den Mädchen führte der Tunnel in die Dunkelheit.

»Hier halten sie meine Schwester fest?«, sagte Imogen. Es war unvorstellbar. Im Bergwerk war es kalt und feucht und dunkel. Kälte und Nässe und Dunkelheit konnte Marie nicht leiden.

Langsam und mit zittrigen Fingern zog Perla die Karte aus dem Gürtel. »Ich weiß nicht, ob ich das kann. Ich wünschte – ich wünschte, Konja wäre hier.«

»Doch, du kannst das.« Imogen zwang sich, es voller Überzeugung zu sagen. »Das Schwierigste haben wir schon geschafft. Jetzt ist es nur noch eine Frage des Kartenlesens – und niemand kann das besser als du.«

FÜNF

Kapitel 93

Am Morgen des Duells halfen König Tibors Diener Miro bei der Vorbereitung. Sie kämmten ihm das Haar zurück und wuschen ihm das Gesicht. Sie befestigten eine lederne Rüstung an seiner Brust.

Miro ließ das alles wie in Trance über sich ergehen. Seit seiner Begegnung mit König Tibor und dem eindeutig toten Wasserdrachen hatte er nicht geschlafen. Er war wie betäubt vor Erschöpfung und Nervosität.

Die Diener schnallten ihm einen Gürtel mit einem Schwert um die Hüfte. Sie gaben ihm einen Schild in die Hand. Er torkelte aus der Festung hinaus, aus der Dunkelheit ins Licht. Über ihm schrien die Flussmöwen.

Die Sonne blendete. Ein Mann wartete auf ihn, er hob sich als Silhouette gegen den Himmel ab, und einen Moment lang glaubte Miro, sein Vater wäre von den Sternen herabgekommen.

Aber es war nur ein weiter Wachposten. »Eure Hoheit«, sagte er. »Folgt mir.«

Miro ging mit dem Mann auf die natürliche Brücke zu. Die Skretwachen verbeugten sich. Der Fluss strömte weiter.

Da hörte Miro ein hohes Wimmern. Es kam aus der Festung hinter ihm und klang wie der Höhepunkt einer tragischen Ballade. Aber es war kein Mensch, der da sang.

Der Wachposten schaute Miro an. »Ist das nicht Eure Katze, Hoheit?«

Miro gab keine Antwort. Er wollte nicht an Konja denken, die in seinem Zimmer eingesperrt war, an der Tür kratzte und am geschlossenen Fenster weinte. Er hatte die Schneehulark zurücklassen müssen, eine andere Möglichkeit hatte er nicht gehabt. Vielleicht würde sie sich müde heulen.

»Wir können sie holen, wenn Ihr es wünscht«, sagte der Wachmann. »Sie könnte dem Kampf aus der Ferne zusehen.«

Miro hätte Konja liebend gern an seiner Seite gehabt. Er wollte diesen Weg nicht allein machen. Aber die Schneehulark war darauf trainiert, Kinder gegen die Kruttemosch zu verteidigen. Sie würde niemals einfach liegen bleiben und zuschauen. Das Jaulen begann erneut – es war eine Mischung aus Heulen und Miauen.

»Nein.« Miro hatte sich entschieden. »Konja bleibt, wo sie ist.«

Der Mann führte Miro an den Fluss Pewni, wo ein mit Fähnchen und Blumen geschmücktes Boot lag. Vom Mast flatterten Bänder, und am Bug zitterten Rosetten. Die Galionsfigur war ein Drache, dessen Flügel ausgestreckt am Schiffsrumpf lagen.

So viel zu Odlives Rat, dachte Miro. König Tibors Drache ist ein präpariertes Krokodil, und dieser Drache hier ist aus Holz. Keiner von beiden wird kommen, wenn ich rufe.

Auf dem Deck standen vier Skret und ein Menschenmann. An einem anderen Tag hätte Miro über die Skret gelacht, denn sie trugen breitkrempige Hüte, deren Bänder unter dem Kinn zu Schleifen gebunden waren. Heute jedoch hatte er solche Angst, dass ihm nicht nach Lachen zumute war. Schweigend schlurfte er über den Landungssteg.

Er konnte immer noch das Geheul der Schneehulark hören, diese langen, klagenden Töne.

In seiner Kehle bildete sich ein Klumpen.

»Willkommen an Bord der *Champion*, Hoheit«, sagte ein Mann, der offenbar der Kapitän war. »Euch zu Ehren haben wir das Schiff umgetauft.«

Champion. So nannten sie Miro jetzt.

Das Segel blähte sich im Wind, und Miro griff nach der Reling, um nicht das Gleichgewicht zu verlieren. Das Deck schaukelte unter seinen Füßen, als das Schiff flussaufwärts segelte, und die Bänder flogen.

Miro wandte sich an den nächsten Matrosen, einen Skret in einem weiten Hemd. »Glauben Sie, dass es den Wasserdrachen wirklich gibt?«, fragte er.

»Ja, natürlich«, sagte der Skret. »König Tibor hält das Monster in seiner Festung. Jeder weiß das.«

Das war nicht die Antwort, die Miro sich wünschte.

Sie segelten unter einer breiten Brücke hindurch ins Dunkel hinein.

»Habt Ihr Angst?«, fragte eine zischende Knisterstimme. Es war ein Skret, aber Miro fuhr zusammen. Der Kloß in seiner Kehle wuchs.

»Natürlich nicht«, sagte er. »Es ist ja bloß ein Kampf aufs erste Blut.«

Das Schiff tauchte wieder in das grelle Tageslicht ein, und Miro musste sein Gesicht schützen. Wodnislaw wurde kleiner, die Häuser der Stadt blieben zurück, und an den Flussufern versammelten sich Scharen von Menschen.

Sie standen auf umgedrehten Karren, sie säumten die Anleger. Es waren Hunderte, vielleicht Tausende: Fischer, Landarbeiter und Schäfer. Manche waren so still, als beobachteten sie einen Leichenzug. Andere schwenkten Fahnen und jubelten.

Miro spürte die Last ihrer Erwartungen, als würde ihm ein riesiger Daumen auf die Brust gedrückt. Vermutlich, dachte er, fühlt man sich so, wenn man König ist.

Manche Männer in der Menge trugen rote Umhänge, und Miro wusste, was das bedeutete. Es waren Kruttemosch, die ohne ihre Fellanzüge und ihre Rüstung zwar nicht als solche zu erkennen, aber für alle sichtbar waren. Miro war erleichtert, dass sich so viele von ihnen eingefunden hatten. Er hoffte, dass alle Kruttemosch die Gruben verlassen hatten und dass die Kinder fliehen konnten.

Die Molchinsel wurde sichtbar. Sie war nur ein kleines Stück Land, ohne Häuser, Menschen oder Bäume. Dort sollte das Duell stattfinden. Miro verkrampfte sich innerlich.

Das Schiff überholte eine große Barkasse. An Deck saßen mit unbewegten Mienen die Fünf Königinnen. In ihrem Schmuck spiegelte sich die Sonne. Eine Königin trug einen kreisrunden Kopfputz, eine andere einen Gesichtsschleier aus Perlen. Sie sahen prächtig aus, wie lebende Statuen. Miro hätte beinahe vergessen, dass sie nicht auf seiner Seite waren.

Ein weiteres großes Schiff ankerte vor der Insel. Dicht unter der Mastspitze standen Tibor und Kasimira im Krähennest, das wie ein Fass aussah. Kasimiras Kleid war ein Bündel aus Schleifen. Der Umhang des Königs flatterte im Wind.

Auch sie waren nicht auf Miros Seite, das wusste er inzwischen.

Otschis Worte fielen ihm ein. »Du glaubst, du könntest die Kruttemosch besiegen und die Welt würde dir zu Füßen fallen … Deine Zukunft hält nichts als Blut und Tod bereit.«

Miros Magen zog sich noch fester zusammen. Sein Schiff näherte sich der Insel, und der Kapitän rief der Mannschaft Anweisungen zu. Die Skretmatrosen legten die Planke aus.

»Mögen die Sterne Euch beschützen«, sagte der Kapitän zu Miro. »Unser Schicksal liegt in Eurer Hand.«

Also los, dachte Miro und nahm seinen Schild. Es ist an der Zeit, meine Eltern stolz zu machen.

Kapitel 94

Miro stand allein auf der Molchinsel. Sein Herz hämmerte. »Es ist nur ein Duell bis zur ersten blutenden Wunde«, flüsterte er, um sich zu beruhigen.

Auf der anderen Seite der Insel näherte sich ein weiteres Schiff. Im Bug stand der Herr der Kruttemosch, ein ungeschlachtes Scheusal, das alle Matrosen überragte. In einer Hand hielt es eine Keule.

Die Menschen an den Ufern schrien und brüllten, und Miro spürte ihre brennende Wut. Auch in ihm stieg Zorn auf, er fühlte ihn heiß in der Brust. Er bemühte sich, seine Umgebung wahrzunehmen. Ein Streifen Schilf. Ein Schiffswrack. Doch er konnte sich nicht richtig darauf konzentrieren. Immer wieder kehrte sein Blick zu seinem Feind zurück.

Der Kruttemosch ging an Land. Jetzt erschienen Miro die Worte in Patolisals Brief plötzlich wahr: Du kannst unmöglich gewinnen …

Der Kruttemosch reckte den fellbesetzten Hals. Dann schwang er seine Keule, indem er das Handgelenk rotieren ließ. Schließlich ließ er die mächtigen Schultern kreisen wie ein Ringer, der sich aufwärmt.

Er bewegte sich mit beeindruckender Leichtigkeit. Trug er wirklich ein Kostüm? Oder konnte dieses Monster der Kruttemosch aus den Liedern und Geschichten sein? Vielleicht gab es neben den künstlichen Ungeheuern auch ein echtes?

Miros Feind trug eine eiserne Rüstung. Sie bestand aus Armschutz, Schulterplatten mit Stacheln und schimmernden, beweglichen Handschuhen. Alles war versilbert. Miro wusste, woher das Silber stammte und wer es ausgegraben hatte.

Seine eigene Rüstung bestand aus Leder. Sie war leicht, und er konnte sich gut darin bewegen. Aber der Kruttemosch war hervorragend geschützt …

Von Tibors Schiff her schallten Trompeten, und alle Köpfe wandten sich dem König und seiner Tochter im Krähennest zu. Tibor hob die Hand. Die Menge wurde still.

»Bürger der Tieflande!«, rief er. »Ich weiß, dass ihr zornig seid. Auch ich bin zornig. Wir haben so viele Kinder verloren. Diese Ungeheuer haben uns sehr viel Leid gebracht.« Er deutete auf den Herrn der Kruttemosch. »Ich möchte Miroslaw dafür danken, dass er in meinem Namen zu diesem Zweikampf antritt.«

Das passte Miro gar nicht. Er kämpfte nicht für König Tibor. Er kämpfte für seine Freundinnen und die Kinder in den Silbergruben. Er kämpfte, weil er ein guter König sein wollte.

»Mögen die Sterne unseren Champion beschützen«, schloss Tibor.

Die Trompeten spielten wieder, und als Miro sich umdrehte, sah er, dass der Kruttemosch auf ihn zustürmte. Alles andere verschwand.

Der gezackte Helm des Ungeheuers wippte auf und ab. Die Pfoten donnerten über den Boden.

Miros Glieder fühlten sich so lose an, als könnten sie jeden Moment abfallen. Irgendwo in der Ferne riefen Menschen seinen Namen. Der Herr der Kruttemosch war schon fast über ihm. Miro wich nach links aus, dabei schleifte sein Schwert durch den Schlamm. Die Keule des Monsters zischte an seiner Schulter vorbei.

Der Kruttemosch drehte sich auf den zottigen Pfoten um. »Ach, *da* bist du«, sagte er und hob erneut die Keule.

Miro hob seinen Schild. Doch der Schlag traf ihn, und Schmerz durchzuckte seinen Arm. Mit einem Aufschrei ließ er den Schild fallen. Der Kruttemosch kickte das Stück Leder zur Seite. »Der Drache wird dir nicht helfen«, knurrte das Monster. »Er ist nicht gekommen, wenn wir Kinder aus den Dörfern geholt haben, und auch nicht, wenn wir die Städte überfielen.«

»Ich weiß«, sagte Miro. »Das habe ich selbst miterlebt.«

Er glaubte, durch die Löcher im Helm Menschenaugen flackern zu sehen. Strotzend vor Selbstvertrauen kam der Kruttemosch einen Schritt näher. Er hob die Keule, und Miro duckte sich. Die Keule pfiff über seinen Kopf hinweg.

»Was nun?«, brummte die Bestie. »Glaubst du, Tibor kommt, um dich zu retten? Ganz im Vertrauen, ich glaube, er möchte dich lieber aufgespießt sehen.«

Miro richtete sich auf und sah den Kruttemosch an. Mit einiger Anstrengung hob er das Schwert und richtete die Spitze auf das Gesicht seines Feindes. Das Ungetüm war doppelt so groß wie er und mindestens dreimal so schwer. Miro wollte angreifen, aber seine Füße gingen einfach rückwärts.

Auf diese Weise drehten die Kämpfer zwei Runden um die Insel. Der Kruttemosch rückte vor, Miro wich ihm rückwärts aus, der Kruttemosch schwang die Keule, Miro duckte sich weg.

»Kämpf mit mir«, brummte das Ungeheuer. Das Fell unter seinen Armen war dunkel vor Schweiß, aber seine Bewegungen wurden nicht langsamer. Miro dagegen wusste nicht, wie lange er noch durchhalten konnte.

»Solche Rotzlöffel wie dich habe ich monatelang gejagt«, sagte der Kruttemosch. »Glaub bloß nicht, dass du mir entkommst.«

Miro stolperte. Sein Schwert flog ihm aus der Hand und rutschte dem Feind direkt vor die Pfoten.

»Komm, hol es dir«, wisperte das Monster. »Ich beiße nicht, versprochen.«

Eine Flussmöwe beobachtete die Kämpfer vom obersten Punkt des Wracks aus. Sie hatte die Flügel auf dem Rücken gefaltet. Miro wünschte, er hätte auch Flügel. Wenn er gekonnt hätte, wäre er weit weggeflogen …

»Steh auf und kämpfe wie ein Mann«, grölte der Kruttemosch.

Aber Miro wollte nicht kämpfen. Er rappelte sich hoch und rannte los – auf das alte, umgedrehte Boot zu.

Während der Knabenkönig mit dem Kruttemosch kämpfte, nutzte Otschi ihre Chance. Die meisten Wachposten hatten die Festung Wodnislaw verlassen, weil sie sich den Kampf ansehen wollten.

Als Otschi sich über die Landbrücke der Festung näherte, hörte sie die Schneehulark heulen. Sie wartete ab, wusste sie doch, dass die Katze irgendwann erschöpft sein würde. Als endlich alles still war, huschte die Hexe in die Festung hinein.

Sie lugte in die Kammern und eilte durch die Säle. Endlich fand sie das richtige Zimmer. Die Sternenuhr lag auf einem Bett neben ein paar zerknautschten Kleidungsstücken.

Die große Katze schlief, vom Heulen erschöpft, in einer Ecke. Otschi warf ihr einen finsteren Blick zu. Sie hatte bereits ihre Bekanntschaft gemacht, daran erinnerten sie ihre blauen Flecken.

Die Hexe schlich durch den Raum auf die Uhr zu, dankbarer als je zuvor für ihre Jugend. Als junge Frau konnte man viel leichter auf Zehenspitzen gehen als mit einem über siebenhundert Jahre alten Körper.

Auf dem Zifferblatt waren neue Kratzer, und die Zeiger bewegten sich nicht mehr. Du arme Uhr, dachte Otschi. Du bist eben kein Kinderspielzeug.

Sie schaute aus dem bunten Glasfenster und sah den rasch dahinströmenden Fluss und die hohen Weiden.

Die Weiden winkten der Waldhexe mit ihren Zweigen zu. Sie hatten die Sternenuhr in der Festung entdeckt, sie hatten die Uhr durchs Fenster gesehen und es Otschi verraten. Otschi bedankte sich flüsternd.

Dann nahm sie die Uhr mit beiden Händen an sich und stahl sich ungesehen aus der Festung.

Kapitel 95

Alles an Imogen sträubte sich dagegen, in den überfluteten Tunnel hineinzugehen. Hatte Perla recht? Führte dieser Gang wirklich zu Marie?

Aber Perla watete bereits in das dunkle Wasser hinein. »Komm, Imogen«, rief sie. »Wir schaffen das! Denk daran, was du gesagt hast! Für Tomil und für Luki – und für deine Schwester!«

Imogen holte tief Luft und folgte ihrer Freundin. Sie beachtete den Kälteschock nicht, als das Wasser ihr über die Knöchel schwappte und dann über die Schienbeine und die Knie. Es sickerte durch das Gestein über ihr. Tropf, tropf, tropf, plitsch, platsch, plitsch.

Und dann hörte Imogen in der feuchten Luft das Geflüster, das sie so gut kannte … einen Chor von Sorgenteufeln, der rhythmisch ihren Namen sang und ihr erklärte, dass sie hier niemals rauskommen würde. Wie viele waren es? Es klang, als wären es Tausende. Sie krochen wie Spinnen an den Tunnelwänden entlang.

Imogen begann zu summen. Damit wollte sie nicht ihre Angst vertreiben, die war schon viel zu groß, aber das wortlose Singen erinnerte sie an ihr Vorhaben. Er half ihr, ins Unbekannte weiterzugehen. Linker Fuß. Rechter Fuß. Immer tiefer in die Dunkelheit hinein.

Marie summte doch so gern!

Dann sah Imogen Sterne vor sich, die sich im Wasser spiegelten. Konnte das sein? Es war nicht Nacht, und unter der Erde gab es keine Sterne. Vielleicht war es Einbildung?

Sie stapfte weiter. Das Wasser spülte ihr um die Knie, um die Schienbeine und dann nur noch um die Füße. Der überflutete Tunnel führte die

Mädchen in eine Höhle. Anfangs freute das Imogen wenig, denn sie hatte für ihr Leben genug Höhlen gesehen.

Als sie jedoch genauer hinschaute, wurde ihr klar, dass diese Höhle anders war. Zum einen war sie riesig, so groß wie ein Fußballfeld. Zum anderen schwebten darin Tausende von winzigen blauen Lichtern. Diese Glühwürmchen waren es, die sie für Sterne gehalten hatte.

Imogen stieg aus dem Tunnel auf trockenen Boden. »Wabbliger Wels!«, schnaufte Perla, als sie die Galaxie aus Insekten betrachtete. Unter der Höhlendecke flog ein ganzer Glühwürmchenschwarm.

»Das ist eine Kosmoshöhle«, flüsterte Imogen.

»Was ist ein Kosmos?«

»Alle Planeten und Sterne zusammen.« Imogen freute sich über Perlas Frage zu ihrem Spezialgebiet.

Von der Decke hingen Zapfen aus versteinerten Tropfen, und aus dem Boden wuchsen klumpige Steinkerzen. Das sind Stalaktiten und Stalagmiten, dachte Imogen. Wir sind in einer Tropfsteinhöhle.

Mitten durch die Höhle und zwischen den Steinsäulen entlang schlängelte sich ein Bach. Manche Stalagmiten waren so hoch wie Laternenmasten, andere nicht größer als Gartenzwerge.

Als Imogen ein paar Schritte in die Höhle hineinging, bewegte sich eine der Steinsäulen.

Perla blieb fast das Herz stehen. Imogen stieß einen erstickten Schrei aus. Beide Mädchen starrten auf die Säule. Konnten Stalagmiten sich in Menschen verwandeln?

Doch nicht der Stalagmit hatte sich bewegt, sondern etwas hinter ihm. Ein Etwas mit Fingern und Haaren. Es war ein Kind, ein kleines Mädchen.

»Hallo?«, sagte Imogen zu dem Mädchen.

Ein zweites Kind lugte hinter der Säule hervor, ein Junge. »Zwei Neue«, sagte er, als er Imogen und Perla sah. Er war groß und hatte Sand in den Haaren. Seine Stimme füllte die Höhle: »Kommt mal her, guckt euch die Neuen an!«

Weitere Kinder tauchten auf. Sie lugten hinter Stalagmiten hervor und blinzelten aus dunklen Löchern. Ein Mädchen kroch sogar aus einem Tümpel. Bald war die Kosmoshöhle voller Kinder. Es waren dreckverschmierte Mädchen und Jungen, die nach Sonne hungerten, Kinder mit hohlen Wangen und verfilztem Haar.

Das kleinste Kind musste etwa fünf Jahre alt sein. Die größten waren Teenager, noch nicht erwachsen. Ihre Augen waren zu groß, ihre Kleidung zu Fetzen abgetragen. Ihre Wangen hatten keine Farbe mehr.

»Ich hab sie zuerst gesehen«, sagte der große Junge. »Sie kommen zu meiner Gruppe in der Tiefen Grube.«

»Nein«, sagte ein Mädchen, das aus seinem Kleid herausgewachsen war. »Du hast gesagt, ich könnte das nächste Paar Schuhe kriegen. Ich will die da. Das ist meine Größe!« Sie zeigte auf die Stiefel, die Imogen von Branna bekommen hatte.

Imogen machte ein paar Schritte rückwärts und wäre um ein Haar in den überfluteten Tunnel gerutscht, aus dem sie gerade gekommen waren. Perla rührte sich nicht. Ihr Blick wanderte von einem Kind zum anderen.

»Und was ist mit ihren Bändern?«, fragte ein älteres Mädchen, das an einem Stalagmiten hochgeklettert war, um eine gute Übersicht zu haben. »Ich will auch solche Bänder haben.«

»Wir sind keine neuen Arbeiterinnen.« Endlich hatte Imogen ihre Stimme wiedergefunden. »Wir wollen euch helfen zu fliehen.«

Der große Junge warf den Kopf zurück. »Fliehen? Aus den Gruben kann man nicht fliehen.«

Ein kleiner Junge stürzte aus der Kinderschar auf Perla zu. Imogen wollte schon dazwischentreten, da erkannte sie sein Gesicht wieder. Es war Luki.

»Perla!«, rief er. »Jetzt haben sie euch auch geraubt!«

Perla und Luki fielen sich in die Arme, und sie drückte den kleinen Jungen.

Ganz in der Nähe stand ein Mädchen, das etwa so groß war wie Imogen. Sie sah aus, als wollte sie hinter Luki herlaufen, und Imogen meinte, sie schon einmal gesehen zu haben …

Als das Mädchen Imogen sah, blieb es stehen. Mit dem lieben runden Gesicht sah es wie eine Miniaturausgabe von Branna aus. Konnte das Brannas vermisste Tochter sein? Von der Branna gesagt hatte, sie würde niemals wiederkommen?

Imogen fingerte an ihrem Rock herum. Sie war verlegen, weil sie die Kleider des Mädchens trug.

Und Marie? schrie es in ihr. Wo ist Marie?

Ein weiterer Junge kam auf die Freundinnen zu. Seine Haut war braun, und er hatte die gleichen ausdrucksvollen Augenbrauen wie seine Schwester.

»Perla«, sagte er heiser. »Bist du's wirklich?«

»Tomil!« Perla brachte nur ein Flüstern hervor.

Alle vier umarmten sich – Perla, Tomil, Luki und seine Schwester –, es war ein Kreis aus Armen und Lächeln und Tränen.

Nur Imogen war nicht dabei. Sie musterte die Gesichter der anderen Kinder in der Höhle und wurde immer verzweifelter. Keins der Mädchen hatte rotes Haar. Keins der Mädchen war Marie.

Sie sackte in sich zusammen.

Da gellte eine Stimme durch das Tohuwabohu. Sie war fern und gleichzeitig vertraut, wie in einem Traum. »Hey, aus dem Weg!«, rief ein Mädchen. »Das ist meine Schwester!«

Kapitel 96

Als Imogen Marie entdeckte, trat alles andere in den Hintergrund. Sie sah die anderen Kinder nur noch schemenhaft, und auch die Glühwürmchen verblassten. Die Schwestern gingen aufeinander zu wie von einem ganz eigenen Magnetismus angezogen.

Sie fielen sich in die Arme. »Du hast mich gefunden«, stieß Marie hervor.

»Ja, klar«, sagte Imogen. »Ich wäre niemals ohne dich nach Hause gegangen.« Die Tränen strömten ihr übers Gesicht, tropften von ihrem Kinn und rannen den Hals hinunter. Dass alle es sehen konnten, war ihr egal.

Die beiden Schwestern waren zwei Sterne im Weltall. Wortlos und in ihrer eigenen Zeit. Marie hatte die Arme um Imogens Bauch geschlungen. Ihr Haar kitzelte Imogen im Gesicht. Es war Wirklichkeit!

»Anneschka hat eine alte Frau ermordet«, sagte Marie. »Ich wollte sie daran hindern, aber das hab ich nicht geschafft.«

»Jetzt ist alles gut«, sagte Imogen. »Ich nehme dich mit nach Hause. Du brauchst Anneschka nie wiederzusehen.«

»Aber sie plant etwas, Imogen. Sie will Königin werden.«

Spielte das noch eine Rolle? Marie war nichts geschehen. Sie waren auf dem Weg zurück zu ihrer Mutter. Alles andere war unwichtig.

»Mach dir wegen Anneschka keine Sorgen«, sagte Imogen, während sie allmählich wieder auf den Boden zurückschwebte. »Wir müssen euch jetzt aus dieser Höhle rausholen.«

»Moment mal«, sagte der große Junge. »Kennt ihr denn den Weg nach oben?«

Marie strahlte jetzt, ihr ganzes Gesicht leuchtete. »Das ist meine Schwester!«, erklärte sie. »Ich hab euch doch gesagt, dass sie uns befreien wird!«

Imogen glühte vor Stolz. »Das meiste hat Perla gemacht«, sagte sie leise. Sie wünschte, sie hätte nicht vor der ganzen Kinderschar geflennt.

»Aber es gibt keinen Weg nach draußen«, sagte das Mädchen, dessen Kleid zu klein war. »Ihr verirrt euch in den Gruben. Und wenn ihr euch erst verlaufen habt, ist es aus. Ohne Essen und Trinken werdet ihr sterben. Dies ist die einzige Höhle, in der es Höhlenfisch gibt. Deswegen sind wir gerade hier und nicht an der Arbeit. Es ist fast Zeit zum Mittagessen.«

»Höhlenfisch«, hauchte Imogen. »Das ist euer Essen?«

»Nicht immer.« Das Mädchen verschränkte die Arme. »Die Kruttemosch werfen auch Brot durch einen Schacht. Manchmal sogar Kohl. Aber man darf nicht in Tunnel hineinwandern, die man nicht kennt. Das Ganze ist ein Labyrinth. Ihr würdet es nicht überleben.«

Von den anderen Kindern kam zustimmendes Gemurmel.

»Wir verirren uns nicht«, sagte Imogen. »Perla hat einen Grubenplan.«

Perla sprach gerade mit Tomil. In ihrem Gesicht spiegelten sich sein Staunen und seine Freude. Luki wirbelte um die beiden herum, in einem wilden Tanz mit viel Gestampfe und Gebrüll.

Eine Welle der Aufregung lief durch die versammelte Kinderschar. »Einen Plan von den Gruben?«, flüsterten sie. »Eine Landkarte, auf der alle Gänge und Höhlen eingezeichnet sind?« Ein kleines Mädchen stieß einen Schrei aus. »Ja! Wir gehen zurück nach oben!«

»Ist das wahr?« Der große Junge trat neben Perla. »Kennst du wirklich den Weg hier raus?«

Perla nickte und zeigte ihm die Pergamentrolle.

Der Junge blinzelte im Licht der Glühwürmchen. »Und du kannst das lesen? Sieht aus wie ein verheddertes Wollknäuel.«

Hunderte von Augenpaaren richteten sich auf Perla. Sie wurde rot wie eine reife Himbeere. Imogen vermutete, dass diese geballte Aufmerksamkeit ihre Freundin verlegen machte, aber das musste man eben aushalten, wenn man eine so hervorragende Kartenleserin war.

»Ich glaube schon«, murmelte Perla. »Bisher hat es jedenfalls geklappt.«

»Aber was ist mit den Kruttemosch?«, fragte ein Mädchen mit staubigem Gesicht.

»Im Moment sind nur ganz wenige hier unten«, antwortete Perla. »Wenn wir alle zusammen gehen, haben sie keine Chance.«

Alle schnatterten aufgeregt durcheinander. Die Kinder, die noch genügend Kraft hatten, schlossen sich Lukis Freudentanz an.

»Aber ich hab Angst«, sagte ein kleiner Junge. Er konnte nicht älter als sechs Jahre sein. »Ich will nicht nach oben. Hier unten im Dunkeln ist es sicherer.«

Der hochgewachsene Junge nahm ihn an der Hand. »Dir passiert nichts«, sagte er. »Ich bin bei dir.« Dann richtete er sich zu seiner vollen Größe auf. »Kommt! Wir gehen zurück ans Licht!«

Kapitel 97

Miro sprintete auf das umgedrehte Boot zu. Die Flussmöwe saß immer noch auf dem höchsten Punkt des Wracks. Als sie den Jungen auf das Boot zurennen sah, breitete sie die Flügel aus und hob sich in den Himmel.

»Nur zu!«, knurrte der Kruttemosch. »Lauf nur! Lauf weg, du Feigling!« Das Monster verfolgte Miro. Seine Rüstung schepperte, und bei jedem Atemzug schnaubte es wie ein Stier.

Miro hatte zwar sein Schwert und seinen Schild verloren, aber dafür hatte er jetzt beide Hände frei. Er kletterte an der Bordwand hoch, bis er ganz oben auf dem umgedrehten Boot stand, und breitete die Arme aus, um das Gleichgewicht zu halten. Hinter sich hörte er den Fluss, und er spürte den Sog der Menge.

Er wusste, was er zu tun hatte.

Als der Kruttemosch am Boot ankam, zögerte er. Er drehte sich zu der großen Barkasse um, von der aus die Fünf Königinnen alles beobachteten.

Das war Miros Chance.

Er stürzte sich auf seinen Feind, hielt sich an der Rüstung fest und suchte mit den Füßen nach Halt. Der Kruttemosch schwankte. »So kämpft man nicht! Das ist gegen die Regeln«, brüllte er. Er holte mit seiner Keule nach Miro aus und hätte fast seinen eigenen Kopf getroffen. »Kämpfe wie ein Mann! Kämpfe wie –«

Miro stand jetzt auf den Schultern des Monsters, seine Füße klemmten zwischen den Eisenstacheln. Er schloss die Hände um die Helmspitzen. Der Kruttemosch warf seine Keule hin und zog einen Dolch aus dem Gürtel.

Miro musste schnell sein. Er drehte den Helm des Kruttemosch ein wenig, sodass er sich anheben ließ. Dabei verlor er das Gleichgewicht und stürzte rücklings auf den matschigen Boden. Der Helm des Monsters fiel ihm auf die Brust.

Einen Moment lang war alles ganz still. Der Herr der Kruttemosch war gar kein Kruttemosch. Der Herr der Kruttemosch war Surowetz von Wálkaha, und in diesem Moment sahen alle sein wahres Gesicht.

»Aber das ist ja ein Mann!«, rief König Tibor.

Die Menge am Flussufer johlte. Ihr wütendes Gebrüll rollte wie eine anbrandende Woge auf Miro zu. Auf der Insel brach die Welle und überspülte die Stelle, wo er lag.

Surowetz taumelte in den Stiefeln mit den großen Klauen, als machten Licht und Lärm ihn benommen. Dann ging er mit dem Dolch in der Hand auf Miro los. »Das wirst du büßen«, knurrte er und stieß zu.

Miro hob den Kruttemosch-Helm. Der Dolch fuhr in ein Augenloch. Surowetz machte einen neuen Versuch, und diesmal traf seine Klinge. Sie durchstieß Miros Lederrüstung und verletzte ihn am Arm. Es tat nicht weh. Jedenfalls nicht sehr. Aber als Miro die Wunde befühlte, wurden seine Finger rot.

Blut.

Er hatte verloren. Das Duell war vorbei.

Doch statt traurig zu sein, verspürte Miro eine unglaubliche Leichtigkeit. Er war frei! Der Kampf war geschafft. Hoch über ihm riefen Flussmöwen.

Doch Surowetz ließ nicht von ihm ab. Mit blitzender Klinge beugte er sich über ihn.

Miro hob seine blutige Hand. »Ich bin verwundet!«, rief er. »Sie haben gewonnen!«

»Hast du etwa geglaubt, ich würde dich am Leben lassen?«

Surowetz stach zu, während Miro sich zur Seite wälzte. Die Klinge verfehlte sein Gesicht nur um wenige Zentimeter.

»Aber das sind doch die Regeln!« Miro sprang auf die Füße. »Wenn der Erste blutet, muss man aufhören.«

»Regeln sind für Bauern!«, höhnte Surowetz.

Erneut stieg zorniges Gebrüll aus der Menge auf. Miro hatte große Kräfte entfesselt, als er den Menschen das wahre Gesicht des Kruttemosch gezeigt hatte. Ihre Wut war greifbar.

Doch zwischen Miro und den wütenden Menschen strömte der Fluss. Sie konnten ihn nicht retten. Miro blickte zu König Tibor hinüber, der oben in seinem Krähennest stand. Tibor würde den Zweikampf doch sicher beenden? Aber der König schaute bloß schweigend zu. Auch Kasimira sah zu. Beide taten nichts, um ihm zu helfen.

Als Miro von Surowetz fortstolperte, schien der Wind ihm Odlives Stimme zuzuwehen. Du musst etwas von deinem Blut in den Fluss vergießen.

Er hatte nichts mehr zu verlieren …

So schnell er konnte, platschte Miro ins flache Wasser hinein. Die kalte Strömung zerrte an seinen Knien. Vom anderen Ufer her hörte er die Menge rufen und sah die flatternden Fahnen.

Er berührte seinen verletzten Arm und tauchte die blutige Hand ins Wasser. Dabei spreizte er die Finger, als wolle er nach etwas greifen – oder nach jemandem.

Das Wasser nahm sein Blut an.

»Ich bring dich um!«, kreischte Surowetz. In rasendem Zorn schleuderte er seine Kruttemosch-Stiefel fort, sodass er auf seine tatsächliche Größe schrumpfte. Mit seinen hervorquellenden Augen, den bloßen Füßen und dem schlabbernden Fellanzug wirkte er fast komisch. Er konnte seine Entlarvung nicht rückgängig machen, konnte nichts tun, um die Menschen vergessen zu lassen, was sie gesehen hatten.

Der Ex-Kruttemosch watete ins Wasser.

Falls es den Drachen wirklich gab, brauchte Miro ihn jetzt auf der Stelle. Da kamen Odlives Worte flussabwärts angesegelt: »Dein Blut muss sich mit dem Blut deines Feindes vermischen.«

Miro hob einen Stein aus dem Flussbett auf. Er war schwer und hatte die Form einer Faust. Miro schleuderte ihn Surowetz entgegen.

Nicht getroffen. Der Stein plumpste ins Wasser.

Mit dem Dolch in der Hand watete Surowetz weiter.

Miro hob mit seinem unversehrten Arm einen weiteren Stein auf. Er schleuderte ihn mit aller Kraft, die er noch aufbieten konnte. Der Stein prallte scheppernd von Surowetz' eiserner Schulterplatte ab.

Schon besser, dachte Miro. Nächster Versuch.

Er warf einen Blick auf die Menschen am Ufer. Sie spornten ihn jubelnd an und rissen ihn mit ihrer Begeisterung mit. Dieses Mal setzte die Zuneigung der Menge Miro nicht unter Druck, sondern gab ihm Kraft. Er hob einen dritten Stein auf und schleuderte ihn. Mit einem Knirschen traf er Surowetz genau auf die Nase.

Volltreffer, dachte Miro und wollte sich nach weiteren Steinen bücken, aber da packte Surowetz ihn am Arm.

»Niemand besiegt die Kruttemosch«, knurrte er. Aus seiner Nase quoll Blut. Er zog Miro an sich, als wolle er ihn umarmen.

Dann stach er mit dem Dolch zu.

Kapitel 98

Miro hatte das Gefühl, als hätte ihm jemand in den Bauch geboxt, nur dass es schlimmer war. Der Dolchstoß hatte einen offenen Mund in seinen Bauch gerissen, aus dem Blut quoll. »Sie haben mich getötet«, flüsterte er. Das konnte nicht wahr sein. Er wollte nicht sterben.

Deine Zukunft hält nichts als Blut und Tod bereit …

Schwankend blickte er hoch. Aus Surowetz' Nase lief ein roter Strom, er rann ihm übers Kinn und tropfte in den Fluss.

»Hilfe.« Miros Stimme war nur ein Hauch. »Bitte, kann jemand …«

Das Wasser pulsierte, als würde es antworten. Surowetz bekam es mit der Angst zu tun und hastete ans Ufer. Wieder lief eine Pulswelle durch das Wasser, und dieses Mal war sie nicht zu übersehen.

Bu-bumm, bu-bumm.

Es war ein Herzschlag, das Pochen des Sertze Woda. Seine Kraft ließ das Wasser beben, und Miro sank auf die Knie. Der Fluss stieg und fiel, große, bucklige Wellen ließen ihn im Herzrhythmus an- und abschwellen.

Irgendwo nicht weit entfernt kreischte Kasimira.

Bis auf seinen Körper nahm Miro kaum noch etwas wahr. Er ließ sich in die Wellen gleiten. Im Wasser waren Sterne, am Himmel waren Sterne, mehr Sterne, als er sich jemals hätte träumen lassen …

Vielleicht war Sterben gar nicht so schlimm. Vielleicht würde er dann seine Eltern wiedersehen. Aber der Schmerz war furchtbar. Er riss Miro auf, kehrte sein Inneres nach außen.

Etwas strich an seinen Fingern entlang, und Miro zwang sich, sich darauf zu konzentrieren. Ein Frosch streifte seine Hand. Oder nein, das war kein Frosch, es war ein Molch. Wo war ihm dieser Molch schon begegnet?

Dann sah Miro nur noch Sterne, und während sich das Wasser um ihn herum rötete, verblasste seine Welt und wurde weiß.

Kapitel 99

Mit Perla an der Spitze verließen die Kinder die Kosmoshöhle. Alle wollten in ihrer Nähe gehen, den Grubenplan sehen und sich erklären lassen, wie sie ihn las.

Imogen warf einen letzten Blick in die Höhle mit ihren Lichtern aus zahllosen Glühwürmchen, den rutschigen Steinen und dem gewundenen Bachlauf.

Sie hatten es geschafft. Sie hatten die verschollenen Kinder gefunden. Imogen konnte es nicht erwarten, Miro zu erzählen, wie gut sein Plan funktioniert hatte. Zum Schluss war es nur noch ein Klacks gewesen. Imogen und Marie verhakten ihre Zeigefinger, und gemeinsam wanderten sie aus der Höhle hinaus. Sie folgten den anderen durch den überfluteten Tunnel, und aus der Finsternis vor ihnen hallten die Kinderstimmen.

»Deine Freundin ähnelt dem Rattenfänger von Hameln«, sagte Marie.

»Ja.« Imogen lachte. »Dabei ist sie das genaue Gegenteil, denn sie bringt die Kinder nach Hause zurück.«

»Platsch, plitsch, patsch«, machte das schwarze Wasser. Imogen drückte Maries Hand. Sie würde ihre Schwester nicht noch einmal verlieren.

»Wie hast du mich gefunden?«, fragte Marie.

Imogen lächelte im Dunkeln. »Das ist etwas kompliziert … Wir haben die Uhr benutzt, die in den Sternen lesen kann. Du weißt schon, die Uhr aus Miros Turm, die Otschi in ihrer Hütte hatte.«

»Das ist eine magische Uhr?« Marie staunte. »Und wir haben das die ganze Zeit nicht gewusst? Wie nett von Otschi, dass du sie mitnehmen durftest.«

»Mmm.« Imogen ging weiter. Ihr war heute nicht danach, die ganze Geschichte zu erzählen.

Die Schwestern kamen aus dem überfluteten Tunnel heraus, und weil jetzt wieder Glühwürmchen den Weg erhellten, sahen sie den Zug der Kinder vor sich, die Perla und dem Grubenplan folgten.

Imogen und Marie stiegen aufwärts durch die Höhlen und Spalten im brüchigen Gestein. Imogen behielt wachsam die Nachzügler im Auge.

»Hast du Prinzessin Kasimira kennengelernt?«, fragte Marie.

»Ja. Ist ein echter Kotzbrocken.«

Marie kicherte. »Sie ist ein bisschen … Und ihr Vater, der König Tibor, hat mich gezwungen, Fisch zu essen.«

»Und uns hat er zum Tode verurteilt! Wie ist es dir mit Anneschka ergangen? Hat sie …« Imogen zwang sich, die Worte auszusprechen. »Hat sie dir wehgetan?«

Marie schüttelte ganz leicht den Kopf.

Die Mädchen hielten sich immer noch an den Händen, als sie eine weitere Höhle betraten. Hier wurde die Decke von Balken abgestützt, die wie Rippen gebogen waren. Die anderen Kinder hatten die Höhle bereits durchquert.

»Was ist das?« Plötzlich blieb Marie stehen.

»Was denn?« Imogen versuchte, ihre Schwester weiterzuziehen, aber dann hörte sie es auch. Ein tiefes Grollen. Es kam von unten. Nein … von oben. Ein Stöhnen durchzitterte den Fels.

Marie bekam einen furchtbaren Schreck.

»Das ist nichts Schlimmes«, sagte Imogen. Aber Marie kannte die Gruben besser als ihre Schwester. Die Glühwürmchen erloschen eins nach dem anderen.

Die anderen Kinder kraxelten schon aus der Höhle hinaus und verschwanden in einem nächsten Gang, als die Deckenbalken splitterten. Imogen und Marie waren zu weit hinter ihnen. Falls sie jetzt noch versuchten, sie einzuholen, konnten sie erschlagen werden.

»Doch, etwas sehr Schlimmes!«, schrie Marie. »So klingt es, wenn der Felsen –«

Den Rest des Satzes hörte Imogen nicht mehr. Die Balken zerknickten wie Zahnstocher. Sie taumelte rückwärts, den Weg entlang, den sie gekommen waren. Ihre Finger rutschten aus Maries Hand.

»Marie!«, schrie sie. Aber ringsherum polterten Steine herunter. Einer traf Imogen am Kopf. Sie stolperte und fiel hin.

Das Letzte, was sie sah, bevor alles finster wurde, war ein Vorhang aus herabstürzenden Felsbrocken.

Kapitel 100

Imogen öffnete die Augen. Es war dunkel. Aber es war eine andere Dunkelheit als zu Hause im Bett, wo sie immer noch etwas Licht von der Straßenlaterne draußen sehen konnte. Es war eine lastende, uralte Finsternis, ohne das Versprechen, dass es jemals wieder hell werden würde.

Imogen überlegte, ob sie vielleicht die Augen noch zu hatte. Sie kniff die Lider ganz fest zusammen und zählte bis zehn. Dann schlug sie die Augen auf. Von allen Seiten drang Schwärze auf sie ein.

Es roch nach Mineralien und Matsch. Ich bin tot, dachte sie mit wachsendem Entsetzen.

Ich bin tot. Ich bin tot!

Etwas Nasses rutschte an ihrem Gesicht hinunter. Imogen leckte sich über die Lippen. Es schmeckte nach Blut. Konnten Tote Blut schmecken? Eher nicht, dachte sie.

Ihr Kopf tat weh, und als sie sich bewegte, wurde der Kopfschmerz stechend. Sie setzte sich auf, und der Schmerz nahm ihr den Atem. Ihr ganzer Kopf pochte.

Tote spüren keine Schmerzen.

Und dann erinnerte sie sich wieder. Einzelne Bilder und Wahrnehmungen blitzten auf – ein lautes Grollen, herabstürzende Steine. Die Decke der Höhle war eingebrochen. Imogen tastete in der Finsternis herum. Überall Stein.

»Man kann sich noch so sehr anstrengen … letzten Endes gewinnt das Schicksal.« Das waren die Worte von Odlive, der Flussnixe, gewesen. Imogen verscheuchte diese Erinnerung.

Sie versuchte aufzustehen, stieß aber oben irgendwo an. Der Schmerz in ihrem Kopf explodierte, sodass sie gezwungen war, still zu sitzen. Eine Erinnerung an Mark tauchte aus der Dunkelheit auf: Er hatte die Hände in die Hüften gestemmt und sagte: »Dieses garstige, wütende Mädchen. Muss nach dem Vater kommen.«

»Ich bin ganz anders als mein Vater«, sagte Imogen leise. »Ich würde meine Familie niemals im Stich lassen.«

»Und was hast du mit deiner Mutter gemacht?«, fragte ein Sorgenteufel.

Plötzlich hatte Imogen ein Bild von ihrer Mutter im Kopf. Mama allein und voller Angst …

Dann kam ein Bild von Marie.

Marie.

Wo war sie?

Marie war nicht mehr neben ihr. Imogen tastete mit beiden Händen nach der Schwester. Sie hoffte inständig, dass Marie es noch aus der Höhle hinaus geschafft hatte. Über sich ertastete sie nur Gestein, einen gewaltigen Felsbrocken, der im Raum zu schweben schien. Sie tastete an seinem steinernen Bauch entlang, bis sie auf einen zweiten Fels stieß. Er hielt den ersten in seiner Position, sodass er ihr nicht auf den Kopf fiel. Sie hatte Glück gehabt, dass sie nicht platt gedrückt worden war.

Glück … Das Wort machte Imogen wütend. Was hatte sie von diesem Glück? Sie war in einem Bergwerk gefangen, lebendig begraben. Ihr Glück hatte zwar dafür gesorgt, dass sie nicht zerquetscht worden war, aber jetzt erwartete sie ein langsameres Sterben. Wie lange konnte sie so überleben, allein und im Dunkeln gefangen?

»Hallo«, rief sie in die Finsternis. »Kann mich jemand hören?«

Die Sorgenteufel antworteten sofort. »Hier gibt's nur noch dich und uns«, wisperten sie schadenfroh. »Alle anderen haben es nach draußen geschafft.« Imogen hörte, wie die Teufel über Geröll krabbelten. Sie suchten nach ihr, sie ernährten sich von ihren Ängsten. Und Imogen hatte gute Gründe, sich zu fürchten.

Sie versuchte, sich die Welt über der Erde vorzustellen, das Gebüsch und die freien Vögel am Himmel, den endlosen Weltraum, vor dem Wolken entlangzogen. Sie versuchte, an die Sterne zu denken.

Aber die Sorgenteufel waren stärker und lenkten ihre Gedanken. Da oben gab es gar keine Welt mehr. Nur Schwärze und Verzweiflung. Ein Sorgenteufel kletterte ihr auf den Rücken. Ein anderer wühlte sich in ihren Brustkorb hinein und presste ihr das Herz und die Lungen zusammen.

»Sie bringen mich um!«, rief Imogen und krümmte sich zusammen. Ihre Atemzüge waren flach.

Furcht und Panik. Finsternis und Verzweiflung. Die Sorgenteufel umschwärmten sie. »Hört auf!«, kreischte Imogen. In ihrem Kopf hämmerte es. »Haut ab! Lasst mich in Ruhe!«

Da ertönte aus der Dunkelheit ein schwaches Stimmchen. »Hallo?«, sagte es, und die Sorgenteufel erstarrten. Auch Imogen hörte auf zu kämpfen. »Imogen«, sagte die Stimme, »bist du's?«

Kapitel 101

Imogen wusste nicht, ob sie lachen oder weinen sollte. Sich vorzustellen, dass Marie auch hier unten gefangen war, war einerseits schrecklich, aber andererseits tat es so gut, ihre Stimme zu hören. »Marie«, rief Imogen.

»Rede weiter«, sagte die schwache Stimme. »Ich versuche, dem Klang nachzugehen.«

»Ich dachte, du hättest es noch nach draußen geschafft!«, rief Imogen. »Ich dachte schon, ich wäre als Einzige hier unten geblieben!«

Sie pflückte sich einen Sorgenteufel vom Hals und klatschte ihn gegen den Fels. Die anderen verzogen sich langsam. »Bist du verletzt?«, rief sie.

»Ich glaube nicht.« Maries Stimme klang jetzt näher. »Da ist eine Lücke … ich klettere gerade … da durch.« Vor Imogens Füßen scharrte etwas. Sie streckte beide Arme danach aus.

»Wo bist du?«, fragte Imogen, und gleichzeitig fürchtete sie sich vor der Antwort. Vielleicht hatte sie sich Maries Stimme nur eingebildet? Aber da berührte sie etwas, das sich nicht wie Stein anfühlte. Sondern wie Maries Hand.

Imogen umschloss Maries Finger. Sie ertastete ihre Arme – ihre Schultern – ihr Gesicht.

»Es tut mir so leid«, schluchzte Imogen. Ihr Kopf tat wirklich sehr weh. »Entschuldige. Ich wollte nicht –«

»Was tut dir leid?«, fragte Marie.

»Das alles hier«, rief Imogen. »Ich hab dir doch versprochen, dass alles gut gehen würde! Ich hab versprochen, dass wir nicht lange bleiben! Es war meine Idee, heimlich aus dem Hotel zu schleichen und die Tür im

Baum zu suchen – und jetzt sind wir hier unter der Erde gefangen, und niemand wird uns finden, und Mama wird traurig sein, und alles, alles ist meine Schuld!«

Sie schwiegen beide.

»Es ist nicht deine Schuld, dass das alles passiert ist«, sagte Marie dann. Es klang so nüchtern und sachlich, dass sogar die Sorgenteufel die Ohren spitzten. »Ich bin doch freiwillig mitgekommen. Ich wollte ja auch durch die magische Tür gehen.«

Im Dunkeln konnte Imogen sich Maries Gesicht vorstellen, ernst wie ein Eulengesicht. »Aber ich bin doch die große Schwester«, murmelte sie. »Ich müsste dafür sorgen, dass alles klappt.«

Fast hätte Marie gelacht. »Du bist nicht für die ganze Welt zuständig, Imogen. Das weißt du doch, oder?«

Imogens Sorgenteufel bewegten sich im Geröll. Sie waren nicht verschwunden. Sie hörten zu.

Marie rückte näher heran, sodass die Schwestern jetzt ganz dicht nebeneinandersaßen. »Mit wem hast du da eben geredet?«, fragte sie. »Du hast so was gesagt wie ›lasst mich in Ruhe‹.«

Imogen schämte sich. Mit meinen eingebildeten Sorgenteufeln, wäre die ehrliche Antwort gewesen, aber das konnte sie ja wohl kaum sagen. Marie würde denken, sie wäre komplett verrückt geworden. Mark glaubte das ja schon lange. Und Mama und die Therapeutin auch.

Nein, Marie durfte von den Sorgenteufeln nichts erfahren. Sie würde Imogen nie wieder ernst nehmen.

Aber andererseits, dachte Imogen, ist es vielleicht egal – wenn wir sowieso beide sterben müssen …

Die Sorgenteufel zischelten warnend.

Imogen holte tief Luft. »Ich hab mit meinen Sorgenteufeln geredet«, sagte sie absichtlich leise, weil sie ein bisschen hoffte, ihre Schwester würde es nicht hören.

»Was sind Sorgenteufel?«, fragte Marie ernst.

»Das sind Wesen, die kommen, wenn ich Angst habe.« Sie hörte ganz nah einen Sorgenteufel quieken, bevor er verschwand. Imogen brauchte nichts zu sehen, um sich sicher zu sein. »Sie sagen schlimme Sachen«, fuhr sie fort. »Ich versuche immer, sie abzuschütteln. Manchmal stelle ich mir vor, wie ich sie aus dem Fenster schmeiße oder zerstampfe oder so. Aber sie kommen trotzdem immer wieder.«

»Ein bisschen wie Schwestern«, sagte Marie.

Imogen prustete. »Überhaupt nicht wie Schwestern.«

Ihre Sorgenteufel quiekten jetzt alle, und einer nach dem anderen verpuffte, so wie Mentos in einer Flasche Cola Light. Anscheinend mochten sie es nicht, dass über sie geredet wurde. Imogen war von dieser Entdeckung so abgelenkt, dass sie das Licht anfangs gar nicht bemerkte.

»Hey«, flüsterte Marie, »siehst du das?« Imogen blinzelten in die Dunkelheit. Im Geröll flackerte etwas. Ein Flämmchen in der endlosen Nacht.

Kapitel 102

Anneschka spürte, wie die Barkasse unter ihr schwankte und nach rechts schlingerte. Ihr wurde schlecht. »Ist es normal, dass das Boot sich so stark bewegt?«, fragte sie.

Königin Blipla schüttelte ihren mit Edelsteinen behängten Kopf. Sie sah erschrocken aus – soweit man mit einem silbernen Tausendfüßler im Gesicht erschrocken aussehen kann.

Anneschka war klar, dass es keine gute Idee gewesen war, sich von König Tibor eine Barkasse auszuleihen. Alles in Wodnislaw war schäbig: die Menschen, die Drachen und auch die Schiffe.

Als sie das Deck überquerte, kippte es ihr entgegen. »Aus dem Weg«, rief sie, und die Skretmatrosen sprangen zur Seite. Anneschka hielt sich an der Reling fest.

Die anderen Königinnen blieben wie angenagelt sitzen. »Was macht Ihr da?«, rief Königin Slata.

Anneschka antwortete nicht. Durch ihren Perlenschleier beobachtete sie den Fluss.

Im Wasser geschah etwas. Es war plötzlich aufgewühlt, wo es vorhin ruhig gewesen war. Es schlug Wellen, fiel zusammen und warf Blasen, als lebte etwas unter der Oberfläche.

Miroslaws Leiche trieb vor der Insel, umgeben von Schwaden von Blut. Aber der Tod des Jungen nützte Anneschka nichts. Der Preis dafür war zu hoch gewesen.

Jetzt wussten alle, dass die Kruttemosch einfach Männer waren. Der Junge war tot, aber er hatte dennoch gesiegt.

Kinder darf man niemals unterschätzen, dachte Anneschka. Und schon gar nicht solche, die man schon einmal hat ermorden lassen.

Auch König Tibors Schiff tanzte wild auf dem Wasser. Es rollte, dass einem Hören und Sehen verging. Tibor brüllte etwas aus dem Krähennest. Kasimira hing kreischend in der Takelage.

Als Anneschka noch einen Blick auf Miros Leiche werfen wollte, erschrak sie. Der Tote war verschwunden. An seiner Stelle war ein wirbelnder Strudel entstanden. Er musste den Jungen eingesogen haben. Das gefiel Anneschka gar nicht. Sie hegte ein tiefverwurzeltes Misstrauen gegen Wasser. Insbesondere gegen Wasser, das sich in etwas anderes verwandelte.

Die Barkasse schaukelte immer heftiger. Anneschka klammerte sich an der Reling fest. In der Ferne lag Wodnislaw. Dort am Flussufer schwenkten die Menschenmassen ihre Fahnen. Sie rasten vor Wut über die Entdeckung, dass der Herr der Kruttemosch ein Mensch war.

Der Fluss wurde breiter. Gurgelnd überschwemmte er seine sumpfigen Ufer. Surowetz' Leute ergriffen die Flucht. Sie flohen in verzweifelter Eile, als käme der Fluss nur, um sie zu verschlingen.

Anneschka packte die Reling noch fester. Vielleicht war das wirklich so?

»Den Mann da auf der Insel kenne ich«, schrie eine Stimme aus der Menge und deutete auf den nicht mehr maskierten Kruttemosch. »Er heißt Surowetz. Er arbeitet für die Königinnen.«

Alle wandten die Köpfe, und Anneschka war, als würde sich eine große Welle bilden, die ihre Kraft aus der Tiefe holte.

Surowetz stand allein auf der Insel. Er trug immer noch seinen Kruttemosch-Anzug. Sein Gesicht glänzte vor Schweiß. Aus seiner Nase floss Blut. »Nein«, krächzte er. »Das ist nicht wahr.« Seine Stimme war kraftlos.

Die Menge strömte zum Fluss. Nicht nur das Wasser stieg, auch die Menschen erhoben sich. Miroslaw hatte ihren Zorn entfacht, als er das wahre Gesicht des Herrn der Kruttemosch enthüllt hatte.

Hätte er doch bloß Surowetz den Helm nicht abgenommen, dachte Anneschka. Hätte er doch bloß wie ein König gekämpft.

Wieder einmal hatte der Junge alles verdorben.

»Der Mann steht im Dienst der Königinnen!«, rief eine weitere Stimme aus der Menge. »Ich hab gesehen, wie er vor ihnen niedergekniet ist!«

Fahnenstangen wurden gesenkt und Fäuste geballt. Die Menge wollte Rache.

Surowetz starrte von der Insel zu Anneschka hinüber. Alle Großtuerei war ihm vergangen. »Königin Switla«, rief er. »Ich dachte, wir hätten eine Abmachung! Helft mir! HILFE!«

Hinter ihrem Perlenschleier machte Anneschka ein böses Gesicht. Falls in der Menge noch jemand daran gezweifelt hatte, dass die Königinnen mit den Kruttemosch verbandelt waren, dann waren diese Zweifel jetzt ausgeräumt.

»Wir müssen von der Barkasse runter«, sagte Königin Jiskra.

Anneschka stimmte ihr insgeheim zu. Sie sah sich nach einer Fluchtmöglichkeit um.

Ein Teil der Menge watete bereits ins Wasser, geradewegs auf die Königinnen zu. Andere kletterten in Paddelboote. »Ihr wart es, die unsere Kinder geraubt haben!«, schrien sie.

Der Fluss schlug große, schaumige Wellen. Sie klatschten gegen die Barkasse und ließen das Schiff ächzen. »Tibor hat doch gesagt, dieses Schiff könnte nicht sinken«, keifte Königin Flumkra.

»Das stimmt«, sagte der Kapitän ausweichend, »von allen Schiffen unserer Flotte liegt es am ruhigsten im Wasser.«

»Wieso geht es dann unter?«, kreischte die Königin.

Panik brach aus. Skretmatrosen sprangen über Bord, und auch die menschlichen Matrosen verließ der Mut.

Anneschka rannte zum Rettungsboot, doch es war bereits im Wasser. Königin Slata saß darin und ruderte von der Barkasse fort.

»Verdammt«, sagte Anneschka.

Aber ihr Neid legte sich, als eine ganze Flotte von Fischerbooten die Königin abfing. Die Fischer enterten das Rettungsboot und warfen Königin Slata in die Wellen. Ihr runder Kopfputz und die mit Edelsteinen besetzten Gewänder waren schwer. Königin Slata versank wie ein Stein.

Anneschka wollte dieses Schicksal nicht teilen. Ich bin ja gar keine echte Königin, sagte sie sich. Die Kruttemosch waren nicht meine Idee. Dieser verdammte Junge und seine Enthüllungen! Dieses verdammte wasserdurchtränkte Land!

Die Barkasse sank weiter, und Anneschka schlitterte mit fuchtelnden Armen über das Deck und knallte gegen den Mast. Er stand schon ganz schräg, und sie klammerte sich verzweifelt daran fest. Über ihr stieg das Deck an wie ein steiler Berghang. Unter ihr schäumte und brodelte das Wasser. Der Fluss erwartete sie.

Anneschka konnte sich nicht mehr halten. Ihre Füße baumelten in der Luft, ihre Finger waren schon weiß. Das ist das Problem mit Masken, sagte eine Stimme in ihrem Schädel. Wenn man sie zu lange trägt, kleben sie fest.

Und damit gab sie auf.

Sie stürzte in die tosenden Wellen.

Kapitel 103

Als Miro wieder zu sich kam, lag er auf dem Grund des Flusses. Steine drückten ihm in den Rücken. Eigentlich hätte er ertrinken müssen, aber es war, als befände er sich auf dem Trockenen, obwohl er ringsherum von Wasser umgeben war.

Als er den Kopf zur Seite drehte, fiel sein Blick auf eine hohe, flüssige Wand, in der sich alles Mögliche bewegte. Flusskraut trieb vorbei, ein Kieselstein und ein Fisch folgten. Dann kam ein Anker und danach ein Krebs.

Miro blickte nach oben. Über ihm erhob sich eine Luftsäule, die wie eine Röhre das Wasser durchstieß, und ganz oben sah er einen Kreis aus blauem Himmel.

Aber das war unmöglich! Wie konnte im Fluss ein Loch sein?

Er spürte Sand zwischen den Fingern und Wasserspritzer im Gesicht, und da wurde ihm klar, dass er sich genau in der Mitte eines Strudels befand.

Miro kniff die Augen zu. Wie war der Strudel entstanden? Und wie war er selbst mitten in dessen Zentrum gelandet?

Seine Kinderfrau hatte ihm Geschichten über das Land jenseits der Berge erzählt, aber keine war so merkwürdig gewesen wie das, was er gerade erlebte.

Er verstand nicht einmal, wieso er noch lebte. Hatte Surowetz ihn nicht erstochen?

Da merkte er, dass auf seinem Bauch etwas Kaltes lag. Es war klein und weich und nass und bedeckte genau die Stelle, wo Surowetz den

Dolch hineingestoßen hatte. Miro biss die Zähne zusammen, denn er wollte sich auf die Ellbogen stützen, und das würde bestimmt wehtun. Doch als er sich aufrichtete, spürte er keinen Schmerz.

Das Kalte auf seinem Bauch war ein Molch. Er lag quer über Miros Wunde und hatte sich mit den Füßchen an der Bauchhaut festgesaugt. Am merkwürdigsten aber war, dass der Molch glühte. Und da fiel Miro ein, wo er ihn schon gesehen hatte: Es war derselbe Molch, den sie vor Kasimira gerettet hatten.

Der Molch kroch von Miros Bauch herunter. Da, wo Surowetz' Dolch eingedrungen war, zeigte sich jetzt eine Narbe. Sie hatte die Form eines geschlossenen Mundes.

Miro berührte die neue Haut. Sie fühlte sich echt an. Auch der Schnitt in seinem Arm war geheilt. »Wie –?«, wollte er fragen, brach aber ab, weil er plötzlich wusste, wer der kleine Molch war.

Beim Aufstehen achtete Miro darauf, die Wasserwand, die um ihn herumkreiste, nicht zu berühren. Er befand sich im Auge des Strudels, an der einzigen sicheren Stelle in diesem Wasserwirbel.

»Das bist du doch, oder?«, fragte Miro staunend.

Der Molch ließ seine lange Zunge hervorschnellen. Dann schloss er die Augen und rührte sich nicht mehr. Miro sah, dass er sich konzentrierte. Aber worauf? Das Licht, das der kleine Molch aussandte, wurde heller und nahm ein unnatürliches Grün an. Nur seine Umrisse waren noch zu sehen.

Miro betrachtete den leuchtenden Molch. Er war nicht groß, nur etwa so lang wie Miros Fuß. Doch es war kein gewöhnlicher Teichmolch. Er konnte Wunden heilen und Flüsse umlenken.

Jetzt war Miro sich ganz sicher: Es war der Wasserdrache, der ihn gerettet hatte.

Kapitel 104

»Was ist das?«, fragte Imogen und robbte vorwärts. Sie lugte durch eine Ritze zwischen den Steinen.

»Das ist ein Jedlik«, flüsterte Marie. »Ich hab gehört, wie die anderen Kinder über Jedlik geredet haben, aber das ist der Erste, den ich sehe.«

Die Flamme kam oben aus dem Kopf eines Wesens, dem das Feuer aber nichts auszumachen schien. Es hatte grobe Ähnlichkeit mit einem Menschen, ungefähr so, als hätte man einem kleinen Kind einen Klumpen Ton gegeben und es aufgefordert, daraus einen Mann zu formen. Das Ergebnis war fast zwei Meter groß, und sein Körper bestand aus Stein.

»Ich glaube, er sucht nach Menschen«, sagte Marie.

Imogen bekam Gänsehaut vor Angst. »Nach Menschen?«, flüsterte sie. Der Jedlik hob Felsbrocken an, guckte darunter und schmiss sie dann zur Seite wie Blechdosen.

»Keine Angst«, sagte Marie. »Jedlik fressen nur Erwachsene und manchmal große Jungen und Mädchen. Sogar die Kruttemosch haben Angst vor ihnen. Deswegen meiden sie die tiefen Gruben.« Marie überlegte kurz. »Bei uns ist das anders, wir essen junge Tiere, zum Beispiel Kalbfleisch. Aber die Jedlik mögen lieber älteres Fleisch.«

Kalbfleisch? Imogens Kopf fühlte sich an wie ein einziger Schmerz. Beim Felsrutsch musste sie von einem Stein getroffen worden sein. Und ein komischer Geruch lag in der Luft, so als hätte jemand gerade ein Streichholz angezündet.

»Aber warum sind die Jedlik hier?«, fragte sie.

»Ich glaube, es ist ihr Zuhause«, sagte Marie.

Imogen fiel ein, dass Jemni ihr erzählt hatte, früher wären Bergleute spurlos verschwunden und man hätte sich düstere Geschichten von Monstern erzählt, die im Felsgestein lebten. Davor also hatten die Erwachsenen Angst. Deswegen schickten sie Kinder in die Silbergruben.

Der Jedlik drehte sich um. Er musste die Mädchen gehört haben. Er starrte sie mit glimmenden Augen an. Imogen drückte sich an den Fels, aber das Monster kam nicht näher. Es nahm seine Tätigkeit wieder auf und drehte einen Felsbrocken nach dem anderen um.

Wenigstens konnte Imogen jetzt ihre Umgebung erkennen, denn die Flamme des Jedlik gab genügend Licht. Die Luft war voller Staub, aber im Dunst konnte sie Formen ausmachen. Wo die Decke eingebrochen war, lag ein riesiger Geröllberg. Es gab also keine Möglichkeit mehr, den anderen Kindern zu folgen. Der Fluchtweg war versperrt, sie konnten nur noch zurückgehen.

»Kannst du dich an den Weg zur Kosmoshöhle erinnern?«, fragte Imogen, ohne ihre Kopfschmerzen zu beachten. »Zu der Höhle mit den vielen Glühwürmchen?«

»Ich glaube, ja«, sagte Marie. »In der Höhle gibt es sauberes Wasser und Fische. Wenn wir Hunger kriegen, können wir versuchen, einen zu fangen.«

Fast hätte Imogen gelächelt. Sie war zwar immer noch die ältere Schwester, aber allmählich vermutete sie, dass das gar nicht so viel bedeutete. Vielleicht brauchte sie ihre Sorgenteufel nicht mehr geheim zu halten – und vielleicht brauchte sie auch nicht immer die Retterin zu spielen.

»Ist doch irgendwie komisch, oder?«, sagte sie. »Ich bin von so weit hergekommen, um dich zu retten, über Berge und durch die Tieflande und die Buschlande. Jetzt bin ich endlich hier – und da rettest du mich.«

Die Kosmoshöhle empfing die Mädchen mit ihrem Baldachin aus Glühwürmchen. Außerdem wartete ein bekanntes Gesicht auf sie, oder besser, ein bekanntes Paar Flügel. Auf einem Stalagmiten saß der Schattenfalter.

Imogen hätte sich freuen sollen. Sie hätte zu ihm laufen und ihn begrüßen sollen. Aber ihr Kopf schmerzte bei der kleinsten Bewegung. Sie ließ sich auf den Boden sinken.

Der Falter drehte seine Fühler.

»Wir brauchen deine Hilfe«, rief Marie. »Bitte zeige uns, wie wir hier rauskommen!«

Das Insekt kroch an dem Stalagmiten hinunter und öffnete und schloss dabei die Flügel. Es lief ein Muster, ganz ähnlich wie auf dem Küchentisch bei Branna und Zemko. Aber Zuby fehlte, um den Tanz zu übersetzen.

Der Falter flatterte über Maries Kopf zur Höhlendecke hinauf. »Wo willst du hin?«, rief Marie. »Wir können da nicht hoch!«

Doch der Schattenfalter schien nicht zuzuhören. Zwischen den Glühwürmchen verlor Imogen ihn aus den Augen, er war nur noch ein grauer Schimmer zwischen blauen Sternchen.

»Warum hilft er uns nicht?«, rief Marie.

Imogen schüttelte den Kopf, und der Schmerz entzündete hinter ihren Augen ein kleines Feuerwerk. Der Falter ist nicht gekommen, um uns zu helfen, dachte sie. Er ist gekommen, um sich zu verabschieden.

Kapitel 105

Anneschka stürzte ins kalte Wasser, in die weißen, schäumenden Fluten. Ihre Verkleidung war schwer und zog sie nach unten, daher strampelte sie mit den Beinen und riss sich mit den Händen den Kopfputz ab.

Weg mit der glitzernden Brustplatte.

Weg mit dem Perlenschleier.

Sie strampelte kräftiger, entschiedener.

Abgerissen und zerfetzt.

Ich bin nicht Königin Switla, dachte Anneschka. Ich will nicht für ihre Verbrechen sterben. Ringsherum brauste der Fluss, aber neben dem Getöse hörte Anneschka noch etwas anderes.

Bu-bumm, bu-bumm.

Sie erinnerte sich an diesen Klang, sie hatte ihn einmal in den Knochen gespürt, aber jetzt war keine Zeit, daran zurückzudenken. Der Fluss zog sie nach unten.

Anneschka löste ihren Gürtel.

Alles. Nimm alles! dachte sie.

Ein Geschenk an die Wellen.

Sie riss sich die silberne Kette vom Hals und trat noch einmal kräftig mit den Beinen. Dann tauchte sie mit dem Kopf zuerst wieder auf. Gierig sog sie die Luft ein. »Ich … bin nicht … Königin Switla!«, keuchte sie.

Jetzt war sie leicht. Sie trug nur noch ihr Unterkleid. Es blähte sich um sie herum auf wie eine Qualle. Atemlos sah Anneschka in die Wolken hinauf.

Bu-bumm, bu-bumm.

Das … das konnte doch nicht das Sertze Hora sein? Das Klopfen kam aus dem Wasser unter ihr.

Jetzt entdeckte Anneschka den Strudel wieder, wie ein großes Loch, nicht weit von der Stelle entfernt, wo sie Wasser trat. Panik überkam sie. Sie hatte nicht mehr viel Kraft.

Der Strudel saugte sie an wie einen Fisch.

Doch da tauchte ein kleines Boot auf. Ein Mann ruderte auf sie zu.

»Hilfe!«, schrie Anneschka.

Der Strudel griff nach ihren Zehen. Sie hörte eine Mädchenstimme, und der Mann rief ihr etwas zu. Er wiederholte immer das gleiche Wort. Was wollte er? Wer waren die beiden? Wie konnte sie zu ihnen ins Boot gelangen?

Eine Hand packte Anneschka und zerrte sie über die Bordwand. Lang ausgestreckt lag sie unten im Boot. Sie keuchte und spuckte, so hilflos wie am Tag ihrer Geburt. Schließlich drehte sie sich auf den Rücken und blickte ihre Retter an. Der Mann sah genauso aus wie König Tibor. Das Mädchen trug ein Kleid aus Schleifen – Prinzessin Kasimira.

Anneschka berührte ihr eigenes Gesicht. Kein Kopfputz mehr, kein Perlenschleier.

Paula. Das hatte König Tibor gerufen. Paula! Paula! Den Namen seiner Tochter. Anneschka würgte und spuckte einen ganzen Bauch voll Wasser aus. Sie brachte ein schwaches Lächeln zustande.

»Paula!«, rief Tibor. »Du bist es wirklich!«

Als sie sich kräftig genug fühlte, setzte sie sich auf und lehnte sich an die Bordwand. Kasimira zitterte und war ausnahmsweise einmal still.

Anneschka schaute über den Fluss. In der Ferne waren Paddelboote zu sehen, winzige Fischerboote. Im Vordergrund lag die Insel oder das, was von ihr übrig geblieben war. Der Fluss hatte den größten Teil verschluckt, und der Strudel saugte alle möglichen Gegenstände ein.

Zum Strudel hin war die Wasserfläche abschüssig. Wenn sie entkommen wollten, musste das kleine Boot bergauf fahren. Aber Tibor war ein überraschend kräftiger Ruderer. Bei jedem Ruderschlag bleckte er die Zähne. Er war knallrot im Gesicht und wild entschlossen.

Im Wasser schwamm jemand. Ein Mann. Er griff nach der Bordkante. »He!«, rief er, »ich bin's!«

Tibor zögerte. »Paula – kennst du diesen Mann?«

Anneschka musterte Surowetz. Sie sah sein grausames Gesicht. Der Fluss hatte das Blut abgewaschen.

»Los, hilf mir!«, rief er. »Wir sind doch Verbündete!«

Aber Anneschka hatte ihn davor gewarnt, mit dem Jungen zu kämpfen! Und jetzt wussten alle, dass Surowetz ein Kruttemosch gewesen war. Alle wussten, was er getan hatte, und Anneschka hatte keine Verwendung mehr für ihn.

Sie warf Tibor einen Blick zu. »Daddy«, flüsterte sie mit ihrer kraftlosesten Stimme, »das ist der Mann, der mich entführt hat. Das war der Herr der Kruttemosch.«

Tibor blies die Backen auf, sodass sein Gesicht so rund wurde wie ein Kugelfisch. Er sprang auf. Das Boot schaukelte. Kasimira wimmerte. Tibor riss ein Ruder aus der Dolle, und Surowetz griff danach, weil er dachte, der König wolle ihm helfen.

Aber Tibor dachte gar nicht daran. Er schwang das Ruder wie eine Waffe und hob es hoch über den Kopf. Ein Sausen, ein widerliches Krachen, und Surowetz versank in den Wellen.

Kapitel 106

Kasimira folgte ihrem Vater und ihrer lange vermissten Schwester Paula in die Festung Wodnislaw.

»Ein Aufstand«, sagte König Tibor zu seinen Dienern. »Der Fluss tost – die Menge tobt. Alles ist aus dem Ruder gelaufen … Bereitet ein heißes Bad für meine Töchter vor.« Dann wandte Tibor sich an Anneschka. »Paula, mein Purzelchen, was ist in Wálkaha passiert? Ich hatte Sorge, dass du nicht zurückkehren würdest.«

Als Kasimira merkte, dass ihr Vater mit anderen Dingen beschäftigt war, ergriff sie die Gelegenheit und verzog sich. Sie hatte mit angesehen, wie Miroslaw erstochen worden war. Sie hatte ihn in den Wellen untergehen sehen. Und Tibor hatte ihr versprochen, dass sie die ersehnte Katze haben könnte, wenn der Junge umkommen würde.

Die Prinzessin stapfte durch die Festung und hinterließ dabei eine Spur aus Flusswasser. Sie wusste, dass sie nicht allein in diesen Teil des Gebäudes gehen sollte, aber ihr Vater machte gerade so ein Theater um Paula, und Kasimira hatte lange genug gewartet.

Die Skret vor der Tür des Gästezimmers schickte sie weg, denn die Wachposten sollten ihr nicht in die Quere kommen. Dann stürzte sie in das Zimmer, in dem Miro übernachtet hatte.

»Miezekatze, wo bist du?«, rief Kasimira. Jetzt würde sie sich holen, was ihr zustand.

Sie schob die Tür hinter sich zu. Die Schneehulark schlief auf dem Fußboden. »Ach, da bist du ja!«, kreischte Kasimira. Konja öffnete ein Auge.

Die Schneehulark schien zu ahnen, was das Mädchen vorhatte, sprang auf und schlich mit dem Bauch am Boden unters Bett. Kasimira versuchte, ihr zu folgen. Sie kroch unter den Bettrahmen und streckte die Hand nach der Schneehulark aus. »Jetzt bist du *mein* Miezekätzchen«, ächzte sie.

Aber Konja schoss aus ihrem Versteck heraus. Schnell wie eine Schlange glitt sie an Kasimira vorbei. Die Prinzessin konnte sie gerade noch am Schwanz packen. »Haaaalt«, schrie sie, aber Konja schleifte sie durch den Raum.

Die große Katze schlug mit den Hinterpfoten aus, um das Mädchen abzuschütteln. Aber Kasimira hatte das schon einmal erlebt, und dieses Mal würde sie nicht loslassen. Dieses Mal würde sie ihr Miezekätzchen bekommen.

Konjas Schwanz peitschte hin und her, und das Mädchen wurde durch die Luft geschleudert. Das Zimmer drehte sich, ihr Schleifenkleid wirbelte um sie herum, und dann landete Kasimira mit einem Plumps auf dem Rücken der Wolfskatze. Sie war so überrascht, dass es ihr die Sprache verschlug. Sie saß zwar verkehrt herum, aber das machte nichts. Sie ritt auf dem Kätzchen!

Konja wand sich und krümmte den Rücken, aber Kasimira hatte es fast geschafft. Sie krallte sich im Fell der großen Katze fest und presste die Beine fest zusammen. Konja wandte sich zum Fenster.

»Brave Mieze«, sagte Kasimira, denn sie glaubte, die Schneehulark würde aufgeben. Doch sie hatte Konjas Freiheitsdrang unterschätzt.

Die Wolfskatze sprang zum Fenster und war mit einem Satz auf der Fensterbank. Sie krachte durch die bunten Glasscheiben, und in hohem Bogen flogen die Prinzessin und die Schneehulark aus der Festung. Eine Seemöwe ging in den Sturzflug, um nicht mit ihnen zusammenzustoßen.

Auch Konjas Flugbahn führte jetzt abwärts.

Kasimira ritt immer noch rückwärts auf der Katze, sodass sie nicht sehen konnte, was vor ihnen lag. Sie sah nicht, dass der Fluss näher kam, sah nicht, dass Konja die Vorderpfoten ausstreckte.

Erst als das Wasser über der Prinzessin zusammenschlug, ließ sie die Katze endlich los.

Kapitel 107

Miro stand im Zentrum des Strudels. Seine Wunden waren verheilt, und sein Herz war voller Freude. Das Duell war vorbei, und er hatte es geschafft, den Wasserdrachen herbeizurufen.

Der kleine Molch vor seinen Füßen glühte weiterhin hellgrün.

Miro betrachtete die Wasserwand und die Dinge, die der Molch gefangen hatte. Es war, als wirbelte der ganze Fluss um ihn herum und zeigte ihm seine Wunderwelt.

Ein Otter tanzte mit den Wellen. Ein Aal wirkte weniger entspannt. Er schlug mit dem Schwanz und schnappte mit den Kiefern, während er eine Runde nach der anderen mitgerissen wurde.

Unter all den Federn und Fischen, den zerbrochenen Rudern und den Fetzen von Fischernetzen waren auch größere Wrackteile. Und Ertrunkene trieben vorbei. Miro erkannte die Leiche einer Königin. Sie trug ein steifes, perlenbesetztes Kleid, und ihre Schultern waren von Metall umschlossen. Ihr Reichtum hatte sie heruntergezogen, ihr Silber hatte sie versinken lassen.

Die Tote trieb fort, und Miro entdeckte eine weitere Königin. Auch ihr Gesicht war geisterhaft weiß. In ihrem Körper war kein Leben mehr, aber der Drache ließ sie tanzen. Der Fluss wirbelte nach dem Willen des Molchs herum, und mit ihm kreisten die Menschen, die in seinem Wasser ertrunken waren.

Böse Königinnen, dachte Miro. Sie haben es verdient. Doch so ganz überzeugt war er nicht. Er konnte sein Entsetzen nicht völlig verdrängen.

Mussten schlechte Herrscherinnen und Herrscher immer sterben?

Der Molch war eindeutig dieser Meinung. Er leuchtete immer heller.

Der Strudel sog zwei weitere tote Königinnen an. Eine hatte einen silbernen Tausendfüßler vor dem Gesicht baumeln. Eine andere trug Juwelen auf der Stirn. Damit waren es vier Leichen. Vier tote Königinnen tanzten eine Runde nach der anderen.

In der Ferne, wo das Wasser trüb war, bemerkte Miro weitere Schatten. Sie hatten Arme und Beine. Als der Strudel sie einsaugte, erkannte Miro, dass es die Leichen von Männern waren.

Von schlechten Männern. Von Männern, die Böses getan hatten. So wie Miros Onkel. Als er die Wasserleichen aus der Nähe sehen konnte, betrachtete er ihre Gesichter und suchte nach Drakomors starrem Blick.

Aber die Ertrunkenen waren nicht mit Miro verwandt. Ihre Fehler waren nicht seine. Ihre bösen Gedanken, Worte und Taten hatten nichts mit ihm zu tun. Es waren Kruttemosch, das erkannte Miro an ihren roten Umhängen. Sie gesellten sich zu den tanzenden Königinnen.

Miro sah zu dem Molch hinunter. Der Wasserdrache hatte ihn gerettet. Er hatte ihn mitten in den Strudel gelegt und seine Wunden geheilt. Aber warum? Warum hatte der Molch sich entschieden, ihm zu helfen?

Vielleicht war Miro doch ein guter König? Anders als sein Onkel Drakomor oder die Kruttemosch hatte er nichts Böses getan.

Surowetz' Leute steppten auf dem Grund des Flusses.

»Ich möchte hier weg«, sagte Miro zu dem Drachen. Doch der antwortete nicht. Er war ganz damit beschäftigt, den Fluss zu lenken. Bildete Miro sich das ein, oder kamen die Ränder des Strudels näher? Er stellte sich genau in die Mitte.

Etwas berührte ihn an der Schulter, und als er sich umdrehte, sah er Odlive, die Flussnixe. Sie befand sich auf der anderen Seite der hohen Wasserwand und musste kräftig schwimmen, um auf der Stelle zu bleiben. Ihr Schwanz war länger, als Miro erwartet hätte, und am Ende nicht gespalten. Ihre Schuppen hatten die gleiche Farbe wie der Sand des Flussbetts.

In einer Hand hielt Odlive den dicken Stängel eines Seerosenblatts. Das riesige Blatt tanzte hoch oben über ihren Köpfen auf dem Wasser. Miro konnte es als dunklen Kreis vor dem hellen Himmel erkennen.

»Was machst du hier?«, fragte er die Nixe. Sie stieß die Hand durch die Wasserwand und streckte ihm den Stiel hin. Mittlerweile schloss sich der Strudel immer dichter um Miro. Eine falsche Bewegung, und er würde mitgerissen werden.

Odlive bewegte den Mund, aber Miro konnte ihre Worte nicht verstehen. »Ich kann dich nicht hören!«, rief er. Er sah auf den Stiel des Seerosenblattes, der mit stachligen Härchen besetzt war. Dann schaute er Odlive wieder an. Bisher hatte er ihr vertraut.

Er griff nach dem Stiel.

»Halt ihn gut fest«, formte Odlive mit den Lippen, bevor sie fortschwamm.

Jetzt schloss sich der Strudel. Von allen Seiten schoss Wasser auf Miro zu. Was mit dem Drachen geschah, sah er nicht mehr. Der Blattstiel riss ihn erst vorwärts, dann nach oben. Das Wasser rauschte über seinen Körper. Die Hand einer toten Königin klatschte ihm ins Gesicht. Danach sah nur noch Luftblasen.

Er hielt sich mit aller Kraft am Blattstiel fest, während er durch Wolken von Flusskraut und Schlamm nach oben schoss. Miro wusste, dass das Seerosenblatt über ihm war, daher fing er an, am Stiel hochzuklettern, griff mit einer Hand über die andere, kämpfte gegen die reißende Strömung an, die an seinem Haar und seiner Kleidung zerrte.

Endlich tauchte er auf. Prustend machte er einen Atemzug nach dem anderen. Überall schäumte braunes Wasser, und Miro klammerte sich am Seerosenblatt fest. Das Blatt war sein Rettungsboot, sein Floß. Er zog sich hinauf und blieb schwer atmend auf dem Bauch liegen.

Als er genügend Kraft gesammelt hatte, um über den Rand des Blattes zu schauen, sah Miro, dass der Fluss über die Ufer getreten war und die Molchinsel und auch das Land auf der anderen Seite überflutet hatte. Um ihn herum schwammen Dutzende von Paddelbooten, in denen Menschen aus den Tieflanden saßen. Als sie ihn sahen, jubelten sie und winkten ihm zu. »Seht nur! Da ist unser Champion!«, riefen sie. Zögernd hob Miro die Hand.

Das Wasser trug ihn kraftvoll und unerbittlich auf die Stadt zu. Die Paddelboote blieben zurück. Sie fuhren auf das Ufer zu, aber Miro konnte sein Gefährt nicht steuern. Er war dem Fluss ausgeliefert.

Die Strömung trieb das große Blatt mal schneller, mal langsamer vorwärts. Es glitt über das Wasser und bewältigte die Wogen mit Leichtigkeit. Es war sogar noch größer als das Blatt, auf dem Miro schon einmal gefahren war. Sein jetziges Gefährt musste einen Durchmesser von fast zwei Metern haben.

Miro konnte weder Odlive noch den Wasserdrachen sehen. Er hoffte, dass es ihnen gut ging.

Der Fluss trug ihn durch die Vororte von Wodnislaw, wo die Häuser klein und aus Holz gebaut waren. Miro fuhr unter Anlegestegen und Brücken hindurch. Doch das Wasser war gestiegen, und Miro musste sich flach hinlegen, um nicht vom Blatt hinuntergestoßen zu werden.

Einige Fischerboote hatten sich losgerissen, und ein Mühlrad trieb auf der Seite. Menschen brachten Aalreusen in Sicherheit und schleppten Möbel aus ihren überschwemmten Häusern ins Freie.

Die Flut hatte alltägliche Gegenstände in seltsame Skulpturen verwandelt. Ein Hutständer hing in einer Weide, im Schilf lag ein Schaukelstuhl. Die meisten Stadtbewohner waren so damit beschäftigt, ihr Hab und Gut zu retten, dass sie Miro, der auf seinem gigantischen Blatt vorbeitrieb, nicht bemerkten.

Als der Fluss eine Biegung machte, kam die Festung Wodnislaw in Sicht. Sie lag so hoch auf der Halbinsel, dass das Wasser sie nicht erreichte. Tibors Vorfahren hatten wohl gewusst, warum sie ihr Zuhause dort oben errichtet hatten.

Miro spürte, wie das Blatt unter ihm von einer besonders großen Welle angehoben wurde. Eigentlich wollte er sich nur noch hinlegen und schlafen. Er war durch und durch nass, er war erstochen und gerettet worden, und er glaubte, mehr könne er an diesem Tag kaum noch erleben, doch da sah er etwas Unfassbares.

Tibors Festung erhob sich vor ihm, mit der Landbrücke und den dicken Festungsmauern. Und dort … sprang aus einem der Fenster eine Katze, die Miro gut kannte. Auf ihrem Rücken – war das ein Mädchen?

»Konja!«, schrie Miro, als die Schneehulark ins Wasser eintauchte.

Kapitel 108

Imogen erwachte von Maries Schrei. Sie hatte keine Ahnung, wie lange sie geschlafen hatte. Benommen rappelte sie sich auf. Ihr Kopf tat immer noch weh, und an ihren Händen klebten Staub und getrocknetes Blut.

Marie stand mitten in der Kosmoshöhle, doch sie kreischte nicht vor Angst. Sie juchzte und tanzte vor Freude. Als Imogen nach oben schaute, erkannte sie den Grund.

Zwischen den Glühwürmchen hing ein Seil – ein Seil, an dessen Ende in einer großen Schlinge ein Mann saß.

Imogen stolperte näher heran. Ihr Kopf pochte, und sie musste sich an einem Stalagmiten festhalten. Der Mann wurde auf den Höhlenboden heruntergelassen. Er trug eine Jacke, wie sie in den Tieflanden üblich war, und die Hosen hatte er in die Stiefel gesteckt. Auf dem Rücken hatte er einen Rucksack, an dem Ausrüstung festgeschnallt war. Er sah aus wie ein Entdecker.

Imogen zog ihre Schwester zurück. Es war besser, abzuwarten, was der Mann wollte. Aber Marie befreite sich. Der Mann stellte die Füße auf den Boden und stieg aus der Schlinge aus. Er hatte einen fussligen Bart und kleine, funkelnde Augen.

Das war kein Entdecker. Marie rannte auf ihn zu und schlang ihm die Arme um den Bauch.

Es war Mark.

Mamas Freund Mark.

Mark Ashby, der Kinderhasser.

Imogen konnte es nicht fassen. Wie hatte er sie gefunden? Woher hatte er die Ausrüstung und die Kleidung? Sie hätte nie gedacht, dass er von so weit her …

»Hallo, ihr Mädchen«, sagte Mark. Er kniete sich hin und zog Marie an sich.

Imogen öffnete den Mund. Sie wusste nicht, wie sie anfangen sollte. »Wie hast du – warum hast du –«

»Ein kleiner Falter hat mir gesagt, ihr wärt vielleicht hier«, antwortete Mark. Der Schattenfalter kam angeflattert, umkreiste das Seil und landete auf Marks Schulter.

Imogen musste ausgesehen haben wie vom Donner gerührt, denn Mark redete weiter: »Ich weiß, ich weiß. Ich habe gesagt, ich glaube nicht an magische Falter. Imogen, alles klar mit dir? Du hast Blut auf –«

»Alles gut«, unterbrach Imogen ihn. »Ich verstehe nur nicht, wie du uns gefunden hast.«

Mark lächelte, aber es war kein breites Grinsen. Er wirkte nervös. »Perlas Eltern haben einen Brief bekommen. Ihre Freunde haben geschrieben, ihr wärt bei ihnen, in ihrem Haus. Aber als wir bei Branna und Zemko ankamen, wart ihr schon wieder verschwunden.«

Branna hat ja gesagt, dass sie schreiben wollte, dachte Imogen.

»Ich war in Wálkaha, als der Falter mich gefunden hat«, sagte Mark. »Ich hatte die Hoffnung fast schon aufgegeben, aber der Falter sah genauso aus wie der, den du beschrieben hattest, mit langen, fedrigen Fühlern und grauen Flügeln. Da dachte ich: Imogen hat gesagt, diese Falter sind intelligent. Sie hat gesagt, der Falter könnte Verborgenes zeigen … Ich wollte es ausprobieren.«

Ausprobieren? Das Wort klang aus dem Mund von Mamas Freund ganz ungewohnt, fand Imogen.

»Du bist dem Falter gefolgt!«, rief Marie. Sie strahlte.

»Der Falter hat mich aus der Stadt hinausgeführt, und da war dieser junge Kerl mit dem weißblonden Haar. Er sagte, er würde auf ein paar Kinder warten.«

»Jemni«, flüsterte Imogen. Sie zuckte zusammen, weil es in ihrem Kopf wieder pochte.

»Wir sind dem Falter gemeinsam gefolgt«, fuhr Mark fort. »Er hat uns zu einem Loch im Buschland geführt. Das sah nicht sehr einladend aus, aber der Falter war sich ganz sicher – er ist mir immer wieder ins Gesicht geflattert.«

Der Schattenfalter ruhte sich immer noch auf Marks Schulter aus. Er hatte die Flügel auf dem Rücken zusammengelegt.

»Ich hab dem jungen Mann mein Seil gegeben, und er hat mich in die Grube hinuntergelassen. Ich hoffe, er ist vertrauenswürdig.« Mark blickte nach oben. Um das obere Ende des Seils herum war es ganz dunkel, aber irgendwo im Höhlendach musste ein Loch sein – eine Öffnung, die zum Licht führte.

»Ich bin so froh, dass ich euch gefunden habe!« Mark seufzte. »Ihr habt keine Ahnung, welche Angst ich hatte.«

Imogen kriegte die Geschichte nicht in den Kopf. Ihre Gedanken kreisten immer nur um eine Frage.

»Du bist von so weit hergekommen, nur wegen uns?«

Zögernd strich Mark sich über den Bart. »Wisst ihr«, sagte er dann, »in der Vergangenheit habe ich das falsch verstanden. Ich bin nicht euer Vater und werde es auch nie sein. Ich möchte einfach eure Mutter glücklich machen. Und ich möchte dafür sorgen, dass euch nichts Schlimmes passiert.«

Imogen hatte einen seltsamen Geruch in der Nase. Es roch nach Geburtstag, nach ausgepusteten Kerzen. Ihre Kopfschmerzen waren kaum noch auszuhalten. »Mark«, sagte sie, »können wir jetzt nach Hause?«

»Ja«, rief Marie. »Kommt, wir gehen!«

Mark lächelte, und dieses Mal war es ein echtes Lächeln. »Klar doch. Deswegen bin ich ja hergekommen.«

Kapitel 109

Imogen griff nach dem Seil, das von der Höhlendecke hing, und setzte sich in die große Schlinge. Es war, als würde man auf der höchsten Schaukel der Welt sitzen.

Marie setzte sich mit dem Gesicht zu Imogen auf ihren Schoß und schlang Arme und Beine um die Schwester. Imogen hielt sich für beide am Seil fest.

Mark zog dreimal kräftig am Seil. Der Schattenfalter kreiste nach oben. Das Seil wurde straff, und Imogens Zehen hoben sich vom Boden.

»Und was ist mit dir?«, rief Marie Mark zu. »Wie kommst du wieder hoch?«

»Da oben ist nur einer, der das Seil hochzieht«, sagte Mark. »Zu dritt sind wir für ihn zu schwer. Ihr müsst bloß das Seil wieder runterlassen, wenn ihr angekommen seid. Ich hab keine Lust, hier unten zu bleiben!«

Wieder nahm Imogen den Geruch von Verbranntem wahr. Sie sah sich um. Wo kam das her?

»Nicht loslassen«, warnte Mark. Die Mädchen waren schon mehrere Meter über seinem Kopf.

Imogen sah den unterirdischen Bach, der sich um die Stalagmiten schlängelte. Sie sah die Löcher im Fels, in denen die entführten Kinder gewohnt hatten. Und dort, in der Höhlenwand, sah sie noch etwas – es bewegte sich.

»Äh, Mark«, rief sie, »was ist das da hinter dir?«

Ihre Seilschaukel stieg immer höher. Die Mädchen waren der Höhlendecke schon näher als dem Boden. Ihre Beine baumelten in der Luft.

In der Höhlenwand drehte und wand sich etwas, als wäre ein Mensch unter einem Laken gefangen. Eine grobe Hand griff aus dem Gestein heraus.

»Was zum –« Mark stolperte rückwärts.

Und da erkannte Imogen den Geruch. Es roch nach angezündeten Streichhölzern – nach Rauch. Der Hand folgte ein steinerner Arm.

»Das ist ein Jedlik!«, schrie Marie. »Mark! Pass auf, dass er dich nicht kriegt!«

Die Mädchen waren schon zu hoch, um zu helfen. Der unterirdische Bach war nur noch ein schmales, silbriges Band, und auch Mark wurde immer kleiner. Imogen riss am Seil, um ihre Fahrt nach oben zu stoppen, aber Jemni zog und zog, und die Mädchen stiegen immer höher.

Zwei Arme streckten sich aus der Felswand. Der Jedlik arbeitete sich langsam, aber hartnäckig aus dem Stein heraus. Als Nächstes erschien sein Kopf, der einem Lehmklumpen ähnelte. Sein Mund war ein Loch.

Als er seine rot glühenden Augen auf Mark richtete, blieb Imogen vor Entsetzen fast das Herz stehen. Sie erinnerte sich gut an Maries Worte: »Jedlik fressen nur Erwachsene.«

Sie versuchte nachzudenken. Es musste doch eine Möglichkeit geben, Mark zu helfen. Aber ihre Kopfschmerzen wurden vom Denken noch schlimmer, und wenn die Mädchen aus dieser Höhe absprangen, war das ihr Tod. »Zappel nicht so, Marie!«, rief Imogen.

»Aber Mark wird gleich aufgefressen!«, schluchzte die kleine Schwester.

Die Mädchen waren schon dicht unter der Höhlendecke. Überall schwirrten Glühwürmchen umher, und jetzt endlich konnte Imogen eine Öffnung erkennen – das Loch, durch welches das Seil hochgezogen wurde.

Sie blickte an ihren Füßen vorbei nach unten. »Lauf weg, Mark!«, schrie sie. Der Jedlik hatte sich aus dem Felsen herausgearbeitet. Er blieb stehen, und sein Schädel entzündete sich. Flammen schlugen aus seinem

Kopf wie aus einer Fackel. »Lauf weg!«, rief Imogen noch einmal. »SCHNELL!«

Das Monster tappte auf Mark zu. Seine Bewegungen waren so träge wie Lava. Aber nun schälten sich weitere Jedlik aus den Höhlenwänden. Gleich würde Mark von ihnen umzingelt sein.

Marie hielt sich kreischend an Imogen fest. Imogen umklammerte das Seil.

Mark stand ganz still und blickte zu den Mädchen hinauf. »Sagt Cathy, dass ich sie liebe!«, rief er. Sein Gesicht war nur noch ein weißer Fleck. Es war das Letzte, was Imogen von ihm sah, bevor sie durch das Loch gezogen wurden.

Kapitel 110

An den Wänden der Öffnung wuchsen Pflanzen. Ihre Wurzeln gruben sich tief in das Felsgestein. Die Blätter schlugen nach den Mädchen wie ein heidnischer Segen, als sie ins Licht aufstiegen.

Jemni zog die Schwestern aus dem Loch heraus. Marie schluchzte, und eine Stimme schrie immer wieder »Lauf weg!«. Imogen brauchte einen Moment, bis ihr klar wurde, dass es ihre eigene Stimme war.

Jemni setzte die Mädchen ein Stück von der Öffnung entfernt auf dem Boden ab. Imogen hatte die Finger so fest um das Seil gekrallt, dass er sie aufbiegen musste.

»Bitte, Imogen«, sagte Jemni, »ich brauche das Seil jetzt.«

Er ließ das Ende mit der Seilschlinge wieder in die Grube hinuntergleiten. Das andere Ende war an einem Felsbrocken befestigt. »Die Jedlik«, sagte Imogen mit schwacher Stimme.

Jemni nickte. Er wusste Bescheid.

In Imogens Kopf pochte es schmerzhaft. Ihre Augen brannten in der Helligkeit. Sie lugte in die dunkle Grube hinunter, während Jemni das Seil hinabließ. »Es ist unten angekommen«, sagte er, »aber ich spüre nicht, dass Mark sich in die Schlinge setzt.«

Mark hatte einen weiten Weg zurückgelegt – er war von so weit hergekommen, um dafür zu sorgen, dass ihnen nichts zustieß.

Jemni kniete sich hin und rief ins Loch hinunter: »Mark! Kannst du mich hören? Nimm das Seil!«

Aber es kam keine Antwort.

Imogen war wie betäubt und am Ende ihrer Kräfte. Ihr fehlten die

Worte. Sie sah Jemni und ihre Schwester an. Sie sah den weiten Raum um sich herum. Das Buschland war blendend hell, und dort in der Ferne, vor der Silhouette der Stadt, zog eine lange Kette von Kindern durch das Buschland. Sie wanderten durch das Gebüsch. »Perla«, flüsterte Imogen. »Sie haben es geschafft.«

Die Sonne stand hoch am unendlich weiten Himmel. Ausnahmsweise blieb der Falter in der Nähe. In den Büschen summten Bienen, und Blumen blühten, als wäre die Welt in Ordnung. Aber Mark hatte sein Leben riskiert.

»Warum nimmt er denn das Seil nicht?« Marie schluchzte.

Imogen zog ihre kleine Schwester an sich. Sie erinnerte sich daran, was Otschi viele Abende zuvor gesagt hatte: »Fürchtet euch vor dem Flammenvolk, verschmolzen im Gestein, fürchtet die klaffenden Mäuler und der Augen Feuerschein.«

Noch lange rief Jemni immer wieder in die Grube hinunter, aber irgendwann gab er auf. Schwerfällig ließ er sich auf dem Erdboden nieder. »Das tut mir leid mit eurem Vater«, sagte er zu den Mädchen.

Er ist nicht mein Vater, dachte Imogen. Doch sie sagte es nicht, denn was spielte das jetzt noch für eine Rolle? Sie öffnete den Mund, fand jedoch keine Worte, die es wert waren, ausgesprochen zu werden.

Stattdessen fing sie an zu weinen.

Kapitel 111

Prinzessin Kasimira war aus der Festung verschwunden. Menschliche Diener und Skret suchten sie in allen Zimmern und guckten unter Tische und Stühle.

»Ich wünsche, dass Kasimira gefunden wird!«, brüllte König Tibor.

Niemand dachte daran, einen Blick flussabwärts zu werfen.

Miro packte Kasimira an einer riesigen Schleife auf ihrem Rücken. Er wuchtete sie aus dem Wasser und zerrte sie auf das Seerosenblatt. Anschließend kletterte Konja auf das Floß, das sich unter ihrem Gewicht zur Seite neigte. Einen Moment lang befürchtete Miro, dass sie zu dritt zu schwer sein könnten, aber das Blatt kam wieder ins Gleichgewicht.

»BÖSE MIEZE!«, kreischte Kasimira.

Miro war verblüfft. Er hatte keine Ahnung, wie es dazu gekommen war, dass die Prinzessin rückwärts auf der Schneehulark geritten und so aus der Festung ihres Vaters herausgesprungen war, aber er war sich ziemlich sicher, dass sie selbst daran schuld war, nicht die Katze.

Kasimira hockte mit tropfendem Kleid auf dem Blatt. Sie tobte und schimpfte auf die ganze Welt. Wäre Imogen dabei gewesen, dann hätte sie die Prinzessin vielleicht geschüttelt, und Perla hätte ihr eindringliche Blicke zugeworfen.

Miro aber wartete ab, bis das Mädchen sich beruhigt hatte. Er wusste, was es hieß, allein zu sein und sich so sehr nach Gesellschaft zu sehnen, dass man, sobald mögliche Freunde auftauchten, mit beiden Händen zupackte und sie an sich drückte. »Alles in Ordnung?«, fragte er die Prinzessin.

Kasimira blinzelte den Jungen an. Ihre Bänder und Schleifen waren völlig durchnässt, und das Haar klebte ihr im Gesicht. »Du bist doch tot«, sagte sie.

Jetzt war Miro doch gekränkt. War Kasimira etwa enttäuscht? »Wenn du nicht lieb bist, kannst du von meinem Blatt absteigen«, sagte er.

Kasimira warf einen Blick auf die starke Strömung, die das Blatt mitriss, und krabbelte in die Mitte. »Ich bin lieb«, erklärte sie.

Konja ließ sich neben Miro nieder. Ihr Fell war klatschnass, und ihre Schnurrhaare hingen herunter, sodass sie nur halb so groß wirkte wie sonst. Ihr ganzer Körper sagte: »Nicht anfassen.«

Und so wurden die drei ungleichen Gefährten auf einem Blatt aus Wodnislaw herausgetragen. Miro konnte es kaum erwarten, Imogen und Perla zu erzählen, dass der Molch, den sie gerettet hatten, der Wasserdrache war. Würden die Mädchen ihm das glauben? Konnte er es denn selbst glauben?

Miro fragte sich, wie es seinen Freundinnen ergangen war. Er hatte keine Möglichkeit, es herauszufinden. Die Buschlande lagen westlich von Wodnislaw, und auch wenn Miro von Geografie nicht viel Ahnung hatte, war er sich doch sicher, dass der Fluss nicht nach Westen strömte.

»Ich will wieder zu meinem Papa«, wimmerte Kasimira. Doch der Fluss rauschte wild, tosend und wirbelnd, denn er trug noch die Kraft des Drachen in sich. Das Blatt anzuhalten war unmöglich.

Das Seerosenblatt schwamm weiter. Hoch oben auf einem Hügel sah Miro den Baumkreis von Jasanai, nur eine Sekunde lang, dann waren sie vorbeigeschossen.

»Wo bringst du mich hin?«, rief die Prinzessin.

Normalerweise hätte Miro sich über eine derartige Frage geärgert. Schließlich hatte er Kasimira nicht entführt, sondern sie hatte sich selbst aus der Festung herauskatapultiert. Aber Miro war seltsam glücklich. Er fühlte sich so leicht wie seit Monaten nicht mehr. Er hatte dem Kruttemosch die Maske heruntergerissen. Er hatte den Wasserdrachen herbeigerufen. Er hatte in einem Strudel gestanden und überlebt.

Er brauchte kein Held mehr zu sein. Er brauchte nicht einmal König zu sein. Von nun an, beschloss Miro, wollte er einfach ein Junge sein.

Kasimira beäugte Konja. Ihr Ritt aus dem Fenster der Festung schien sie zwar von ihrem Wunsch, die Katze zu streicheln, geheilt zu haben, aber sie war nach wie vor von der Schneehulark fasziniert.

Konja tat so, als würde sie die Prinzessin gar nicht bemerken. Sie hatte Kasimira zwar ein Ohr zugewandt, doch ihr Blick war nach vorn auf den Horizont gerichtet. Die Katze hob die Nase und schnupperte in den Wind.

In der Ferne tauchten seltsame Berge auf, undeutlich noch und kaum zu erkennen. Miro kam ein Gedanke. Er wusste, dass er eigentlich nach Jaroslaw zurückkehren sollte. Aber er hatte es satt, das zu tun, was er sollte, er war es müde, sich Sorgen darum zu machen, was sein Volk sagen könnte.

Miro sah Kasimira an, und sein Herz hüpfte vor Freude. »Ich weiß, wo ich hinfahre!«, rief er. »Zu den Namenlosen Bergen!«

»Warum willst du denn da hin?« Die Prinzessin lächelte spöttisch.

»Weil ich dahin kann«, sagte Miro. Ihm war fast schwindelig vor Glück oder vielleicht auch von der Aussicht auf ein neues Abenteuer oder einfach, weil er lange nichts gegessen hatte.

»Meine Mutter stammte aus den Namenlosen Bergen«, fuhr er fort. »Dort lebt ihre Familie. Ich glaube, der Fluss bringt mich hin – wenn ich ihm lange genug folge.«

»Ich will nicht zu den Namenlosen Bergen«, schrie Kasimira. »Halte den Fluss an!«

Miro lächelte den Bergen am Horizont zu. Odlives Rat fiel ihm ein. »Manchmal«, sagte er zu seiner durchnässten Gefährtin, »ist es besser, mit dem Strom zu schwimmen.«

Kapitel 112

Der Drache schwamm mit dem Strom. Er schlängelte sich durch Treibholz und Flusskraut. Das Wasser war schlammig, doch für den Drachen war das kein Problem. Er kannte den Weg.

In einer Uferwand war ein Loch, der Eingang zu einer Höhle unter Wasser. Der Drache ließ sich hineintreiben. Hier drinnen war das Wasser klar, weil es vor den wilden Fluten geschützt war. Und dort, auf der anderen Seite der Grotte, lagen um einen blauen Stein herum zehn kostbare Eier.

Zehn winzige Drachen waren fest in ihre durchsichtigen, schwabbeligen Säckchen eingehüllt. Der Wasserdrache fächelte mit dem Schwanz, damit sie genügend Sauerstoff bekamen. Dann wandte er sich dem Sertze Woda zu. Der Stein war von einem fantastischen Blau. Bu-bumm, bubumm. Jeder Pulsschlag verursachte eine Druckwelle.

In wenigen Stunden würde sich das Sertze Woda wieder beruhigt haben. Der Drache legte sich auf den magischen Stein und saugte seine Kraft ein. Es war Zeit, sich aufzuladen. Schließlich war es ein anstrengender Tag gewesen.

Kapitel 113

Das letzte entführte Kind kletterte aus dem Bergwerk heraus. Der Junge blinzelte ins Sonnenlicht, benommen von der Helligkeit und verwirrt von den spitzflügeligen Vögeln.

Es war lange her, dass er die Sonne im Gesicht gespürt hatte. Der Himmel wirkte unglaublich weit, der Horizont verlockte zum Wandern. Der Junge dachte an seine Eltern. Er konnte sich an ihre Stimmen und ihr liebes Lächeln erinnern. Er schob die Hände in die Taschen und wandte sich nach Osten.

Und so kehrten die verschollenen Kinder zurück. Auch Luki und seine Schwester machten sich auf den Weg nach Hause. Landauf, landab, auf den Hügeln und zwischen den Flüssen, wurden die Familien wieder vereint.

Perlas Vater Michal wartete in Wálkaha. Er war mit Mark zusammen durch die Tieflande und die Buschlande gereist. Als er seine Tochter entdeckte, hellte sein Gesicht sich auf.

Aber Perla war nicht allein. »Papa?«, sagte Tomil.

Michal war stumm vor Überraschung. Er ging auf seine Kinder zu und schloss sie wortlos in die Arme, erst seine Tochter, dann seinen Sohn.

Schließlich hielt Michal Tomil auf Armeslänge von sich und musterte ihn ungläubig. »Mein Junge«, sagte er, »ich hätte wissen sollen, dass du zurückkommen würdest. Wie hast du es geschafft zu fliehen?«

Mit einem schelmischen Grinsen blickte Tomil zu seiner Schwester hinüber. »Das hat Perla geschafft«, sagte er. »Sie hat uns gerettet. Und das hat sie alles mit einer Landkarte gemacht.«

Am nächsten Tag stießen Imogen und Marie zu ihnen. Alle begrüßten sich herzlich und erzählten sich ihre Erlebnisse. Als Imogen von Mark berichten wollte, merkte sie, dass die Worte zu schnell aus ihr heraussprudelten.

Sie hielt mitten im Satz inne, denn plötzlich erinnerte sie sich an Marks aufwärts gewandtes Gesicht, so klein und so weit unten. Die Jedlik waren von allen Seiten auf ihn zugekommen, aber er hatte den Blick nicht von den Mädchen abgewandt.

Marie brach das Schweigen. »Er hat das Seil nicht genommen«, flüsterte sie.

»Euer Vater war ein tapferer Mann«, sagte Michal. »Er hat euch beide sehr geliebt.«

Imogen nickte. Mark war tapfer gewesen. Das stimmte.

»Kommt doch mit uns zurück«, schlug Perla vor.

Imogen zögerte. Sie fand es verkehrt, Wálkaha ohne Mark zu verlassen, aber hatten sie eine andere Wahl? Sie hatten stundenlang an dem Erdloch gewartet. Imogen hatte seinen Namen gerufen, bis sie nur noch krächzen konnte. Kurz vor Sonnenuntergang hatte Jemni die Mädchen dann schließlich in die Stadt gebracht und sich um Imogens Kopfverletzung gekümmert.

»Aber was ist, wenn Mark überlebt hat?«, hatte Marie später am Abend gefragt.

»Die Jedlik sind Menschenfresser«, hatte Jemni erwidert. »Die lassen Erwachsene nicht wieder laufen.«

So schlossen Imogen und Marie sich Perla, Tomil und Michal an, und gemeinsam verließen sie Wálkaha. Weil sie zusammen bloß drei Pferde hatten, kamen sie in den Buschlanden nur langsam vorwärts. Wenn sie eine Mahlzeit oder ein Dach über dem Kopf brauchten, unterbrachen sie ihre Reise.

Der Schattenfalter reiste auf Imogens Schulter mit. Seit dem Angriff der Jedlik war er nah bei den Schwestern geblieben. Er schien entschlossen zu sein, sie nach Hause zu begleiten. Imogen war erleichtert, denn sie würde die Hilfe des Falters brauchen, um die Tür im Baum zu öffnen.

Wenn sie Reisende trafen, die aus der Richtung von Wodnislaw kamen, fragte Imogen, ob sie das Duell gesehen hatten. Jeder erzählte eine andere Geschichte, es war, als hätte es sechs verschiedene Kämpfe gegeben. Manche sagten, der Herr der Kruttemosch habe gewonnen. Andere behaupteten, der Junge wäre Sieger geworden. Er hätte gezeigt, dass das Monster ein verkleideter Mensch war. Daraufhin hätte es einen Aufstand gegeben …

Aber niemand wusste, was mit Miro geschehen war. Er war verletzt worden, so viel war klar.

»Er muss einfach noch leben!«, rief Marie, und Imogen stimmte ihr zu. Noch mehr schlimme Nachrichten konnte sie nicht verkraften.

Sie waren mehrere Tage unterwegs, als sie an den Fluss Bezuz kamen, der durch die Hügel der Tieflande strömte. Imogen hielt an, um ihren Wasserschlauch aufzufüllen, und der Schattenfalter blieb flatternd in ihrer Nähe.

»Hallo, Fingerlinge«, sagte eine Stimme aus dem Fluss.

Imogen blickte auf. Es war Odlive. Die Nixe sonnte sich auf einem großen Stein, ihr Schwanz hing über den Rand. »Ich bringe Nachricht von eurem Freund.«

»Miro!«, rief Imogen. »Ist er noch am Leben?«

»Natürlich«, sagte Odlive. Sie begann, sich mit dem Skelett eines Fisches zu kämmen, indem sie die Gräten durch ihre grünen Strähnen zog. Sie bemühte sich, gleichgültig zu wirken, blickte aber immer wieder schnell zu Imogen hinüber, um ihre Reaktion zu sehen.

Marie kam angerannt. »Imogen«, rief sie, »da sitzt eine Seejungfrau im Fluss.«

»Ich bin keine Seejungfrau«, fuhr Odlive das Mädchen an, und ihre wasserdichten Nasenlöcher weiteten sich. »Sehe ich etwa wie eine Märchenfigur aus? Das sind doch kleine Zimperliesen, und sie singen die ganze Zeit.«

Imogen betrachtete Odlives spitze Zähne, ihren schlammfarbenen Schwanz und die ovalen Schuppen mit der dünnen Schleimschicht darüber. »Nein«, sagte sie. »Sie sehen nicht wie eine Seejungfrau aus.«

»Entschuldigung«, sagte Marie. »Ich wollte nicht unhöflich sein … Haben Sie gerade etwas von Miro gesagt? Wie geht es ihm?«

Odlive warf ihren Fischgrätenkamm ins Wasser. »Gut«, antwortete sie. »Er ist mit einer großen Katze und einem kleinen Schreihals unterwegs.«

Perla stand jetzt auch am Ufer und Tomil neben ihr. »Meinen Sie Konja?«, fragte sie. »Haben Sie meine Schneehulark gesehen?«

»Ja«, zischte Odlive. »Sind alle putzmunter. Sie atmen und planschen und legen Eier. Wenn ihr mich mal ausreden lasst, ich wollte euch berichten –«

»He!« Michal kam zu ihnen ans Ufer gerannt. »Bleibt vom Wasser weg. Flussnixen sind gefährlich!«

Imogen fühlte sich an Mark erinnert, der etwas Ähnliches gesagt hatte. Doch sie schob diese Erinnerung weit fort. Sie wollte jetzt nicht an Mark denken.

»Schon gut, Papa«, sagte Perla. »Wir kennen diese Nixe.«

»Ob ihr sie kennt oder nicht, spielt keine Rolle! Flussnixen ertränken Kinder einfach zum Spaß!« Michal versuchte, seine Tochter wegzuziehen, aber sie befreite sich aus seinem Griff.

»Papa!«, rief Perla. »Ich hab den weiten Weg ganz allein gemacht. Bitte – vertrau mir einfach.«

Michals linkes Auge zuckte. »Na gut«, sagte er. »Aber wenn die Nixe näher kommt …«

Die Kinder wandten sich wieder Odlive zu. »Bitte«, sagte Imogen, »berichten Sie uns, was Sie gesehen haben.«

Also schilderte Odlive das Duell. Sie erzählte, wie Miro verletzt worden war, wie er den Drachen herbeigerufen hatte und später auf einem Seerosenblatt davongetrieben war.

»Augenblick mal«, sagte Imogen. »Sie haben gesagt, der kleine Molch, den wir vor Kasimira gerettet haben – das Tier, das sie in Puppenkleider gesteckt hatte –, ist ein Wasserdrache?«

Odlive zuckte die Schultern. »Wieso denn nicht?«

»Drachen müssen doch groß sein, oder?«

»Drachen müssen gar nichts sein«, sagte die Nixe. »Drachen sind wie Menschen und Fische und Fliegen. Sie sind einfach.«

»Kapier ich nicht«, flüsterte Perla. »Der Molch konnte sich nicht mal vor Kasimira schützen … Wie hat er dann einen Strudel gemacht?«

»Der Wasserdrache ist an das Sertze Woda gebunden«, erklärte die Nixe. »Er bezieht seine Kraft aus dem Edelstein, aber der Stein liegt ja nicht in Tibors Festung. Als ihr den Drachen kennengelernt habt, waren seine Kräfte erschöpft.«

Marie schob sich zwischen Imogen und Perla. »Was ist ein Sertze Woda?«, fragte sie.

»Das ist das Herz des Flusses«, sagte Tomil. »Seit Jahrhunderten hat es niemand mehr gesehen. Aber wir haben es auch gar nicht versucht.«

»Und die Fischer sprechen recht häufig davon«, warf Michal ein.

Der Schattenfalter hielt sich während dieses Gesprächs dicht bei den Kindern auf. Vielleicht spürte er, dass Odlive eine lange, klebrige Zunge und eine Vorliebe für fliegende Insekten hatte.

Perla traute sich kaum, der Nixe in die Augen zu sehen, aber sie war entschlossen, ihre Frage zu stellen. »Wo sind Miro und Konja jetzt?«

»Weit fort von Wodnislaw«, antwortete Odlive. »Als ich sie zuletzt gesehen habe, sind sie nach Osten gefahren.« Sie rutschte von ihrem Felsen herunter und ließ sich mit dem Schwanz zuerst wieder ins Wasser gleiten. »Inzwischen müssten sie fast bei den überschwemmten Wiesen sein. Wer weiß, wo sie landen werden.«

Perla musste kräftig schlucken. Das war nicht die Antwort, die sie erhofft hatte.

»Aber hat Miro nicht gesagt, wo er hinwill?«, rief Imogen. »Können Sie das Seerosenblatt nicht stoppen?«

»Ich hab gehört, dass er von Bergen gesprochen hat«, erwiderte Odlive. »Aber so weit schwimme ich nicht.« Jetzt schaute nur noch ihr Kopf aus dem Wasser – mit dem weit ausgebreiteten algengrünen Haar.

»Warum sollte Miro zu den Bergen wollen?«, fragte Marie.

Aber Odlive war verschwunden. An der Stelle, wo sie untergetaucht war, kräuselte sich das Wasser ein wenig.

Kapitel 114

Einige Tage später, als die Kinder in Perlas Heimatort zurückgekehrt waren, gaben Perlas Eltern im Wirtshaus zum Wasser ein Fest. Es gab Saft aus Holunderblütensirup und Bratäpfel, Musik und Wettspiele mit Booten. Am Fluss wurde ein Freudenfeuer entzündet.

Perla strahlte vor Glück. Ihre Eltern ließen Tomil und sie nicht aus den Augen, aber das war in Ordnung. Die Geschwister hatte sich viel zu erzählen.

Imogen hatte ihre Freundin noch nie so gesprächig erlebt. Perla saß mit Tomil am Fluss, ihre nackten Zehen spielten im Wasser. »Und dann haben wir so getan, als hätte Konja den Molch aufgefressen«, erzählte sie gerade mit funkelnden Augen.

Nur ein Mal, als Tomil mehr Essen holte, hatte Imogen den Eindruck, dass Perla traurig war. »Ich glaube, sie vermisst ihre Katze«, sagte Marie. »Ich hab Konja kennengelernt, als ich mit Anneschka hier war. Die beiden haben alles zusammen gemacht. Konja durfte sogar in Perlas Bett schlafen.«

»Ich weiß«, sagte Imogen lächelnd.

Imogen und Marie saßen am Rand des Festes, wo der Feuerschein in Dunkelheit überging. Sie schauten zu, wie die Tiefländer tanzten und sangen. Die lange vermissten Eltern, die wiedergefundenen Kinder, alle waren voller Freude. Das Städtchen hatte viele Gründe zum Feiern.

Aber Imogen und Marie waren bedrückt. Sie freuten sich für ihre Freunde, doch sie konnten sich nicht recht überwinden mitzufeiern. Imogen musste immer wieder an Mark denken. Er hatte einen so weiten

Weg auf sich genommen, nur für sie beide – und jetzt hatten Steinmonster ihn gefressen. Wie sollte sie das Mama beibringen?

Der Schattenfalter saß auf Maries Schoß und putzte sich die fedrigen Fühler. Er war bereit, die Schwestern nach Hause zu führen. Morgen früh würden sie zu den Kolsaniwäldern aufbrechen. Perlas Mutter hatte einen Führer organisiert, damit ihnen unterwegs nichts passierte. Aber jedes Mal, wenn Imogen wieder einfiel, dass sie ohne Mark reisen würden, war ihr ein bisschen schlecht.

Als die Nacht kam und das Freudenfeuer in sich zusammenfiel, zogen die Feiernden ins Gasthaus um. Perlas Mutter öffnete ein Glas mit süßsauer eingelegten Forellen und servierte den Leckerbissen mit Brot und Frischkäse. Perlas Vater zapfte Bier in eine lange Reihe Gläser.

Die Kinder setzten sich an einen Ecktisch. Tomil brachte einen Teller voll Knödel, die mit saurer Sahne übergossen und mit Zucker bestreut waren.

Marie aß mit klebrigen Fingern. Imogen versuchte, sich einen ganzen Knödel auf einmal in den Mund zu schieben. Perla schnitt ihre Knödel ordentlich in Hälften, sodass die Aprikosen darin sichtbar wurden. Tomil verdrückte einen nach dem anderen, als wäre er ein Knödel-Vernichter.

Im Bergwerk gab es bestimmt keine Knödel, dachte Imogen.

Der Schattenfalter setzte sich auf den Rand ihres Tellers und saugte Aprikosensaft. Für einen Moment hätte Imogen Mark beinahe vergessen.

»Feiert ihr zu Hause auch so wie wir?«, fragte Perla.

»Ähnlich«, sagte Imogen. »Aber wir würden kein Feuer machen, und das Essen wäre anders. Mama würde wahrscheinlich eine riesige Torte backen.«

»Was, keine Knödel?« Tomil sah ganz erschrocken aus.

Imogen wollte antworten, aber in diesem Moment flog die Tür auf. Draußen stand jemand. Alle wandten dem Fremden die Köpfe zu.

»Guten Abend?«, sagte Michal fragend.

Der Mann trat über die Schwelle. Er hinkte ein wenig. Imogen lief ein kalter Schauer den Rücken hinauf und breitete sich wie eisige Finger über ihre Schädeldecke aus.

»Bitte, treten Sie ein«, fuhr Perlas Vater fort.

Sonst sagte niemand ein Wort. Der Fremde betrat die Gaststube. Er stützte sich mit einem Arm an der Wand ab, als würde er sonst zusammenbrechen.

Als Imogen ihm ins Gesicht sah, war ihr plötzlich, als hätte sie kein Blut mehr im Körper.

Nein.

Das konnte nicht sein.

Oder doch?

»Mark!«, schrie Marie. Sie kletterte über den Tisch und stieß dabei mit den Knien gegen die Teller. Der Mann sah völlig übermüdet aus und alt wie ein Greis. Aber als er Marie sah, lächelte er. Imogen folgte ihrer Schwester mit etwas Abstand. Sie wusste nicht, warum sie sich so merkwürdig fühlte.

»Imogen.« Mark fixierte ihr Gesicht. »Schön, dich zu sehen.«

Imogen zwang sich, ihn in die Arme zu nehmen. Er roch nach Holzkohle und Feuer. Aber er fühlte sich an wie ein lebendiger Mensch.

»Wir dachten, sie hätten dich aufgefressen!«, rief Marie. »Wir dachten, die Jedlik hätten dich geschnappt!«

»Das dachte ich auch«, sagte Mark.

Imogen fiel ein Stein vom Herzen. Sie konnte es noch gar nicht fassen und suchte nach den richtigen Worten. »Wie bist du ihnen entkommen?«, fragte sie schließlich.

»Genug gefragt!« Michal drängte sich durch die Menge. »Seht ihr denn nicht, dass der Mann erschöpft ist?« Er half Mark zu einem Stuhl mit hoher Lehne. Imogen und Marie stellten sich rechts und links neben ihn.

Der Schattenfalter flatterte um Marks Kopf, landete aber nicht auf seinem Körper, sondern setzte sich auf die Stuhllehne. Er öffnete und schloss die Flügel, und Imogen erkannte die Bewegung wieder. Sie bedeutete, dass der Falter überlegte. Auch Imogen überlegte.

»Wir wollten dich nicht im Stich lassen«, murmelte sie mit schlechtem Gewissen. »Aber Jemni hat gesagt, es gäbe keine Hoffnung mehr.« Mark sollte nicht glauben, sie hätten ihn einfach seinem Schicksal überlassen oder gar mit Absicht den Jedlik ausliefern wollen. Denn das stimmte nicht – nicht mehr.

»Schon gut, Imogen«, sagte Mark. Er lehnte sich zurück und schloss die Augen. »Ihr habt euch richtig verhalten. Ich muss jetzt einfach ausschlafen. Und gleich morgen früh brechen wir auf.«

Kapitel 115

Ein Gefühl der Beschämung senkte sich auf Wálkaha nieder, kalt und still wie Schnee. Von Richtern und Pfarrern über Dichter bis hin zu den Dienstboten kannten jetzt alle die Wahrheit über die Silbergruben.

Manche fragten sich im Stillen, warum sie dem Geheimnis nicht selbst auf die Spur gekommen waren. Was hatten sie denn geglaubt, wo das neue Silber herkam? Vielleicht hätten sie mehr Fragen stellen und weniger vertrauensselig sein sollen.

Andere wiederum fanden das lachhaft. Woher hätten sie es denn wissen sollen?

Aber wie auch immer – beinahe über Nacht kam aufwendiger silberner Kopfputz aus der Mode. Niemand protzte mehr auf den Straßen mit diesen verzierten Metallklumpen, zu denen die Königinnen angeregt hatten. Wie die Wirtin der Herberge zum Hof erklärte: »Die sehen jetzt einfach nicht mehr zeitgemäß aus.«

Vielen adeligen Familien war es nicht neu, dass Kinder aus den Tieflanden entführt worden waren. Schließlich waren ihre eigenen Söhne die Kidnapper gewesen, und diese Untaten hatten ihre Schatztruhen reichlich gefüllt. Einige Adelige flohen in die Buschlande und nahmen an Reichtümern mit, was sie tragen konnten. Andere blieben zu Hause und machten sich möglichst unsichtbar. Sie hofften, dass die nächsten Herrscherinnen oder Herrscher ein bisschen Silber brauchen würden und dass das Volk bald vergaß.

Der Palast der Fünf Königinnen stand vorläufig leer. Keine Schritte hallten mehr durch den Thronsaal. Die Gäste, die jeden Abend zum

Festmahl gekommen waren, blieben fort. Die Musikanten und Höflinge verschwanden.

Obwohl der Thronsaal nach wie vor mit Silber ausgeschlagen war, wirkte er jetzt schmuddelig und finster. Kein Licht, weder natürliches noch künstliches, konnte die Schatten aus dem Palast vertreiben.

Niemand in Wálkaha wagte es, Anspruch auf einen Thron zu erheben. Die Stadt hielt den Atem an. Nicht lange, und in anderen Königreichen würde bekannt werden, dass es im Palast keine Königinnen mehr gab. Wie loyal würden Wálkahas alte Handelspartner sich verhalten, wenn ihnen das zu Ohren kam?

Viele Meilen östlich von Wálkaha, in König Tibors Festung, nahm Anneschka ein heißes Bad. Sie tat wieder so, als wäre sie Paula, und sie hatte begonnen, jeden Tag zu baden, um eine Weile ungestört nachdenken zu können.

Das Badewasser war seidig vom Birkenöl. Anneschka ließ sich tiefer hineingleiten, und der Dampf umhüllte ihren Kopf.

Wálkaha war nicht das größte Königreich, dessen war sie sich jetzt sicher. Sie hatte gesehen, wie die Königinnen unter dem Gewicht ihres Silbers ertranken. Am Ende hatte ihr Reichtum ihnen nicht geholfen.

Anneschka erinnerte sich an das Wasser um sich herum, an das Gewicht ihres Kopfputzes und ihrer Gewänder. Sie umklammerte den Rand der Badewanne. Sie wollte nicht noch einmal untergehen.

Aber wenigstens war Miroslaw Krischnow tot. Anneschka hatte den Jungen gehasst. Er war immer aufgetaucht, bevor etwas schiefging. Hätte er Surowetz nicht den Helm vom Kopf gezogen …

Aber es war sinnlos, sich deswegen noch länger zu grämen. Das größte Königreich musste anderswo sein. Anneschka brauchte bloß eine Frage zu klären: Was war »Größe«? Was bedeutete dieses Wort eigentlich?

Es hatte nichts mit einem Drachen zu tun.

Und auch nichts mit Silber.

Am Fußende der Badewanne trieben Blütenblätter im Wasser, und Anneschka zerdrückte eins nach dem anderen mit den Zehen.

»Ich komme aus einer anderen Welt«, hatte Marie gesagt.

Anneschka richtete sich so schnell auf, dass Wasser aus der Wanne schwappte. Wenn sie nun alles missverstanden hatte? Wenn Marie ihr nicht als Dienstmagd, sondern als Hinweis geschickt worden war?

Sie verfluchte ihre Dummheit. Die ganzen Wochen hatte sie nicht weit genug gedacht. Dieses Königreich oder jenes Königreich. Spielte das eine Rolle? Sie glichen sich ohnehin mehr oder weniger.

Aber eine andere Welt?

Dort lag die wahre Größe.

Wer konnte wissen, welche Wunder sich dort verbargen? Marie hatte gesagt, in ihrer Welt habe die Königin nur ganz wenig Macht. Aber vielleicht besaß Maries Welt auf andere Weise Größe? Eine Größe, die Anneschka noch nicht verstand, die sie sich nicht einmal vorstellen konnte?

Vielleicht, dachte sie, könnte ich jemand anders werden. Sie ließ das Wasser über ihrem Kopf zusammenströmen und kam nach ein paar Sekunden wieder hoch.

Die Sterne hatten Marie geschickt, um ihr, Anneschka, die Augen zu öffnen, und endlich schaute sie richtig hin. Sie sah, welche Möglichkeiten sich vor ihr auftaten – sie erkannte die Möglichkeit, andere Welten zu regieren.

Kapitel 116

Imogen, Marie und Mark standen in den Kolsaniwäldern vor einem großen Baum. Im Stamm befand sich eine Tür, halb versteckt hinter Farnen und Brombeergebüsch. Das musste alles gewachsen sein, seit die Mädchen zuletzt hier hindurchgegangen waren.

»So, das war's«, sagte Mark. »Zeit, nach Hause zu gehen.«

Der Schattenfalter flog zur Tür. Er war mit ihnen über die Berge gereist, war immer vor ihnen hergeflattert und hatte ihnen den richtigen Weg gezeigt.

»Hast du die Bilder noch?«, fragte Marie. Imogen hatte keine Ahnung, was Marie meinte. »Du weißt schon, die Fotos, die du mit Mamas Handy gemacht hast. Weil du beweisen wolltest, dass es Jaroslaw wirklich gibt.«

Imogen schob die Hand in die Tasche. Kein Handy. Sie konnte sich nicht einmal erinnern, wo sie es zum letzten Mal gehabt hatte. Bei diesem Abenteuer war es schon lange nicht mehr um Beweise gegangen.

»Ach so«, sagte Imogen. »Ich glaube, das ist nicht mehr wichtig …«

Ein Schwarm Velekurs tappte durch die Bäume. Ihr Gefieder hob sich vom Grün des Waldes ab. Ein rotvioletter Schimmer. Ein rosa Aufblitzen. Es waren wirklich keine unauffälligen Vögel.

Der Falter flog auf den Türgriff und faltete die Flügel auf dem Rücken. Dann wand er sich durch das Schlüsselloch, und das Schloss klickte.

Mark schob die Farnwedel und die Brombeeren aus dem Weg und drückte die Tür weit auf. Im Wald war Tag, aber auf der anderen Seite der Tür war es dunkel. Mark sah die Mädchen an. »Nach euch«, sagte er.

Imogen und Marie gingen durch den Park voran, und Mark folgte mit ein bisschen Abstand. Es war dunkel und kalt, und Raureif bedeckte den Boden. Imogen zitterte in ihrer Tieflande-Kleidung. Sie war nicht winterlich angezogen.

Die Wanderer überquerten den Fluss auf dem umgestürzten Baumstamm, und schon bald konnte Imogen im Gutshaus von Mrs Haberdash Licht sehen. Bestimmt bereitete die alte Dame sich aufs Schlafengehen vor. Auch im Garten blinkte Licht. Im ersten Moment dachte Imogen, es wäre Weihnachtsschmuck, aber seitdem war zu viel Zeit vergangen, und das Licht im Garten sah eher aus wie eine Fackel. Als sie näher herankamen, erkannte sie, dass es aus einem Zelt kam.

Imogen hielt ihre Schwester zurück und zeigte darauf. »Was ist das?«, fragte Marie fast unhörbar.

»Keine Ahnung«, flüsterte Imogen. »Vielleicht die Polizei? Komm, wir gucken mal.«

Das Zelt stand unter den kahlen Ästen eines Baumes. Imogen hatte bisher nur im Sommer gezeltet. Jetzt hätte sie keine Lust dazu gehabt. Nicht, wenn der Tau gefror und der Boden so hart war.

Ein Schatten bewegte sich im Zelt. Ein Mensch, so viel war klar. Das Zelt war groß genug für eine ganze Familie, aber anscheinend befand sich nur eine Person darin. An den Zeltwänden lagen Stapel. Waren es Bücher? Und was stand da in der Ecke? Die Silhouette sah aus wie von einem Teleskop.

»Mark«, wisperte Imogen, »geh du zuerst.« Sie hielt es für besser, wenn sie nicht alle gleichzeitig auftauchten. Allmählich hatte sie den Verdacht, dass die Gestalt im Zelt irgendetwas sehr Merkwürdiges vorhatte.

Die Schwestern warteten in der Dunkelheit. Mark näherte sich dem Lager.

Der Schatten bewegte sich durch das Zelt. Ein Reißverschluss wurde geöffnet, und eine Frau trat heraus. Sie trug eine Stirnlampe, und auch ohne dass sie den Kopf hob, erkannte Imogen sie augenblicklich. Die Frau in dem dicken Wintermantel hatte Handschuhe an und hielt einen Becher und eine Thermosflasche in den Händen. Sie hatte sich das Haar aus dem Gesicht gestrichen und sah ein bisschen müde und fröstelig aus.

Mama. Imogen wollte auf sie zulaufen, zögerte aber. Mark soll vorgehen, dachte sie. Nicht dass Mama einen Herzinfarkt kriegt.

Ihre Mutter goss sich Kaffee aus der Thermosflasche ein und zog dabei vor lauter Konzentration die Stirn kraus. Inzwischen musste sie Marks Schritte gehört haben, aber sie blickte nicht auf. »Keine Fotos«, sagte sie. »Ich bin nicht hier, um Stoff für eure Zeitungen zu liefern. Und ist es nicht auch schon ein bisschen spät für so was?«

»Cathy«, sagte Mark. »Ich bin's.«

Mama hob den Kopf. Mark musste ihr ganz fremd vorkommen. Sein Gesicht war halb vom Bart verdeckt. Er war schlanker als früher. Und seine Kleidung … kein Anzug mehr. Kein Oberhemd. Und keine quietschenden Schuhe. Stattdessen trug er die Jacke, die weite Hose und die Lederstiefel aus den Tieflanden.

Vielleicht würde Mama ihn gar nicht erkennen. War von dem ursprünglichen Mark überhaupt noch etwas übrig geblieben?

Mama erstarrte mit der Thermosflasche in der Hand. Der Kaffee floss weiter, und der Becher lief über. Heiße Flüssigkeit schwappte ihr über die Finger. Sie fluchte und ließ den Becher ins Gras fallen.

»Mark?« Einen Moment lang dachte Imogen, Mama würde zurückweichen, aber nein. Sie machte zögernd einen Schritt auf ihn zu. »Wo warst du denn bloß?«, fragte sie.

Mark fuhr zusammen. Die Frage klang eher ärgerlich als liebevoll.

Jetzt war er es, der zögerte. Na los, drängte Imogen ihn im Stillen. Sag was.

»Ich war mit den Kindern unterwegs«, krächzte er.

Mama sah sich nach allen Seiten um. Da stürzte Marie aus ihrem Versteck. »Mami!«, rief sie.

Mama hob die Hand an den Mund, und Marie stürzte auf sie zu.

Sie warf die Thermosflasche weg und fing Marie in den Armen auf, als wäre sie noch klein. Imogen schaute zu. »Und deine Schwester?«, fragte Mama. »Wo ist Imogen?«

Marie deutete in die Dunkelheit, und jetzt trat auch Imogen ins Licht. Mama stieß einen Schrei aus. Wortlos rannte Imogen auf sie zu. Sie flog in ihre Arme, und alle drei umarmten sich lange.

»Wo wart ihr denn?«, schluchzte Mama. Sie drückte Imogen so fest an sich, dass es wehtat.

Imogen löste sich ein bisschen von ihr. »Es tut mir leid«, sagte sie. »Es tut mir sehr leid, dass wir so verschwunden sind.«

»Aber wo seid ihr bloß gewesen? Und warum? Wie ... wie geht es euch?«

Imogen biss sich auf die Lippe. Auf einem Ast hockten zwei Sorgenteufel. »Das ist deine Schuld«, sagten sie im Chor. »Deine Schuld, dass eure Mutter traurig ist.«

»Ich wollte dir zeigen, dass es die andere Welt wirklich gibt«, flüsterte Imogen.

Mama wirkte besorgt, und ohne dass sie es wollte, war Imogen wieder frustriert, so wie früher. Sie wünschte sich so sehr, dass Mama ihr glaubte, dass Mama sie verstand.

Aber Mama hörte ihr weiter zu.

»Ich wollte Fotos machen.« Imogen schaute auf ihre Fußspitzen. Sie stieß mit den Stiefeln gegen das abgestorbene Gras. »Ich wollte ... Beweise sammeln.«

»Ich hab auch Beweise gesammelt.« Mama zeigte auf das Zelt.

Imogen konnte durch die offene Reißverschlusstür hineinsehen. Das Zelt war voller Bücher und alter Chipstüten, auch eine Kamera mit einem langen Objektiv hing da und sogar ein Poster mit allen möglichen Faltern.

Was hatte Mama hier draußen gemacht? Sie mochte Insekten nicht. Und Chips auch nicht.

»Ich habe euren Falter studiert«, sagte sie. »Ich habe versucht, mich über die Tür im Baum zu informieren.« Imogens Schuldgefühle mischten sich mit Stolz. War ihre Mutter zur Expertin für Falter geworden? War Imogen auch daran schuld?

»Dein Falter ist in der Küche erschienen«, sagte Mama. »Und er hat so einen unglaublichen Tanz aufgeführt.«

Imogen erinnerte sich, dass sie den Schattenfalter gebeten hatte, ihrer Mutter auszurichten, dass es ihr gut ging.

»Das war wunderschön«, sagte Mama. »Ich habe versucht, seine Bewegungen aufzuzeichnen, aber ich weiß nicht, ob ich alles erfasst habe.« Sie suchte im Zelt nach einem Notizbuch und schlug die erste Seite auf. Darauf waren Pfeile zu sehen, die in verschiedene Richtungen zeigten, ähnlich wie eine Mindmap ohne Beschriftung. Die Zeichnung wirkte richtig wissenschaftlich.

»Ich wusste nicht, was der Tanz bedeutete«, sagte Mama, »und ich kann nicht erklären, warum, aber er gab mir das Gefühl, dass alles gut werden würde. Danach habe ich die Sache dann selbst in die Hand genommen. Die Polizei interessierte sich nicht für die Bewegungen von Faltern. Und meine Therapeutin war etwas besorgt, glaube ich.«

»Therapeutin?«, fragte Marie und warf einen Blick in das Notizbuch.

»Ja, ich mache jetzt auch eine Therapie.« Mama sagte das, als wäre es keine große Sache, sondern etwas ganz Normales.

Imogen warf einen Blick auf ihre Sorgenteufel. Vielleicht war es wirklich ganz normal?

Aber Mama hatte sich verändert. Sie redete so schnell, dass sie ganz atemlos wurde. Sie war nicht bloß erleichtert, dass ihre Mädchen wieder zu Hause waren. Nein, da war noch etwas anderes.

Begeisterung? Ja, das war es! Mama erzählte voller Begeisterung von den Faltern.

»Nach dem Besuch des Schattenfalters habe ich mein Zelt hier aufgeschlagen«, erklärte sie. »Mrs Haberdash hat mir eine Sondererlaubnis gegeben, und ich komme jeden Abend nach der Arbeit her. Manchmal kommt Oma auch mit. Mrs Haberdash ist immer noch ängstlich wegen des Monsters. Sie will, dass ich ihre alte Flinte bei mir im Zelt habe.«

Imogen staunte nicht schlecht. Ihre Mutter hatte ein Gewehr?

»Ich habe versucht, hier alles zu erforschen – die Sterne, die Falter, die Bäume.« Mama deutete auf das Teleskop in der Ecke. »Ich hab ein paar Sachen verkauft, um mir die Ausrüstung besorgen zu können … ich wusste ja, dass ihr Mädchen diesen Park liebt. Ich wusste, dass hier etwas Besonderes vor sich ging, und ich dachte, wenn ich das bloß verstehen könnte, wenn ich genug wüsste, würde das vielleicht helfen –« Nun sprach sie langsamer. »Ich dachte, es könnte helfen, euch nach Hause zu holen.«

Imogen wusste nicht, was sie sagen sollte. Noch nie hatte sie so viele Gefühle auf einmal gehabt. Schuldgefühle und Stolz, Freude und Liebe. Ihr Inneres glich einem großen Gefühlseintopf.

»Wir haben Fotos von der magischen Welt gemacht«, sagte Marie. »Aber dein Handy ist irgendwie verloren gegangen.«

»Das macht nichts«, sagte Mama. »Ihr seid wieder da. Alles andere ist egal.«

»Aber du glaubst uns jetzt?«, fragte Marie. »Du glaubst jetzt, dass es die andere Welt gibt?«

Mama zögerte.

»Ich weiß, was du denkst«, sagte Mark. Er war so still gewesen, dass Imogen ihn fast vergessen hatte. »Ja, es klingt verrückt. Falter, die Türen öffnen. Ganze Wälder, die in einzelne Bäume hineinpassen. Das ist gegen die Naturgesetze.«

Imogen holte tief Luft. Würde Mark ihnen in den Rücken fallen? Nach allem, was sie durchgemacht hatten? Im Dunkeln konnte sie seinen Gesichtsausdruck nicht erkennen.

»Aber das gibt es alles wirklich, Cathy«, sagte er. »Ich habe es mit eigenen Augen gesehen.«

Imogen atmete aus.

»Und, Cathy«, Mark trat von einem Fuß auf den anderen, »es tut mir leid, dass wir uns gestritten haben. Ich habe das, was ich da gesagt habe, nicht so gemeint.«

Imogen hatte fast vergessen, dass Mark ihr in den Bergen gestanden hatte, er habe sich an dem Abend, als sie fortgegangen waren, mit Mama gestritten. Deswegen war er noch wach gewesen und hatte allein in der Hotelbar gesessen. Deswegen hatte er die Mädchen gesehen, als sie aus dem Hotel geschlichen waren.

»Du hattest recht«, sprach Mark weiter. »Mit allem, was du gesagt hast. Man kann Menschen nicht beschützen, wenn man ihnen nicht zuhört.«

Mama schien sich unsicher zu sein, und Imogen wurden zwei Dinge klar: erstens, dass Mama immer noch sauer auf Mark war, und zweitens, dass sie nicht wollte, dass Mama und Mark sich zankten.

»Mark hat uns gerettet«, sagte Imogen. »Wenn er nicht gewesen wäre, wären wir jetzt nicht hier.«

»Ja!«, rief Marie. »Er war wie ein Ninja! Er ist an einem Seil durch das große Loch runtergekommen, und wir dachten, die Jedlik hätten ihn aufgefressen, aber das stimmt gar nicht! Mark war der Wahnsinn!«

Mama blickte von Imogen zu Mark und weiter zu Marie.

Bitte mach, dass sie nicht wieder weint, dachte Imogen. Aber Mama weinte nicht.

»Kommt her«, sagte sie und streckte die Arme nach allen dreien aus. »Ich möchte spüren, dass es euch wirklich gibt.«

Kapitel 117

Marie kletterte zu Imogen ins Bett. Sie waren wieder zu Hause und hatten ihre Schlafanzüge an. Aber keins der Mädchen wollte in dieser ersten Nacht allein schlafen. Imogen hob die Decke, und Marie kuschelte sich darunter. Es war so schön, zusammen zu sein.

Im Wohnzimmer sprachen Mama und Mark miteinander. Ihre Stimmen drangen durch die Bodendielen, die Worte konnte Imogen allerdings nicht verstehen.

Auf der Fensterbank saß ein Sorgenteufel, ein Wesen mit dickem Bauch und saurem, verkniffenem Gesicht. Imogen überlegte, ob sie es Marie sagen sollte, ob sie von den Ängsten erzählen sollte, die noch geblieben waren. Aber der Sorgenteufel musste ihre Gedanken gelesen haben, denn er sagte kein Wort. Er griff sie nicht einmal an, sondern rutschte von der Fensterbank und tappte aus dem Zimmer.

»Findest du nicht, dass Mark sich irgendwie verändert hat?«, fragte Marie und rückte noch näher an sie heran.

Imogen lachte. »Mark hat sich total verändert. Er ist überhaupt nicht mehr so nervig wie früher.«

Marie schwieg einen Moment. Imogen spürte ihren Atem auf der Backe. »Ja«, sagte Marie dann. »Ich mag ihn. Aber das hab ich nicht gemeint …«

»Was hast du denn gemeint?«

»Manchmal geht er ganz langsam«, sagte Marie.

»So ist das eben bei alten Leuten«, sagte Imogen. Allerdings war Mark doch noch gar nicht so alt.

»Ja, stimmt«, sagte Marie, aber sie war noch nicht fertig. »Und heute Abend beim Essen hat er einfach in die Luft geguckt. Seine Augen sahen irgendwie golden aus. Früher waren sie braun, da bin ich mir sicher.«

»Marie …« Imogen suchte die Hand ihrer Schwester und drückte sie fest. »Weißt du, was Frau Dr. Saeed gesagt hat, als ich das letzte Mal bei ihr war? Sie hat gesagt, es kann schwierig sein, ein neues Familienmitglied zu akzeptieren. Sie hat auch gesagt, dass wir manchmal unsere eigenen Gefühle auf andere Leute übertragen, ungefähr so, wie ein Projektor im Kino Bilder auf die Leinwand wirft. Und es kann sein, dass wir diese Leute dann anders sehen, als sie wirklich sind.«

»Du meinst, ich habe Marks Augen einfach golden gesehen statt braun?«, fragte Marie.

»Nein«, sagte Imogen. »So hab ich das nicht gemeint. Aber ich glaube, wir sehen Mark jetzt beide mit etwas anderen Augen. Und außerdem sind wir beide ein bisschen verschieden. Also sehen wir natürlich neue Sachen … Wir bemerken Dinge, die uns vorher nicht aufgefallen sind.«

Marie stopfte die Decke unter sich fest, und Imogen tat das Gleiche auf ihrer Seite. Sie lagen wie in einem Kokon, in einer Höhle für zwei.

»Imogen«, Maries Stimme war ein Flüstern, »manchmal muss ich an die alte Königin denken.«

»An wen?«

»An die Königin, die Anneschka und Surowetz … du weißt schon … ermordet haben.«

Imogen war überrascht. Am liebsten hätte sie Marie gesagt, sie solle sich keine Sorgen machen und die alte Königin einfach aus ihrem Kopf streichen. Aber sie wusste, dass es keinen Sinn hatte, anderen zu raten, was sie fühlen sollten. Davon ging deren Gefühl nicht weg.

»Ich hätte nicht in die Privatgemächer im Palast einbrechen dürfen.« Maries Stimme wurde lauter. »Ich hätte Anneschka da nicht reinlassen dürfen, aber sie hat gesagt … sie hat gesagt, wenn ich das täte, würde sie mich … nach Hause gehen lassen.«

Imogen drehte sich um, sodass sie ihrer Schwester das Gesicht zuwandte. »Marie«, sagte sie, »es ist nicht deine Schuld, dass die alte Königin gestorben ist.«

Aber Marie schien das nicht gehört zu haben. »Ich wusste ja, dass Anneschka richtig gemein sein kann. Ich wusste, dass sie schlimme Sachen gemacht hat, aber manchmal hab ich gedacht, sie wäre gar nicht so böse. Manchmal hab ich gedacht …« Marie schluckte. »Ich hab nicht gewusst, dass sie das tun würde!«

»Es ist nicht deine Schuld«, sagte Imogen jetzt mit Nachdruck.

»Ich krieg es nicht aus dem Kopf«, sagte Marie.

Die Erkenntnis traf Imogen wie ein Blitz oder so, als hätte jemand das Zimmer umgedreht und sie würde an der Decke schlafen und der Teppich wäre der Himmel. Es war eine Einsicht, die ihre ganze Welt auf den Kopf stellte.

Was Marie da beschrieb, war ein Sorgenteufel. Oder etwas ganz Ähnliches.

Imogen war nicht die Einzige, die von solchen Teufeln geplagt wurde.

Immer noch erschüttert von diesem völlig neuen Gedanken, versuchte sie, sich vorzustellen, was Marie helfen könnte. »Ich weiß«, sagte sie dann. »Was du brauchst, ist eine Geschichte.«

»Was für eine Geschichte?«, fragte Marie.

»Wie wäre es mit der Sage von einem Jungen, der einen Drachen ruft?«

»Das klingt nach einer schönen Geschichte«, sagte Marie. »Die musst du mir erzählen.«

Imogen lächelte in der Dunkelheit. Aber in ihrem Zimmer war es keineswegs stockfinster. Im Flur brannte Licht, und draußen leuchtete eine Straßenlaterne.

Hinter den Wolken mussten Sterne scheinen.

Epilog

Lasst uns die Uhr zurückdrehen. Nur ein bisschen …

Als Imogen und Marie in ihre Welt zurückkehrten, saß Otschi in ihrem Häuschen tief in den Kolsaniwäldern. Die Hexe war alt und zufrieden. Ihr Huhn gurrte in seiner Schublade, ihre Schnecke zog eine Schleimspur einen Sessel hinauf, und die Sternenuhr lag auf dem Kaminsims.

»Keine Sorge«, brummelte Otschi zur Uhr hinüber. »Wir kriegen dich bald wieder zum Laufen. Gemeinsam werden wir Hunderte von Seelen einsammeln.«

Die Töpfe im Regal klapperten. Sie standen so dicht gedrängt wie Stare auf einem Ast.

»Und ihr braucht euch auch keine Sorgen zu machen«, schnaufte Otschi. »Für ein paar mehr ist immer noch Platz.«

Auf der Fensterbank stand ein neuer Tontopf. Er war noch leer. Er wartete auf Anneschkas Seele.

Otschi war gerade damit beschäftigt, Kräuter zu trocknen, als sie vor dem Haus Stimmen hörte. Sie humpelte zum Fenster und schaute hinaus. Da draußen marschierte das Mädchen durch den Wald, das ihre Uhr gestohlen hatte.

Das Mädchen ging mit großer Zielstrebigkeit. Neben ihr lief ein weiteres Kind, dessen Haar so rot war wie die Blätter im Herbst. Die beiden folgten einem Falter.

Aha, dachte Otschi, die Reisenden kommen zurück. Dieses Mal hielt die Hexe ihr Haus verborgen.

Den Kindern folgte ein Mann. Mark – so hieß er.

»Ich dachte, die Jedlik hätten ihn gefressen«, flüsterte Otschi, denn sie hatte den Tod des Mannes vorhergesehen.

Die Waldhexe beschloss nachzuforschen. Sie verwurzelte die Füße im Boden und schaute durch die Augen einer Weißbirke. Rindenlider öffneten sich, und Otschi sah Mark.

Sie bat die Birke, sich nach unten zu neigen. Mark musste sich unter einem Ast hindurchducken, und einige Blätter streiften sein Gesicht. Otschi und die Birke nahmen es beide wahr.

Mark strömte einen Geruch aus. Schweiß. Das war normal. Käse, den er gestern Abend gegessen hatte. Und einen sehr feinen Brandgeruch …

Wurzeln knisterten tief in der Erde und gaben die Nachricht von Baum zu Baum weiter.

Der da ist nicht ganz Mensch. Er ist noch etwas anderes – etwas, das nicht entdeckt werden will.

Die Hexe öffnete wieder ihre eigenen Augen. Sie wuchtete ein Buch auf ihren Schreibtisch und blätterte, bis sie die richtige Stelle gefunden hatte.

> Hier ist alles niedergeschrieben, was man über die Jedlik weiß. Sie sind auch als »Esser« oder »Steinleute« bekannt.
> Jedlik wohnen tief unter der Erde und besitzen die Fähigkeit, sich durch Stein zu bewegen.
> Sie können nicht an die Erdoberfläche kommen. Das wollen sie auch gar nicht.
> Sie ernähren sich von Menschenfleisch und verzehren diejenigen, die sich zu tief unter die Erde wagen.
> Je älter der Mensch ist, desto größer ist sein Nährwert für die Jedlik.

Otschi konnte nicht aufhören zu zittern. Sie war der älteste Mensch auf der Welt, und vor den Jedlik hatte sie am meisten Angst. Sie würde ihnen köstlich schmecken – ein wunderbar zartes, mürbes Stück Fleisch.

Jedlik lassen ihre Beute einzig in dem Fall entkommen, dass sie ein neues Volk gründen wollen.

Sie legen ihre Eier dann in menschliche Eingeweide. Die Eier sind glatt und hart.

Dort bleiben sie in der Dunkelheit, bis die Jungen ausschlüpfen.

Otschi plumpste auf ihren Hocker. Auf einmal spürte sie ihr hohes Alter. All die Jahre stürzten auf sie ein, erdrückten sie unter den Sorgen, die sie gebracht hatten. Diese Informationen verhießen nichts Gutes. Überhaupt nichts Gutes.

Die Waldhexe schloss die Augen. Wieder verwurzelte sie die Füße im Boden, dabei spreizte sie ihre verrunzelten Zehen weit. Sie öffnete die Augen eines Haselnussstrauchs und lugte in den Wald.

Die Mädchen und der Mann hatten eine Tür geöffnet, die Tür, die zurück in ihre Welt führte. Otschi beobachtete, wie das große Mädchen hindurchging und das kleinere Mädchen folgte.

Die Hexe ließ die Äste der Haselnuss schwanken. Sie musste die drei aufhalten! Dieses Schicksal hatte niemand verdient!

Mark sah den Haselnussstrauch an.

Aber … Es war ja nicht Otschis Welt, die in Gefahr war. Ihr Wald war nicht bedroht. War es nicht besser, wenn die Jedlik-Eier anderswo ausgebrütet wurden?

Der Nussstrauch rührte sich nicht mehr.

Mark zuckte leicht mit den Achseln. Dann ging er durch die Tür und zog sie hinter sich zu.

»Du tust mir leid«, flüsterte Otschi. »Du kannst dir gar nicht vorstellen, wie leid du mir tust. Ich bin mir nämlich ziemlich sicher, dass du mehr mit nach Hause bringst als zwei Kinder.«

Ich fürchte nicht die Grubenwelt,
nicht ihre Dunkelheit,
denn Dunkelheit hüllt zärtlich ein
und ist voll Freundlichkeit.

Doch es gibt Feuerwesen,
sie jagen Menschenfleisch.
Die Jungen sind ihnen zu fad,
die Alten süß und reif.

Ich fürchte nicht die Dunkelheit,
fürcht' mich nur, groß zu sein,
denn Jedlik nagen gern an altem
Erwachsenengebein.

Angst hab ich vor dem Flammenvolk,
verschmolzen im Gestein,
Angst vor der Gier der Mäuler
und der Augen Feuerschein.

Ich fürchte nicht die Grubenwelt,
nicht ihre Dunkelheit,
denn Dunkelheit hüllt zärtlich ein
und ist voll Freundlichkeit.

Kinderlied aus den Buschlanden

Francesca Gibbons hat schon immer Geschichten erzählt, und die Idee um die »Sternenuhr« begleitete sie seit ihrer Kindheit. Aufgewachsen in der englischen Grafschaft Staffordshire, hat Francesca Gibbons an der University of Bristol Englisch studiert und lebt heute mit ihrem Mann in den Cotswolds im Herzen Englands. Wenn sie keinen Roman schreibt, arbeitet sie als Texterin.